BESTSELLER

Toni Aparicio nació en Albacete y desde muy pequeño se sintió atraído por la literatura, los cómics y el cine. Estudió diseño gráfico y publicidad. Realizó algunos cortos e incluso escribió y dirigió un largometraje, que consiguió estrenar en Hollywood. *El secreto de Elisa Lecrerc* fue su estreno como novelista. *Buenaventura* es su segunda novela.

Para más información, visita la página web del autor: www.toniaparicio.com

TONI APARICIO

Buenaventura

DEBOLS!LLO

Primera edición en Debolsillo: febrero, 2016

Printed in Spain – Impreso en España

ISBN: 978-84-663-2952-1 (vol. 1154)
Depósito legal: B-25.898-2015

Impreso en Liberdúplex, Sant Llorenç d'Hortons (Barcelona)

P 3 2 9 5 2 1

Penguin
Random House
Grupo Editorial

Para ti, por todo

Algún día en cualquier parte, en cualquier lugar
indefectiblemente te encontrarás a ti mismo, y esa, solo esa,
puede ser la más feliz o la más amarga de tus horas.

PABLO NERUDA

PARTE

1

LA CASA DE LAS SOMBRAS QUE HABLAN

1

No puedo moverme».

Unas manos grandes y fuertes la zarandearon suavemente, pero no se despertó. Al cabo de un par de segundos, la volvieron a zarandear.

—Neña, ya hemos llegado. Despierta.

Esperanza abrió los ojos. Todo lo que vio a su alrededor le resultó completamente desconocido. No recordaba dónde estaba ni cómo había llegado hasta aquel lugar extraño. Vio que una llamita encerrada de por vida en la jaula de un quinqué emitía una luz débil y pálida. El quinqué estaba torpemente sujeto al arco metálico que enmarcaba las espaldas anchas de un hombre con gorra calada hasta las cejas. Miró de reojo el interior del carruaje donde se encontraba.

—He debido de quedarme dormida... —musitó todavía aturdida.

—Nada más tumbarte, cuando te he recogido en la estación.

—Cuánto lo siento, entonces ¿hemos...?

—Aquí es, sí —dijo el hombre cabeceando perezosamente.

Un relámpago rompió la oscuridad en algún lugar no muy lejos de allí y Esperanza vio, a través del espacio que había entre el hombre y el hueco de la capota del carro, cómo las gotas de lluvia se transformaban en lágrimas plateadas que caían silenciosamente.

Arrastró la única maleta que llevaba hasta la parte trasera del carro y descendió a tientas. No recordaba si había algún estribo o escala donde poner el pie. En un acto reflejo miró hacia el conductor, que, ligeramente encorvado y sujetando con las dos manos las riendas, se limitaba a esperar a que la chica bajara del carro.

El cochero se asomó para buscar a la muchacha. Surgió por su derecha, acarreando la maleta de cartón y tratando de protegerse inútilmente de la lluvia con una toquilla de lana que comenzaba a empaparse.

—Muchas gracias por todo —dijo Esperanza mientras buscaba con la mirada algo más allá de un grupo de árboles imponentes.

—La tapan esos carballos, pero está ahí mismo —se limitó a decir el conductor a la vez que señalaba con un movimiento de cabeza en una dirección indeterminada a su izquierda.

Esperanza estiró el cuello e intentó escrutar, pero solo veía oscuridad. Sintió una leve punzada de inquietud.

—¿Está seguro?

—Claro que estoy seguro, y ahora me tengo que marchar. —Sin mediar palabra, azuzó los caballos.

La muchacha se tuvo que apartar un poco para evitar que uno de los caballos la atropellara. Aquel hombre dio una vuelta en redondo y se marchó por donde había venido.

Parecía que comenzaba a llover con más intensidad.

Se dijo a sí misma que sería demasiado tarde y que la gente de la casa que andaba buscando bien podría estar ya durmiendo.

Debería haberle preguntado a aquel hombre la hora.

Ahora ya nada importaba. Dio un paso al frente y luego otro más. No veía absolutamente nada. El suelo que pisaba era fangoso y se imaginaba caminando sobre un lodazal. No dejó de mirar al frente, en busca de alguna luz, alguna señal. Su corazón comenzó a latir deprisa y temió perderse en aquella densa negrura. El cielo estaba totalmente cubierto de nubes plomizas y opacas. No veía por dónde pisaba. Durante varios minutos caminó a ciegas. Según las indicaciones de aquel hombre, la casa se encontraba muy cerca, pero no había ningún indicio de construcción, solo bosque y más bosque.

Casi se da de bruces con lo que parecía un enorme muro de piedra de considerable solidez surgido de la nada. Para constatar que era real, Esperanza lo tocó y dejó escapar un gemido de satisfacción. Siguió el muro sin apartar sus manos del mismo con el temor de que desapareciera igual que había aparecido. Tras lo que serían tres minutos, alcanzó una enorme verja con lanzas de gélido hierro.

Dejó la maleta en el suelo, procurando que se manchara lo menos posible de barro. La pegó a la puerta de hierro. Miró por entre los barrotes y, a lo largo de un camino flanqueado de enormes árboles, vio luz en una de las ventanas del primer piso de lo que parecía una gran mansión.

No pudo impedir que los dientes le castañetearan y se sintió mal consigo misma por no haber podido evitar aquella situación.

Pensarían que aquella muchacha no tenía intención de acudir a su cita, que era una chica irresponsable incapaz de hacer las cosas como era debido y que, con esa actitud, no sería una persona digna de ningún puesto de responsabilidad, y mucho menos del que le habían hecho merecedora. Seguramente, nadie se creería que aquel hombre al que había conocido en la estación y que trasladaba a la gente, por una cantidad pactada de mutuo acuerdo, no le hubiera informado debidamente del tiempo que emplearía en aquel trayecto.

Tampoco sería oportuno argumentar que, además, era tan despistada que, incluso cuando realizaba recorridos por los que pasaba habitualmente, tenía que pensar con detenimiento si había elegido el trayecto adecuado.

Empujó la puerta sin ánimo, esperando que le devolviera una negativa, pero se abrió pesadamente casi a ras de suelo. La abrió lo suficiente para entrar y la volvió a arrastrar hasta que la encajó con dificultad de nuevo en su marco.

Un oportuno relámpago iluminó entonces la propiedad. Al final del pasillo de enormes árboles, vio una villa que, más que una residencia particular, parecía un palacio donde la hiedra se había apoderado prácticamente de la parte baja de la fachada. Sus hojas verdes brillaron y se agitaron como si constituyeran un organismo animado que se alimentaba de aquel edificio.

Sin darse cuenta, se detuvo en el camino de gravilla que se extendía hacia la casa. Fue como si algo invisible la retuviera, agarrándola por los brazos. Se estremeció y, entonces, una figura indeterminada surgió a través de la única ventana iluminada, la del primer piso. No supo discernir si se trataba de un hombre o de una mujer. De repente, la luz se apagó y la figura desapareció.

Llegó hasta la puerta principal, golpeó con el puño cerrado tímidamente, pero constató que aquella puerta tendría como mínimo un palmo de grosor. Miró el aldabón en forma de anilla cincelada y tras un instante de vacilación llamó un par de veces.

Esperó durante más de un minuto, pero nadie abrió la puerta. Probablemente todo el mundo, excepto aquella figura, estaría ya durmiendo. De nuevo se preguntó qué hora sería, seguro que no más temprano de las diez de la noche. Desde luego, no eran horas para andar molestando en casa de nadie, y menos en la de una de las familias más poderosas de Asturias.

Cuando iba a intentarlo por segunda vez, la puerta se abrió con suavidad haciendo tintinear el aldabón. Esperanza se quedó con la mano en el aire, la boca abierta y la respiración interrumpida.

Rodeada de sombras, al otro lado de la puerta permanecía inmóvil una mujer de mediana edad, erguida y con la barbilla levantada. Miró a Esperanza con sus dos grandes ojos oscuros, almendrados y sin brillo, enmarcados en un rostro anguloso, y, con un movimiento estudiado, se echó hacia atrás.

—Pase —dijo con voz seca, acostumbrada a mandar.

Esperanza susurró algo ininteligible y quiso hacer una reverencia a la vez que asentía. Bajó la cabeza y entró en la mansión al mismo tiempo que un trueno rugía sobre su cabeza.

La puerta se cerró suavemente con un siseo y la mujer desapareció en la oscuridad de un vestíbulo amplio, cuyas líneas se entremezclaban y desaparecían en un fondo denso. Esperanza permaneció quieta y en silencio. De repente se dio cuenta de que estaba tiritando y de que sus dientes castañeteaban. Estaba calada hasta los huesos.

Una iridiscente luz amarilla surgió gradualmente del fondo del vestíbulo como una luciérnaga atravesando la noche y avanzó hacia ella. La luz reveló una escalera con pasamanos de madera oscura y noble que se encontraba a la derecha. La mujer apareció llevando un candelabro plateado de tres velas, se detuvo al pie de la escalera y, con un movimiento casi imperceptible, le indicó que se acercara. Esperanza obedeció al instante. Estaba acostumbrada a hacerlo desde que recordaba.

—¿Sabe qué hora es? —preguntó la mujer de ojos negros y mirada penetrante.

—Yo...

La mujer la miró con un ápice de desdén y luego levantó la barbilla y miró al frente.

—Muy tarde. Se le citó a usted a media tarde. En esta casa, respetar el horario es muy importante, ¿lo entiende?

Esperanza quiso dar una excusa mientras asentía repetidamente, pero no se atrevió.

—Acompáñeme —añadió—. Le enseñaré su habitación.

La mujer subió las escaleras con la mirada fija al frente, enarbolando el candelabro como si fuera el estandarte de una gran nación. Esperanza la siguió a dos o tres escalones de distancia. Levantó la maleta intentando no manchar de barro los escalones afelpados que dibujaban figuras geométricas indefinidas. Pensó que no se había limpiado convenientemente los zapatos al entrar en la casa y que dejarían mancha.

Llegaron al primer piso. Todo estaba oscuro y en profundo silencio. A sus pies se extendía un larguísimo pasillo que parecía cruzar transversalmente la mansión; destacaba también por su anchura, que era considerable. La luz tenue del candelabro brillaba en el suelo de madera conforme avanzaban. Aquí y allá, alfombras gruesas de aspecto sublime surgían de la nada. Intentaba esquivarlas para no pisarlas, pero era imposible, eran enormes. Cada vez que pisaba una de ellas, apretaba los dientes, cerraba los ojos, cogía con más fuerza la maleta y suplicaba en voz baja que sus zapatos mojados no dejaran huella.

A la izquierda, la balaustrada permitía ver una parte del vestíbulo y, a la derecha, Esperanza pudo distinguir algunas puertas de color caoba y pomos dorados con marcos de gruesa madera elaborada. Entre puerta y puerta, había pesados cuadros con aparatosos marcos de pan de oro que exhibían retratos de personas que la miraban con altivez y que parecían estar a punto de cobrar vida.

Al final del pasillo se abría un descansillo que distribuía un total de tres puertas. La mujer abrió una de ellas y desapareció en sentido ascendente; Esperanza la siguió escaleras arriba.

La escalera era muy estrecha y olía a humedad. La madera crujía a cada paso. Con toda seguridad, conduciría a las habitaciones de la servidumbre, que en las casas de ese tipo habitualmente estaban situadas en la parte más alta.

Al llegar al final, la mujer se detuvo en el umbral de la puerta y miró a Esperanza con impaciencia y frialdad. Pero luego pareció que la estudiaba con detenimiento, como si la estuviera evaluando.

El pasillo era lóbrego y el olor a humedad estaba más presente. Las paredes se mostraban correctas, simplemente encaladas. Dispuestas a ambos lados, había varias puertas casi negras, de aspecto endeble y sin ningún tipo de decoración. La mujer se acercó a una de ellas y la abrió con una llave alargada que surgió de la nada. Con un gesto cansino, señaló con la cabeza al interior. Esperanza se acercó solícitamente.

—Esta será su habitación.

La habitación era pequeña y cuadrada. Los colores que predominaban con la escasa iluminación de las velas eran el negro y el gris, y tal vez algo de ocre. Había una cama estrecha que no estaba mal. En todo momento se había esperado un catre, y por eso la reconfortó. Sobre la cama, el omnipresente crucifijo. Una mesita diminuta y escuchimizada, una silla de anea y un mueble palanganero, con palangana desportillada por los bordes y aguamanil de esmalte blanco sin brillo. El armario tenía dos puertas y no era muy grande, pero tampoco pequeño. Esperanza pensó que con su escaso equipaje no llenaría ni la mitad.

—El desayuno para la servidumbre se sirve a las seis y media. El almuerzo a las doce y media y la cena a las siete, pero si tiene hambre puede tomar algo a media mañana. Habitualmente, el resto del personal lo hace a las nueve y media. Todo ello siempre en la cocina, que se encuentra bajando hacia el vestíbulo a mano izquierda. Sea puntual. Como le he dicho, en esta casa es condición indispensable.

La mujer se detuvo, tosió y observó de reojo a Esperanza, que en todo momento asentía en silencio, mientras evitaba temblar por la humedad que se le había instalado en los huesos. De nuevo la sorprendió examinándola de arriba abajo como si fuera un raro ejemplar encontrado en medio del bosque del que no se sabía qué esperar.

—Supongo que ha sido informada de sus condiciones de trabajo, así como de su sueldo. —Hizo una pausa—. Vivirá aquí y desempeñará el trabajo para el que ha sido contratada. Tiene un día libre a la semana, pero siempre estará sujeto a la conveniencia de la señora, que podrá cambiarlo o suspenderlo sin previo aviso… —Miró en derredor sin saber qué estaba buscando. Luego se acercó a un candelabro de un solo aplique y lo encendió con una de las velas del suyo—. De cualquier forma, debido a… tan inhabituales horas, mañana continuaremos. Venga a verme después de desayunar y le explicaré todo lo concerniente a su trabajo, aunque supongo que ya se hace una idea.

—Sí, señora —se apresuró a responder Esperanza, con la intención de parecer diligente. Acto seguido estornudó—. Perdón.

—Señorita Agustina y soy el ama de llaves de la casa.

—Sí, señorita Agustina.

La señorita Agustina clavó sus ojos de nuevo sobre ella y luego suspiró complacida. Se giró con la intención de salir de la habitación que, en adelante, sería lo más parecido al hogar que Esperanza no había tenido desde hacía mucho tiempo.

—En uno de los cajones del armario hay toallas secas.

Y cerró la puerta.

Todo se quedó en silencio. El cuerpo de Esperanza había dejado de temblar. Estornudó de nuevo y auguró que al día siguiente se despertaría con un resfriado triple.

Durante un largo rato, después de haberse secado el cabello despacio y quitado la ropa mojada, Esperanza se quedó quieta, sentada en el borde de la cama. Había dejado de temblar por el frío y se sentía mejor.

A la luz vacilante de la única vela que iluminaba la habitación, se puso de rodillas y, en la postura del penitente, rezó durante varios minutos agradeciendo a la Virgen de Covadonga tener un techo sobre su cabeza. Pensó que era una chica afortunada, porque encontrar trabajo en una gran casa como aquella no era tarea fácil y ella lo había conseguido con una recomendación, lo cual la convertía en una privilegiada.

Había oído hablar de la familia Campoamor, pero en realidad no sabía gran cosa. Cuando doña Leonor intercedió por ella le dijo que aquella era una buena oportunidad y que allí se encontraría a gusto.

Se metió en la cama, pero tenía más hambre que otra cosa: no había comido nada desde mediodía y, con los nervios, apenas había probado bocado.

Suspiró en silencio, luego introdujo la mano bajo la almohada y sacó el retrato de un hombre de unos treinta y tantos años. El hombre le sonreía desde algún momento del pasado en una pose natural, sin pretensiones y con una mirada limpia que no escondía nada perverso, sino todo lo contrario.

En la quietud de la habitación, Esperanza no pudo evitar derramar unas lágrimas al contemplar el retrato. Las lágrimas tenían un componente de tristeza, pero también de emoción y una pizca de alegría, mesurada y contenida.

Se limpió las lágrimas y sopló la llama de la vela. En la oscuridad, Esperanza apoyó la ajada fotografía sobre su pecho. Cerró los ojos y así estuvo durante unos minutos, luego la guardó con cuidado bajo la almohada y se quedó dormida casi inmediatamente.

2

Poco antes de las seis y media de la mañana Esperanza ya se encontraba en la cocina, con la intención de que la señorita Agustina no dudara con respecto a su compromiso para con esa casa y, en especial, con el asociado a la puntualidad. Ella no se encontraba allí y, aunque le habría gustado preguntar a alguno de los que serían a partir de ese momento sus compañeros, no se atrevió.

El resto del personal se sentó alrededor de una mesa rectangular, cabizbajos y en silencio. Al parecer, nadie salvo Balbina, la cocinera, una mujer extremadamente baja y gruesa de rostro rosado y aspecto porcino, dio muestras de tener interés en conocer algunos detalles de su vida, aunque solo fueran triviales. Esperanza respondió con monosílabos, incómoda por las indiscretas preguntas de Balbina. Florián, una especie de mozo para todo que rondaba la cincuentena, la observaba con una extraña mirada que estaba entre la indiferencia y la lascivia. Si bien el tipo de miradas de Florián se podrían catalogar de desagradables, las que le obsequiaba Sagrario, la sirvienta, tenían un tinte de grima que le ponía los pelos de punta.

—No sé qué pasa con las mocinas de hoy que no comen nada —se quejó Balbina al ver que Esperanza apenas probaba las rebanadas de pan que había preparado para acompañar el tazón de leche de cabra recién ordeñada por Florián.

—Se lo agradezco, pero es que estoy un poco nerviosa —dijo Esperanza a modo de excusa, sin poder evitar observar la reacción de Florián y, sobre todo, la de Sagrario, que esbozó una sonrisa de suficiencia al tiempo que miraba a Florián en busca de complicidad, aunque este pareciera estar pensando en otros menesteres.

Florián fue el primero en levantarse de la mesa, se caló una gorra sucia y ajada que olía a granja y salió carraspeando por una puerta que daba a un patio trasero. Sagrario hizo lo propio, sus movimientos eran silenciosos y precisos. Esperanza aguardó a que Balbina hubiera terminado de desayunar para levantarse también. En silencio, la observó de reojo engullir rebanada tras rebanada de pan.

Cuando Esperanza comenzó a impacientarse, apareció por la puerta de la cocina la señorita Agustina. Silenciosa, circunspecta, altiva. Echó un rápido vistazo a Balbina, que, encorvada junto a su tazón, se afanaba por engullir otra gigantesca rebanada de pan.

—Buenos días. Si ha terminado, acompáñeme, por favor —dijo la señorita Agustina sin mirar apenas a Esperanza.

El ama de llaves se dio la vuelta haciendo girar el vuelo de su vestido negro y desapareció. Esperanza se levantó y se apresuró a seguirla mientras Balbina parecía querer decirle algo a modo de advertencia, pero un enorme trozo de pan mojado en leche que tenía incrustado en la boca se lo impidió.

Esperanza vio de refilón las faldas del vestido de la señorita Agustina girar hacia la derecha. Apretó el paso. Al llegar al final del pasillo, vio que esta cruzaba con paso seguro y tiesa como un cirio el vestíbulo y se acercaba hasta una puerta que se encontraba enfrente de la escalera principal. El ama de llaves la abrió y desapareció al otro lado.

Esperanza entró con una media reverencia mientras la señorita Agustina permanecía de pie en el centro de la habitación con los brazos doblados a la altura de la cintura y los dedos entrelazados.

—Cierre la puerta.

Esperanza hizo otra reverencia. Se sintió estúpida. Cerró la puerta y se acercó manteniendo la precisa distancia de respeto.

La señorita Agustina la estudió con su lánguida pero firme mirada, sin decir nada. Esperanza no fue consciente del lugar donde se hallaba hasta que pasaron unos cuantos segundos. Sin duda era la biblioteca. Dos grandes ventanales daban a la fachada principal de la casa. Bajo sus pies había una enorme y mullida alfombra persa que cubría aproximadamente un tercio de la habitación. Unas aparatosas estanterías de madera oscura, de las que cualquiera valdría más de lo que ella podría ganar en toda su vida, ocupaban dos de las cuatro paredes. Y todas ellas repletas de libros dispuestos con exagerada precisión. Dos sillones orejeros tapizados en cuero rojo se encontraban, enfrentados al lado de una enorme chimenea que estaba apagada. En ese momento, un reloj de pared dio las siete en punto de la mañana. Al finalizar las campanadas, el ama de llaves carraspeó.

—Continuando con la conversación de anoche, que, debido a su falta de puntualidad, no pudimos dar por concluida, debo informarla de cuáles serán sus responsabilidades en la casa. En todo momento usted será la persona que acompañe a doña Rosario, ayudándola en todo cuanto necesite. Sagrario, la sirvienta, solía ser la persona que la ayudaba a vestirse o desnudarse y a otro tipo de tareas por el estilo, pero debido al alto grado de dependencia que requiere la situación de la señora se ha visto necesario contratar a una persona exclusivamente para tal fin. —Dicho eso, vio cómo se le ensombrecía el rostro—. Como supongo que usted ya sabrá… —prosiguió, pero de nuevo se detuvo, giró la cabeza hacia un lado e hizo un gesto que a Esperanza le pareció contrito y tragó saliva; permaneció así durante un par de segundos—. Doña Rosario es una persona impedida que no puede valerse por sí misma —dijo en voz baja, como queriendo elevar la voz pero sin poder hacerlo. Se esforzó en hablar con un tono más natural—. Y necesita de ayuda constante.

—Sí, señorita —susurró Esperanza con voz atiplada.

La señorita Agustina la miró entonces con los ojos muy abiertos, sin parpadear. Era como si Esperanza hubiera dicho algo inapropiado.

Tras unas largos segundos en los que el ama de llaves pareció consternada, Esperanza la observó sin atreverse a preguntar si se encontraba bien. Parpadeó varias veces.

—¿Tiene alguna pregunta? —susurró inexpresivamente.

Esperanza negó con la cabeza.

—No, señora.

—Señorita Agustina.

—No, señorita Agustina… Haré todo cuanto esté en mi mano por el bien de la señora.

El ama de llaves parecía estar sufriendo un extraño trance. Finalmente añadió:

—Eso espero. Ahora puede retirarse a su habitación, la llamaré cuando doña Rosario se despierte.

Esperanza hizo una reverencia y, silenciosamente, salió de la habitación, dejando al ama de llaves inmóvil y pensativa en el centro de la biblioteca.

Durante casi tres horas Esperanza esperó sentada en el borde de su cama. La primera hora la pasó sin hacer absolutamente nada. La muy ingenua creyó que doña Rosario madrugaría y que la señorita Agustina la requeriría en un corto espacio de tiempo. La espera se le hizo eterna. Además no había desayunado bien y ahora tenía hambre, aunque debía reconocer que estaba excitada por la perspectiva de conocer a la señora y comenzar con su nuevo trabajo. Se levantó de la cama y sintió sus piernas entumecidas, paseó por la habitación y, por un momento, abrió la puerta y miró al pasillo. Todo estaba en silencio.

Se volvió a sentar y pensó que tal vez no fuera mala idea leer un poco mientras esperaba. No quiso imaginar cómo reaccionaría el ama de llaves si la descubría leyendo. Después de debatir consigo misma durante un par de minutos, llegó a la conclusión de que estaría haciendo exactamente aquello que le habían ordenado y que no incurriría en ningún tipo de desobediencia. Cogió un libro ajado de tapas rojas y hojas amarillentas que doña Leonor le había regalado antes de que ambas se despidieran y se sentó en el borde de la cama.

Perdió la noción del tiempo, imbuida totalmente en la lectura de aquel libro que la tenía atrapada desde que comenzase a leer las primeras páginas. Seguía las aventuras de aquel fascinante personaje llamado Edmundo Dantés que planeaba con precisión de relojero una venganza para todos aquellos que lo habían traicionado en el pasado, cuando alguien tocó nerviosamente con los nudillos en la puerta y, sin esperar respuesta, la abrió.

Esperanza se sobresaltó de tal manera que casi se le cae el libro de las manos.

La cara pálida y pequeña, recortada por aquel flequillo recto de cabello moreno y lacio bajo la cofia, correspondía a Sagrario, que descaradamente dio un paso y se quedó mirando con ojos aviesos y escrutadores el interior del dormitorio, sin prestar atención a Esperanza, como haciendo un reconocimiento que, al parecer, no pasó el aprobado. Luego puso sus ojillos negros y brillantes sobre Esperanza y, a continuación, contempló el libro que leía y sonrió con malicia.

—Nueva, de parte de la señorita Agustina, que vayas ahora mismo al dormitorio de la señora.

Sin esperar respuesta, Sagrario se giró sobre sus talones y se alejó tarareando una alegre melodía aunque algo desafinada.

No sabía con exactitud dónde se encontraba el dormitorio de doña Rosario, aunque intuyó que sería una de las puertas finamente labradas que estaban situadas en la primera planta, entre los aparatosos retratos que Esperanza presumió correspondían a los antepasados de la familia Campoamor. A plena luz del día, pudo apreciar un poco mejor la opulencia de cuanto la rodeaba, sin dejar de prestar atención al brillante suelo de madera, a las exquisitas cortinas de terciopelo bordadas en relieve con motivos florales, suntuosos aparadores, lámparas de pie, de sobremesa o enormes de araña que la observaban silenciosas. Estatuas de lustrosos querubines arco en mano en todos los rincones y paredes revestidas de pulida madera entre marrón y rojiza que eran un constante recordatorio del poder que emanaba aquella familia y que la empequeñecían sin poder evitarlo.

Apabullada por el entorno, Esperanza se acercó a la puerta del centro. Desde allí oyó a Balbina hablar sola y ruido de cacharros procedente de la cocina.

Le daba reparo pegar la oreja y tratar de escuchar a través de la puerta, así que se acercó un poco más con la intención de percibir algún ruido que surgiera del interior sin necesidad de hacer algo tan vergonzante. No consiguió oír nada. Respiró hondo y tocó con los nudillos. Inmediatamente, una voz amortiguada ordenó que pasara.

Esperanza abrió la puerta con delicadeza. La escena que más o menos había imaginado en las últimas horas, como era natural, no se correspondía con la realidad. La señorita Agustina se encontraba de pie al lado de la cama, con los brazos cruzados y las manos una encima de la otra. Recibió a Esperanza con lo que parecía ser su sempiterna mirada de desdén, ordenándole con aquellos ojos oscuros y almendrados que se acercara, aunque Esperanza más bien pareció advertir que lo que deseaban era que se alejara de aquella casa para no regresar jamás.

Esperanza avanzó en silencio, notó que sus piernas le fallaban debido seguramente al nerviosismo del momento.

Bordeó una cama aparatosamente grande con cuatro pilares cubierta por un suntuoso baldaquino y vio a la anciana que reposaba en ella. A medio camino se dio cuenta de que tanto el ama de llaves como la anciana la miraban fijamente. La anciana la observaba con un brillo en sus ojos que, a juicio de Esperanza, despedía un fulgor extraño mezcla de excitación y expectación…, pero eso no podía ser, eran imaginaciones suyas. Aquella anciana de cabello lacio y plateado entreverado tenía un rostro agradable y, a pesar de los años, un porte excelente.

Se detuvo a una distancia que entraba dentro de lo correcto e hizo una reverencia. La anciana movió la cabeza asintiendo a la vez que seguía el movimiento del cuerpo de Esperanza con sus ojos brillantes. Inmediatamente hizo un gesto, con una mano de dedos alargados y manchas ocre a lo largo de todo el dorso, para que se acercara más. Dio apenas un paso. La señorita Agustina la escrutaba sin apartar su intensa mirada que Esperanza intentaba obviar. Parecía como si se mantuviera vigilante a la espera de intervenir en caso necesario.

—Así que tú eres Esperanza —dijo la anciana a la vez que examinaba su rostro y luego echaba un rápido vistazo a lo que desde su posición alcanzaba a ver.

A Esperanza le sorprendió ese trato, que no era habitual entre la gente de su clase para alguien como ella.

Movió la cabeza afirmativamente como respuesta. En realidad se sentía tan cohibida que prefirió no abrir la boca. El ama de llaves no perdía detalle.

La anciana hizo entonces un gesto de cansancio y cerró los ojos, dejó caer su cabeza sobre un almohadón excesivamente mullido, blanco y grande.

—Tal vez debería descansar un poco la señora —se apresuró a intervenir la señorita Agustina.

La anciana negó como respuesta y resopló, abrió los ojos cansinamente y miró a Esperanza. Hizo el esfuerzo de sonreírle y Esperanza se ruborizó.

—Creo que es mejor que nos dejes a solas, Agustina. Si esta chica va a estar aguantándome a partir de ahora, lo mejor es que vayamos familiarizándonos, ¿no te parece? —dijo dirigiéndose a Esperanza, que abrió más los ojos como única respuesta.

La señorita Agustina no pudo evitar mostrar a través de su rostro circunspecto lo inconveniente que le parecía aquella situación. No dijo nada y le costó asentir. Luego miró a Esperanza clavándole los ojos, que esta sintió como diminutos alfileres que le aguijoneaban la cara.

El ama de llaves asintió levemente con una evidente indignación. Levantó la barbilla, hizo una reverencia y, sin decir una sola palabra, se dirigió hacia la salida. Esperanza no quiso mirar, pero por el rabillo del ojo pudo ver que no le quitaba la vista de encima. Lo hizo sin apartar la mirada hasta que la puerta se cerró totalmente.

La anciana volvió a cerrar los ojos. Efectivamente, parecía cansada, aunque su aspecto en general era bueno. Suspiró de nuevo y, con los ojos todavía cerrados, rompió el silencio:

—No te preocupes por Agustina, lleva toda la vida conmigo. Sé que parece un tanto… —Dejó las palabras en suspenso a la vez que agitaba las manos en busca de la palabra adecuada. Abrió los ojos—. Brusca. Pero tiene buen corazón. Ya la irás conociendo.

Parecía difícil de creer, pensó Esperanza.

—Ella solo me protege. Su vida es esta casa. Nació en Campoamor e incluso yo, cuando era solo una niña…, no recuerdo los años que tenía…, cuidaba de ella.

Esperanza no pudo ocultar su sorpresa.

—Sí, es cierto —adujo doña Rosario esbozando una sonrisa—. Ya te digo, no tengo ni idea de la edad que tendría por aquel entonces…, aunque supongo que tal vez ocho o nueve años… o quizá diez u once… —Sonrió a la vez que agitaba la cabeza y luego se quedó pensativa—. Su padre ya trabajaba para nosotros, era el mayordomo de la familia y también nació en esta casa. Él, antes que Agustina, dedicó igualmente toda su vida a esta casa. Quintino se casó con Agustina, una sirvienta que por desgracia murió durante el parto… —Chasqueó la lengua e hizo un gesto de tristeza—. Pero nació una niña fuerte y con carácter que ha servido como nadie a los Campoamor.

Doña Rosario esbozó una mueca parecida a una sonrisa que Esperanza no supo cómo interpretar.

—Así que ya sabes un poco de la historia de esta familia.

Esperanza asintió y sonrió tímida y cortésmente sin saber qué añadir.

—No eres muy habladora, ¿eh?

—La verdad es que me ha sorprendido, señora —dijo Esperanza con voz temblorosa, mientras el corazón le latía con fuerza.

—¿Lo de Agustina? Entonces, si te contara que más de una vez le limpié el culo y le di de comer la papilla, ¿qué te parecería?

Doña Rosario rio disfrutando de su propia ocurrencia. Esperanza también lo hizo, evidentemente más comedida. No pudo evitar mirar hacia la puerta, en el fondo esperando encontrarse al ama de llaves observando la escena: aquella insignificante pueblerina descubriendo, por boca de la señora de la casa, detalles de su vida de lactante.

—Haz el favor —dijo doña Rosario después de dejar de reír—, aparta las cortinas de las ventanas. Para un día bueno que hay, no me lo quiero perder.

Esperanza desplazó las pesadas cortinas de terciopelo granate, con finos y elaborados brocados de hilo de oro. Doña Rosario insistió en que también descorriera los visillos para que la luz de la mañana entrara sin filtro en la habitación. Dos enormes franjas de luz blanca entraron oblicuamente formando imágenes difusas en el suelo de madera oscura y la enorme alfombra persa que se encontraba a los pies de la cama de doña Rosario.

Por un instante, Esperanza observó las escasas nubes que se movían en un cielo azul, limpio e imponderable. Una suave brisa agitaba las hojas de los tupidos y majestuosos robles que se hallaban en el jardín y que, desde allí, entre sus copas, dejaban ver un paisaje auténticamente asturiano, con laderas verdes y ondulantes que se extendían, quebrándose por sinuosos caminos que se perdían en el horizonte. Y abrió los ojos, inconsciente de haberlos cerrado. Sorprendida y asustada al mismo tiempo, se giró azorada y miró a doña Rosario, que no se había movido de su sitio y que la observaba con una sonrisa complaciente.

No podía dejar de pensar en que no esperaba que la señora de la casa fuera tan amable. No es que todas las señoras de la aristocracia y la burguesía fueran crueles e insensibles en su trato hacia la servidumbre, pero lo cierto es que esperaba otro tipo de comportamiento.

Siendo consciente de su posición, se dio la vuelta inesperadamente y se acercó hasta la cama haciendo una semirreverencia.

—¿Desea la señora que le haga traer el desayuno? —dijo Esperanza con la cabeza gacha, apresuradamente.

Doña Rosario agitó la mano en un gesto de negación.

—No tengo hambre —dijo lacónica en un tono sombrío.

Doña Rosario giró la cabeza hacia su izquierda y así se mantuvo un largo rato. Su mirada era indescifrable. En realidad, no parecía enfadada por algo, sino más bien pensativa. Tal vez nostálgica.

—¿Se encuentra bien la señora? —dijo, sorprendiéndose a sí misma por hablar sin ser preguntada.

La anciana volteó lentamente la cabeza y la miró. Sus ojos brillaban acuosos y Esperanza se temió que, de un momento a otro, doña Rosario se echase a llorar.

—Estoy bien, gracias —dijo, acompañando aquellas palabras con una sonrisa forzada.

Esperanza se quedó quieta. Asintió levemente y luego sus ojos bailaron, delatando su inquietud.

—Ven aquí —ordenó doña Rosario.

Esperanza se acercó deslizándose suavemente, parecía que debajo de las faldas de su vestido no hubiera pies y que se moviera sobre el suelo sin tocarlo. Hizo otra reverencia.

—No hagas más eso, me pones nerviosa —dijo doña Rosario a la vez que volvía a agitar la mano derecha en señal de desaprobación.

—Sí, señora.

—Tampoco asientas cada vez que te pregunto algo.

—Sí, señora.

—Así está mejor.

Esperanza sonrió tímidamente y se mantuvo con los brazos pegados a sus costados, paralelos a su pequeño cuerpo.

—Si vamos a estar mucho tiempo juntas, lo mejor es naturalizar la situación, ¿no te parece?

—Como usted desee…, señora.

Doña Rosario estiró su mano de bien cuidados dedos alargados y aristocráticos aunque ya deteriorados, propios de la gente que nunca se ha visto en la necesidad de trabajar, y buscó el contacto de la mano joven, pequeña y ya encallecida de Esperanza.

Con una extraña reticencia, Esperanza hizo lo propio. No por ningún tipo de aversión, sino por lo inusual del trato.

—Esperanza —murmuró doña Rosario mientras observaba el rostro de la joven escrupulosamente, como buscando en sus facciones descubrir algo sorprendente.

Esperanza se sintió incómoda, aun así permaneció en silencio, sin hacer nada.

—Siéntate aquí, rapacina —dijo doña Rosario, dando unos golpecitos sobre el mullido dosel que envolvía el largo cuerpo de la señora.

—Señora, no sé… —susurró Esperanza, más bien temerosa por si en aquel instante entraba en la habitación alguien y la descubría en situación tan embarazosa.

—Vamos, vamos —arguyó doña Rosario con un gesto imperativo.

Esperanza obedeció y se sentó a su vera. Se agitó un poco inquieta. No estaba cómoda en aquella situación pues era del todo inapropiada.

—Bien, Esperanza —dijo doña Rosario—, ¿estás cómoda?

¿La señora de la casa le preguntaba si estaba cómoda? No. No lo estaba en absoluto.

—Sí, señora.

—Eso es lo que quiero, que te sientas cómoda. No en mi cama. —Sonrió—. Quiero decir que te sientas a gusto en mi casa.

—Ya lo estoy, señora —mintió Esperanza haciendo un gran esfuerzo. Eso tampoco estaba bien.

—Seguramente estás pensando en Agustina, ¿a que sí? Por su expresión no dejó lugar a dudas.

—Tiene un carácter difícil, lo sé. Pero, como ya te he dicho, todo lo hace para protegerme. Llevar una casa como esta no es fácil y ella lo hace a la perfección. No obstante, si en algún momento notas que te atosiga demasiado, no tengas reparo en contármelo. Aunque ella no te lo diga, tu responsabilidad es hacia mí y no hacia ella, ¿queda claro?

—Muy claro, señora.

—Estoy segura de que no lo harás…, sé que impresiona demasiado —dijo entre dientes mientras negaba con una media sonrisa.

—La verdad, señora —dijo Esperanza, tragando saliva a continuación—, yo lo único que quiero es que usted esté a gusto conmigo y con mi trabajo.

Doña Rosario asintió satisfecha sin dejar de sujetar la mano de Esperanza, que comenzaba a sudar más de lo debido, lo que, a la señora, no parecía importunarle.

—Supongo que sabes por qué estás aquí —dijo doña Rosario después de un largo minuto en silencio.

Esperanza no pudo evitar fruncir el ceño. La respuesta parecía a primera vista bastante obvia, aunque no pudo evitar sentirse desconcertada.

—Para cuidar de usted, señora, y ser su dama de compañía.

—No me refiero a eso, chiquilla. Lo que quiero decir es que bien podría haber contratado a otra muchacha. —Doña Rosario miró a Esperanza con una sonrisa taimada—. Te advierto que algunas tenían mucha experiencia y referencias inmejorables.

—Bueno, me hago a la idea… —murmuró Esperanza taciturna.

—Eso es. ¿Ya sabes que doña Leonor es muy amiga mía?

—Lo sé…, señora.

—Sí, ella me habló de ti. Me dijo que eras una chica estupenda y que habías sufrido mucho. Yo confío mucho en doña Leonor y en su criterio y sé que no me defraudaría.

¿Sufrir? De donde ella venía, todos sufrían a diario. Era el pan de cada día del pobre y casi todos lo asumían con resignación. Si bien hubo una época en la que fue muy feliz. No le importó trabajar duro y que todo ese esfuerzo apenas diera para poner un poco de comida sobre la mesa. Lo hacía de buen grado y se habría cortado una mano si con ello hubiera podido volver atrás en el tiempo. Lo difícil no era soportar el sufrimiento, sino olvidar.

—No la defraudaré, señora —afirmó Esperanza mirándola a los ojos, casi se podría decir que de un modo insolente.

—Lo sé. Sé que no lo harás —dijo doña Rosario escudriñando más allá de los ojos de Esperanza.

Tras aquella primera toma de contacto con la señora de la casa, Esperanza se había sentido razonablemente contenta. Aunque, a decir verdad, también se notaba un poco confusa.

Doña Leonor le había dicho en su momento que doña Rosario era una mujer especial, pero sin entrar en detalles. Aquella apreciación dejaba mucho a la imaginación, desde luego, y no sería ella, por supuesto, quien se atreviera a preguntar por los gustos y manías de la señora de la casa. Una asumía su rol sin cuestionarse ese tipo de asuntos, que por otro lado no le concernían.

Durante la cena, estuvo repasando mentalmente el tiempo pasado con la señora, que en todo momento fue amable y correcta. Ella misma había escuchado por su propia boca que quería que se sintiera como en casa y que la informara en caso de que algo la importunara. Tal vez el grado de amistad entre doña Leonor y doña Rosario era tal que aquella no solo habría intercedido para conseguirle aquel trabajo, sino que además habría procurado que Esperanza estuviera contenta y atendida, y la propia ama de la casa se había prestado incluso a dirimir los hipotéticos problemas laborales que esta pudiera tener en un futuro.

Y todo ello contrastaba con el ambiente que existía con el resto de las personas que habitaban esa gran casa: los sirvientes. Allí estaban ellos, con sus miradas suspicaces, desconfiadas y tintadas de algo oscuro y malintencionado. Sin olvidar al ama de llaves, que surgía en el momento y lugar más insospechados, observándola con aquella mirada profunda que era una mezcla de recelo, desdén, soberbia y, aunque no quisiera reconocerlo, algo parecido al odio.

Después de la cena, Esperanza subió a su habitación y se puso el camisón. A la luz de una vacilante vela, como cada noche, Esperanza se arrodilló al pie de su cama y rezó en silencio, agradeciendo a Jesús y a la Virgen de Covadonga el haberle concedido un techo sobre su cabeza, un plato de comida caliente…

Toc, toc, toc…

Alguien llamó a la puerta con impaciencia y Esperanza se sobresaltó. Quiso preguntar, pero se le adelantó una voz seca y altiva:

—No está permitido tener encendida la luz más tarde de las nueve. Apague la vela y váyase a dormir —dijo el ama de llaves a través de la puerta, sin esperar a que Esperanza pudiera esgrimir ni un mísero monosílabo como respuesta—. ¿Me ha oído?

—Sí, señorita —contestó. Acto seguido sopló la vela y la habitación se quedó a oscuras.

Miró por la rendija de debajo de la puerta y vio la sombra de la señorita Agustina, inmóvil.

Esperanza contuvo la respiración. Se dio cuenta entonces de que todavía estaba de rodillas y con las manos juntas, que además apretaba con fuerza.

La sombra desapareció o más bien la luz que la iluminaba se esfumó.

Esperanza se levantó muy despacio y, sin hacer ruido, se metió en la cama, que crujió cuando su cuerpo se posó sobre el colchón blando.

Se quedó mirando la rendija de debajo de la puerta. No se veía nada. Oyó toser a alguien cerca. Esperanza supuso que sería Florián. No pudo evitar sentir náuseas.

—¡No pensarás que se va a pasar toda la noche tras esa puerta!

Una voz masculina surgió de la oscuridad.

Esperanza hizo un gesto rápido, como intentando encontrar el origen de aquella voz. Luego metió su cuerpo bajo las mantas hasta que la cubrieron por entero. Se ciñó la manta por detrás de la cabeza y chistó suavemente.

—He conocido a unas cuantas así en mi vida. Créeme, lo mejor que puedes hacer es ignorarla —dijo de nuevo la voz, que empleaba un tono como si quisiera restarle importancia.

—No me gusta cómo me mira —replicó Esperanza.

—A los pobres siempre nos miran así. Creen que no merecemos compartir con ellos el aire que respiran.

—Pero ella es también una sirvienta —argumentó Esperanza, bajando el tono a un susurro, porque temía que el ama de llaves la oyera.

—Esos son los peores —dijo la voz y luego rio por lo bajo.

—Chist…, te van a oír.

Y Esperanza también rio.

—A mí ya no pueden hacerme daño, cariño.

Esperanza se quedó en silencio, aguantando con sus dos manos la manta, agarrándola con fuerza. Luego tragó saliva y, de repente, se sintió muy triste.

—No llores, mi amor, por favor.

Esperanza soltó la mano izquierda que sujetaba la manta y esta se destensó un poco. Se la llevó al ojo izquierdo y luego al derecho.

—No estoy llorando.

—Aquí vas a estar bien. Doña Rosario es buena y sabes que doña Leonor te quiere mucho. Pronto doña Rosario también te querrá, en cuanto te conozca un poco… Y a los demás, a los demás que los parta un rayo.

Esperanza rio y de nuevo brotaron unas lágrimas rebeldes y descontroladas. Tuvo que soltar la manta, que cayó flácida sobre su cara.

—Yo no le deseo mal a nadie.

—Ya lo sé, reina, ya lo sé. No es de buena cristiana.

—¿Y de qué sirve ser buena cristiana? ¿Qué clase de Dios te arrebata lo que más amas?

—No digas eso…

—Pues lo digo, tanto rezar para nada.

—Cariño…

Esperanza retiró la manta lentamente y colocó la almohada, que para su gusto era demasiado blanda, pero en realidad no le importaba. Giró el cuerpo hacia la izquierda. Dobló la almohada hasta hacer con ella una bola para que tuviera más consistencia y se acomodó lo mejor que pudo.

—Hoy ha sido un buen día.

Esperanza asintió en silencio después de reflexionar durante un par de segundos.

—¿Contigo se portaron bien alguna vez?

—Nunca, pero eso no quiere decir que no haya señores, o en este caso señoras, que hagan lo correcto.

Esperanza sintió cómo los ojos se le cerraban pesadamente y la voz se esfumaba.

—Hum…

—Dime, tesoro.

—Quédate conmigo hasta que me duerma, por favor —pidió Esperanza a la vez que se le abría la boca dejando escapar un bostezo.

3

Doña Rosario se despertó muy temprano. Antes incluso que el servicio, que se levantaba cuando aún no había despuntado el alba. Y no era la primera vez. Hacía varios días que no conseguía dormir bien. Se desvelaba en medio de la noche y luego no lograba conciliar el sueño.

Todo estaba terriblemente silencioso y deseaba con toda su alma que llegara pronto el día y con él, los ruidos apaciguadores de la casa. No soportaba ese silencio ni esa oscuridad que siempre había odiado. Para luchar contra ese suplicio intentaba recordar momentos del pasado. Se sentía aterrada cuando era incapaz de evocar cualquier acontecimiento, aunque fuera banal, sucedido días atrás. Cierto era que su vida se había convertido en una triste rutina donde todos los días eran iguales y no pasaba absolutamente nada, pero no recordar lo que había ocurrido la jornada anterior la sumía en una agonía angustiosa de la que pensaba que jamás podría escapar. Su memoria le jugaba malas pasadas al otorgarle de vez en cuando recuerdos lejanos pero no por mucho tiempo…

Encendió la lámpara de la mesita. Su luz amarillenta apenas iluminaba, suficiente para su propósito. Después miró con detenimiento a su alrededor. «No me llevaréis todavía», se dijo al creer que alguna de las sombras inmóviles que la rodeaban se arrojaría sobre ella para arrastrarla al infierno.

Con determinación, giró el torso hacia atrás. Metió la mano debajo de la almohada, por entre el hueco del colchón y el cabecero, y extrajo un sobre manoseado. Observó por si algo inusual sucedía. No se movía nada, pero estaban ahí.

Miró el sobre detenidamente con expresión infantil. Aunque el pasado se desdibujaba a pasos agigantados, algo sí que recordaba y era cuando llegó esa carta que Agustina le entregó con reticencia. No tenía ningún reparo en reconocer que era la causa de sus desvelos, o más concretamente el significado que encerraba.

El sobre estaba ligeramente rasgado en uno de sus bordes. Extrajo con cuidado el contenido. Le latía con fuerza el corazón. Ese trozo de papel representaba una suerte de salvoconducto hacia la memoria, una espada contra el terrible olvido. Era la prueba de que no todo estaba perdido.

Estimada y querida Rosario:

Te escribo para informarte de que ayer hablé con Esperanza para transmitirle la propuesta de trabajo en Campoamor como dama de compañía. Le he explicado que es una gran oportunidad que no debe dejar pasar y que en tu casa será bien tratada y tendrá un porvenir inmejorable, dadas sus actuales circunstancias.

Evidentemente no le he contado la verdad…, entre otras cosas porque no hubiera sabido cómo afrontarlo. No he dejado ni un solo instante de darle vueltas y más vueltas a lo sucedido el pasado invierno sin llegar a ninguna conclusión mínimamente convincente. Debo reconocer que en ese sentido estoy como al principio e incluso admito que algunas veces he dudado de mi fe y capacidad como profesional.

Sin embargo, como tu amiga incondicional desde hace muchos años, es mi deber contribuir a que todo, muy pronto, pueda esclarecerse con mi humilde aportación y el deseo de que puedas hallar la paz que reconforte tu afligido corazón.

Con todo mi afecto,

Leonor Gárate de Barmussy

Levantó los ojos del papel. Ahora las sombras ya no representaban ningún peligro sustancial. Curiosamente en ese instante la habitación se fue tiñendo de luz matinal. Miró hacia las cortinas, que estaban casi echadas, aunque un pequeño resquicio de luz se coló en ese momento y traspasó la penumbra como un mensaje de esperanza. Fuera oyó los pasos apagados de Agustina ir de aquí para allá, muy lejos se escuchaba canturrear a Balbina y las toses de fumador empedernido de Florián. Un nuevo día comenzaba en Campoamor e imaginaba, mejor dicho, tenía la certeza de que a partir de entonces todas las tinieblas que la acosaban sin tregua desaparecerían por fin.

Alguien golpeó con la palma de la mano la puerta del dormitorio, de forma nerviosa, imperativa y casi despreciativa. Levantó la cabeza instintivamente. Esperanza esperó alguna voz al otro lado, como acompañamiento de aquel golpe, pero nunca llegó. En su lugar, oyó un silbido burlón con una melodía quizá inventada que se alejaba. Sin duda sería Sagrario, ya que no imaginaba a la señorita Agustina procediendo de esa forma. Probablemente el ama de llaves le habría encargado a la sirvienta que la despertara por las mañanas. Esperanza siempre había madrugado, así que estaba acostumbrada. Aun así, le costó vencer el sopor del sueño acumulado durante toda la noche. Se incorporó emitiendo un gemido quejumbroso e hizo el esfuerzo de tratar de abrir los ojos, que parecían estar pegados a los párpados con algún tipo de pegamento resistente. Al poner los pies en el suelo, los abrió de golpe, justo cuando sintió la sacudida del frío cemento.

Desayunó en silencio junto a Sagrario, a la que de vez en cuando sorprendía mirándola de reojo como si fuera un bicho raro. Balbina, sentada a la mesa, engullía sin detenerse ni para respirar el pan recién horneado y bebía, sin que para ello le molestaran los trozos de pan flotante que inundaban el tazón, la leche de cabra oscurecida con achicoria. Sorbía sonoramente y no dejaba de hacer ruidos en cada uno de los actos que realizaba.

Florián la observaba de reojo y compartía con Sagrario alguna que otra mirada cómplice. Luego lio un cigarrillo e hizo comentarios acerca de la transformación política y social que estaba por producirse y que cambiaría radicalmente el protagonismo conservador imperante. Los altercados prorrevolucionarios, cada vez más frecuentes en aquella España de 1933, eran el caldo de cultivo del odio concentrado que finalmente desencadenaría la Guerra Civil, mientras en Europa Hitler, con sus inquietantes soflamas, extendía como la pólvora su demencial ideario.

Pero no todas las noticias eran tan deprimentes y, en medio de aquel caos apocalíptico, la diputada madrileña Clara Campoamor había conseguido que las mujeres tuvieran el mismo derecho que los hombres a la hora de elegir a sus representantes políticos. Apenas unas semanas antes se habían celebrado las elecciones generales y, algunas con alegría, otros con admiración, habían podido constatarlo a través de las portadas de los periódicos de tirada nacional con las imágenes de eufóricas mujeres introduciendo su voto en la urna.

Desgraciadamente no todas las mujeres estaban de acuerdo con esa proclamación e incluso se avergonzaban en público de que alguien con el mismo apellido que aquella ilustre familia fuera la artífice de tal barbaridad.

—¿Dónde vamos a ir a parar? —bramó Balbina con el rostro encarnado por la indignación—. La mujer tiene que estar en su sitio, que es su casa, y dejar que los hombres hagan y deshagan, que para eso son hombres. —Enarcó una ceja y sonrió con malicia—. Aunque estoy segura de que pronto alguno con los cojones bien plantados pone en su sitio a esa descarada.

Mientras Balbina esperaba ese momento, que por desgracia no tardaría en producirse con la llegada de Franco, Esperanza agachó la cabeza. Sentía más que nada pena por Balbina, que al parecer era de esas personas que se refocilaban y solo eran capaces de disfrutar con el mal ajeno.

Como atraída por el olor de la putrefacción, la señorita Agustina entró en silencio en la cocina y la barrió con su mirada orgullosa. Florián había desaparecido hacía escasamente unos segundos. Sagrario, a la que se le borraba del pequeño rostro la expresión de laxitud y descaro en cuanto tenía delante al ama de llaves, se levantó con diligencia, limpió su tazón con presteza y posteriormente lo dejó secar en el escurreplatos. El ama de llaves le dio un par de órdenes relacionadas con la limpieza de las ventanas situadas en el vestíbulo, a lo que Sagrario contestó con escuetos y sumisos «sí, señorita; sí, señorita». Mientras tanto, Balbina seguía a lo suyo, profiriendo en esa ocasión dos estornudos que, con toda probabilidad, se dejaron oír en Santamaría de la Villa. El ama de llaves reprobó su comportamiento en silencio mientras retorcía el gesto en una mueca de asco, pero la cocinera no se inmutó lo más mínimo.

Esperanza ya estaba de pie y, de algún modo, esperaba instrucciones del ama de llaves. Esta no dijo nada. Se giró sobre sus talones y abandonó la cocina. Esperanza recordó las palabras de doña Rosario sobre que su dedicación en esa casa era exclusivamente hacia su persona.

Al salir por un corto pasillo que comunicaba la cocina con el vestíbulo, casi se da de bruces con un hombre de mediana edad.

—¡Vaya, lo siento! Ha faltado poco —se apresuró a decir el hombre con una sonrisa entusiasta.

—¡Bendito sea el Señor! ¡Qué susto! —exclamó Esperanza, deteniéndose en seco y llevándose la mano nerviosamente a la boca.

—Sí, ya sé que soy muy feo. Es el efecto que suelo producir. Perdón por asustarla —dijo el hombre de nuevo con otra sonrisa y voz nasal.

—Oh, no, no…, no me refería a eso… —replicó Esperanza azorada por lo inesperado de la situación.

El hombre sonrió, agitó la cabeza y le tendió la mano.

—No te preocupes, mujer. El que es feo es feo y no se puede hacer nada por remediarlo, aunque dicen que mi simpatía compensa e inclina la balanza.

La mano seguía tendida en el aire y Esperanza, que todavía tenía la suya tapándose la boca, negó con un movimiento rápido.

—Yo…

—Tú eres Esperanza, ¿a que sí?

Esperanza asintió con el mismo vigor, mientras observaba la mano extendida y la cara del hombre, que, aunque no fuera especialmente atractiva, era agradable e irradiaba confianza.

Viendo que Esperanza se quedaba en silencio y esbozaba una mueca de sorpresa, el hombre retiró la mano de manera natural, pero mantuvo su sonrisa bajo el bigote bien cuidado, negro, veteado de canas.

—Supongo que pensarás: «¿Quién es este tipejo que no para de sonreírme?». Pues mi nombre es Diego Carreño y, aunque no me hayas visto por la casa antes, aquí es donde trabajo.

—Encantada, señor Carreño —se apresuró a decir Esperanza a la vez que hacía una reverencia.

—Oye, oye, nada de señor, ¿eh? Mira, vamos a hacer una cosa: yo te llamo Esperanza y tú a mí, Diego, ¿te parece?

—No, no, señor… —murmuró Esperanza sin dejar de pensar en quién podría ser aquel hombre y qué labor desempeñaría en la casa. Sin duda, de importancia a juzgar por su traje de dos piezas y la seguridad que mostraba.

Entonces se puso serio y cruzó las manos por delante, una encima de la otra, con un gesto adusto, frunciendo el ceño.

—Como quieras. Ahora bien, si no te parece correcta la fórmula, entonces tendrás que llamarme señor excelentísimo don Diego Carreño. También me conformo con que me traten de vuecencia.

Con un rápido vistazo, prestó mayor atención a su vestuario: llevaba una chaqueta negra y pantalones a juego. El chaleco lo llevaba abotonado pulcramente y la camisa blanca tenía desabrochado el botón del cuello, apenas visible. El nudo de la corbata no era perfecto y, además, estaba ligeramente ladeado, lo que la llevó a pensar que tal vez aquel hombre no estuviera casado. Miró su mano izquierda en busca de evidencias y no halló ningún anillo dorado.

—Creo que llamarle señor Carreño será lo correcto —dijo Esperanza tratando de no dejarse influir por el torrente de simpatía de aquel desconocido.

—Aceptaré un señor Diego.

Esperanza sonrió sin poder evitarlo y asintió. A continuación, hizo un amago de querer continuar su camino, como si en realidad tuviera prisa por llegar a alguna parte.

—¡Oh, perdón! La he interrumpido en sus quehaceres, le pido un millón de disculpas —exclamó, pegándose a la pared e invitándola a pasar.

Esperanza ladeó la cabeza cortésmente y pasó al lado del señor Carreño. No pudo evitar mirarlo de reojo y se sonrojó al comprobar que este la observaba con una sonrisa.

—Dele recuerdos a doña Rosario de mi parte —dijo Carreño de improviso.

Esperanza se detuvo y giró sobre sus talones. Sin duda la expresión que puso provocó que Carreño sonriera y agitara la cabeza complacido.

Esperanza asintió nerviosamente con una reverencia y se apresuró a subir las escaleras.

Todavía con la imagen de aquel hombre agradable que decía llamarse Diego Carreño rondando en su cabeza, Esperanza se dirigió al dormitorio de doña Rosario. No es que hubiera sentido algo especial, solo que le había parecido muy atento y amable. No sabía por qué, pero lo cierto era que se sentía atraída por los hombres que la trataban con amabilidad. Eso no quería decir que aquel hombre la atrajera; lo acababa de conocer y, aunque no había visto evidencias, se imaginaba que estaría casado, lo que lo convertía automáticamente en alguien en quien no convenía fijarse.

Había dicho que trabajaba allí, pero Esperanza era incapaz de ubicarlo en alguna de las posibles labores de la casa.

No sabía por qué le daba tantas vueltas. Aquel hombre era mucho mayor que ella, tal vez tendría cuarenta años, incluso cuarenta y tantos. Y apostaría a que estaba casado. Lo más seguro es que su esposa fuera una mujer atractiva y elegante, de esas señoras que participan en todo tipo de actos sociales de relevancia, y él estaría enamorado de ella. Probablemente tendrían dos hijos, un niño y una niña; sin duda serían una familia estable y respetada en el municipio…

No sabía por qué meditaba sobre todo eso, se dijo cuando se encontró frente a la puerta del dormitorio de la señora. Por un instante, se sintió mal consigo misma y pensó que, en el fondo, eran ideas absurdas de una chiquilla tonta.

Sacudió la cabeza, llamó con los nudillos y esperó respuesta.

—Adelante —dijo la cascada pero enérgica voz de doña Rosario.

Antes de entrar, Esperanza intuyó que la señora no se comportaría del mismo modo que el día anterior. Abrió la puerta.

Los ojos de Esperanza se dirigieron a la cama, que estaba vacía y, además, hecha. Sin saber por qué, se sobresaltó. De repente, una figura delgada, deslizándose más que caminando y envuelta en un vestido negro con cofia y delantal blanco ribeteado, apareció por una puerta situada a la derecha. Sagrario se acercó a una camarera que estaba pegada a un escritorio, ni siquiera la miró. En la camarera, Esperanza vio un zumo de naranja casi sin tocar, lo que quedaba de un huevo pasado por agua colocado sobre una huevera de porcelana fina y el resto de una tostada roída hasta poco más de la mitad. Todo dispuesto pulcramente sobre una bandeja de plata y mantel de seda blanco con bordado de flores.

—¿Ordena alguna cosa más la señora? —preguntó Sagrario acercándose al centro de la habitación.

—Puedes retirarte, Sagrario.

Sagrario hizo una reverencia, se dirigió hacia el carrito y Esperanza se apartó de su camino, mientras aquella maniobraba con cuidado para evitar que los bordes o las ruedas de la camarera rozaran el marco de la puerta.

Doña Rosario se encontraba sentada en una silla de ruedas de color negro brillante. Era aparatosa, pero no ostentosa. Miraba a través de los cuarterones de una de las ventanas que daban al jardín. Esa mañana había amanecido gris y no había rastro del sol.

Esperanza se acercó a la señora con extraña cautela. Era como si esperase que, por algún motivo que ella desconocía, la señora estuviera enfadada o disgustada por algo.

Según su percepción, los señores en general siempre parecían estar disgustados por algo y su humor era, en el mejor de los casos, cambiante. A pesar de ser ricos, siempre parecían tener un montón de problemas que les impedía disfrutar de su condición y siempre descargaban esa frustración en las personas que tenían a su alrededor y, especialmente, en las que les servían.

—Buenos días —dijo Esperanza temiendo recibir como contestación una inesperada e infundada respuesta cruel, desmedida o humillante.

—Buenos días, Esperanza —respondió la señora con aire pensativo, sin apartar sus ojos del paisaje que se extendía ante ella y que, con toda seguridad, debía de pertenecerle en gran parte.

—¿Ha pasado buena noche la señora?

Doña Rosario no contestó. De tan inmóvil que estaba, parecía una estatua.

Al cabo de unos largos segundos giró la cabeza y miró a Esperanza. Esta intentó detectar cólera, rabia o resentimiento en los ojos de la anciana, pero no encontró nada de eso. Tal vez indiferencia.

No sabía por qué esperaba que esa mañana la señora se sintiera encolerizada por algo.

Después de permanecer en silencio, volvió la mirada al paisaje y dijo de improviso:

—Dime, chiquilla, ¿cuántos años tienes?

Esperanza dudó unos instantes.

—Dieciséis, señora.

—Dieciséis —repitió la anciana.

—Sí, señora… —dijo Esperanza. En ese instante, recordó la orden de la señora acerca del continuo y reiterado tratamiento hacia su persona.

Doña Rosario miró a Esperanza y esta se temió una reprimenda. Con un gesto de la cabeza, señaló una silla de respaldo alto tapizada que se encontraba pegada a la pared.

—Coge la silla y siéntate aquí. Me duelen las cervicales de tener la cabeza levantada. Anda, ve.

Esperanza cogió la silla y se sentó cerca de la señora. Intentó colocarla a la distancia justa. Ahora los ojos de ambas estaban a la misma altura. Percibió entonces que doña Rosario tenía unos ojos bonitos. Eran azules y muy limpios. Su rostro también poseía la clásica belleza que solo parecen disfrutar las personas de clase acomodada. No obstante, Esperanza percibió un brillo mate, también una suerte de cansancio y tal vez de duda.

—Tu vida, aunque corta, ha debido de ser dura, ¿verdad?

Esperanza se quedó en silencio. No sabía qué contestar. Habría preferido hablar de otro tema. No quería hablar ni de ella ni de su vida. Por un instante, tuvo el impulso de levantarse y salir de allí, pero naturalmente lo reprimió.

—Sí.

Sintió un fuerte amargor procedente del estómago.

No quería hablar de sí misma.

Tragó saliva.

—¿Sabes qué hacía yo cuando tenía tu edad?

Esperanza arqueó las cejas. Sin duda, prefería escuchar lo que la señora tuviera que decirle.

—No, señora…

Otra vez.

Doña Rosario la miró y Esperanza esperó que la regañara.

—No sé si lo sabías, pero yo nunca tuve hermanos ni hermanas. Soy hija única. Mi padre era un hombre importante. Tenía varios negocios aquí en Asturias y también en América. Dirigía unos astilleros en Gijón y además era propietario de tierras en Cuba. Allí cultivábamos azúcar, algodón y tabaco.

Observó de nuevo a Esperanza, sonreía y tenía una mirada nostálgica.

—Más o menos a tu edad —dijo— hice un viaje con mi padre a Santiago de Cuba, que era donde teníamos la plantación… Eso fue antes de la guerra, lo recuerdo muy bien. Mi padre consideraba que ya era lo suficientemente adulta para conocer los entresijos del negocio familiar. Mi madre murió cuando yo apenas tenía un año. Según mi padre, era una mujer dulce y amable, pero tenía una naturaleza débil y siempre estaba aquejada por enfermedades. —Suspiró—. Al parecer yo era el vivo retrato de mi padre, decían que hasta en la forma de andar nos parecíamos.

Doña Rosario apoyó su mano sobre las de Esperanza, que las tenía sobre su regazo y las agitó a la vez que abría más los ojos para mirarla.

—En realidad, mi padre lo fue todo para mí.

Al oír eso, Esperanza dio un respingo y un rayo de emoción atravesó su cuerpo. Doña Rosario pareció no percatarse de su estado.

—Tu…, tuvo que ser un hombre magnífico —murmuró Esperanza con un hilo de voz, atragantada por una emoción que pretendía dominar. No sabía por qué había abierto la boca.

—Lo fue. Fue el hombre más importante de mi vida.

La emoción de Esperanza sobrepasó las fronteras de la carne y se expresó en forma de lágrimas, que fluyeron mejilla abajo.

Esperanza se apresuró a limpiárselas a la vez que gemía:

—Lo siento.

Doña Rosario hizo un gesto de pena.

—Oh, no quería que te sintieras mal. Te he hecho recordar el pasado, ¿verdad?

—No, no es eso, es que… —Esperanza negó, incapaz de continuar.

Doña Rosario le golpeó suavemente el dorso de la mano izquierda, mientras que con la otra Esperanza se afanaba por eliminar las lágrimas.

—No te preocupes, si tú quieres esta podrá ser tu casa y tu familia también. De una manera u otra, aquí todos estamos solos y nos tenemos que consolar con lo que hay.

—Es usted muy considerada, señora.

Doña Rosario negó con nostalgia.

—Más bien práctica —dijo—. A mis años, una aprende a ser práctica. Ves que la vida se te ha ido, perdiendo el tiempo en menesteres que, en el fondo, no merecían la pena y te das cuenta demasiado tarde de que has descuidado lo realmente importante.

—Todo se complica en la vida, sin remedio.

Doña Rosario la miró con gravedad y asintió, otorgando la razón a las palabras de Esperanza.

—Sí que es cierto, pero otras veces nos dejamos arrastrar por nuestro orgullo y ¿sabes qué ocurre cuando hacemos eso?

—No.

—Que corremos el riesgo de perder lo más importante.

Esperanza sopesó sus palabras y asintió lentamente.

—Desgraciadamente, solo aprendemos de una forma: equivocándonos. Y no nos basta con una ocasión, sino que nos equivocamos una y otra vez… Para cuando has aprendido la lección, ¿qué ocurre?

—No lo sé, señora.

—Que ya es demasiado tarde y tienes el resto de tu vida para arrepentirte y pagar por tu error —sentenció doña Rosario. Acto seguido retiró su mano, la colocó sobre su regazo y contempló el paisaje, que se había oscurecido con rapidez.

—¿Quieres que te dé un consejo?

—Sí, señora.

—No descuides lo que sea más importante para ti en la vida. No dejes que otros asuntos mundanos o sin interés interfieran en lo que de verdad deseas.

—Entiendo.

Doña Rosario miró a Esperanza fijamente.

—Todavía eres joven para ser consciente de lo que te digo y es normal. Cuando una es joven, cree que tiene todo el tiempo del mundo y, en cierta manera, así es. —Se detuvo un instante y Esperanza vio cómo se le ensombrecía el rostro—. Pero el tiempo se acaba. No emplearlo debidamente es un grandísimo error que no nos podemos permitir.

—Soy consciente de ello, señora.

Doña Rosario asintió.

—¿Existe alguien importante en tu vida?

—Sí, señora. Existe una persona —dijo tras vacilar.

—Seguro que es alguien a quien quieres mucho.

«Más que a nada en el mundo», pensó.

—Sí, sé lo que es eso…, estar condenada a un amor de por vida. Pase lo que pase, esclavizada y tiranizada.

Doña Rosario la observó con interés.

—Pero aún eres joven, demasiado joven para caer en las redes del amor —aseguró—. Podría darte un consejo, pero no serviría de nada. Todas caemos, más tarde o más temprano, y nos enamoramos del hombre equivocado.

Esperanza la miró contrariada.

—Pero el amor es algo hermoso por lo que vale la pena luchar.

Doña Rosario sonrió con malicia y volvió a contemplar el paisaje.

—Tonterías romanticonas. Te aseguro que ese amor del que hablas puede dejar una huella imborrable en tu corazón, una huella negra que te hará desear no seguir viviendo. Hazme caso, sé lo que me digo, alguien muy cercano a mí está sufriendo esa misma desgracia.

Una enorme nube gris plomo se posó sobre la mansión Campoamor y, sin previo aviso, descargó una intensa cortina de agua que mojó y oscureció la tierra en pocos segundos. Las hojas de los orgullosos robles centenarios del jardín se agitaron temblorosas. Florián echaba un vistazo al cielo mientras sostenía en la comisura de sus labios un cigarro. Esperanza vio que acababa de cortar una rosa blanca que protegía como si fuera un bebé recién nacido. Corriendo, atravesó el jardín y se perdió de vista. Presupuso que había entrado por la puerta de la cocina. Al instante salió, ya sin la rosa y sin prisa. Sin dejarse impresionar por la fiereza de la lluvia, arrastró con calma la carretilla por un caminillo que bordeaba la casa por la derecha en dirección al cobertizo. Balbina buscaba a Sagrario y gritaba con su voz chillona conminándola a que acudiera inmediatamente a recoger la ropa del tendedero.

Y Esperanza permaneció en silencio, acallando las voces del pasado y esperando que doña Rosario simplemente deseara contemplar la lluvia desde la ventana de su habitación. Lo prefería a hablar sobre su pasado. Sin duda lo prefería a despertar lejanos fantasmas y a abrir viejas heridas que se habían obstinado en no cerrarse a pesar del paso del tiempo.

4

Poco antes de las nueve de la noche doña Rosario tomó su frugal cena, consistente en sopa de fideos con marisco, merluza a la sidra y una manzana de postre. Inmediatamente después, se metió en la cama y ordenó a Esperanza que fuera a la biblioteca en busca de algún libro. Al parecer, a la señora le gustaba que le leyeran algo antes de dormir.

Todo parecía indicar que las preferencias de doña Rosario convergían en los escritores clásicos rusos, con especial predilección por las obras de Dostoievski y Tolstói. Esperanza se sintió hechizada ante la vasta colección de lujosos volúmenes que poseía doña Rosario y que se encontraban escrupulosamente ordenados en la no menos impresionante biblioteca. Sin darse cuenta, pasó más tiempo del necesario revisando los lomos de parte de los volúmenes encuadernados con profusión hasta que un rostro —que más que aborrecer temía— apareció por la puerta abierta para recordarle que la señora esperaba en su dormitorio. La urgió a que eligiera un libro y subiera lo antes posible.

—Usted es responsable de la señora. De ningún modo puede dejarla sola —arguyó la señorita Agustina en un tono arrogante.

—Lo siento, señorita, es que la señora…

—Ya me ha oído. Elija un libro y suba inmediatamente al dormitorio de la señora.

Esperanza, que se sentía estúpida, contempló los lomos de los libros sin prestar ya atención; notaba que se clavaba en su espalda la mirada del ama de llaves, que la seguía como los ojos de una muñeca de porcelana. Deseó fervientemente que alguno de aquellos libros correspondiera a alguno de los escritores predilectos de la señora. Así cogió el primer libro que se le presentó y suspiró al descubrir que, al menos, correspondía a un autor de renombre, que además le encantaba, y además a ella le encantaba: Alejandro Dumas.

La señora celebró sin demasiado entusiasmo, pero al menos sin censurarla, la elección de *El tulipán negro,* que Esperanza abrió con avidez y disfrutó tocando el papel de aquella edición de lujo. Doña Rosario lo único que quería era dejarse arrullar por una voz suave que le facilitara alcanzar un rápido y eficaz sueño. En menos de diez minutos la señora se quedó profundamente dormida, pero el comienzo de aquella novela la había cautivado tanto que Esperanza leyó en silencio hasta que finalizó el primer capítulo.

Cerró con suavidad la puerta del dormitorio. La casa estaba sumida en un silencio sepulcral y, aunque quería irse inmediatamente a dormir, no pudo obviar los rugidos de su estómago hambriento. Se asomó apoyándose en la balaustrada y miró hacia el vestíbulo. Desde allí solo obtuvo una vista parcial y oblicua del mismo. Estiró el cuello y movió la cabeza, intentando ver luz procedente de la cocina. Sabía que todo el mundo, excepto ella, había terminado de cenar hacía tiempo. Seguro que Balbina ya habría acabado sus quehaceres diarios y estaría durmiendo feliz con el estómago lleno.

Dudó entre ir a la cocina o subir resignadamente las escaleras que conducían a su habitación. Otro nuevo rugido de protesta la incitó a llenar su estómago. Luchó contra su indecisión durante un largo minuto y, cuando el hambre se hizo insoportable, descendió las escaleras intentando hacer el menor ruido posible.

Como había augurado, la luz de la cocina estaba apagada. Entró a hurtadillas temiendo que la señorita Agustina surgiera de las sombras de repente con las manos sobre su regazo y le advirtiera por enésima vez que aquellas no eran horas para circular por la casa y que la servidumbre debía estar ya en sus aposentos durmiendo. Ni por asomo pensó que la excusa de no haber podido asistir a la cena, por razones que la propia ama de llaves conocía muy bien, le hubiera valido como pretexto. Seguro que le respondería con alguna de sus frases monocordes, mirando al frente con altivez.

Aun así, a riesgo de acabar siendo descubierta, echó un rápido vistazo a la mesa donde solía desayunar y almorzar junto al resto de criados por si Balbina hubiera dejado algo para ella. La mesa estaba tan vacía como su estómago.

Nadie la había prevenido de fisgonear en la despensa, aunque era obvio que estaría prohibido. Un candado de exageradas dimensiones precintaba la puerta, para disuadir a merodeadores furtivos nocturnos en busca de algo con que llenar sus estómagos, de modo que tampoco tuvo por qué preocuparse.

Entonces recordó que Balbina llevaba colgando del cuello una llave junto a un relicario que a veces besaba. Seguramente aquella llave era la de la despensa.

Suspirando, se giró sobre sus talones y, cabizbaja, se dirigió hacia su dormitorio. Subió las escaleras lentamente, con cuidado de no tropezar. La escasa luz lunar que había iluminado a través de las ventanas del vestíbulo su aventura hacia la cocina había desaparecido. Esperanza intentó distinguir los contornos de la casa, que todavía no conocía bien. Llegó al primer piso y cruzó el pasillo en dirección a la puerta que conducía al segundo piso. Una puerta situada a la izquierda, al final del pasillo, estaba entreabierta y dejaba escapar un fulgor amarillento que movía las sombras a intervalos intermitentes.

Oyó que alguien carraspeaba en el interior. Sin duda era un hombre y Esperanza no tuvo ningún problema en ponerle cara: era la de aquel hombre tan amable con el que se había cruzado esa misma mañana que decía llamarse Diego Carreño.

—¿Agustina? —preguntó la voz desde el interior de la habitación.

Esperanza no respondió y se quedó allí plantada, sin saber qué hacer.

Oyó cómo arrastraba las patas de la silla por el suelo y los subsiguientes pasos.

Abrió la puerta de repente y miró a Esperanza con gesto grave. Inmediatamente sonrió.

—Hola —saludó.

—Buenas noches —susurró Esperanza empezando a marcharse—. Perdón, no era mi intención molestarle.

Esperanza se preguntó qué haría aquel hombre a esas horas en la casa.

Diego Carreño asintió con una sonrisa todo amabilidad.

—¿Qué hace despierta tan tarde? ¡No me diga que doña Rosario se acaba de dormir!

Esperanza asintió.

—¿Está a gusto con este trabajo? —preguntó de improviso.

—Mucho, señor. Gracias.

Fue entonces cuando le llegó a las fosas nasales un delicioso aroma que le hizo cambiar la expresión de la cara. Provenía del interior de la habitación.

—Estaba cenando… Perdón, no le he preguntado si usted ha cenado ya.

Esperanza asintió sin pensar, pero no pudo evitar murmurar:

—No.

Sin dejar continuar a Esperanza, Carreño se apartó y extendió su brazo izquierdo, invitándola a entrar.

—Pues entonces creo que esta situación viene como anillo al dedo: usted no ha cenado, Balbina me ha puesto más de medio pollo, que no me voy a acabar ni en una semana, y es una lástima tirarlo, con toda la gente que hay por ahí pasando hambre.

«Pollo, qué rico…».

—Se lo agradezco, señor Carreño, pero no debo…

—Tonterías —dijo Carreño elevando el tono—. Pasa, mujer. Además, no voy a permitir que te acuestes sin cenar. No me lo perdonaría y, si no te apetece pollo, hay patatas asadas, que con un chorro de aceite y sal están que se derriten.

Esperanza se pasó la lengua por los labios, relamiéndose. Parecía que su estómago la empujara al interior de aquella habitación.

Asintió y entró cabizbaja.

Lo primero que vieron los ojos de Esperanza fue el fuego de color anaranjado y rojizo a intervalos que ardía en la chimenea a la vez que crepitaba mientras alguna que otra chispa rebelde trataba de alcanzar el suelo. A continuación, dedicó una mirada a la bandeja con el pollo y las patatas, que descansaba sobre una gran mesa escritorio oscura y despedía un aroma que llegaba hasta ella. Alrededor de la bandeja, un montón de libros colocados de cualquier manera y uno muy grande que estaba abierto y en el que parecía que el señor Carreño estaba trabajando. Había una pluma estilográfica colocada entre el pliegue central de las páginas.

Esperanza volvió a mirar la bandeja sin apartar los ojos durante varios segundos, lo cual no pasó desapercibido para Carreño.

Sin decir nada, avanzó por la habitación, cogió una silla de respaldo alto similar a todas las que había en la casa y la colocó al lado del montón de libros. Cogió todos los libros amontonados de una vez y buscó dónde colocarlos. Al no encontrar un lugar adecuado, los dejó en el suelo. El flequillo negro y lacio le cayó sobre la frente cuando se agachó. Con un ademán intentó colocarlo en su sitio, sin éxito.

—Vamos, mujer, siéntate, que esto frío no está bueno.

Esperanza se acercó hasta la silla. Se había ruborizado especialmente por la galantería y amabilidad de aquel hombre. Al sentarse, no pudo evitar mirarlo a los ojos. Inmediatamente, apartó la mirada sofocada y a juzgar por el gesto que hizo presupuso que se había sentido halagado.

Él cogió la bandeja y se la arrimó a Esperanza.

Apenas había comido. El pollo estaba sin tocar y solo había probado las patatas. Había una copa de vino vacía. Esperanza dedujo que lo que faltaba de la botella se lo había bebido Carreño en lugar de dedicarle atención al pollo con patatas.

—Vamos, come. Haz como si no estuviera.

Esperanza quiso replicar, negar la mayor, pero tenía tanta hambre…

—La verdad es que huele que alimenta.

Carreño soltó una risa que resonó amplificada. A continuación, se llevó el dedo índice a los labios.

Esperanza sonrió. La verdad era que se sentía muy a gusto en compañía de aquel hombre. Decidió atacar el pollo.

Si el pollo estaba delicioso, aunque un poco frío, las patatas se deshacían en la boca. Había que reconocer que Balbina era una cocinera de primera. Cada bocado que Esperanza tragaba era recibido por su organismo con alegría.

Carreño parecía satisfecho solo con ver comer a Esperanza.

—¡Qué barbaridad! Ya me dirás dónde echas todo lo que comes.

—Lo siento —farfulló Esperanza con la boca llena.

Soltó otra risa a la vez que agitaba la cabeza. Esperanza se sintió entonces fuera de lugar. De repente, pensó que no debía haber aceptado su invitación, pero aquel hombre era tan persuasivo que le costaba sentirse mal consigo misma.

Después de tragar un bocado más grande de lo admisible, Esperanza señaló con la cabeza el libro abierto que estaba lleno de números y anotaciones pulcramente escritas.

—¿Puedo preguntar qué hace?

Esperanza sabía que era una pregunta impertinente y tal vez no la habría hecho de no ser por la creciente curiosidad que sentía por la labor de ese hombre en la casa, aunque, a juzgar por lo que estaba haciendo, ya se hacía una idea aproximada.

—Llevar las cuentas de doña Rosario. Soy el administrador de sus bienes —dijo sonriendo. Luego echó el cuerpo hacia delante y, en tono confidencial y bajando la voz, añadió—: Ya te puedes imaginar que doña Rosario es una mujer muy rica.

Esperanza asintió despacio, dejando a medias un jugoso bocado. Luego miró a su alrededor, como si constatara con ese gesto la afirmación del señor Carreño.

—La casa y la finca son muy grandes —dijo Esperanza casi solo por decir algo.

—Y esto no es nada —añadió Carreño—. Doña Rosario posee tierras no solo aquí, en Santamaría de la Villa.

También tiene terrenos e inmuebles en Gijón y Oviedo, e incluso en ultramar. Te sorprendería si conocieras todo su patrimonio.

Carreño la instó a beber de su copa de vino. Esperanza no supo decir que no y aceptó su ofrecimiento. Luego, él se sirvió una generosa copa, con la que acabó por completo el resto de la botella.

—Llevo con doña Rosario toda mi vida y, antes, era mi padre quien administraba los bienes de la familia. Algo parecido ocurre con Agustina.

Cuando pronunció el nombre del ama de llaves, Esperanza se atragantó. Quería beber de la copa de vino, pero prefirió desestimar esa opción, sobre todo porque Carreño sujetaba la copa con firmeza y Esperanza dudaba de que el contenido durara más de cinco minutos.

—Antes que ella su familia atendió a los Campoamor y aunque no esté completamente de acuerdo con doña Rosario, según ella, Agustina jugaba con muñecas y hasta parecía una niña como las demás.

Carreño hablaba y miraba de vez en cuando el caldo de la copa, que agitaba con lentitud. Esperanza asentía mientras se acababa ella solita el resto del pollo y las patatas. Miró a su alrededor y no le costó fijarse en un gran cuadro situado entre dos estanterías repletas de libros y adornos de porcelana y plata. El cuadro permanecía en una zona en penumbra y no se distinguía su contenido, aunque parecía que se trataba de un retrato. Probablemente algún miembro de la familia Campoamor en postura regia observando al espectador con una ceja levantada y los ojos entrecerrados.

De repente, un destello de la chimenea reveló una porción de la superficie del cuadro. Fue muy rápido, tanto que Esperanza no pudo interpretar lo que había visto. Pero algo sí llamó su atención. Había visto un rostro muy bello, extraordinariamente bello. No pudo dejar de mirar el cuadro, esperando que otro destello revelara más detalles.

Sin que se diera cuenta, Carreño se levantó y, con un candelabro en la mano, bordeó la mesa. Esperanza lo vio aparecer por su izquierda, eclipsando parcialmente la luz de la chimenea, que proyectó sombras chinescas en su recorrido. Con el candelabro en la mano, miró a Esperanza con una sonrisa complacida.

Iluminó el cuadro.

—Ven —dijo en un susurro.

Esperanza se levantó. No debía haber bebido de aquella copa de vino. Sintió un leve mareo y, por un instante, pensó que se derrumbaría sobre sus piernas.

Caminó despacio y se colocó frente al cuadro.

La luces vacilantes del candelabro se agitaban sinuosas, arrancando sombras al retrato. Esperanza estaba maravillada ante la visión de algo tan bello y no era precisamente por el valor artístico de la obra.

Había retratada una chica joven. Morena. Esbelta. El adjetivo «atractiva» no haría justicia a la descripción de aquella muchacha. Sin duda, era la mujer más hermosa que Esperanza había visto en toda su vida. Nunca pensó que existiera un ser humano de aspecto tan sublime.

—¿Quién es? —preguntó Esperanza después de sobreponerse a la primera impresión.

—Buenaventura —murmuró Carreño tras una larga pausa y, solo después de un rato, Esperanza tuvo la sensación de que cada sílaba había sido pronunciada con un terrible dolor desde lo más hondo de su ser.

Observó a Carreño, que permanecía impasible mirando el retrato fijamente. Luego suspiró y añadió:

—Buenaventura es la hija de doña Rosario.

Sin duda, el tono de Carreño había cambiado, así como su actitud, que ya no era en absoluto cercana ni cálida. Parecía afectado, aunque intentara mantener la compostura. Esperanza, por su parte, estaba fascinada por la imagen que proyectaba el lienzo. No podía dejar de contemplar cada uno de los detalles que la escasa luz le concedía.

—No sabía que doña Rosario tuviera una hija —dijo Esperanza, sin poder evitar que se le escapara su pensamiento.

—Bueno, es una larga historia —murmuró Carreño; luego esbozó una mueca triste.

Esperanza lo miró durante un rato. Estaba convencida de que había una historia trágica en torno a la hija de doña Rosario. Se fijó en los ojos de la joven. Eran bellos, inescrutables, inquietantes.

—Es la muchacha más hermosa que he visto en toda mi vida.

Carreño asintió. Sus ojos brillaban con el reflejo de la luz del candelabro.

—Sí, Buenaventura era eso y mucho más.

—¿Era? —exclamó Esperanza temiendo lo que de algún modo había imaginado.

Carreño suspiró y, sin previo aviso, se giró sobre sus talones y, con el candelabro en la mano, se dirigió de nuevo a la mesa. Se dejó caer en la silla. Parecía derrotado y sumido en algún lejano recuerdo. Apoyó la cabeza en el respaldo de terciopelo granate del sillón y sus manos colgaron inertes sobre los reposabrazos.

—No sabría por dónde empezar —dijo—. Yo la conozco de toda la vida. Cuando era solo un bebé todos coincidían en que aquella niña no sería como las demás. El nacimiento fue todo un acontecimiento, vino gente de todos los rincones de Asturias y de España para admirar a un bebé que deslumbraba no solo por su belleza.

Miró entonces a Esperanza, que permanecía de pie frente al cuadro, vuelta parcialmente hacia Carreño.

—Aprendió a andar a los ocho meses —dijo con una sonrisa nostálgica—. Eso ya era un indicio de que aquella niña llegaría muy lejos. Hablaba a los diez meses y ya leía y comprendía lo que había leído a los cuatro años.

Esperanza contempló el cuadro, la imagen de Buenaventura aparecía y desaparecía debido al fuego cambiante de la chimenea. La ocultaba como el misterio que parecía encerrar.

—Todo el mundo la quería —prosiguió—. Era inteligente, ocurrente y sorprendía a todos por su perspicacia y madurez. Nunca jugaba con niños de su edad y siempre prefería estar con gente mucho mayor que ella. Se interesaba por todo cuanto la rodeaba y siempre ponía en un compromiso a sus profesores, que a su vez se veían desbordados y, en palabras de algunos de ellos, sobrecogidos por su capacidad intelectual.

Carreño se detuvo un momento y Esperanza se acercó hasta la mesa y se sentó en la silla frente a él. El fuego de la chimenea había descendido en intensidad. Ahora, una pequeña llama dubitativa luchaba por sobrevivir, oscilando lentamente, agitando las sombras, oscureciendo la luz.

—Todos sabíamos que Buenaventura era especial. Sin duda el haber nacido en una familia rica la situaba en una posición privilegiada, pero ella no quería ser solo una mujer apoltronada en su condición. Quería vivir, saber, viajar, conocer, amar…

Dicho eso, Carreño miró a Esperanza de una manera extraña. Era como si se hubiera perdido en algún lugar del pasado y algo le impidiera regresar.

—Y lo quería hacer todo ya. —Suspiró tras un instante—. Por supuesto, doña Rosario no estaba de acuerdo con nada de lo que su hija quisiera o deseara hacer. Ella quería que tuviera una buena educación, desde luego. Pero también tenía la intención de controlar su vida…

Carreño dijo la última frase como si aquello hubiera sido el comienzo de un hecho traumático.

—Pero ella no vive aquí, ¿verdad?

Carreño no contestó. Se quedó inmóvil con la mirada perdida, luego se levantó de manera repentina y se tambaleó ligeramente.

—¡Oh! No debería haber bebido tanto vino —exclamó y luego rio a la vez que sacudía la cabeza, intentando en vano eliminar los efectos de la bebida ingerida.

Hasta ese momento no fue consciente de lo tarde que debía de ser. Buscó en la habitación algún reloj, pero no vio nada con aquella luz tan tenue. No quería ni pensar en lo que ocurriría si la señorita Agustina atravesaba en ese instante la puerta y la descubría allí a esas horas y con el administrador.

—Será mejor que se vaya a dormir, Esperanza.

Ella asintió, primero despacio y a continuación totalmente convencida. Se levantó y se movió con premura hacia la puerta. La abrió y entonces sintió el efecto de los vapores del alcohol sobre su cabeza. Apenas había bebido, pero para alguien que no bebía nada en absoluto era más que suficiente para sentirse así.

El pasillo estaba desierto y la casa envuelta en un silencio total. Antes de abandonar el despacho, miró a Carreño.

—¿Y usted? —susurró.

—No se preocupe por mí. Váyase a dormir, es tarde.

Salió del estudio después de despedirse con un «buenas noches».

Cruzó la puerta que daba acceso al segundo piso, a la zona de habitaciones de los criados. Llegó a su cuarto deslizándose suavemente por el suelo, tratando de no delatar su presencia. Parecía que el mareo había desaparecido, pero ahora sentía las mejillas encendidas. Se las tocó, estaban ardiendo, pero no así sus manos, que estaban frías como el hielo.

Se desnudó y se metió en la cama, que estaba helada. Se encogió todo lo que pudo, para intentar atenuar el frío, y cerró los ojos. Una imagen vaga de Buenaventura se proyectó en su mente, incluidos los fulgores en movimiento de la chimenea y el candelabro. La imaginó siendo una niña, cuando todo el mundo la miraba embelesado por todas las maravillas que era capaz de hacer. Un montón de preguntas se agolpaban en su mente, tantas que era incapaz de comprenderlas y mucho menos de responderlas.

—Una muchacha fascinante, ¿eh? —dijo la voz masculina, suave y cálida.

Esperanza asintió con los ojos cerrados, dejando escapar un gemido y sonriendo al mismo tiempo.

—Y yo me pregunto: ¿qué se puede desear cuando se tiene todo?

—Ya me gustaría a mí saberlo —dijo Esperanza con las manos apretadas contra su boca, insuflándoles aliento para calentarlas. Se frotó al mismo tiempo los pies, que los tenía muy fríos.

—¿Tú también te has dado cuenta? —preguntó la voz después de un largo minuto en silencio.

—¿De qué?

—De que todo no era tan maravilloso.

Esperanza reflexionó durante un momento, luego cambió de posición, relajó el cuerpo y se puso boca arriba. Abrió los ojos. Las manos todavía estaban frías, las frotó una contra la otra con vigor y encogió el cuerpo de nuevo. Le parecía que tenía más frío que antes.

—No sé por qué, pero me ha parecido triste.

—¿El señor Carreño?

—No, la historia.

—Ah, sí.

—No acabó bien.

—¿Eso crees?

—Es más, estoy seguro de que acabó terriblemente.

—¿Te preguntas lo mismo que yo?

—Tengo un mal presentimiento…

—Yo también… Me inquieta pensar en esa muchacha.

Sintió que los pelos de los brazos se le erizaban y un extraño desasosiego se apoderó de ella. Abrió los ojos, pero la oscuridad era tan densa que no pudo apreciar ningún contorno a su alrededor. De algún modo, esperó que algo terrorífico surgiera de las tinieblas y se abalanzara sobre ella.

—Estoy aquí contigo. Nada saldrá de la oscuridad, te lo prometo —susurró la voz.

Paulatinamente, Esperanza destensó su cuerpo y empezó a relajarse. Cerró los ojos e intentó dejarse llevar y no pensar en nada. Quiso vaciar su mente de las imágenes del pasado que trataban de atormentarla. Trató de alejarlas, aunque ya sabía que, por mucho que lo intentara, aquello era el inequívoco comienzo de una nueva pesadilla.

5

La niña tropezó y dejó escapar un gemido de dolor. Postrada en el suelo, se dio cuenta de que tenía una herida en la rodilla izquierda de la que manaba un denso hilo de sangre que brillaba con la luz y que tenía forma redondeada. Gimió de nuevo al contemplar el líquido resbalar por la rodilla; un par de gotas de sangre alcanzaron el suelo cubierto de ramas y hojarasca seca, diluyéndose de inmediato en la tierra oscura.

Un trueno rompió el silencio del bosque y la niña levantó la cara y miró a su alrededor con ansiedad. Las ramas de los árboles se agitaban con violencia, chocando las unas contra las otras. Un suave siseo que parecía inofensivo escondía una amenaza velada. Se apartó un mechón oscuro que le había caído sobre uno de los ojos, también oscuros y grandes, que vigilaban con avidez el corazón del bosque que se oscurecía por momentos.

Se incorporó olvidándose de su herida, que todavía sangraba y que dejaba un rastro sinuoso pantorrilla abajo. Miró el cielo y un enorme nubarrón oscureció la copa de los árboles. Un poderoso relámpago iluminó su rostro de porcelana, exagerando su palidez. Sintió frío de repente y la temperatura descendió un par de grados. Era como si la muerte se estuviera acercando a ese lugar.

El ruido del revoloteo de unas alas se impuso sobre el de las ramas batidas por el viento. Una forma difusa, negra, planeó con sutileza y se posó sobre una delgada rama, que se bamboleó bajo su peso. Un cuervo negro se quedó mirando a la niña fijamente. Los pájaros no sonreían, pero aquella ave parecía incluso burlarse de la niña. ¿Se burlaba tal vez de sus intenciones?

—¡No! —gritó y dio un paso atrás.

Acto seguido, la lluvia brotó de las nubes con fuerza, sin previo aviso, mojando el bosque y el cabello de la niña, que rápidamente se convirtió en un guiñapo apelmazado. Un trueno bramó e hizo temblar su pequeño y frágil cuerpo. Parecía que procedía de las entrañas mismas del mundo, conminándola a abandonar su empresa de inmediato, amenazándola con engullirla con sus enormes fauces para llevarla a un mundo oscuro, terrible y sin fin.

Con una mirada crispada, observó el interior del bosque. Respiraba fuerte y emitía nerviosos jadeos agudos. Tensó su cara y su cuerpo, decidida a reemprender su misión.

No abandonaría ni en ese momento ni nunca.

Apretó los puños de sus diminutas manos y los nudillos se perfilaron con todo detalle, mostrando con nitidez huesos y cartílagos. Y allí quieta, en medio de un camino que serpenteaba hacia un grupo de tupidas hayas, miró al cielo oculto por densas nubes grises color plomo que le negaban su claridad.

Bajó la cara y miró al hayedo, que aguantaba estoicamente el aguacero. El camino se había convertido en un túnel compuesto por árboles combados y misteriosamente redondeados. Comenzó a andar por el sendero que se desdibujaba a cada paso, pisando charcos oscuros que se habían formado como pequeños obstáculos.

Buscó al cuervo pero ya no estaba, ni rastro de él ni de su sombra amenazante.

Y una vez que dejó atrás el sendero y puso el pie en el bosque de las almas oscuras, este se tragó a la niña.

6

Nada más oír aquellos golpes en la puerta de su dormitorio, Esperanza supo que no eran obra de Sagrario, la sirvienta. La primera imagen que le vino a la cabeza fue la de la señorita Agustina.

¿Cómo era posible? Parecía estar pegada a la cama y solo abrir un ojo ya le producía un tremendo dolor de cabeza.

—¿¡Esperanza!? —exclamó la voz del ama de llaves tras la puerta. Su tono de voz no ocultaba, más bien evidenciaba, el desagrado que sentía hacia aquella chica.

—¿Señorita? —consiguió decir Esperanza mientras se incorporaba y buscaba no sabía exactamente qué.

Aporreó de nuevo la puerta con tres insolentes golpes seguidos que describían el carácter del ama de llaves: impaciente, enérgica y en extremo exigente.

Como pudo, Esperanza se arrastró hasta la puerta y la abrió. La señorita Agustina la miró con desdén, ladeando la cabeza. Parecía que estaba conteniendo algo más que su respiración. Esperanza enrojeció y se sintió estúpida.

—Lo siento, señorita Agustina, es que…

—Vístase sin perder el tiempo. Balbina tiene que ir al pueblo a recoger unos encargos importantes y la sirvienta está aquejada de gripe. Usted la ayudará.

—Pero la señora…

La señorita Agustina la obsequió con una mirada que brillaba por su contenido perverso y que la hizo callar.

—No se preocupe por la señora —se apresuró a añadir bajando la voz y hablándole como si fuera retrasada—. Ya sé de su responsabilidad para con ella, pero este es un asunto que atañe directamente a la señora, entre otras cosas. ¿Lo entiende?

Por fortuna no tenía hambre, debido al atracón de la noche anterior, pero le empezaba a preocupar que nunca fuera el momento apropiado para comer a su debido tiempo.

Cuando salió por la puerta trasera que daba a un patio al que le seguían un cobertizo y las caballerizas, Esperanza constató que no había rastro ni de Balbina, ni de Florián ni de la irascible ama de llaves. Dando por sentado que encontraría a la primera en las caballerizas, Esperanza se dirigió allí. Era la primera vez que cruzaba el umbral de los establos. Un fuerte olor a excremento de caballo, tierra mojada y alfalfa ultrajó sus fosas nasales. Oyó el piafar de los caballos y sus relinchos nerviosos. Se imaginó que vería a Florián emerger de las penumbras de aquel lugar llevando un cigarrillo en la comisura de los labios y oliendo a estiércol rancio y a sudor.

De repente, oyó a lo lejos la voz de Balbina, justo a su derecha. Siguió el sonido de su estridente y continua voz, que, inequívocamente, la conducía hacia el otro lado del cobertizo. Lo rodeó por la izquierda. La voz de Balbina se oía cada vez más clara y se mezclaba con el graznar de unas urracas tan poco discretas como la cocinera que observaban con desgana a Esperanza desde las inalcanzables ramas de uno de los enormes carballos que rodeaban la casa.

Balbina estaba disponiendo algo en la parte trasera de la tartana. En la puerta del cobertizo, que se encontraba abierto de par en par, Florián aseguraba las correas de dos caballos percherones jóvenes y fogosos que se agitaban nerviosos. Luego los acarició y los tranquilizó con pequeños golpecitos en la testuz. Giró con rapidez la cabeza y vio a Esperanza allí plantada sin saber qué hacer.

No le dijo nada y Esperanza le mantuvo la mirada y sintió sus mejillas ardiendo a pesar de la fría mañana. En ese instante, se preguntó por qué sus supuestos compañeros de trabajo la obviaban desde el día que había llegado y la señora había sido en todo momento tan amable con ella. Incluso en sus miradas podía apreciar algo parecido al recelo, era como si fuera una amenaza para todos ellos.

—¿Ya estás aquí? Vamos, que se me echa la mañana encima y luego me toca bregar con todo a mí —exclamó como un trueno la voz de Balbina, que había surgido de la nada con su figura diminuta y regordeta, bamboleando su redondo cuerpo a cada paso que daba.

Esperanza se subió a la silla de la tartana y miró a su alrededor, sintiéndose extraña. No entendía muy bien por qué debía acompañar a Balbina al pueblo.

¿Qué ocurriría cuando doña Rosario se enterase?

Tenía una responsabilidad hacia su señora, incluso ella misma se lo había recalcado en un par de ocasiones. Sin duda estaría al corriente. El ama de llaves se habría encargado con toda seguridad. Miró hacia las ventanas que correspondían al dormitorio de doña Rosario; las cortinas estaban echadas a cal y canto, como si en aquellos aposentos no durmiera nadie desde hacía tiempo.

Cuando Balbina depositó su rechoncho cuerpo en el asiento de la tartana, esta se bamboleó con un sonido quejicoso. Esperanza parpadeó y aquellos pensamientos que extrañamente la preocupaban se esfumaron.

Balbina no dejaba de emitir gemidos a la vez que se afanaba en acomodar su enorme trasero en aquel diminuto asiento, que ni por asomo estaba destinado a contener unas posaderas de tamaño tan descomunal. Esperanza la observó de reojo. Balbina estaba acalorada por el esfuerzo. Sus pequeños ojos azules refulgían a la vez que comentaba cada movimiento que ejecutaba, salpicándolos con imprecaciones en voz baja.

El camino hasta el pueblo fue extremadamente lento y Esperanza no tenía claro que Balbina fuera la persona más idónea para realizar aquella tarea. Sin embargo, no hizo ninguna valoración. Las apreciaciones y comentarios corrían a cargo de Balbina, que tenía un concepto de las cosas taxativo y categórico.

—Si yo llevara esa casa, otro gallo cantaría. Eso te lo digo yo. Pero a mí no me interesa meterme en berenjenales a mis años. Ahora, una cosa te digo, la estirada esa iba a recibir más palos que una estera vieja. Tú porque no la has visto en su salsa, ¡si es que parece que va a heredar! Y sí va a heredar, ¡ja! Yo tengo mi vejez asegurada, pero veremos a ver qué hace esa cuando la señora muera.

—Yo veo a doña Rosario bastante entera —replicó Esperanza, consciente de que aquella frase era la más larga que había pronunciado desde que salieron de la casa Campoamor.

—Entera sí, pero ya tiene cerca de los setenta y a esa edad ya no está una para muchos bailes. Mi pobre Joaquín, que Dios lo tenga en su gloria, estaba mejor que un rapaz de veinte años cuando el Altísimo se lo llevó a la edad de cincuenta y cuatro años. Un dolor miserere le dio en plena noche y ahí se quedó el pobre, en el sitio. No sabes la de noches que se me aparece la cara de mi Joaquinillo, pero, oye, que se me aparece y, por la Santina, ¡que es como si estuviera ahí mismo! A veces tanto que me da unos sustos el condenado que un día me va a dar un vuelco el corazón y no lo cuento.

—Meneó la cabeza con pesar.

Casi una hora más tarde alcanzaron la entrada a Santamaría de la Villa, una pequeña población situada en el fondo de un valle tapizado de un intenso color verde y moteado por puntitos blancos y ocres correspondientes a las vacas, que pastaban a sus anchas. Su población apenas alcanzaba los trescientos habitantes, que vivían sobre todo de la ganadería y, en menor proporción, de la agricultura. Aparentemente los prósperos años del negocio minero habían quedado atrás hacía mucho tiempo y solo unos cuantos vestigios recordaban un pasado ligado a la extracción del carbón.

Balbina guio al par de percherones, que todavía relinchaban ufanos, por una calle estrecha y empedrada que amenazaba con angostarse hasta el punto de dejarlas atrapadas.

Esperanza observaba con atención todas las maniobras de Balbina, que como era habitual en ella comentaba a viva voz, conjeturando además otras opciones y posibles variantes. Todas ellas, a juicio de Esperanza, sin pies ni cabeza.

Llegaron hasta la plaza del Comercio. Esperanza habría jurado que Balbina había tomado el camino más enrevesado para llegar hasta allí. No le dio más importancia y Balbina aparcó la tartana al lado de un local que se encontraba frente al consistorio y que, como el resto del rectángulo que conformaba la plaza, estaba flanqueado de columnas de piedra gris, enmohecidas y oscurecidas de soportar tanta agua y humedad.

Balbina descendió del carro reproduciendo los mismos aspavientos que cuando se había subido en él. Por un instante, Esperanza temió que cayera y, rodando, acabara en la puerta del ayuntamiento o, en el peor de los casos, continuara su recorrido por cualquiera de las callejuelas que vertebraban el centro de Santamaría de la Villa, la mayoría en cuesta.

—¡Jesús, María y José! —exclamó soltando un bufido.

Un grupo de niños que jugaban a la pelota emulaba las vicisitudes que sufría la buena de Balbina, pero esta no se dio cuenta de que era el motivo de su alborozo.

—Toma esta lista y ve a *ca* Isaías, que te lo vaya preparando. Yo tengo que ir un momento a casa de don Manuel a recoger la medicina de la señora —dijo Balbina a la vez que le tendía una hoja de papel, supuestamente escrita por la señorita Agustina, con una letra estilizada y pulcra hasta el paroxismo.

—Isaías es el tendero, ¿no?

—No, es el mamporrero. ¡Pues claro que es el tendero! —exclamó—. Y vigila lo que te pone al peso, que ese te lía con el palique que tiene y te da gato por liebre. Y más a ti —miró a Esperanza con una sonrisa despectiva—, con esa cara que tienes de ingenua. Anda, ve y no te entretengas más.

Esperanza frunció el ceño, pero no dijo nada. Balbina se giró sobre sus talones y caminó en sentido opuesto, mientras uno de los niños se colocaba la pelota bajo el jersey y emulaba la forma de andar de Balbina, por cierto bastante conseguida.

La tienda de Isaías estaba en penumbra a pesar de que el sol de la mañana extendía sus rayos atravesando todos los recovecos que encontraba a su paso. Una anciana que hablaba temblorosamente se quejaba de la ausencia de luz en el interior del local y aconsejaba al tendero que hiciera todo lo posible por que la clientela pudiera ver el género. Según la opinión de la mujer, al menos eso ayudaría a que una supiera a golpe de vista aquello que estaba comprando. Isaías, un hombre bajo y amanerado dotado de un enorme bigote y la cabeza con forma de calabacín, reía a carcajadas con las ocurrencias de su clienta, paseándose de aquí para allá y sin dejar de manosear tanto al género como a la concurrencia.

—Bueno y ¿tú quién eres? —preguntó el tendero con una sonrisa que dejaba ver el gran tamaño de sus dientes una vez que hubo terminado de realizar una operación en una báscula romana que, al parecer, manejaba con gran destreza.

—Soy la chica nueva que trabaja en la casa Campoamor.

—¿La qué? ¡Ah! ¿Con doña Rosario, quieres decir?

Todas las cabezas que pululaban por la tienda se detuvieron a escuchar la conversación y algunas de ellas, sin disimular, observaron a Esperanza, que se sintió escrutada como un fenómeno de circo.

—Sí, señor.

Una anciana que parecía que se iba a caer al suelo de un momento a otro, tremendamente delgada y con la piel grisácea llena de manchas, se dirigió con voz atiplada a Esperanza:

—Allí, donde está la Sagrario, ¿no?

—Eh, sí.

—¿Quién? —quiso saber Isaías, que se asomó entre la báscula y un montón de berenjenas y calabacines, cuyas formas eran más desproporcionadas que la cabeza del tendero.

—La hija de la maniega. La que se hablaba con el hijo de Romero, el deshollinador.

—Con más de uno se ha hablado esa mocina —dijo una voz gruñona desde el otro extremo de la tienda.

Más de una clienta estaba de acuerdo con este veredicto, por el modo en que asentían convencidas.

Isaías esbozó una sonrisa complaciente, típica del comerciante que quiere agradar a toda su clientela, sea cual sea la cuestión a debatir.

—Desde luego es que está a la que cae, doña Angustias —dijo Isaías. Luego miró a Esperanza y suspiró, agitando su enorme cabeza—. Bueno, rapaza, ¿qué te doy?

Esperanza le entregó la lista que Balbina le había proporcionado. Isaías comenzó a leerla haciendo gestos: igual levantaba exageradamente las cejas como se llevaba la mano izquierda a la frente y miraba el papel con gesto grave. Parecía como si estuviera resolviendo una complicada operación algebraica.

Con la nota en la mano, abandonó su puesto de mando, que estaba al menos medio metro más alto que el resto de la tienda, y deambuló recopilando productos. Cuando pasaba cerca de una clienta, le aconsejaba comprar una docena o dos, utilizando para ello las frases recurrentes: «Son fresquísimos», «Estas salen muy bien de precio y están riquísimas», «Llévese al menos una docena y ya me contará», etcétera. Una llamada de teléfono lo mantuvo ocupado durante varios minutos, aunque no dejó de observar los movimientos de todas y cada una de sus clientas.

Esperanza, mientras tanto, se dedicó a curiosear por la tienda, aunque de vez en cuando se tropezaba con la mirada inquisitiva de alguna de las clientas de Isaías. Se asomó por una de las ventanas que se encontraban abiertas para exhibir explícitamente los productos destacados en el exterior. Los caballos permanecían sorprendentemente quietos y tranquilos. Salió a la calle a ver si veía venir a Balbina, pero antes echó un ojo a Isaías, que continuaba reuniendo los encargos.

Al salir fuera, un agradable rayo de sol bañó su cuerpo. En ese momento, una nube se alejaba, dejando paso a un sol poderoso y radiante. Esperanza hizo visera con la palma de la mano. Incluso en esa mañana de otoño que presagiaba otro día gris, húmedo y frío, hacía calor. Sonrió y miró al cielo.

—Este sol es de lluvia, señorita —dijo una voz gangosa y ronca.

Esperanza se volvió hacia la voz y descubrió a un hombre de rostro abotargado de unos sesenta años. Tenía la mirada líquida y vidriosa y una barba larga y descuidada que se ensortijaba en un bigote que le ocultaba el labio superior. Esperanza se sobresaltó y no supo qué decir. Parecía un vagabundo.

—Se lo digo yo, que he visto muchos días de estos, señorita. ¿No ve que soy de campo?

Esperanza esbozó una sonrisa forzada.

El hombre sonreía como un niño, mostrando una dentadura casi inexistente que se ocultaba tras los pelos grisáceos y tiesos como escarpias del bigote y la barba.

—Usted no es de por aquí, ¿a que no? —preguntó el hombre con una sonrisa. Los ojos, de tan pequeños, desaparecían tras el pliegue de los párpados.

—No —dijo Esperanza, que no quería iniciar de ningún modo conversación alguna con aquel hombre.

—Pero sé dónde trabaja, sí lo sé… —murmuró agachándose y abriendo de repente mucho los ojos; luego se rio.

A Esperanza aquella risa le recordaba la de un niño, de un loco o, más bien, de un niño loco.

Incómoda, esperó a que Balbina apareciera de un momento a otro. Oteó la callejuela por donde había desaparecido hacía ya un cuarto de hora más o menos. Luego, miró el colmado de Isaías que tenía a su espalda y se giró con la intención de entrar.

—Yo… —susurró Esperanza un poco nerviosa.

—Está cuidando a la vieja. ¿A que sí?

Observó con interés a aquel hombre. Por primera vez se fijó en su atuendo: una chaqueta de pana con coderas, con roces por todas partes, una boina calada hasta el fondo, un pantalón ancho, también de pana, y unas abarcas sucias que cubrían unos pies enormes para el tamaño de cuerpo normal que poseía.

—¿Cómo lo sabe? —preguntó Esperanza sin poder evitar su curiosidad.

—¡Aaah! Yo sé mucho, el Tobías sabe mucho, señorita. Todos creen que soy tonto, pero sé todo lo que pasa en Santamaría.

Esperanza hizo una mueca que a ella se le antojó estúpida. Tobías sacó un trozo de pan duro de uno de los bolsillos de la gastada chaqueta de pana. En ese instante le llegó a Esperanza el tufo característico que poseían las personas que no se lavaban nunca ni tampoco su ropa.

Comenzó a desmenuzar con sus dedos agrietados y mugrientos el trozo de pan y, conforme lo hacía, lo esparcía por el suelo. Esperanza lo contempló en silencio, sin saber por qué, fascinada de algún modo. Volvió a mirar hacia la callejuela por la que supuestamente Balbina aparecería. Una sombra se aproximó paulatinamente. La imaginación de Esperanza se anticipó a la realidad mostrándole la figura redondeada de la glotona cocinera. Un anciano encorvado vestido con un blusón negro, con boina y apoyado en su garrote se abría camino como podía a través de la plaza.

Esperanza resopló, impaciente. Lo mejor sería regresar al interior de la tienda de Isaías y esperar allí a Balbina. Giró sobre sus talones.

—¿A que estás esperando a la gocha? —rumió de repente el viejo Tobías, enseñando en su mayor parte unas encías rosadas e hinchadas en lugar de dientes.

—¿Perdón?

Tobías no dejaba de esparcir pan duro sobre los adoquines de la explanada. Un sorprendente número de gorriones se había congregado alrededor de los despojos mirando la comida con un ojo mientras con el otro vigilaban desconfiadamente al viejo.

—Cómo se nota que eres forastera. A la hija de la gocha también la llaman la gocha, sí. Es la gorda que cocina para la vieja. ¡Qué barbaridad! ¡Si es más fácil saltarla que darle la vuelta!

Se rio con una descarada risa bobalicona, mientras miraba a Esperanza sin dejar de surtir de comida a los pájaros.

Esperanza no quería permanecer por más tiempo allí y no entendía por qué continuaba escuchando a ese hombre. Avanzó hacia la entrada del colmado. Abrió la puerta y esta accionó una campanilla que estaba situada sobre su cabeza, emitiendo un din don de lo más repipi.

—La gocha no es mala. Tonta sí, pero no mala. Ahora hay mucho bicho malo en esa casa, se lo digo yo, que conozco al personal.

Esperanza se dio la vuelta y miró al viejo, que permanecía de espaldas a ella con su tarea. Ahora había más gorriones comiendo, incluso un palomo torcaz.

—No me interesa su opinión, señor —dijo Esperanza, que fingió más indignación de la que sentía.

El viejo Tobías se detuvo por un instante y giró la cabeza levemente, pero sin llegar a entablar contacto visual con Esperanza. Luego soltó una risa que más bien parecía un gruñido.

—Pero es la verdad, señorita. Eso se lo juro yo por lo más sagrado, que es la memoria de mi madre.

Dicho eso, dio una sonora palmada. Parecía que había culminado su labor. A continuación, se sacudió las manos ruidosamente, con lo que provocó que los pájaros se alejaran inmediatamente dejando a medias el festín.

Tobías se giró y miró a Esperanza a los ojos.

—A lo mejor es meterme donde no me llaman, señorita, pero usted no conoce bien el percal.

—No sé a qué se refiere —soltó Esperanza, más ofendida de lo que ella creía que debía estar en esa situación. Lo mejor habría sido dar la vuelta y no hacer caso a aquel hombre. Sin embargo, allí estaba.

El viejo se metió las manos en los bolsillos deformados y agujereados de la chaqueta, avanzó un paso y se detuvo.

—Por aquí no le dirán nada, porque les tienen miedo. ¿No ve que el pueblo entero es suyo? Pero a mí no me pueden callar, yo ya no tengo *na* que perder.

El pulso de Esperanza se disparó. Algo en su interior la instigaba a saber más de lo que aquel hombre especulaba. Quería preguntar, pero no lo hizo. De algún modo, sabía que el viejo se lo diría sin necesidad de indagar.

El viejo se apoyó en una columna de las que rodeaban la plaza corroída por la incesante humedad.

—Usted no sabe qué día es la fiesta en Santamaría, ¿a que no?

—¿Cómo? —preguntó Esperanza sorprendida por el inesperado giro que había tomado aquella absurda conversación.

Tobías sonrió, satisfecho de haberla asombrado.

—San Francisco es el patrón de Santamaría, señorita, y el 7 de septiembre es el día grande.

El viejo agitó la cabeza y señaló con un gesto vago la plaza.

—Aquí, en la plaza, montan un mercado y abajo en el zanjón —señaló con el mentón hacia un lugar impreciso— ponen una feria de ganado, ¿sabe usted, señorita? Vienen gentes de todos los pueblos de alrededor. Y hay una rifa. Sortean el gocho más hermoso de la comarca…, ya me gustaría a mí hincarle el diente.

—No entiendo —dijo Esperanza con impaciencia.

Tobías rio entre dientes. Con la cabeza agachada, observó a Esperanza con una mirada que parecía la de un niño, encantado de ser el centro de atención de todo el mundo.

—Ese día pasó algo muy gordo, señorita. El mes pasado hizo un año.

Intuyó que la resolución de aquel extravagante rompecabezas que planteaba el viejo Tobías tendría como protagonista a la familia Campoamor.

—Los señoritos han echado tierra sobre el asunto, pero yo sé lo que pasó, ¿sabe usted?

En ese instante, alguien abrió la puerta del colmado de Isaías haciendo tintinear la campanilla. Esperanza se sobresaltó e inconscientemente echó el cuerpo hacia atrás, tropezando con la persona que había abierto la puerta. Antes de ver quién era, Esperanza percibió su olor corporal, que lo delató de inmediato: la colonia dulzona y barata que Isaías empleaba para acicalarse, mezclada con un agrio y persistente aliento.

El rostro del tendero amable y solícito se transformó de inmediato. Isaías frunció el ceño y observó la escena con reticencia.

—Tobías, ¿no estarás molestando a esta mocina?

—No —se apresuró a contestar Esperanza.

El viejo hizo un gesto con la mano extendida, como corroborando lo que ella misma afirmaba.

—Ya lo ve, don Isaías. Solo estaba saludando a la señorita.

—Pues hala, hala. Circula y no entretengas más, que aquí todos estamos muy ocupados.

Tobías se cogió la boina e hizo ademán de despedirse, agitando la cabeza al mismo tiempo.

—Que pasen un buen día los señoritos y las señoritas —dijo, luego sonrió abriendo la boca desmesuradamente y mostró los pocos dientes, todos podridos, que le quedaban.

Descendió con paso vacilante los tres escalones que daban acceso a la parte cubierta de la plaza y se alejó andando despreocupadamente mientras entonaba alguna canción local que versaba sobre el duro trabajo en la mina. Su figura desgarbada se perdió calle abajo, pero antes de desaparecer se giró y, cogiendo de nuevo su boina, miró a Esperanza e Isaías y repitió la operación. Sus ojos pequeños tenían un brillo extraño e infantil.

—¿Quién es? —preguntó Esperanza una vez hubo desaparecido.

—¿Tobías? No es nadie —dijo—. Vive solo en una casucha en medio del bosque. Su madre murió hará ya más de quince años y desde entonces vive de la caridad de la buena gente de Santamaría… —Exhaló un suspiro, evidenciando que tratar ese tema no le procuraba ninguna satisfacción—. Bueno, pues ya tienes todo lo de la lista preparado. ¿Y eso lo anoto en la cuenta de la señora, como es lógico?

—Supongo que sí —dudó Esperanza—, aunque no sé si deberíamos esperar a que llegara Balbina y fuera ella la que…

Isaías emitió una risita nerviosa.

—Mira, ahí la tienes —dijo a la vez que señalaba con el mentón la figura oronda de Balbina, que avanzaba hacia ellos con evidente dificultad y la cara encarnada por el esfuerzo—. Yo no es por meterme o no meterme, pero la Balbina un día de estos se nos cae rodando hasta el río y veremos a ver cómo la sacamos entonces. Por lo menos con dos buenos percherones y con una red, digo yo.

7

El regreso de Esperanza y Balbina a Campoamor se produjo sin incidencias y sin que el diluvio las cogiera de camino. Nada más llegar, Esperanza se sintió en la obligación de ir a ver a doña Rosario, aunque la señorita Agustina no se lo hubiera indicado. Antes de que pudiera llegar a la habitación de la señora, se encontró con el ama de llaves. Esta le dijo que la señora no había dormido bien y que prefería no ser molestada. También le indicó que, en su lugar, ayudara a Balbina en la cocina.

Aunque le gustaba la compañía de doña Rosario, Esperanza recibió de buen grado aquella orden. Desde que habían regresado del pueblo, no dejaba de darle vueltas a lo que aquel viejo llamado Tobías le había contado o, más bien, especulado. Seguramente serían chaladuras de una persona que, aunque amable, era evidente que estaba desequilibrada. Cuando regresaban, no se atrevió a sacar el tema por miedo a que Balbina la tachara de indiscreta. Se convenció a sí misma de que aquello a lo que el viejo se refería como «algo muy gordo» sucedido un año atrás, en lo que supuestamente la familia Campoamor estaba involucrada, no era asunto suyo.

Por espacio de una hora, Esperanza ayudó a Balbina a guardar en la despensa los productos que habían adquirido en el colmado de don Isaías. Posteriormente, Balbina dispuso sobre la mesa un montón de judías verdes que Esperanza comenzó a mondar en silencio. Balbina no dejaba de hablar. Ella misma sacaba un tema tras otro, la mayoría intrascendentes y que poco o nada interesaban a Esperanza. Los exponía con tosquedad, los desarrollaba mal y los concluía repentinamente con algún exabrupto sin venir a cuento.

Esperanza asentía y, a veces, para no parecer descortés, siseaba algún que otro «tiene razón», «adónde vamos a ir a parar», etcétera. Sin saber cómo, Isaías apareció como punto de mira en uno de los soliloquios de Balbina. Esperanza vio entonces la ocasión de intervenir.

—Pues estando en la puerta del colmado he conocido a un viejo al que llaman Tobías.

Sin levantar la mirada de su tarea sencilla pero monótona, Balbina contestó:

—Desde que su madre murió, vive de Dios sabe qué y cómo en aquel chamizo que la pobre Leocadia le dejó en herencia. Entonces tenían una granja, que no es que diera mucho de sí, pero que por lo menos les servía para ir tirando. La pobre Leocadia, que en paz descanse, sí que era *apañá* la mujer, y no sabes lo que tuvo que patinar en vida, pero, aun así y teniendo un hijo tonto, sacó ella sola todo adelante. En cambio este hombre… —dijo en tono recriminatorio—. Este hombre es que hasta se comía las pites que le daban huevos y dejó morir de hambre a los otros animales. Mira lo que te digo y que Dios me perdone —Balbina se persignó haciendo la señal de la cruz—, pero si cuando nació le hubieran arreado un buen porrazo en la cabeza, nada se habría perdido, eso te lo digo yo.

—Don Isaías el tendero dice que vive de la caridad de la buena gente de Santamaría.

Balbina agitó la cabeza, como queriendo decir: «Bueno, eso también».

Esperanza se calló durante un rato. Reflexionó, no quería que Balbina comenzara un nuevo tema dejando de lado el del viejo Tobías. Con el corazón latiéndole deprisa por el nerviosismo, se atrevió a decir:

—Me da un poco de lástima. El señor Isaías dice que no está bien de la cabeza.

Balbina sonrió con malicia. Esperanza intuyó que aquel tema no era de su desagrado.

—Vamos, que no te ha querido decir que el pobre es más tonto que Abundio.

Esperanza se encogió de hombros.

—Dicen que cuando era un rapaz… más o menos de la edad de mi sobrino Pascual, que ahora anda por los siete años, estaba trepando el iluso por un carballo buscando qué sé yo. Por lo visto, tropezó con una rama, digo yo, y cayó al suelo, dándose un buen porrazo en la cabeza. Pues desde ese día, el rapacín ya no anduvo fino, aunque dicen que antes tampoco es que fuera un lumbreras, o sea que era tonto y después del golpazo tonto y medio.

Balbina soltó una risa y la miró con sus ojillos azules incrustados en abundante piel rosada, que a Esperanza le recordaba a la careta de un cerdo lustroso bien alimentado.

Tras aquella apreciación, Esperanza quiso evitar que Balbina tomara el dominio del tema y se fuera por donde ella no deseaba.

—La verdad es que se nota que el hombre no está en sus cabales —dijo Esperanza, intentando hábilmente reconducir la conversación adonde le interesaba—. Pero ha estado muy amable. Hasta incluso me ha hablado de no sé qué rifa de las fiestas mayores del pueblo.

Balbina asintió con desgana y a continuación bostezó, pero no añadió nada. Esperanza comenzó a sospechar que aquella dirección no le interesaba lo más mínimo. Tenía que añadir algo de carnaza.

—Cuando estaba esperándola a usted, a la entrada del colmado, ha dicho algo que me ha llamado la atención, algo que me ha dado un poco de miedo, la verdad…

Balbina levantó levemente la vista y observó a Esperanza sin querer mostrar interés. Parecía a la espera de que Esperanza continuara.

—Supongo que son cosas de viejo y, teniendo en cuenta que parece que no está bien de la cabeza, seguramente eran tonterías.

Balbina se detuvo en su tarea, levantó de nuevo la cara y, suspirando, miró a Esperanza con impaciencia.

—Pero, bueno, neña, ¿me vas a decir qué te ha dicho el viejo ese o qué?

Esperanza sonrió para sus adentros y, sin apartar la vista de las judías, mientras mondaba, dijo como si tal cosa:

—Nada, nada. Algo que ocurrió el pasado año, justo el día de la festividad del patrón de Santamaría, tampoco presté mayor atención…

Esperanza levantó con indiferencia la mirada, para observar la reacción de Balbina. De repente se detuvo al ver que la cocinera había perdido el color rosáceo de su rostro y permanecía inmóvil, con dos o tres judías atrapadas entre sus manos pequeñas y regordetas. Esperanza constató que Balbina apretaba las judías con fuerza hasta que las deshizo entre sus dedos. Sintió una leve punzada de ansiedad al ver la mirada inmóvil y perdida de la cocinera.

—¿Balbina? —preguntó en un hilo de voz.

La cocinera no contestó, bajó la cara despacio e intentó continuar con lo que estaba haciendo. Luego se detuvo y miró a Esperanza. Por su expresión, era como si de repente se hubiera percatado en ese momento de la presencia de Esperanza.

—¿Está bien? —murmuró Esperanza sin poder evitar imprimir a sus palabras una preocupación desproporcionada para tal situación.

—Sí, sí... —murmuró Balbina todavía sin haber recuperado el color aporcinado natural de su piel.

Esperanza se reprochó a sí misma el haber provocado esa situación. No continuaría con ese absurdo juego. Bajó la mirada y siguió mondando sin decir nada. Al parecer, Balbina hacía lo mismo, a juzgar por el suave sonido producido por sus manos realizando la operación de extraer las judías de las vainas y depositándolas en un cuenco.

Así estuvieron en silencio durante dos o tres minutos.

Entonces, Balbina abrió la boca, pero su habitual forma de expresarse, en voz alta y con vehemencia, cedió paso a un tono suave y neutro, apagado incluso.

—El Tobías no mentía.

Esperanza se detuvo durante un instante, pero inmediatamente reanudó su tarea. El pulso se le aceleró y deseó que Balbina continuara, pero en esta ocasión no diría ni una sola palabra de estímulo.

—Ese fue un día negro, sí —sentenció Balbina en tono lúgubre tras un prolongado silencio.

Esperanza miraba fijamente el manojo de judías por mondar, pero sin concentrarse en ellas. De repente, se coló en su mente un pedazo del momento vivido la pasada noche en compañía del señor Carreño en su despacho. Intuía que todo aquello tenía que ver con la hija de doña Rosario, Buenaventura.

No pudo evitar levantar la mirada hacia Balbina, que parecía abatida y taciturna.

—Ya ha hecho un año y desde entonces las cosas han cambiado mucho por aquí. Ya nada es igual ni lo será.

Miró a Esperanza con ojos húmedos.

—¿Tiene que ver con la hija de doña Rosario? —dijo Esperanza de improviso y, después de haber pronunciado aquellas palabras, se preguntó qué estaba haciendo.

Balbina movió lentamente la cabeza y la miró con extrañeza. Frunció el ceño y su mirada evidenció la sorpresa que sentía. Abrió la boca para contestar, pero en ese instante una sombra surgió de la nada. Esperanza la vio crecer sobre su espalda, proyectándose también sobre Balbina. La sombra desapareció y una figura oscura se deslizó sin hacer el más mínimo ruido y se situó entre las dos mujeres.

—Ese tema no es de la incumbencia del personal de esta casa —dijo la voz severa y autoritaria de la señorita Agustina, que miraba encolerizada especialmente a Esperanza.

El cuerpo del ama de llaves, y sobre todo su rostro, temblaba casi de forma imperceptible debido a la ira contenida. Era como si estuviera a punto de estallar de indignación pero una fuerza superior se lo impidiera.

—Balbina —escupió a la vez que fulminaba con la mirada a la cocinera—, ya sabe que está terminantemente prohibido hablar de ese tema en la casa. ¡Terminantemente! —gritó. La palabra retumbó con estruendo en las paredes de la cocina.

Esperanza permanecía con la cabeza gacha, apretando unas judías hasta destrozarlas. Esperó la reprimenda con resignación. La señorita Agustina entonces descargó sobre Esperanza otra mirada hiriente y así permaneció durante un largo rato.

Podía oír su respiración agitada y hasta podía sentir cómo se clavaban sus ojos negros sobre su cabeza.

Acto seguido oyó cómo los zapatos del ama de llaves rechinaban suavemente en el suelo de la cocina mientras se daba la vuelta y, con paso resuelto, se alejaban sobre el suelo crujiente de madera.

Lentamente, Esperanza levantó la cabeza y observó a su alrededor. En ese instante, Balbina se incorporó y se giró. Después de darle la espalda, se dirigió al fregadero y allí permaneció un buen rato realizando alguna tarea que Esperanza no consiguió ver desde su posición.

No podía decir que no se sintiera aliviada de que aquel mal rato hubiera pasado. Sin embargo, sabía que, aunque la señorita Agustina no hubiera descargado su ira directamente sobre ella en ese momento, aquella conversación tendría consecuencias. La vida le había enseñado demasiado bien que traspasar la línea prohibida siempre acarrea dolorosos castigos.

8

En contraste, el resto de la tarde fue apacible y extrañamente tranquila. Esperó con resignación el castigo o al menos la reprimenda de la señorita Agustina más pronto que tarde. Pero nada de eso se produjo. Es más, no la vio desde el altercado en la cocina.

A la mañana siguiente se preguntó qué había hecho diferente de otras ocasiones para evitar que las sombras que habitaban la noche la perturbaran.

Acudió puntual al desayuno y allí se encontró con Balbina, que ya había puesto la mesa y preparado el desayuno. Florián entró por la puerta de la cocina y obsequió a la concurrencia con su ya habitual mirada de hastío, desdén y algo que Esperanza no supo describir pero que tenía que ver más con el desprecio que con cualquier otro sentimiento.

Balbina volvía a estar dicharachera, como si nada hubiera ocurrido el día anterior, lo que provocó mayor desazón y curiosidad en Esperanza.

La última en sentarse a la mesa fue Sagrario, que parecía encontrarse mejor de su gripe; aun así, estaba pálida y exageradamente delgada. Era la persona de apariencia más frágil pero con mayor carga de energía negativa que Esperanza había conocido. Cuando se sentó en la silla, Esperanza no pudo evitar interesarse por su estado. Antes de contestar, sorprendida, Sagrario miró a Florián de reojo y rumió un escueto y malhumorado «mejor» que Esperanza supuso que era su forma de dar las gracias.

Al finalizar el desayuno Esperanza subió a su dormitorio. Era temprano y, como de costumbre, doña Rosario no se despertaría antes de las nueve y media o diez menos cuarto de la mañana. En la soledad de su habitación, reflexionó sobre cómo la vida te ubica en una posición u otra. No es que sintiera desazón por haber nacido pobre. Al fin y al cabo, la mayoría de la gente era de procedencia humilde y jamás alcanzaría otro estado en su vida. A decir verdad, no le importaba.

Sí que le importaba otro tipo de cuestiones. Por ejemplo, le importaba estar sola. Y le importaba, sobre todo, no estar con la persona a la que más había querido.

Pensar en ello le provocó un repentino ataque de melancolía. Las lágrimas brotaron descontroladamente.

—¡Oh, Dios! ¿Por qué? —sollozó entre gemidos.

Esa aparente alegría matinal con la que se había despertado encerraba una profunda pena que arrastraba como una pesada carga que amenazaba con empujarla a un abismo de eterna aflicción cuando reaparecía.

—Con lo contenta que estabas… —dijo una voz masculina. Su tono era tierno y comprensivo.

Esperanza se limpió las lágrimas de los ojos con las palmas de ambas manos. Se esforzó por sentirse mejor.

—Lo siento. Soy una tonta.

—¿Has visto el día que hace?

Esperanza, que estaba sentada en el borde de la cama, se giró y miró hacia la ventana que daba a la parte trasera de la casa y que además estaba asegurada con un par de postigos semicerrados.

—Deja que entre el sol. Ya sabes que aquí es un regalo del Señor.

Esperanza se levantó y se dirigió hacia la ventana. Desplegó los postigos. Un intenso rayo de sol dibujó dos cuadrados irregulares en el suelo fratasado. Las partículas de polvo se agitaron perezosamente sin rumbo en aquel espacio que parecía pertenecer a un mundo donde el dolor y el sufrimiento no tenían cabida, y solo la tenían la dicha y la belleza. Esperanza extendió su mano izquierda y el sol la cubrió, convirtiéndola en una figura resplandeciente y dorada. Durante un largo momento disfrutó de aquel pequeño placer y sonrió.

—Así me gusta más. Sonríe todo lo que puedas y jamás concedas tregua a la tristeza, que ya se encargará ella de encontrarte.

Sin dejar de mirar su mano, Esperanza murmuró:

—Creía que los días de lluvia eran aquellos en los que me sentía más triste… por lo que ya sabes, pero me equivocaba, también los días como este afligen mi corazón.

—No pienses en eso.

—No podría aunque quisiera.

Esperanza asintió, quedamente. Agitaba la mano y miraba ensimismada los rayos de sol proyectándose sobre ella. Inesperadamente, retiró la mano y suspiró.

—Tengo que irme.

Su voz sonó fantasmal en el silencio de la habitación. Entonces avanzó hacia la puerta y salió.

Descendió las escaleras que comunicaban la segunda planta con el lujoso pasillo que distribuía las habitaciones del primer piso de la mansión. Se acercó al dormitorio de doña Rosario y entonces oyó la voz amortiguada de la señora. Negaba en voz alta.

Apresuró el paso y estiró la mano para abrir la puerta. Se lo pensó mejor y optó por llamar antes. Una nueva voz de mujer traspasó la gruesa madera y llegó a los oídos de Esperanza como con sordina. Otra voz, esta vez de hombre, se solapó con la de doña Rosario. El hombre hablaba en tono tranquilizador pero doña Rosario trataba de imponer su voluntad. Aun así Esperanza no consiguió entender ni una sola palabra.

De repente, la puerta se abrió.

Esperanza ahogó un grito de sobresalto. No es que estuviera escuchando a través de la puerta, pero estaba tan cerca de ella que cualquiera habría pensado lo contrario.

Sagrario estaba al otro lado, tan sorprendida como la propia Esperanza.

Diligentemente y sin hacer ningún tipo de gesto u observación cáustica, Sagrario abandonó la habitación llevando en el canasto la ropa sucia.

Esperanza se quedó allí plantada observando aquella escena que la dejó sin palabras.

Doña Rosario ya estaba sentada en su silla de ruedas, al lado de la cama. Junto a ella se encontraba Carreño, que miraba a la señora con evidente preocupación y agitaba la cabeza mostrando su desacuerdo. De espaldas se erigía la figura siempre tensa del ama de llaves, con su habitual vestido largo y negro.

Carreño fue el primero en percatarse de la presencia de Esperanza. Pero no dijo nada. Doña Rosario movió su cuerpo para mirar entre el de la señorita Agustina y el de Carreño. Esperanza vio su rostro alargado y sus ojos claros se clavaron en ella.

—Pasa, Esperanza —ordenó doña Rosario agitando la mano derecha imperativamente.

La señorita Agustina se giró sobre sus talones con tal rapidez que, por un instante, Esperanza se sobresaltó. No podía entender qué le había hecho a esa mujer para que la mirara de aquella forma. Luego pensó que había gente que te odiaba sin más.

—Creo que no es buena idea —dijo Carreño, tratando de ser razonable.

—¿Quién manda aquí? —replicó doña Rosario a la vez que agitaba las manos con impaciencia hacia Esperanza, urgiéndola a que se acercara lo antes posible a su lado.

Esperanza se plantó frente a doña Rosario, que había girado torpemente la silla de ruedas con la intención de atravesar el muro formado por Carreño y la señorita Agustina. Hizo una reverencia sin saber a qué atenerse.

—¡Apartaos! —bramó doña Rosario.

—No se encuentra bien, señora, y lo sabe. Podría tener una recaída —argumentó la señorita Agustina con un tono que quería ser mesurado, pero que se crispaba a cada palabra pronunciada.

—¡Esperanza! ¡Vámonos!

—¿Adónde, señora? —preguntó Esperanza sin pensar, mientras la señorita Agustina la miraba fijamente y Carreño agitaba la cabeza en señal de desaprobación.

—Ya te lo diré por el camino —dijo doña Rosario a la vez que intentaba avanzar moviendo con obstinación las ruedas—. A ver si ahora no va a poder una salir de su casa a que le dé un poco el aire, ¡cojones!

—¡Señora! —gritó la señorita Agustina escandalizada.

Si no hubiera sido porque la situación estaba revestida de una tensión que se palpaba, Esperanza no habría podido evitar sonreír.

—¡Esperanza! ¡Sácame de aquí inmediatamente!

Esperanza se deslizó por detrás de Carreño con todo el disimulo que pudo e intentó acceder a la parte trasera de la silla de ruedas, pero la señora no dejaba de moverse y empujaba con los codos ocasionalmente.

Agarró las manillas con decisión. No tuvo que esperar ni un segundo antes de recibir una nueva orden.

—¡Vámonos, he dicho! —gritó doña Rosario apartando al ama de llaves con sus manos artríticas de dedos alargados.

Esperanza empujó con suavidad la silla intentando no atropellar un pie a la señorita Agustina ni a Carreño, que no parecían estar muy contentos y eran renuentes a desplazarse, aunque solo fuera un centímetro.

Bajo la mirada atónita de Diego Carreño y la de total indignación de la señorita Agustina, Esperanza se alejó de Campoamor conduciendo una bonita calesa de color granate por el caminillo de grava que se encontraba auspiciado por las densas sombras producidas por los carballos centenarios que flanqueaban el sendero como decrépitos guardianes ancestrales.

Doña Rosario se había instalado cómodamente en el asiento trasero de cuero marrón y llevaba sobre sus piernas una manta de cuadros estilo escocés que el ama de llaves había colocado con el fin de que no cogiera frío. La señora tiró de la manta con un gesto infantil hasta que la extrajo completamente y la arrojó al lado del asiento con evidente satisfacción. Esperanza, que mantenía la concentración y la vista fija en el camino, la oyó murmurar lo que parecía una exclamación de triunfo.

Nada más alcanzar el camino que circundaba la propiedad de doña Rosario, esta indicó a Esperanza que condujera en sentido contrario a Santamaría de la Villa, es decir, a la izquierda. Continuó el camino siempre atenta a las indicaciones de la señora y, aunque no la oyera ni la viera, estaba segura de que estaba disfrutando del paseo.

El día no podía haber salido mejor. El sol brillaba en lo alto de un cielo cristalino, iluminando todo cuanto tocaba. En más de una ocasión Esperanza tuvo que entrecerrar los ojos para evitar que el sol la deslumbrara.

De vez en cuando, doña Rosario hacía algún comentario sobre lo que se encontraban en el camino que llamaba su atención por su singularidad o belleza. Esperanza respondía a cada uno de estos comentarios escuetamente. Por un momento recordó la cara que había puesto la señorita Agustina cuando, impotente, vio cómo la señora y ella embarcaban en aquella calesa y se marchaban sin que pudiera hacer nada. Sonrió pensando en aquel momento.

—Toma ese camino —ordenó doña Rosario después de atravesar verdes páramos repletos de vacas pastando.

El camino abandonaba la vía principal y se adentraba en un frondoso bosque. Los árboles, combados debido al tamaño y al peso de sus ramas, se agachaban y agitaban sus ramas produciendo un suave siseo.

Uno de los caballos relinchó y cabeceó ligeramente varias veces, haciendo que las riendas se tensaran. Esperanza corrigió el rumbo con eficacia y entonces miró hacia el fondo del camino, que, envuelto entre los innumerables árboles, daba la sensación de que se adentraba en un túnel creado por la madre naturaleza.

Aquella imagen despertó sus recuerdos.

Los caballos continuaron avanzando a buen trote, aunque no era lo que quería Esperanza. Por un instante, una orden impuesta por su subconsciente cruzó por su mente como un rayo, conminándola a detener los caballos inmediatamente.

El sol del que habían disfrutado durante todo el trayecto desapareció, quedándose atrapado entre las miles de ramas que se agolpaban por encima de sus cabezas. El color amarillo verdoso, casi blanquecino, del paisaje estampado por el fuerte sol de aquel día primaveral se convirtió en un bello conjunto de colores amarillos, anaranjados, verdes y marrones en diferentes tonalidades. La densidad tanto de los colores como de las texturas del bosque oprimía por su extraña belleza.

Esperanza dirigió el carruaje como un autómata, concentrada en tratar de evitar que algunos de sus recuerdos escaparan de su prisión.

—Sigue hasta el final del camino, hasta que veas un puente —ordenó doña Rosario en tono distraído.

Esperanza asintió, abriendo los ojos desmesuradamente y emitiendo un leve gemido de aquiescencia.

A veces, un rayo furtivo de sol brotaba de algún resquicio entre las ramas emitiendo un destello. Ahora los pájaros dejaban oír su canto perezoso y lánguido y, a pocos metros de allí, Esperanza vio, tapado por los árboles de corteza gris, entre la prominente vegetación, un puente de piedra gris situado a su izquierda perpendicular al camino por el que circulaban.

Más árboles se empeñaban en ocultar el último tramo del puente. Una ladera tapizada de vegetación granate oscuro lo delimitaba por el otro lado.

Esperanza llegó con el carruaje y, aunque doña Rosario no ordenó lo contrario, se detuvo al comienzo del puente. El ruido de fondo del bosque se apoderó de aquel momento. Ni Esperanza ni doña Rosario dijeron nada durante un largo rato.

—Es un lugar mágico, ¿no crees? —dijo al fin la señora.

Esperanza se giró lentamente sobre su asiento, haciendo crujir la suspensión, lo suficiente para poder ver a la señora.

—Es precioso —respondió con los ojos entrecerrados. Un grupo de revoltosas mariposas se agitó en el interior de su estómago.

Y doña Rosario tuvo que darse cuenta, a juzgar por cómo la examinó. Estuvo a punto de decir algo, pero se contuvo, y no era una persona que reprimiera sus pensamientos. Miró entonces distraídamente hacia el puente. Este no era gran cosa, apenas medía siete metros de largo por dos y medio de ancho y se alzaba sobre el curso de un río poco caudaloso alrededor de tres metros y medio. Por debajo, el agua fluía apaciblemente sobre un lecho verdoso casi negro.

—Quiero pasear. No hemos venido hasta aquí para quedarnos como unas imbéciles pasmarotes.

Esperanza esbozó una sonrisa sin querer. Se dispuso a bajar y coger la silla de ruedas que Florián había sujetado con correas en la parte trasera de la calesa.

Colocó convenientemente la calesa a un lado del camino. Doña Rosario le dijo a Esperanza que no se preocupara, darían un corto paseo por los alrededores, en ningún caso perderían de vista la calesa ni los caballos, que obedientes permanecieron a la espera.

Sujetando las manillas, Esperanza empujó la silla y atravesó el suelo adoquinado del puente, que estaba cubierto parcialmente de hojas mojadas, helechos y pequeñas ramitas. Las ruedas de la silla no estaban hechas para aquel terreno, así que Esperanza se tuvo que esforzar en tratar de mitigar, en la medida de lo posible, el traqueteo que provocaba que doña Rosario se balanceara como si fuera de trapo.

No se quejó en ningún momento, pero Esperanza sufría por no hallar un trozo de camino que estuviera en mejores condiciones. Por un instante, pasó por su cabeza una imagen que la aterrorizó: en ella, la silla tropezaba con alguna de las incipientes y abultadas raíces que se extendían como un virus maligno a lo largo del camino que circundaba la ribera del río y que se cortaba abruptamente. Esperanza no podía evitar que la señora cayera y, como un peso muerto, rodara hasta el río, que, tragándosela, la haría desaparecer mientras ella observaba impotente.

—¡Para, para, para! —ordenó doña Rosario de repente al mismo tiempo que agitaba enérgicamente la mano derecha de arriba abajo.

Esperanza soltó un bufido más fuerte de lo que le hubiera gustado al detener la silla de ruedas y la señora sonrió.

—Mira, vamos hasta aquel claro —dijo doña Rosario, señalando una pequeña extensión de terreno llano situada a apenas unos metros—. Y así estiramos un rato las piernas, que falta nos hace. ¿Qué te parece?

Esperanza empujó la silla con una sonrisa. Estar con doña Rosario le producía una sensación contradictoria. Por un lado, se sentía cohibida, debido sobre todo a lo que esa mujer representaba, pero por otro lado se sentía complacida por compartir con ella aquellos momentos.

—Aquí venía a jugar cuando era una niña —dijo la señora después de exhalar un suspiro profundo.

—Es un lugar muy bonito —contestó Esperanza molesta consigo misma por no ser más original en sus respuestas. En ese instante, descubrió que no sabía cómo dirigirse a la señora.

—Ahora no viene nadie por aquí, pero cuando la mina Alonso de Santacruz estaba en pleno funcionamiento, este era un paso muy concurrido. De eso hace ya mucho tiempo.

—¿Qué ocurrió? —preguntó Esperanza solo por intentar llenar aquellos silencios que la angustiaban.

—Bueno, lo de siempre —dijo la señora en tono aburrido—. Un maldito derrumbe que hundió los túneles y sepultó a más de doce mineros. Fue una tragedia, sin duda, pero cualquiera que trabajara en la mina sabía perfectamente a lo que se exponía. Los accidentes por aquel entonces estaban a la orden del día. Sin embargo, aparte de la magnitud del accidente, se produjo otra tragedia añadida.

Esperanza, que se había sentado en un tronco caído que seguro estaba allí desde antes de que naciera, miró a doña Rosario con interés. Esta mantuvo su mirada entre las ramas, miró fugazmente a Esperanza y volvió a posar sus ojos azules violeta en algún lugar perdido de la inmensidad del bosque. Parecía como si de repente se hubiera olvidado de lo que estaba contando.

Esperanza iba intervenir cuando doña Rosario hizo un gesto teatral con la mano.

—Ese día debería haber sido un día especial, sí —aseguró doña Rosario mirando de nuevo a Esperanza con una mezcla de entusiasmo y consternación—. El pequeño Ramón Alonso de Santacruz cumplía ocho años. Era un niño muy guapo y bastante despierto. Su padre, don Valentín Alonso de Santacruz, dirigía la empresa minera. Sí, la mina Alonso de Santacruz. Don Valentín era un hombre muy rico. Ramón era su único hijo varón y tenía grandes planes de futuro para él. Esa mañana el joven Ramón visitó por indicación de su padre el interior de la mina.

Esperanza, que se temía lo peor, no pudo evitar imaginar el desenlace de la historia.

—¡Oh, no!

—Sí —corroboró doña Rosario, enfatizándolo con un movimiento teatral de la cabeza.

Esperanza se llevó las manos a la cara horrorizada.

—Por supuesto, don Valentín entró a la mina con su hijo. Quería que este conociera el negocio de cerca, como el padre de don Valentín había hecho con él antes, etcétera, etcétera. Era una tradición familiar que se remontaba a varias generaciones. —Hizo una pausa—. Entonces, justo cuando iban a tomar el ascensor, un operario le informó a don Valentín de que el mismísimo gobernador estaba al otro lado del teléfono esperando. Don Valentín no podía hacer esperar al gobernador, además era una llamada muy importante. Le dijo a uno de sus hombres que esperaran allí hasta su regreso.

El fondo sonoro bucólico del bosque desapareció o al menos lo hizo para los sentidos de Esperanza, que visualizaba toda aquella historia perfectamente, como si estuviera sucediendo en una gran pantalla donde los personajes resaltaban y se movían sobre un fondo estático.

Doña Rosario movió lentamente la cabeza a ambos lados y se encorvó hacia Esperanza a la vez que agitaba su largo y huesudo dedo anular deformado por la artritis, negando.

—Pero el pequeño Ramón supongo que quería demostrarle a su padre que era digno de llevar el apellido Alonso de Santacruz y decidió desobedecerlo, pensando seguramente que en el fondo estaría orgulloso de que su pequeño ya tuviera el valor de tomar sus propias decisiones. —Doña Rosario cerró los ojos con evidente desolación y luego chasqueó la lengua—. Nadie sabe cómo, pero el niño se escabulló y descendió al nivel inferior, y justo en ese preciso instante, uno de los túneles principales se derrumbó y dejó incomunicado el resto de la mina con el nivel superior.

—¿No pudieron rescatar al niño? —preguntó Esperanza a sabiendas de la fatal respuesta.

Doña Rosario se quedó en silencio, como si de nuevo algo repentino se hubiera interpuesto entre aquella historia y su resolución. Luego, al cabo de un momento, volvió a la narración que la ocupaba, como si la supuesta imagen hubiera desaparecido del mismo modo que había surgido.

—Jamás rescataron su cuerpo —sentenció la señora como si de una frase lapidaria se tratara.

—Intentaron recuperarlo y entonces se produjo un derrumbe que sepultó toda la mina —musitó Esperanza, como si estuviera buscando las palabras apropiadas para conformar una frase coherente.

—Sí —concluyó doña Rosario sorprendida—. ¿Conocías la historia?

—No, no..., solo me la estaba imaginando.

Doña Rosario asintió y se quedó reflexionando.

—Después de aquello ya nada volvió a ser igual en Santamaría —dijo—. Se cerraron comercios florecientes y muchas personas abandonaron el pueblo de la noche a la mañana, como perseguidos por la peste. Todos querían dejar atrás la mala suerte. Una maldición, decían, se había apoderado de aquella familia. Huelga decir que la propia mina se convirtió en un lugar maldito.

Después, las dos se quedaron calladas y de nuevo el ruido vital del bosque llenó el silencio.

Al cabo de un rato, doña Rosario intervino:

—Ningún padre debería perder a su hijo.

—No —susurró Esperanza quedamente.

—Es lo peor que le puede pasar a un ser humano, ya que después es como si no existieras, como si vagaras como un fantasma sin saber adónde ir. Ya no formas parte de la vida. Solo eres un reflejo vacío y sin alma que deambula en un mundo de sombras. En un mundo donde ya no vuelve a salir el sol, nunca más.

Una lágrima brotó inconscientemente del ojo derecho de Esperanza y, a continuación, otra lo hizo del izquierdo. Doña Rosario no se dio cuenta.

—¿Sabías que este era, además del mío, el lugar favorito de mi hija? —preguntó doña Rosario.

Esperanza se limpió las lágrimas con un gesto rápido. Doña Rosario seguía sin percatarse.

—No lo sabía —contestó Esperanza sin pensar mientras intentaba atajar la melancolía que se había apoderado de ella.

—Aquí mismo veníamos a jugar cuando solo era una niña —dijo a la vez que miraba al suelo conjurando ese instante, como si en realidad estuviera contemplando a su hija pequeña.

La imagen de Buenaventura en el cuadro del estudio se transformó en la mente de Esperanza. Intentó imaginarla de niña a partir de las descripciones de Carreño y, como entonces, obtuvo una imagen de una niña sin cara, rodeada de adultos que sonreían, aplaudían y se maravillaban por sus numerosas y sorprendentes cualidades.

—Mi hija es una chica muy especial, ¿sabes?

—Estoy segura de ello, señora.

—Ella, bueno, está en esa edad en la que una madre ha dejado de influir. —Se detuvo buscando las palabras adecuadas—. Sé que tiene que experimentar, forma parte del proceso natural de la vida. Pero una nunca llega a acostumbrarse a su marcha… Me gustaría tanto que estuviera a mi lado…

Esperanza miró hacia abajo y se concentró en el tapizado natural que alfombraba el suelo bajo aquel roble.

Doña Rosario se fijó entonces en Esperanza, olvidándose por un momento de sus inquietudes de madre, y constató su evidente tristeza.

—¡Oh, chiquilla! Creo que he sido una desconsiderada.

Un nuevo ataque de tristeza la inundó. No pudo evitar volver a llorar.

—No, por Dios, señora…

Dejó la frase a medias. Doña Esperanza la miró comprensiva y la atrajo hacia sí, como lo haría cualquier madre devota.

—Oh, ven aquí.

Esperanza se sintió violenta por la situación, pero la desazón que sentía inclinó la balanza. Se dejó hacer sin dudarlo en busca del afecto que era incapaz de rechazar, aunque proviniera de su ama. Doña Rosario le acarició el cabello con dulzura.

—Señora… —murmuró con la cara enterrada en el pecho de doña Rosario, que la mandó callar chistando suavemente.

En la negrura del fondo que se cernía al cerrar los ojos, Esperanza vio figuras confusas dibujándose y desdibujándose. El bosque aparecía como un fondo viviente de lienzo. Los trazos se agitaban, transformándose en diferentes formas en miles de tonalidades que componían una escena en movimiento. Todo era exactamente tal y como estaba, pero un manto blanco y etéreo cubría el puente haciendo desaparecer toda la vegetación. Una figura alargada surgía de la frondosidad del bosque y se dirigía al puente; llevaba una larga capa granate y su cabeza estaba cubierta por una capucha. Caminaba con evidente cautela y miraba a su alrededor, como asegurándose de que no había nadie más observándola. Inesperadamente, otra figura surgió de detrás del tronco de un árbol que la niebla se había tragado.

—Aquí… —susurró Esperanza y al abrir los ojos las dos figuras y el paisaje neblinoso desaparecieron. Sus pestañas se tropezaron con el suave tejido de algodón de la rebeca que vestía doña Rosario por encima del vestido.

—¿Estás mejor? —preguntó la señora en tono maternal.

Esperanza se retiró del refugio caliente que ofrecía doña Rosario sin querer parecer desagradecida. Asintió rápidamente y notó que sus mejillas se encendían. Y se sintió avergonzada, empero sus ojos se agitaron buscando aquellas figuras misteriosas que habían surgido de la nada.

—No te preocupes, chiquilla. Al fin y al cabo, todos estamos hechos de la misma pasta y necesitamos consuelo y afecto. No importa lo que tengas o lo que dejes de tener.

No dijo nada, aunque fuera una descortesía por su parte, pero intuía el nuevo rumbo que estaba tomando aquella conversación. No deseaba llegar al punto que parecía inevitable. No estaba preparada.

—Has tenido que sufrir mucho, ¿eh? —aseguró doña Rosario. Sus palabras no estaban envueltas en curiosidad maliciosa, eran como la constatación de un hecho.

Esperanza asintió distraídamente.

—La vida nos pone duras pruebas en el camino. Yo también he perdido a seres queridos. Todos los perdemos, más tarde o más temprano, y cuando eso ocurre algo de nosotros se va con ellos para siempre.

Y de nuevo todo ruido y signo vital del bosque desaparecieron. Doña Rosario era otro elemento más que había detenido sus funciones.

Algo se movió más allá de donde doña Rosario se encontraba. Un grupo de arces invadía un frondoso prado ahora cubierto por un manto brumoso. La vegetación era muy espesa y las sombras dominaban el lugar. Una figura oscura se movió con paso seguro, auspiciada por la niebla imperante. Se apresuró a resguardarse mejor tras la espesura de un entorno que le era propicio, transformándose, convirtiéndose en un ente invisible.

¿Era posible que hubiera alguien en el bosque observándolas?

Aparentemente, no había rastro de la figura, pero estaba ahí. El ambiente resultaba ahora más frío y todo cuanto la rodeaba rezumaba un aroma de maldad.

Entonces, la figura oscura se movió con paso rápido y resuelto, agitando hojas del suelo a su paso. Rodeó el camino de acceso al puente y se ocultó como un fantasma entre los innumerables troncos de árboles oscuros, maleza e ingente vegetación. Ascendió con rapidez y destreza; no lo vio, pero lo habría descrito como un animal salvaje que se había convertido en hombre o viceversa.

La mano huesuda y el tacto suave de la señora se posó en el antebrazo de Esperanza; sintió el calor de su piel.

El ruido y los movimientos del bosque reaparecieron de nuevo. El manto blanco con sus tonos suaves y sin la saturación de color desapareció. Ahora el paisaje se mostraba cuajado de vida, repleto de colores anaranjados, verdes y marrones. El siseo de las ramas al ser agitadas por el viento. El ulular de una lechuza. El aleteo de los insectos y algunos trepadores azules y el discurrir sosegado de las aguas del río.

—Te dije que este lugar tiene un poderoso influjo —dijo doña Rosario en tono neutro.

Esperanza sintió un leve pálpito, como si aquellas palabras estuvieran cargadas de una doble intencionalidad.

Doña Rosario sonreía. Sus ojos acuosos miraron a su alrededor como intentando comprender el sentido de la vida encerrado en ese lugar.

Esa misma sonrisa se oscureció repentinamente cuando el cielo que anunciaba una primavera eterna se oscureció de repente, como si el reloj hubiera avanzado en cuestión de segundos hasta el final de la tarde. Los rayos de sol se desvanecieron como por arte de magia.

Las miradas de ambas se encontraron y así permanecieron por un instante. La primera en reaccionar fue Esperanza, que se incorporó de inmediato.

—Será mejor que nos marchemos, señora —dijo Esperanza resueltamente.

—Sí, ha vuelto el frío —contestó doña Rosario mientras se abrazaba a sí misma. Luego contempló las ramas que ocultaban el cielo, intentando ver a través de ellas—. Y ha oscurecido. No es bueno estar en el bosque de noche.

—No, no lo es.

—Por los fantasmas —dijo doña Rosario con una expresión que a Esperanza se le antojó infantil—. Y por el diañu.

Una ligera brisa levantó la hojarasca del suelo. Las ramas se agitaron chocando entre ellas. El siseo aumentó, devorando el resto de sonidos del bosque.

Sin esperar la orden directa de doña Rosario, Esperanza cogió la silla de ruedas y decididamente atravesó el claro del bosque en dirección al caminillo que conducía al puente. A pesar del traqueteo, la señora no se quejó, sino que permaneció en silencio pensativa mientras era acarreada.

Cuando alcanzaron el puente, un poderoso trueno bramó en un cielo plomizo que había devorado aquel bello y soleado día primaveral como una bestia hambrienta de vida y almas humanas.

9

De aquella mañana soleada solo quedaba un lejano recuerdo. Las nubes se habían apoderado del cielo de Santamaría de la Villa y habían descargado implacablemente todo su lastre sobre aquella pequeña población del interior de Asturias que resistía el paso del tiempo en el fondo de un hermoso valle. Ahora, de noche, la lluvia no daba ni un solo momento de tregua, instando a sus habitantes a permanecer sin remedio bajo cubierto. En Campoamor, la oscuridad recorría todos los rincones de aquella enorme mansión. De vez en cuando, se oían crujidos que se asemejaban a lamentos propios de su avanzada edad.

Esperanza estaba sudando a pesar del frío y la humedad. Se agitaba en su cama, presa de una pesadilla que no tenía intención de dejarla marchar.

Abrió los ojos de repente y dejó escapar un jadeo. Miró a su alrededor. Por un instante los fantasmas de su reciente pesadilla se pasearon delante de ella, pero se esfumaron casi al instante.

Luego miró hacia la ventana. Una rama que parecía la mano delgada de una bruja de pesadilla golpeaba el cristal con insistencia, solicitando entrar.

Se tocó la frente y la sintió perlada de un sudor frío y pegajoso que cubría todo su cuerpo, al que se adhería el camisón. Tenía la garganta seca y la lengua se le pegaba al paladar. No quedaba ni una gota en el aguamanil que utilizaba para su aseo diario. Se había olvidado como siempre de rellenarlo. Tragó saliva para aliviar la sed, sin conseguirlo. No podría volver a conciliar el sueño si antes no bebía un poco de agua.

Solo los ronquidos de Balbina retaban al ruido provocado por la lluvia. Descendió las escaleras y se asomó por la puerta de acceso al descansillo de la primera planta. Su imaginación le dibujó una figura negra en el centro del corredor. Completamente inmóvil, con las manos en el regazo y los ojos, aunque no pudiera verlos, seguro que encendidos por la ira y el desprecio. Esperanza sacudió la cabeza y la visión desapareció.

Sus pies descalzos se deslizaron con suavidad. Apoyándolos con cuidado y tratando de hacer el menor ruido posible, atravesó el pasillo. Al pasar por delante del dormitorio de la señora, miró por un instante la puerta sin llegar a detenerse. Llegó hasta la escalera y descendió los peldaños por la orilla pegada a la pared, ya que había descubierto que por allí crujían menos que por el centro.

Llegó hasta la cocina. Un relámpago la iluminó, convirtiendo las sombras en objetos alargados y amenazadores. Deseó con todas sus fuerzas que la mañana siguiente trajera un día soleado. Odiaba la lluvia desde que era pequeña y tormentas como aquella la solían despertar en medio de la noche y la dejaban temblando y con el corazón encogido.

Directamente, caminó hacia una mesa de madera basta y sin pulir que Balbina utilizaba para dejar la caza, las verduras, las legumbres o cualquier alimento en proceso de elaboración. En un extremo de la misma pudo ver un botijo ennegrecido para uso exclusivo de la servidumbre.

El agua tenía regusto a viejo, aun así se sintió reconfortada. Se tomó un breve descanso y luego repitió la operación con otro largo trago. Tras beberse el último sorbo de agua, sintió un regustillo que le hizo recordar la imagen oscura de un pozo sin fondo.

Cuando estaba a punto de bajar el botijo, oyó pasos furtivos a escasos metros, no dentro de la cocina pero sí en las inmediaciones del pasillo anexo.

Movió la cabeza instintivamente y el chorro de agua le golpeó en la cara. Bajó el botijo mientras el agua le resbalaba por la barbilla y le mojaba el camisón.

Permaneció quieta esperando encontrarse por enésima vez con la señorita Agustina apareciendo en silencio por la puerta de la cocina y mirándola con ojos acusadores.

No entró nadie.

Y los pasos parecían haberse diluido con el ruido de fondo de la lluvia.

Se asustó al comprobar la velocidad con la que palpitaba su corazón cuando se tocó el pecho y apretó la palma de su mano, no sabía si para acallar el ruido de los latidos o para tratar de tranquilizar aquella velocidad ventricular tan poco recomendable.

Dejó el botijo con mucho cuidado sobre la mesa y constató que su ritmo cardiaco había descendido ligeramente.

Aunque no estaba haciendo nada indebido, se sentía culpable por estar allí y no deseaba bajo ningún concepto que la descubrieran a esas horas.

Se acercó hasta la puerta con cautela a la vez que prestaba atención a lo que tenía a su alrededor: los azulejos blancos e inmaculados de la pared, el suelo de baldosas negras, impecables y brillantes como un espejo. La puerta marrón de la despensa. La luz de la luna proyectando en el suelo reflejos distorsionados producidos por el cristal esmerilado de la ventana.

Alcanzó el pasillo corto que comunicaba la cocina con el vestíbulo. Desde su posición pudo ver un lateral de la escalera, una estrecha franja de vestíbulo y más allá una parte de la puerta principal.

Nadie.

Cruzó el pasillo y salió al vestíbulo con la intención de subir las escaleras con la máxima celeridad; quería llegar cuanto antes a su dormitorio y olvidar ese estúpido e irreal suceso.

Subió los escalones pegada a la pared todo lo que pudo y entonces un destello se proyectó sobre su pupila. No pudo evitar girar la cabeza hacia el brillo.

La puerta de la biblioteca estaba entreabierta y una luz oscilante y a ratos moribunda se agitaba irregularmente en su interior.

Alguien susurraba en tono apremiante.

Otra voz le interrumpió elevando el tono.

Se detuvo y centró toda su atención en el intersticio de la puerta, esperaba que de un momento a otro se abriera de repente y apareciera alguien, que la descubriría allí plantada mirando en esa dirección.

«No es asunto tuyo», se dijo a sí misma. Negó con la cabeza para enfatizar ese pensamiento. Se pegó a la pared de nuevo y subió los peldaños despacio, aunque su cerebro le exigía hacerlo deprisa, mucho más deprisa. El corazón le latía con fuerza. Llegó hasta el primer tramo de la escalera y, cuando puso un pie en el descansillo, la puerta de la biblioteca se abrió con un quejido agudo que se oyó amplificado a través del silencio imperante. Las voces se oían más claras, aunque no pudo distinguir ni una sola sílaba de la conversación. Tampoco a quiénes pertenecían aquellas voces.

Una figura salió al vestíbulo y se detuvo a unos centímetros escasos del umbral de la puerta. Oyó rechinar levemente sus zapatos sobre el suelo.

Esperanza, que se había obligado a permanecer oculta, observó desde su posición los pies de un hombre y poco más de la pernera de su pantalón. Lentamente, se sentó en el segundo peldaño mientras se reprochaba a sí misma que no debería hacer lo que estaba haciendo, sino marcharse a su habitación sin volver la vista atrás y olvidar aquel incidente, que se recordaba a cada instante no era de su incumbencia.

Entonces, otro hombre salió de la biblioteca; igualmente, solo pudo ver sus zapatos y poco más, aunque tuvo la sensación de que este hombre era más bajo pero más corpulento que el anterior; parecía que tenían intención de marcharse por el tono de la conversación en ese punto. Así lo deseaba fervientemente. Los hombres se acercaron un paso más a la puerta. Todavía no había conseguido descifrar ninguna palabra, pero, aunque no quisiera reconocerlo, la conversación tenía un inequívoco tono conspirativo.

El primer hombre, que a Esperanza se le antojó más joven y alto, se aproximó a la puerta y agarró el pomo. Por primera vez vio toda su figura completa y no tuvo ninguna duda aunque permaneciera de espaldas.

Carreño.

El otro hombre se acercó y se puso de perfil respecto a Carreño. Era más bajo, como había vaticinado Esperanza, y además también más grueso y viejo. Hablaba pausadamente y agitaba la cabeza de cuando en cuando. Un brillo destelló cuando movió la cabeza. El brillo de unas gafas, sin duda. Una luz escasa de origen desconocido, tal vez la que la luna proyectaba a través de la ventana de la cocina que, a su vez, incidía en el suelo brillante, logró arrancar la oscuridad del perfil de aquel hombre. Era mofletudo, con papada, bigote canoso y escaso cabello peinado con pulcritud hacia atrás. No lo había visto en toda su vida.

Carreño abrió la puerta, dispuesto a marcharse, y el otro hombre iba a acompañarle. Entonces se detuvo y, como alertado por algo sobrenatural, miró por encima de su hombro derecho.

Esperanza, que estaba viendo toda la escena a través de la balaustrada, retiró la cara y cerró los ojos con fuerza, apretándolos. También las manos. No estaba completamente segura de que hubiera conseguido ocultarse de aquellos hombres.

Tras unos interminables segundos, oyó el siseo muy leve de la puerta al arrastrarse ligeramente por el suelo y luego el clic de la cerradura al encajarse en su lugar.

Aun así, Esperanza permaneció inmóvil durante un rato, acurrucándose y sin abrir los ojos. Movió los labios con rapidez pero sin pronunciar ninguna palabra, sin saber ni ella misma qué era lo que estaba conjurando.

Abrió los ojos y los contornos difusos de la casa ahora se mostraron más precisos. Los dos hombres se habían marchado. Se permitió un rápido vistazo. El vestíbulo estaba vacío y la luz de la biblioteca había desaparecido.

Suspiró aliviada y se notó sudorosa a pesar del frío y con la boca más seca y un sabor más agrio que antes de beber aquella agua con gusto a vieja. Por un instante, meditó sobre la posibilidad de regresar a la cocina para saciar su sed. Negó para sus adentros. Se incorporó como un resorte y no se detuvo hasta que llegó a su dormitorio.

Fuera hacía frío, pero le reconfortó. No deseaba volver a la soledad de su casa, pasaría la noche en Campoamor. Dormiría en el diván de su despacho. No era especialmente cómodo y resultaba poco apropiado para pasar la noche, sobre todo para un hombre de su envergadura, pero allí se sentía como en casa. A decir verdad, Campoamor era su casa, siempre lo había sido desde que recordaba, aunque ahora se había convertido en un lugar más cercano al purgatorio, su propio purgatorio. El lugar donde tendría que expiar sus culpas antes de arder en el infierno.

No le importaba su salvación. La angustia y el tormento eran merecidos, aunque él no fuera un hombre devoto. No tenía que ver con la redención de su alma, eso no le importaba lo más mínimo. Tenía que ver exclusivamente con la lealtad, pero la carga era demasiado pesada, aunque compartida. Los remordimientos eran cada vez mayores y combatirlos, una tarea titánica. Deseaba retroceder en el pasado. Cambiar las cosas. Ser otra persona. Nacer de nuevo.

Nada de eso era posible, él solo era un hombre lastrado como millones de ellos, por las consecuencias de sus actos. Es lo que tiene la vida, hagamos lo que hagamos las consecuencias siempre acaban alcanzándonos.

10

Hacía ya varias noches que Esperanza no conseguía conciliar el sueño. Ella siempre había tenido problemas para dormir bien y, aunque no padecía insomnio, había pasado temporadas en las que apenas alcanzaba las tres horas seguidas de sueño. Recordaba con precisión el momento exacto que había provocado esa alteración.

Luego, durante unos cuantos años, pudo descansar más o menos como una persona normal. Había noches en las que dormía siete horas seguidas sin interrupción, las menos. Su mente entonces se había adormecido y, aunque los recuerdos eran dolorosos, el tiempo sin duda ayudaba a suavizar los efectos devastadores de la tragedia, aunque no los eliminara por completo. De algún modo, no quería olvidar, o al menos se negaba a hacerlo con algunos de sus recuerdos. Se había acostumbrado a sufrir de forma continua; era como llevar una pesada carga: no lo suficiente como para resultar insoportable, pero sí para evitar que algún día pudiera ser feliz.

Feliz.

No conocía a ningún pobre que realmente lo fuera.

Y ella era absolutamente pobre.

Suspiró. Se sentía vacía y muy, muy sola.

Una lágrima le resbaló por la cara estrellándose contra la almohada. No se molestó en limpiarla.

—Tienes que aprender a ser feliz —dijo la voz.

—Eso es cosa de ricos.

—Ni hablar. No quiero que digas eso y menos que lo pienses. Por fortuna, el dinero no puede comprar la felicidad y lo sabes.

Esperanza asintió e intentó sonreír. Una nueva lágrima resbaló.

—Yo era feliz. Feliz por poder estar contigo cada día, mi niña. ¿Lo recuerdas? Y tú también eras feliz, lo sé.

Se llevó las manos a los ojos. Un raudal de tristeza llenó su corazón.

—No quiero verte más así, ¡tienes toda la vida por delante! —gritó la voz exultante—. Solo tienes que ser valiente, mirar hacia delante y olvidar el pasado.

—Jamás haré eso.

—Sí que lo harás. Eres la persona más valiente que he conocido y te mereces lo mejor, y ya sabes que solo los valientes consiguen lo que se proponen.

Esperanza agitó la cabeza y soltó una risa ronca que se mezcló con un «sí» lastimoso.

—¿Y si no lo consigo nunca?

—¿El qué?

—Ser lo que me proponga.

—¿Y qué es lo que te propones en la vida?

—Ser feliz.

—Entonces jamás dejes de intentarlo, por más adversidades que te encuentres, que las encontrarás. Lucha hasta el final. Que la muerte sea lo único capaz de detenerte.

Todavía era de noche, pero el cielo ya comenzaba a mostrar lo que sería un nuevo día.

Creyó oír un grito desesperado en alguna parte. Agarró con fuerza las sábanas y la manta que la cubrían y su cuerpo se atenazó. La casa estaba en silencio y nada indicaba que aquel no sería un día como otro cualquiera..., aunque sabía que los días en los que parecía que no iba a ocurrir nada extraordinario eran precisamente aquellos en los que sucedían los sucesos más horribles.

Tenía los ojos fijos en el tazón de leche caliente de su desayuno, más concretamente en la capa de nata resquebrajada que se había formado por encima. El reflejo de la rama de un árbol procedente del patio trasero se agitaba levemente, extendiendo su sombra a lo largo de toda la mesa. Un par de segundos antes de que ocurriera, Esperanza oyó el grito dentro de su cabeza, claro y desgarrador, como antes de levantarse de la cama. Alzó la cara del tazón de leche y miró hacia la puerta de la cocina, esperando el momento...

Como una reproducción exacta, el grito entró por la puerta dos segundos después de que Esperanza lo hubiera oído con total nitidez solo en su cabeza.

Todos los allí congregados interrumpieron sus actos como si se hubiera detenido el tiempo y se miraron los unos a los otros con cara de sorpresa.

Balbina, que estaba de pie sujetando una gran sopera de porcelana de Sèvres con las dos manos, la dejó caer al suelo cuando un segundo grito más agudo e intenso rompió definitivamente la rutina de aquel apacible día. Los trozos de porcelana se esparcieron por todo el suelo y algunos de ellos alcanzaron el pasillo anexo. Todos se sobresaltaron.

La primera en levantarse como un resorte fue Esperanza.

—¡Doña Rosario! —gritó.

Unos pasos apresurados bajaron por la escalera y, antes de que dejaran de escucharlos, la señorita Agustina apareció con la cara pálida y desencajada. Se apoyó en el quicio de la puerta y examinó a su alrededor, sin mirar a nadie en concreto. Sus ojos bailaron durante un instante, como si esa situación la sobrepasase y se sintiera desfallecer. Susurró algo inaudible, parpadeó y se dirigió a Florián, pero como si no lo viera.

—¡Florián! ¡Ve a casa de don Manuel! ¡Rápido! —gritó el ama de llaves, recuperando en ese instante el carácter y la energía que la caracterizaban.

Florián se levantó rápidamente a la vez que las patas del taburete en el que estaba sentado se arrastraban sobre el suelo haciendo un ruido desagradable y sonoro. Se giró sobre sus talones y abrió la puerta de la cocina, salió por ella y atravesó el patio en dirección a las caballerizas.

Cuando Esperanza volvió a mirar a la señorita Agustina, esta ya había desaparecido y sus pasos presurosos se oían subiendo los peldaños de la escalera principal, al mismo tiempo que la barandilla crujía, pues se asía a ella para subir con mayor rapidez.

Esperanza salió tras ella y subió las escaleras, aunque ya la había perdido de vista. Oyó una puerta abrirse y luego cerrarse de nuevo con un portazo.

Alcanzó el dormitorio de doña Rosario y llamó con los nudillos antes de entrar. Agarró el pomo, pero en ese preciso instante pensó que debía haber esperado a que le permitieran el acceso. Ya era demasiado tarde, puesto que la puerta se estaba abriendo.

Doña Rosario estaba tumbada en la cama y se retorcía como un ser endemoniado. Carreño estaba medio sentado a su lado tratando de sujetarla por las muñecas y los hombros, mientras doña Rosario no dejaba de agitarse y patalear.

La señorita Agustina tenía pegado a la oreja el auricular de un teléfono negro con detalles dorados y nacarados que doña Rosario tenía al lado de una lámpara, en la mesita de noche. Giró la cabeza al oír el quejido de las bisagras y posó sus ojos sobre Esperanza, que estaba allí plantada totalmente aturdida.

Sus ojos negros desprendían odio, de eso estaba segura. Colgó el auricular con un ruido seco y avanzó a grandes zancadas hacia Esperanza, que estaba paralizada, como el que espera recibir un golpe inminente y no hace nada por remediarlo.

Sintió su aliento por un breve instante cuando se puso frente a ella, a escasos centímetros. Antes de que pudiera abrir la boca para ofrecer su ayuda, la señorita Agustina vociferó:

—¡Márchese!

El ama de llaves cerró con tanta violencia la puerta delante de las narices de Esperanza que habría estado a punto de derribarla, de no ser porque retrocedió unos pasos para evitarlo. Y allí plantada delante de aquella puerta, todavía tratando de asimilar lo sucedido, se sintió de repente triste. Entristecida pues no entendía por qué aquella mujer la odiaba tanto y con tanta intensidad.

Una larga y angustiosa hora después un hombre mofletudo, bajo y con sobrepeso, con una edad que rondaría los sesenta años, subió las escaleras portando un brillante maletín negro. Todo parecía indicar que aquel hombre era don Manuel, el doctor al que Florián había ido a buscar.

Esperanza, que permanecía sentada en una silla del pasillo cerca de la puerta del dormitorio de doña Rosario, se levantó a su paso, pero él ni siquiera se percató de su presencia. Antes de llegar al dormitorio de doña Rosario, la puerta se abrió como si fuera automática. Don Manuel no tuvo que detener ni disminuir su paso. En cuanto entró en el dormitorio, la puerta volvió a cerrarse.

Por un momento, no supo qué hacer. Tras debatirse entre marcharse o quedarse, desestimó la primera opción por inapropiada, aunque con toda seguridad sería la que habría preferido el ama de llaves. Decidió que su sitio era aquel y no le importaba que la señorita Agustina la volviera a humillar con su injusto maltrato.

En el siguiente espacio de tiempo que transcurrió, todo permaneció en absoluto silencio. Dentro del dormitorio de doña Rosario estaban Carreño, la señorita Agustina y ahora don Manuel. No se oía a doña Rosario, ni tampoco voces de ninguno de los visitantes. No sabría decir si aquel hecho la tranquilizaba o la ponía más nerviosa.

Veinte minutos después alguien abrió la puerta. Don Manuel salió acompañado de Carreño. Esperanza se levantó de la silla y los dos hombres repararon en su presencia.

Carreño la miró sin ocultar su sorpresa. Tenía una expresión extraña, como si ella fuera la última persona que pensara encontrarse allí fuera.

—Esperanza —murmuró—, ¿qué hace usted aquí?

Esperanza hizo una leve reverencia antes de contestar.

—Yo, yo… estaba preocupada, no sabía… —farfulló dejando escapar el nerviosismo que sentía.

Carreño agitó la mano derecha de arriba abajo, dando a entender que no eran necesarias más explicaciones. Mientras tanto, aquel hombre de bigote elaborado, boca diminuta y ojillos de ratón, ocultos tras unas gafas redondas de culo de botella, la observaba con descaro, como elaborando un examen psicológico que pudiera determinar qué tipo de personalidad se ocultaba tras ese ínfimo físico.

—Doña Rosario está muy enferma —musitó al fin Carreño, como constatando un hecho ya probado.

El hombrecillo asintió enfatizando la afirmación del administrador. No dejaba de observar a Esperanza y parecía como si se mantuviera a la expectativa.

Entonces una imagen cruzó por delante de los ojos de Esperanza. Había visto a aquel hombre antes en algún lugar. Sí, en aquella misma casa en compañía, precisamente, de Carreño.

Era el mismo hombre que lo acompañaba en la biblioteca la pasada noche.

—Don Manuel es el médico de la familia —dijo haciendo un gesto introductorio con la mano—. Y ha llegado a la conclusión de que la señora necesita todo el reposo que sea posible.

Esperanza asintió. Don Manuel también asintió sin dejar de mirarla con una extraña curiosidad, como queriendo decir: «Así que esta es ella».

Y ella se preguntó entonces por qué le daban todas esas explicaciones.

—He sabido por el señor Carreño que usted es la dama de compañía de doña Rosario —dijo don Manuel, abriendo por primera vez la boca. Hablaba con altivez y arrogancia.

—Así es —susurró Esperanza con un hilo de voz, augurando de algún modo que todo aquello era el principio del fin.

—Como ha dicho el señor Carreño, la señora necesita total y absoluto reposo —prosiguió—. Estamos incluso considerando la posibilidad de enviarla a un sanatorio…, un sanatorio especializado, por supuesto —cruzó una mirada con Carreño a la vez que asentía—, donde recibiría las mejores atenciones posibles si todo va a peor…, como me temo que está sucediendo.

Esperanza asintió, haciéndose una idea de adónde quería ir a parar el doctor. Don Manuel lanzó una mirada al hombre que tenía a su lado, como dando a entender que él también estaba de acuerdo con aquella decisión.

—El señor Carreño y yo mismo, como autoridad sanitaria, hemos decidido que lo mejor para la salud de doña Rosario es que reciba una atención continua y profesional, dadas las circunstancias.

Carraspeó al finalizar, sin saber dónde poner sus ojos entonces.

—¿Quiere decir que ya no soy necesaria en esta casa? —soltó de repente Esperanza sin saber si estaba asustada por el inesperado giro que habían tomado los acontecimientos y las consecuencias que se derivaban sobre su persona o por la repentinamente delicada salud de la señora.

Carreño y don Manuel con su actitud no dejaban lugar a dudas. Carreño miró a Esperanza con una mezcla de preocupación y vergüenza. Era como si aquella situación lo comprometiera más allá de lo que Esperanza podía comprender.

—Pero yo podría cuidar de doña Rosario. He cuidado a muchos enfermos y no me separaría de ella ni de noche ni de día —dijo Esperanza en tono suplicante a la vez que avanzaba un par de pasos hacia los dos hombres.

Don Manuel miró a Esperanza con cautela, con sus ojillos totalmente abiertos, como si en realidad aquella chiquilla fuera una amenaza. Carraspeó de nuevo y se estiró los faldones de la chaqueta, que por otro lado estaba totalmente planchada y estirada.

—Eso no podemos decidirlo nosotros... —masculló evitando los ojos de Esperanza.

Esperanza se dirigió a Carreño, implorándole con la mirada una oportunidad que de repente se esfumaba.

—Necesito este trabajo —dijo con un hilo de voz lastimero—. No tengo adonde ir... y doña Rosario..., yo...

Carreño se llevó el puño apretado a la boca y se lo mordió en una señal de nerviosismo. Miraba a Esperanza, pero evitaba enseguida su contacto visual. Sus oscuros y grandes ojos mostraban algo parecido a la culpabilidad.

—¡Esperanza!

La voz surgió de la nada. Grave. Profunda. Implorante.

—¡Esperanza!

Carreño miró a don Manuel sorprendido. Por un instante pensó que aquella voz solo la había escuchado ella.

—¡Déjame en paz! —gritó enérgicamente la voz de la señora desde el interior de su dormitorio.

Esperanza caminó hacia la puerta, pasando al lado de Carreño y don Manuel; este último hizo ademán de detenerla emitiendo un gemido de impotencia. Abrió la puerta sin pedir permiso, con la sola idea de socorrer a su señora.

Doña Rosario miró hacia la puerta. El ama de llaves trataba de sujetarla, casualmente del mismo modo que unos minutos antes lo había hecho Carreño.

Los ojos de doña Rosario se clavaron en los de Esperanza y a continuación esbozaron una mueca de alivio. La señorita Agustina volvió la cabeza y Esperanza solo vio su ojo derecho, pero fue suficiente para percibir la ira y una extraña consternación.

—¡Esperanza, ven! —exclamó doña Rosario tendiendo los brazos hacia ella como si fuera su salvadora.

Esperanza no entendía aquella situación.

Al principio, sus pies estaban pegados al suelo, como en las pesadillas, pero luego pudo moverlos y avanzar. Se colocó en el lado contrario de la cama, enfrente de la señorita Agustina, que no podía evitar mostrar cómo se sentía en realidad al tener que actuar de ese modo con su señora, lo cual era para ella una situación totalmente insólita.

—Señora, tiene que calmarse —dijo, como justificando su acción.

Doña Rosario hizo un gesto enérgico a la vez que exclamaba:

—¡Te digo que me sueltes ahora mismo!

La señorita Agustina la soltó entonces como por arte de magia, como si aquellas palabras hubieran sido las justas y necesarias para que ella obedeciera.

Doña Rosario respiraba entrecortadamente y los ojos se le salían de las cuencas. Era más que evidente que estaba enfurecida, pero de algún modo trataba de controlar su ira.

—Señora, yo…

—¡Cállate! —gritó doña Rosario. Esperanza dio un respingo al oírlo por lo inesperado, y también lo dio el ama de llaves, que ahora era incapaz de mirar a la señora a los ojos. Su mirada vidriosa mostraba el miedo irracional que sentía por haber traspasado una línea infranqueable—. ¡Fuera de aquí! ¡Todos! —exclamó levantando el brazo y señalando la puerta.

—Doña Rosario, no le conviene… —comenzó a decir el médico.

—¡He dicho que os vayáis! ¡Ahora mismo! De lo contrario, esta será la última vez que ponéis los pies en esta casa. ¿Me habéis entendido?

Esperanza no se atrevió a mirar ni a la señora, ni a la señorita Agustina, ni a Diego o a don Manuel. Tenía los ojos puestos en el cobertor que se agitaba mientras doña Rosario bramaba.

—¡Todavía puedo tomar decisiones y Dios sabe que lo haré! No dejaré que me manipuléis como habéis hecho hasta ahora.

—Eso no es justo, doña Rosario, y usted lo sabe —se atrevió a replicar Carreño. Esperanza lo miró. Intentaba aparentar tranquilidad, aunque la tensión que sufría se dejaba ver a través del movimiento de sus ojos.

En ese preciso instante, Esperanza no tuvo ninguna duda de que, a pesar de que la señora comenzaba a entrar en una senda de tortuoso rumbo, todavía poseía gran parte de su poder.

—Justo o no, aquí mando yo —dijo la señora como respuesta. Su tono parecía haber disminuido en intensidad, pero no en firmeza—. Esto no es una democracia, ni lo será mientras viva. Yo soy quien toma las decisiones en esta casa y no dudaré en adoptar medidas más severas contra aquel o aquella —se dirigió a la señorita Agustina— que intente manipularme. No importará el tiempo, dedicación o lealtad mostrada. No me temblará la mano. Os lo advierto.

La señorita Agustina estaba a punto de echarse a llorar. Esperanza vio el miedo en sus ojos. Carreño y el médico bajaron sus cabezas, incapaces de enfrentarse a la ira de doña Rosario.

—Y ahora marchaos. ¡Vamos!

Carreño y don Manuel se miraron de reojo tras un tenso silencio. La señorita Agustina no se había movido ni un milímetro y su expresión era de terror total. Era como si esperara ser castigada por su terrible error y lo asumiera como algo justo y hasta ejemplarizante. Doña Rosario ni siquiera reparó en ella.

El administrador giró sobre sus talones, apesadumbrado, y salió con la cabeza gacha. Don Manuel lo siguió. Cuando consiguió sobreponerse y comprendió que la señora, al menos en ese momento, no tomaría represalias, la señorita Agustina hizo una reverencia que parecía totalmente fuera de lugar. Retrocedió unos pasos, trastabilló y, a continuación, abandonó la habitación con el rabo entre las piernas. Esperanza no vio en ningún momento la soberbia y altivez que la caracterizaban.

Se dio cuenta de que era la única persona que todavía permanecía allí. Hizo una reverencia que también parecía inoportuna y se dispuso a marcharse antes de que la señora se lo repitiera.

—No, tú no. Tú quédate —ordenó doña Rosario, que ya parecía haber perdido todas las energías tras aquella tensa escena. Dejó caer su cabeza sobre la mullida almohada y exhaló un suspiro de cansancio—. Cierra la puerta —susurró a continuación en el mismo tono cansado y bajó los párpados.

Esperanza se quedó un momento mirando a la señora, tal vez esperando que abriera de nuevo los ojos; luego lo pensó mejor e hizo aquello que le había mandado sin más dilación. Cerró la puerta, pero antes pudo ver las figuras de la señorita Agustina, Carreño y don Manuel, que permanecían frente al umbral, los tres inmóviles y desconcertados.

Regresó junto a doña Rosario y se quedó allí plantada, sin saber qué hacer.

Doña Rosario abrió los ojos de repente y miró a su alrededor, como si se hubiera quedado dormida y no supiera dónde se encontraba.

—Señora…

—¿Se han ido todos? —preguntó agitando su huesuda mano para ordenarle que se callara con un extraño tono infantil de cautela.

—Sí.

—¿Has cerrado la puerta con llave?

Esperanza levantó las cejas, sorprendida.

—Eh… no, señora…

—Ciérrala —la urgió doña Rosario con un hilo de voz.

Esperanza hizo un amago de reverencia e inmediatamente fue hasta la puerta y dio dos vueltas con la llave que estaba puesta en el cerrojo. Hizo un fuerte ruido metálico que a buen seguro oyó toda la casa. Imaginó la cara de la señorita Agustina.

Se quedó unos segundos con la cabeza agachada y espiró varias veces. El corazón le latía con rapidez. El estómago se le llenó de mariposas que comenzaron a revolotear de un lado a otro, multiplicando una creciente sensación de desasosiego.

—Esperanza.

Se giró. Doña Rosario la miraba con evidente esfuerzo, pero con interés. No le hizo ningún gesto para que se acercara, pero ella se aproximó sin apartar los ojos de la anciana. Tenía la extraña sensación de que, a cada paso que daba, se acercaba a un precipicio.

Doña Rosario la observó sin parpadear todo el recorrido, en sus ojos había un brillo de excitación contenida que a Esperanza le extrañó. Parpadeó cuando Esperanza estaba a apenas un metro de ella y desvió la mirada hacia la ventana; entrecerró los ojos al ver la claridad del día que se filtraba a través de los elegantes visillos vaporosos.

—¿Se encuentra bien la señora? —preguntó Esperanza. Parecía como si doña Rosario hubiera comenzado a apagarse en ese momento.

—No me encuentro muy bien —murmuró sin dejar de contemplar el día.

Esperanza asintió con una mueca de consternación. Constató que la señora respiraba con dificultad. Pensó proponerle que la viera el doctor, pero desterró aquella idea, sobre todo después de lo ocurrido.

—Tienes que hacer algo por mí —sentenció doña Rosario mirando fijamente a Esperanza a los ojos.

Ella asintió varias veces, sin imaginar qué tipo de favor sería aquel que doña Rosario pudiera querer de alguien como ella.

De repente intuyó algo que no se circunscribía a lo meramente habitual. Sintió una extraña desazón. Se le erizó el vello de los brazos.

La señora esbozó una sonrisa forzada. Golpeó con la mano el lado derecho de la cama, invitando a Esperanza a tomar asiento.

—Siéntate.

Esperanza quiso replicar, decir algo así como «Señora, no me parece apropiado…», pero desistió, pues intuía que de poco o nada le serviría contradecir a la señora. Obedeció.

Doña Rosario le acarició la mano izquierda. Esperanza notó la suavidad de su mano sobre la piel. Sin embargo, también sintió frío.

—¿Alguna vez te he hablado de mi hija?

Esperanza frunció muy levemente el ceño, apenas nada.

—Sí, señora. Me habló de ella allá en el bosque, cerca de aquel puente de piedra.

Doña Rosario asintió y luego murmuró algo:

—Ese día… ella desapareció, no sé cómo…

Esperanza hizo una mueca y quiso preguntar. Doña Rosario le apretó la mano.

—Me queda muy poco de vida.

—No diga eso, señora.

Doña Rosario quiso sonreír, pero en lugar de eso tosió.

Esperanza hizo ademán de levantarse a la vez que decía:

—La señora no se encuentra bien, tal vez deberíamos avisar al señor doctor…

Doña Rosario negó con energía, empleando para ello las pocas reservas de las que disponía.

—No, no…, no hay ya nada que pueda aliviar mi dolor. Sé que voy a morir pronto, no me preguntes por qué, pero lo sé… Supongo que eso es algo que una sabe cuando está al final del camino.

—Pero la señora no va a morir, se va a recuperar…

Doña Rosario cogió con relativa fuerza la mano de Esperanza, obligando con ese gesto a que le prestara toda su atención.

—No. Voy a morir pronto —sentenció imprimiendo en sus palabras una seguridad inquebrantable.

Esperanza no replicó.

—Ahora necesito que me ayudes.

—Usted dirá, señora —dijo Esperanza con más resignación que voluntad.

—Necesito confiar en ti —explicó la anciana con tono implorante.

—Puede confiar en mí, señora. Haré todo lo que esté en mi mano, eso ya lo sabe la señora —replicó Esperanza de inmediato.

—¿Me lo prometes?

—Sí, claro —titubeó Esperanza—. Lo haré, por supuesto, señora.

—Bien —dijo doña Rosario, como si haber aceptado aquella promesa fuera una señal de total garantía—. Voy a confiarte una misión, pero debe quedar entre tú y yo. Nadie más debe saberlo, ¿me entiendes?

—¿Una misión? —preguntó Esperanza confundida pero intrigada a la vez.

La señora se llevó el dedo índice a los labios y chistó despacio.

—Habla más bajo. En esta casa las paredes oyen —susurró, tan quedamente que Esperanza tuvo que acercarse unos centímetros más para escucharla.

Por un momento, le pareció sentir la presencia de alguien más en aquella habitación. Miró a su alrededor. Todo estaba aterradoramente silencioso.

—Señora, me está asustando.

Doña Rosario negó con una sonrisa taimada.

—No. Sé que no te asusto. Sé que eres una chica muy valiente, capaz de hacer cosas sorprendentes.

Abrió la boca para preguntar, pero se abstuvo en el último instante. Un interrogante apareció en su mente y, por una fracción de segundo, se le pasó la idea de huir de aquel lugar.

—¿Y qué puedo hacer yo por la señora?

—Mucho —susurró doña Rosario, que ahora parecía más animada y, sobre todo, excitada. Prosiguió—: Sé que lo que te voy a pedir no es fácil, como también sé que eres la única persona que puede ayudarme; pero soy generosa, si lo haces, y estoy segura de que lo harás, te daré lo que quieras. No volverás a preocuparte por el futuro. No te faltará de nada, te lo garantizo.

Observó su rostro arrugado, que se había avivado por la emoción, pero que a ratos evidenciaba un cansancio que iba y venía, intuía que como consecuencia de algún tipo de enfermedad irreversible.

—Yo… —balbuceó abrumada, mientras un montón de imágenes de todo tipo inconexas y sin sentido aparente revoloteaban en su cabeza.

—Tienes que encontrar a mi hija —susurró doña Rosario en un tono desesperado, angustioso, que erizó todo el vello del cuerpo de Esperanza—. Tienes que hacerlo —reiteró. Sus ojos brillaban, de un momento a otro brotarían lágrimas—. *Ellos* dicen que se marchó con un hombre del que se había enamorado, pero sé que no es cierto. No sé nada de ella desde entonces y ella no sería capaz de hacerme esto.

Su mente se quedó en blanco, no supo qué decir.

Las lágrimas brotaron entonces de los ojos de doña Rosario, derramándose lentamente a través de su arrugada cara.

—Por favor —suplicó, ya casi sin energía.

—Pero yo… —dijo Esperanza después de un rato.

Doña Rosario se dejó caer entonces sobre la almohada y cerró los ojos. Parecía como si todo aquel esfuerzo le estuviera pasando factura y, como solía suceder, cobrándose un tributo mayor.

—Necesito verla antes de morir. Solo quiero verla antes de morir. Después arderé en el infierno, pero antes tengo que volver a ver a mi niña. ¿Lo entiendes?

—Pero yo no sé…

—¿Sabes lo que me aterra de verdad?

Esperanza negó con la cabeza.

—No volver a recordar más.

—No entiendo, señora… —dijo tras pensarlo un par de segundos.

—Esperanza —rumió entre dientes. Le cogió la mano y se la apretó—, hay momentos en los que no recuerdo nada de lo ocurrido. Nada en absoluto. A veces me vienen recuerdos de mi niñez…, pero al día siguiente, cuando trato de recuperarlos, han desaparecido.

Cerró los ojos y, con voz queda, añadió:

—Tengo miedo de despertar un día y no recordar nada. No recordar a mi niñita. Por eso no hay tiempo que perder, Esperanza. Hazlo, te lo suplico.

Emitió un gemido que acompañó a otro y luego a otro, al compás de su respiración. La cabeza de Esperanza estaba vacía, era como si no fuera consciente. Tampoco notaba su corazón bombear sangre. Creía que el oxígeno no le llegaba a los pulmones y que ella, en realidad, no existía y que toda aquella escena no era más que una ilusión.

PARTE

2

EL LUGAR DE LOS AMANTES

11

En el bosque de las almas oscuras, la niña caminaba con paso decidido, a intervalos vacilante, intentando recordar, intentando reproducir en su mente un mapa de pistas inconexas, desdibujadas y vagas. Revisaba cada trozo de terreno, cada matorral, cada árbol, cada composición creada que se transformaba en algo diferente conforme caminaba e iba cambiando de posición. Sabía que tenía poco tiempo, tal vez ya llegaba tarde, pero no quería pensar en ello, solo debía estar absolutamente concentrada.

Si hubiera tomado antes la decisión, aquello no estaría ocurriendo, se lamentó. Y se arrepentía de eso y de mil cosas más que había hecho en su corta vida.

¿Por qué la gente se empeñaba en decir que no se arrepentía de nada y que no cambiaría nada de su pasado cuando no era cierto?

En esa parte del bosque, la vegetación era tan tupida que los árboles se encontraban pegados unos a otros, tanto que la lluvia alcanzaba el suelo en forma de largas y delgadas cortinas que la niña trataba de esquivar caminando en zigzag.

Su corazón latía deprisa y no dejaba de llorar de impotencia. Era como un presentimiento, un cruel y horrible presentimiento que a cada paso que daba se transformaba en una evidencia, en una realidad palpable, inamovible, inalterable. Era tan nítida, tan real, que la niña se negó a creer en ella.

Se detuvo y gimió mientras un nuevo trueno devoraba la banda sonora del bosque. Allí la luz era escasa y, aunque sabía que todavía quedaba día, no sería por mucho más tiempo.

Una vez que se hubo dominado, miró con detenimiento a su alrededor.

—¡¿Dónde está?! —gritó y el bosque enmudeció por la insolencia de la niña, pero inmediatamente respondió con un sinfín de sonidos irreconocibles.

El sendero bajo sus pies ya comenzaba a mezclarse con las sombras. Un grupo de varios árboles caídos más allá le cerraba el paso. Los observó brevemente y luego miró en otra dirección, sin saber qué buscaba. De repente, una imagen de apenas una milésima de segundo se interpuso entre otras muchas que inundaban su cerebro. Volvió la vista hacia el grupo de árboles caídos. Uno de ellos, el mayor y más grueso, cruzaba el camino de parte a parte. Miró el árbol con detenimiento. Comenzó a caminar despacio, sin apartar los ojos de él. Otro trueno retumbó sobre su cabeza; pasó por encima de una fina cortina de agua que la mojó durante una fracción de segundo. Su respiración se hizo más rápida.

Apretó el paso hacia el grupo de árboles, sin permitirse siquiera parpadear. Llegó hasta ellos.

El árbol grande era en realidad gigantesco, parecía sacado de un cuento donde una niña, sin darse cuenta, se internaba en los dominios de un gigante que saciaba su hambre con niños excesivamente confiados.

Lo miró con interés de derecha a izquierda. Volvió a mirarlo, esta vez a la inversa. Cuando llegó al final, volvió rápidamente la vista de nuevo a la izquierda. Observó algo durante un instante y luego caminó resuelta hacia allí.

Rodeó una enorme haya que bordeaba el sendero y unas gigantescas raíces que se asemejaban a una mano de proporciones dantescas que esperara a coger entre sus garras a una niña tan descarada.

Observó las raíces con detenimiento. Tan de cerca eran terroríficas, pero la niña en realidad no estaba asustada. Se acercó y comenzó a trepar por ellas sin que sus movimientos delataran un ápice de vacilación.

En cuestión de varios segundos, llegó a lo más alto del tronco caído y caminó por encima de él, como empujada por una fuerza determinante. La perspectiva del bosque cambió radicalmente, como si estuviera en otro lugar. Oteó el horizonte y entonces lo vio. Entre las copas de los árboles más altos, algo gigantesco sobresalía rompiendo la hegemonía del bosque. Una torre de hierro negro se erigía como un gigante que se abriera paso con zancadas herrumbrosas. En lo más alto de la torre, una rueda dentada recogía los últimos rayos de sol, haciéndolos rebotar y convirtiéndolos en los últimos fulgores dorados de aquel extraño día.

Y entonces lo oyó acercarse, el batir de sus alas y posarse luego muy cerca. Por encima de su cabeza.

Graznó un par de veces y la niña giró el cuello y vio desde donde venía el sonido, que se repitió de nuevo. El cuervo negro agitaba la cabeza y miraba con curiosidad a la niña con aquellos ojos pequeños y muy brillantes, pero carentes de vida. Volvió a graznar y los rayos dorados que incidían en lo más alto de la torre de hierro casi desaparecieron. Era como si la muerte hubiera hecho acto de presencia en aquel lugar.

Tal vez en busca de algún alma humana que llevarse a la boca.

12

En el poco tiempo que llevaba en Campoamor, Esperanza jamás había sentido las simpatías de sus compañeros, más bien todo lo contrario; pero nunca supuso que aquel desdén se convertiría en algo parecido al odio y al desprecio. Durante la cena, sintió las miradas de intransigencia de todos sus compañeros. Florián la miraba como si hubiera traicionado a todos los proletarios del mundo y se hubiera convertido en una aliada de lo que más despreciaba: el capitalismo. Sagrario la observaba descaradamente con unos ojos pequeños que escondían maldad y perversión, esperando a que se descuidara para lanzarse a su yugular. Balbina ni siquiera la miraba y no podía evitar mostrar el disgusto que le producía que aquella muchacha estuviera sentada en su mesa comiendo de sus guisos.

Esperanza no entendía el porqué de aquella actitud. Tampoco sabía si la señorita Agustina, Carreño o don Manuel habían sembrado algún vil comentario entre la servidumbre acerca de la misteriosa asociación que había surgido entre ella, recién llegada, y el ama de la casa. No imaginaba a ninguno de ellos haciendo tal cosa, pero en realidad no los conocía y no sabía de lo que eran o no capaces de hacer.

Don Manuel parecía un hombre taimado y muy peligroso a pesar de su escasa presencia física. Solo el hecho de pensar en él le producía un escalofrío que le recorría la columna vertebral y le erizaba todo el vello del cuerpo.

En cuanto a la señorita Agustina, su sola presencia le aterrorizaba tanto como las extrañas sombras de la noche. Quería comprender por qué la odiaba si ella solo era una joven pueblerina insignificante a la que, además, apenas conocía.

Pero, sin duda, lo que más dolor le producía era la actitud de Carreño. Parecía tan amable cuando lo conoció… Su mirada y modales parecían sinceros, desinteresados y honestos. Se entristeció al recordar cómo la había mirado cuando salió del dormitorio de la señora en compañía de don Manuel. ¿Qué había tras aquellos ojos otrora sinceros? ¿Preocupación? ¿Dolor? ¿Incertidumbre? ¿Miedo?

No lo sabía, pero lo cierto era que su comportamiento había cambiado y eso le producía un dolor lacerante y una profunda decepción.

Cuando esa mañana Esperanza abandonó el dormitorio de doña Rosario, esperaba encontrarse con la señorita Agustina, Carreño y don Manuel aguardando para arrojársele encima como buitres sobre la carroña. Sin embargo, se encontró el pasillo completamente desierto.

Fue entonces cuando se empezó a preguntar qué estaba ocurriendo.

Demasiado consternada para seguir soportando las injustas miradas de Balbina, Sagrario y Florián, Esperanza se dirigió a su dormitorio y se detuvo un instante a repasar todo lo que había sucedido en las últimas horas.

La extraña petición de doña Rosario.

La extraña reunión nocturna de Carreño y don Manuel.

El extraño cambio de actitud de todo el mundo.

¿Tal vez alguien de la casa ocultaba algo con respecto a Buenaventura, la hija de doña Rosario, y la repentina aparición de un elemento extraño podría perturbar el devenir de los acontecimientos?

De repente se dio cuenta de que, en realidad, no sabía qué había ocurrido con Buenaventura.

Al parecer, había huido con un hombre, pero doña Rosario no estaba en absoluto convencida.

¿Dónde estaba la hija de doña Rosario entonces?

¿Y por qué le había pedido su señora que fuera precisamente ella la que tratara de encontrar a su hija?

La lógica le indicaba que era porque no confiaba en nadie más de la casa.

Las preguntas se sucedían en su cabeza a un ritmo vertiginoso: antes de terminar de formularse una, sin tiempo de asimilarla y mucho menos de responderla, surgía otra más compleja a la que había que sumar supuestas variaciones de la primera.

Sacudió la cabeza pensando que lo mejor era ordenar sus ideas. No sabía qué hacer y mucho menos cómo hacerlo.

Mientras caminaba cabizbaja, se encontró subiendo las escaleras que daban acceso a los dormitorios de la servidumbre. Absorta en sus pensamientos, casi se dio de bruces con una figura oscura que le bloqueaba el paso en el pasillo, al lado de la puerta de su dormitorio.

La señorita Agustina. Su sola presencia le provocó un escalofrío instantáneo. Allí estaba ella, con su figura alta y oscura. Soberbia. Sus ojos negros, como los cabellos, recogidos en un escrupuloso moño alto. Su piel pálida, mortecina como la de un cadáver a la luz de la luna surgido de un relato de terror gótico. Sus manos cruzadas, nervudas y venosas, y su mirada..., una mirada que le provocaba pavor.

Esperanza se quedó paralizada, no pudo ni abrir la boca.

Entonces el ama de llaves sonrió.

Era la primera vez que la veía sonreír. Pero aquella sonrisa no era como la de la gente normal, que muestra un instante de felicidad. Aquella sonrisa era siniestra. Sus labios tersos se tensaron, mostrando unos dientes blancos perfectamente alineados. Incluso, aunque no quisiera reconocerlo, tenía una boca bella. Pero aquella forma de reír...

—Acérquese —murmuró de improviso.

Esperanza la miraba boquiabierta, sin ser consciente de que estaba encogida ni de que su rostro evidenciaba el miedo que le producía aquella mujer.

—Acérquese —repitió; parecía la sibilante voz de una serpiente si estas hablaran.

Esperanza movió la cabeza afirmativamente. Constató que estaba aguantando la respiración. Se acercó al ama de llaves, que volvió a destensar su rostro. Hizo una mueca, era como si tratara de ser agradable con ella.

—Lo siento —acertó a decir Esperanza.

—¿Por qué? —dijo el ama de llaves levantando una ceja.

—Yo..., yo solo quiero hacer mi trabajo.

La señorita Agustina siguió mostrando esa sonrisa extraña que le producía escalofríos.

—Ya.

Esperanza sacudió la cabeza.

—¿Y quién dice lo contrario? —preguntó con sarcasmo.

—Nadie.

El ama de llaves dio un paso y se acercó a Esperanza por la izquierda; parecía que se marchaba, pero no, la estaba rodeando. Esperanza la siguió con la mirada. El ama de llaves se detuvo entonces a apenas unos centímetros de su rostro.

Pudo percibir el olor de su piel, no llevaba perfume como otras mujeres, pero olía bien. Sintió un leve olor de su aliento ligeramente rancio y el calor de su respiración a través de las fosas nasales. La señorita Agustina la examinó de arriba abajo con la determinación de un depredador.

—Además, la señora parece muy contenta con su labor, ¿no es cierto?

—No lo sé.

Emitió una risa seca. Obsequió a Esperanza con una intensa mirada. Aquellos ojos parecían emitir destellos de maldad.

—¿Usted sabe cuál es mi función en esta casa?

—¿Qué? —preguntó Esperanza desconcertada.

—Mi función en esta casa.

—Es el ama de llaves —murmuró. El corazón le latía con fuerza, estaba segura de que la señorita Agustina podía oír sus latidos tan bien como ella.

—No —dijo—. Soy la persona que vela por la seguridad de doña Rosario. Esa es mi función.

—Sí, señorita.

—Y debo vigilar que nadie le haga daño.

—Sí, señorita.

—No, señorita —respondió levantando levemente la voz.

—¿Qué?

—No dejaré que nadie le haga daño, ¿lo entiende? Haré todo lo que esté en mi mano para evitarlo. Y si alguien intenta aprovecharse de ella y de su bondad, juro por Dios Todopoderoso y la Virgen de Covadonga que haré todo lo que tenga que hacer para destruir a esa persona. ¿Me ha oído bien?

Esperanza no pudo aguantarlo más y retrocedió un paso; su espalda se encontró con la pared encalada, rasposa y fría. No pudo evitar derramar unas lágrimas. Se oyó a sí misma gimiendo.

—Yo…

—Usted, sí, ¡usted! —escupió el ama de llaves acercándose a Esperanza como un lobo a su presa—. Usted no sabe nada y ha venido aquí a perturbar la vida de esta casa. ¿Acaso sabe qué es lo que ella necesita y le conviene? ¡Qué va a saber!

—No, yo no…

—Sí, y ahora le está haciendo revivir un horrible sufrimiento. Está despertando sus fantasmas ¡Está abriendo las puertas del infierno!

—¡No! —gritó Esperanza y cerró los ojos. Dos lágrimas rodaron por su rostro.

—Doña Rosario es una mujer enferma y no puede de ningún modo volver a revivir el pasado. Usted no tiene ni idea del sufrimiento que ha tenido que soportar…, pero no dejaré que nadie le haga daño, ¿me oye?

Esperanza intentó no escuchar aquellas palabras, pero atravesaban su oído y resonaban amplificadas en su cerebro.

Entonces sintió la mano del ama de llaves agarrándola por el brazo. Intuyó que la iba a agredir e instintivamente se zafó de la presión que ejercía. Dio un tirón y los ojos de poder del ama de llaves se transformaron en dos círculos oscuros desconcertados.

—Yo también deseo lo mejor para doña Rosario —escupió Esperanza con voz temblorosa a la vez que se sorbía los mocos—. Y no sería capaz de hacerle daño. Sería lo último que haría en mi vida.

El desconcierto de la señorita Agustina se tornó en una mueca de preocupación y de asimilación de algo que Esperanza no terminaba de comprender.

Esperó a que dijera algo, pero en su lugar retrocedió en silencio. Era como si hubiera perdido gran parte de su energía y ahora se encontrara vacía. Como si no supiera dónde estaba en ese momento.

Se sorbió otra vez los mocos sin apartar la mirada del ama de llaves, preparada para una inesperada reacción violenta.

Esta la miró de nuevo a los ojos, como si de repente su personalidad hubiera regresado otra vez a habitar su cuerpo.

Y entonces hizo algo inesperado. Empujó suavemente la puerta del dormitorio de Esperanza y la invitó a entrar con un gesto amable.

—¿Por qué no hace su equipaje? Yo misma redactaré una carta de recomendación para cualquier casa de bien de Asturias. Antes del anochecer estaría lejos de aquí y pronto se olvidaría de la señora.

Esperanza no dijo nada. Entonces la señorita Agustina, tensa y con los puños apretados, se dio la vuelta mientras Esperanza observaba cada movimiento. Caminó como una autómata, alejándose, y desapareció por el pasillo. Unos segundos después fue como si no hubiera ocurrido nada.

13

Desde el altercado en el pasillo de los dormitorios de la servidumbre, Esperanza no coincidió con el ama de llaves, ni siquiera la vio en todo el día siguiente. No preguntó a nadie y deseó con todas sus fuerzas que desapareciera y que no regresara más a Campoamor. No era de buena cristiana desear esa clase de cosas hacia el prójimo, según le habían enseñado, pero no podía evitar tener un sentimiento negativo hacia aquella mujer. Durante todo el día siguiente Esperanza pasó su tiempo junto a doña Rosario. La anciana se mostró taciturna y olvidadiza y en ningún momento habló sobre lo ocurrido el día anterior.

Era como si todo aquello de la «promesa» hubiera formado parte de un extraño sueño y nada hubiera ocurrido en realidad. En más de una ocasión, estuvo tentada de preguntarle por Buenaventura. Si quería que la encontrara, era porque había desaparecido, ¿no? ¿Buenaventura había desaparecido? No se atrevió y lo dejó correr.

Después del almuerzo, Esperanza coincidió con Carreño. Este bajaba por la escalera con una carpeta de cuero bajo el brazo y en la otra, su sombrero, a punto de llevárselo a la cabeza.

Al verla, se detuvo, dejando el brazo por un instante doblado, a medio camino. Luego esbozó una mueca y, finalmente, se puso el sombrero y continuó bajando las escaleras en silencio.

Esperanza, que también se había quedado sin habla y paralizada, lo miró un momento a los ojos para luego apartar su mirada de él.

Carreño tragó saliva ya con los pies en el vestíbulo, apenas a un par de metros de Esperanza.

—Hasta luego —atinó a decir mientras se llevaba de nuevo la mano a su sombrero y realizaba un gesto vago de despedida.

Esperanza ni siquiera pudo abrir la boca, apenas logró asentir levemente. Para cuando consiguió articular una frase, el administrador ya se dirigía hacia la puerta de salida de la casa.

Subió los escalones de dos en dos hasta que llegó a su dormitorio y se refugió en él, enterrando su rostro en la almohada y volviendo a autocompadecerse una vez más. Detestaba que aquel hombre la mirara de aquella forma.

Se preguntó si aquella sensación tan extraña era amor. Nunca antes había estado enamorada y no sabía qué se sentía en realidad. En el internado, una muchacha llamada Inmaculada se pasaba el rato hablando de lo que era el amor y, sobre todo, de las cosas que los chicos hacían con las chicas cuando ambos estaban enamorados. Algunas cosas no las podía creer y otras le parecían realmente algo muy sucio. Se negaba a creer en tales actos, que parecían más propios de animales que de seres humanos. Sin embargo, por las noches, antes de dormirse, recreaba en su mente aquellas escenas. A la mañana siguiente, se despertaba cubierta de sudor y temblorosa, arrepintiéndose y sorprendiéndose de que en secreto pudiera sentirse atraída por aquellos actos réprobos.

Tan absorta estaba en sus pensamientos que no oyó los golpes en la puerta.

Se incorporó de golpe ahogando un gemido y constató que la habitación estaba en penumbra. Miró hacia la puerta pensando que en realidad lo había soñado. Sí, se había quedado dormida y todo formaba parte de un extraño sueño.

Toc, toc, toc…

Tres golpes seguidos y urgentes le demostraron lo contrario.

Se levantó de la cama y fue hasta la puerta con rapidez, la abrió y, como en una pesadilla, lo que más temía apareció frente a ella.

La señorita Agustina la miraba con los ojos entornados, somnolientos casi.

—Coja su capa. Debe ir inmediatamente a Santamaría.

—¿Qué? —susurró al mismo tiempo que un trueno eclipsaba el sonido de su voz.

Inconscientemente, miró al techo, como buscando la situación exacta del trueno, cuyo sonido se expandía en todas direcciones.

Frunció el ceño. El pasillo también se encontraba en penumbra. No recordaba que estuviera tan oscuro cuando había llegado a su habitación.

—Ya me ha oído —repitió el ama de llaves con su pose habitual, las manos por delante y los dedos entrelazados—. Debe ir a casa de don Manuel a recoger una medicina para la señora. Vaya directamente a las caballerizas, el carruaje la está esperando. No tarde.

La señorita Agustina se giró sobre sus talones, lo que provocó que el vuelo de su vestido se agitara de un lado a otro, con un leve siseo en el suelo.

Mientras Esperanza observaba al ama de llaves, con la espalda totalmente estirada y su alto moño, caminar hacia el final del pasillo, se preguntó si aquello estaba ocurriendo o seguía formando parte del sueño del que parecía no poder despertar.

No sabía cómo ni por qué, pero eran cerca de las cuatro de la tarde y no recordaba qué había hecho en el intervalo entre el final del almuerzo y aquel momento.

No sabía qué hacía en los establos, frente al carruaje que solían utilizar Florián o Balbina para ir a Santamaría de la Villa.

No sabía dónde se encontraba Florián. El carruaje estaba allí, preparado, esperando y con los caballos resoplando.

No sabía dónde estaba Balbina. Había llegado hasta allí saliendo directamente por la puerta trasera de la cocina, que estaba inexplicablemente desierta. Tampoco había visto a la insidiosa Sagrario por ningún lado.

No sabía qué estaba pasando ni por qué tenía que ir ella al pueblo a recoger una medicina para doña Rosario.

Al girarse con la intención de regresar al interior de la casa, se encontró con la figura del ama de llaves. Un ligero viento se había levantado, el viento que anunciaba la tormenta y agitaba los escasos cabellos de la cabeza de la señorita Agustina que habían escapado de la prisión de su pulcro peinado.

—Será mejor que se ponga en camino ahora mismo —dijo en tono monótono. Luego miró al cielo perezosamente—. Debe ir a casa de don Manuel, él le dará una medicina para la señora.

Un nuevo trueno retumbó sobre Campoamor.

—Pero ¿y la señora? ¿Quién la atenderá? No sé si debo…

—No se preocupe por la señora, yo en persona me ocuparé de ella.

Esperanza la miró sin ocultar su preocupación y el ama de llaves permaneció con la boca cerrada, a punto de soltar una carcajada de satisfacción, se le antojó.

—Debe marcharse ya. Es la única persona que puede hacerlo. No hay nadie más en la casa —recitó el ama de llaves. Sus palabras sonaban tan falsas...

Tras un largo momento Esperanza asintió, no porque hubiera comprendido lo que ella quería decirle, sino porque sentía que no tenía otra salida. Subió a la tartana y ordenó a los caballos avanzar. Estos tiraron del carro lentamente, moviendo la cabeza sin ganas. Esperanza hubiera querido girar la cabeza y observar al ama de llaves, que, estaba convencida, permanecería en el mismo sitio donde la había dejado, asegurándose de que se marchaba tal y como ella esperaba.

Quiso igualmente girar la cabeza y mirar hacia la ventana del dormitorio de doña Rosario, en el momento en que la tartana cogía el caminillo de crujiente grava, para ver si la señora estaba asomada a la ventana, pero tampoco se atrevió.

La puerta de hierro de la entrada estaba convenientemente abierta de par en par, invitándola a abandonar la casa. Sintió una extraña desazón cuando la cruzó, era como si ya nunca más volviera a traspasarla de nuevo.

La lluvia cayó sin previo aviso. No es que fuera excesivamente intensa, sino más bien suave y más o menos soportable, pero llovía al fin y al cabo. No parecía molestarle. Esperanza tenía puesta la vista al frente, en el camino que por momentos formaba charcos y en el que la tierra ablandada se había convertido en barro que cedía con facilidad bajo las ruedas de la tartana.

Pero la mente de Esperanza estaba ocupada y no prestaba atención a cuanto sucedía a su alrededor. La imagen de doña Rosario postrada en la cama, suplicándole que la ayudara a encontrar a su hija. La imagen de Carreño y don Manuel, mirándola como si supusiera una amenaza.

¿O tal vez no era eso?

Tal vez no fuera una amenaza necesariamente, tal vez solo fuera un obstáculo.

Un obstáculo a sus planes.

Sin duda, algo estaba ocurriendo en la casa y no querían que ella estuviera presente. Si no, ¿por qué la habían enviado al pueblo a recoger una medicina que bien podría haber traído algún mozo o empleado de don Manuel? También lo podrían haber hecho Balbina, Florián o Sagrario. Que, por cierto, ¿dónde estaban?

Era todo muy extraño. Y ella estaba allí, en medio de un camino perdido en dirección al pueblo, alejándose de la casa, alejándose de su señora.

Detuvo la tartana con un repentino tirón. Los caballos obedecieron al instante, pero uno de ellos cabeceó y piafó después de dar un par de sacudidas a la espera de nuevas órdenes.

Entonces lo comprendió todo.

Ellos lo habían organizado de tal manera que nadie estuviera en la casa en aquel momento. Seguro que todos los sirvientes también habían sido enviados a cualquier parte con algún absurdo pretexto. Solo con la intención de quedarse a solas con doña Rosario. Con el propósito de que no hubiera testigos.

—Dios mío —murmuró Esperanza, visualizando una terrorífica escena que bien podría haber sido extraída de la más absoluta realidad. La señorita Agustina, Carreño y don Manuel intentando acabar con la vida de doña Rosario. ¿Por qué si no querrían quedarse a solas con ella? Para cuando ella regresara, se encontraría a la señora muerta y a don Manuel afirmando que había fallecido por tal o cual complicación. Él era médico y seguro que conocía algún fármaco o, mejor dicho, veneno que pudiera provocar la muerte de la señora. Había oído hablar con estupor de ese tipo de venenos que provocaban una muerte rápida y que no dejaban rastro de ningún tipo en el organismo humano.

El médico era la máxima autoridad sanitaria y nadie podría rebatirle, sobre todo si existían dos testigos fidedignos y de total confianza, como eran el ama de llaves y el administrador de los bienes de doña Rosario. Además, don Manuel era un hombre importante en la comunidad. A nadie le extrañaría que doña Rosario, al fin y al cabo poderosa, sí, pero anciana aquejada de una grave enfermedad, muriera de repente.

No podía dejar que tal crimen sucediera, no podía permitirlo de ningún modo.

Se dio cuenta de que el camino era estrecho y no podía dar la vuelta. Tendría que avanzar y encontrar alguna pista o sendero transversal que le permitiera girar la tartana. Además, ahora la lluvia comenzaba a caer con más fuerza. Pero cuando se sobrecogió más fue al mirar al cielo y constatar la creciente oscuridad que, a cada momento, se apoderaba de las tierras por las que a duras penas transitaba.

Azuzó los caballos con violencia, gritándoles e instándoles a continuar más rápido. Los animales, disconformes, relincharon y movieron las patas a trompicones, tratando de ganar terreno, aunque sus pezuñas se hundieran en el fango, cada vez más pegajoso y consistente.

Esperanza no dejaba de mirar al cielo y al camino. Al primero, implorando unos minutos más de luz y, al segundo, un ensanchamiento o atajo que le permitiera girar. Entonces pensó que podría intentar dar la vuelta en medio del camino, pero desistió conforme la idea se desarrollaba en su mente. Era una idea estúpida e insensata concebida por la inquietud de la situación. Se resignó y trató de pensar con claridad, no le quedaba otra opción más que esperar. Continuó azuzando a los caballos.

Miró hacia el cielo por enésima vez y, entre dientes, suplicó unos pocos rayos más de luz…

Cuando bajó la mirada hacia el camino, vio una figura borrosa, oscura, que había surgido de la nada y que se movía perpendicular a la marcha de la tartana, justo delante de su trayectoria.

Esperanza agitó la cabeza para quitarse de los ojos el agua que le caía en forma de interminable chorro. Sofocó un grito y estiró de las riendas emitiendo un gemido solo escuchado por ella.

Los caballos, asustados, se agitaron y uno de ellos, el más nervioso, levantó las pezuñas y a punto estuvo de golpear a la oscura figura que permanecía frente a ellos inmóvil y paciente.

El caballo relinchó mientras sus patas delanteras se arqueaban en un movimiento espasmódico. La figura levantó el brazo con la mano extendida con un gesto poderoso y confiado en lo que hacía. Entre el movimiento de los caballos y el agua, Esperanza reconoció a la figura oscura. Era Tobías, que sonreía como un niño al animal, mostrando su dentadura sin dientes, sus encías rosadas que destacaban significativamente en aquel ambiente casi en blanco y negro.

—Chist, tranquilo, tranquilo. —El viejo Tobías comenzó a acariciar al caballo como aquellos privilegiados que saben tratar adecuadamente a los animales, pronunciando las palabras justas y necesarias—. ¿No ves que soy el Tobías? —Rio y agitó la cabeza, sin ni siquiera mirar a Esperanza, que observaba al viejo con una expresión de sorpresa y desconcierto.

Tobías sacó algo del bolsillo de su chaqueta marrón de pana y se lo dio al caballo. Luego repitió la operación con el otro, que, a la expectativa, esperaba recibir también su premio. Esperanza no pudo distinguir qué era aquello que había devuelto la confianza a los animales.

—Válgame el señor, pero ¿se puede saber qué hace la señorita en medio del bosque con la que está cayendo? Pero ¿usted está en su sano juicio?

Esperanza agitó la cabeza negando y emitió un susurro agudo. En realidad, no era necesario que Tobías le hiciera esa pregunta, ya que ella no dejaba de planteársela en todo momento y, cada vez que intentaba responder, se oscurecían las respuestas tiñéndose de tragedia.

—Tengo que ir al pueblo, a casa de don Manuel —dijo sin convencimiento.

—¿Con este tiempo? Vamos, ni que se estuviera muriendo la vieja.

La imagen del ama de llaves, Carreño y don Manuel administrándole algún tipo de veneno a una inofensiva doña Rosario se le dibujó con nitidez como si fuera una conexión de lo que estaba sucediendo en realidad.

El viejo observaba a Esperanza a la expectativa, con la boca abierta en un gesto infantil. Luego movió la cabeza como dando a entender que había acertado de pleno.

—Aun así, señorita, no creo que usted deba andar por el bosque cuando hay tormenta. Eso lo sabe hasta el que asó la manteca. —Dicho eso, soltó una estruendosa risotada y el agua chorreó por su cara y su nariz y rebotó en su boca, semioculta por una maraña de pelos canosos sucios y enredados.

Esperanza asintió avergonzada, no por la evidente apreciación de Tobías, sino por haberse dejado engañar por aquella arpía con esa cruel artimaña.

—Tiene razón, Tobías, tengo que regresar a Campoamor —dijo Esperanza decidida irguiéndose en el asiento.

—Pero no lo podrá hacer por este camino —sentenció Tobías, que tenía la boina completamente empapada, así como la chaqueta, los pantalones y las abarcas, que habían desaparecido bajo el barro. No comprendía Esperanza qué hacía ese hombre a la intemperie.

—¿No? —replicó Esperanza, alarmada.

—No. Este camino es una trampa mortal cuando llueve.

Esperanza sintió que el corazón se le paraba en ese momento.

—¿Qué?

—Sí, señorita, ¿no lo ve usted? —dijo y luego paseó su mirada por el camino, que estaba totalmente embarrado, por lo que sería ya muy complicado avanzar unos cuantos metros.

Esperanza sintió de nuevo su corazón. Los latidos aumentaban con una rapidez asombrosa y la respiración se le dificultó.

—No me extrañaría nada que esto fuera idea de esa bruja. Es más mala que un dolor miserere.

—No puede ser... —consiguió articular Esperanza, que no pudo evitar sentirse atrapada allí, sin salida.

—La graja es un mal bicho, se lo digo yo. La gente de Santamaría dice que no es tan mala como parece, señorita, pero yo le digo que es peor que ir a la guerra.

Una terrible sensación le agarrotó los músculos de las piernas y sintió que la cabeza le daba vueltas, apenas percibía la lluvia que había empapado la capa de fieltro rojo que llevaba para protegerse inútilmente de aquel aguacero.

—Tengo que regresar... —murmuró Esperanza con un hilo de voz. Abrió los ojos de repente—. Tiene..., tiene que ayudarme a salir de aquí.

El viejo Tobías hizo un gesto explícito que daba a entender que sería tarea harto difícil y extremadamente complicada.

—Tiene que ayudarme… —murmuró Esperanza con el corazón saliéndose por la boca. Por un instante pensó que, si Tobías estaba allí, de algún modo estaba protegida; aun así, debía volver a Campoamor. No le importaba lo que el ama de llaves u otra persona pudiera recriminarle. Estaba convencida de que la señora se encontraba en peligro. Por no hablar de que debía salir de aquella situación urgentemente.

Tobías negó con gravedad, frunciendo el ceño y, en apariencia, ajeno a la lluvia que caía con fuerza y producía un ruido estruendoso que, en aquel lugar remoto, sonaba amenazador.

Después de un largo silencio, Tobías estiró el brazo y señaló el interior del bosque que se encontraba a la derecha de Esperanza. Lo siguió con la mirada en la dirección que apuntaba el viejo, pero solo vio los troncos juntos de un numeroso grupo de árboles, así como las ramas aguantando estoicamente la fuerza de aquel aguacero.

—¿Ve aquellos árboles, señorita?

—¿Cuáles? ¿Los que señala?

Tobías sonrió mostrando su boca desdentada.

—Claro, señorita. —Volvió a reír. Esperanza no estaba para gracias—. Justo ahí hay un sendero que se adentra en el bosque. Ese camino es más largo que este, pero es más seguro. Tampoco es tan llano como este, señorita. Además, los animales están muy nerviosos —al decir eso, los dos caballos relincharon agitándose alterados— y pueden hacer alguna tontería, como tirarla del carro y salir espantados. Entonces sí que estaría en un grave aprieto, señorita.

Esperanza asentía cada tres o cuatro palabras, deseosa de ponerse en camino y salir de aquella horrible pesadilla.

—¿No me perderé?

—¡Qué va! Si está ahí mismo, señorita. —Recalcó sus palabras agitando el brazo y la cabeza a la vez.

—Está bien —dijo Esperanza agarrando las riendas y preparándose para arrancar.

Se bajó la capucha un poco más para evitar que el agua le chorreara por la frente. Descubrió que estaba temblando y que los dientes le castañeteaban. Entonces miró a Tobías con repentino interés.

—¿Y usted? ¿Se va a quedar aquí?

Tobías sonrió de nuevo.

—No se preocupe por mí, señorita. Bicho malo nunca muere.

—Vive usted en el bosque, ¿no? —dijo Esperanza recordando las palabras de Balbina.

Tobías se demoró en su respuesta. Esperanza vio, tras la cortina de agua, su globo ocular amarillento brillar lacrimosamente.

—El bosque es mi mejor amigo. Él me conoce mejor que nadie y yo lo conozco como nadie también, señorita.

Tobías le mantuvo la mirada y Esperanza finalmente asintió, bajándola y posándola primero en los animales, que estaban impacientes por abandonar aquel lugar, y luego en el camino, que a cada momento se oscurecía y se fundía con el resto de elementos del bosque.

—Será mejor que se vaya ya, señorita. Y procure que no se le haga de noche. No quiero meterle miedo, pero el bosque está lleno de alimañas y el diañu se aparece de cuando en cuando. No se fíe de lo que vea y haga como si nada… Es una trampa, señorita.

Después de eso, rio como un bobalicón.

—Ahora, que no tienen comparación con las alimañas de Campoamor.

Sintió que se mareaba y que, de un momento a otro, se desmayaría. De repente, quiso llorar y se maldijo por no haber plantado cara a aquella mujer que tanto la odiaba. Reprimió con una fuerza que no pensaba que tuviera esa horrible sensación. Movió un par de veces la cabeza y las riendas a continuación. No tenía más tiempo para escuchar la opinión de Tobías.

Los caballos recibieron la orden y, sin más dilación, se pusieron en marcha, pisando con sus pezuñas el barro que se pegaba a ellas con insistencia. Las ruedas se movieron con dificultad y el carruaje se agitó de un lado a otro haciendo un ruido quejumbroso. Tobías se apartó del camino echando su cuerpo hacia atrás y mostró sus escasos y renegridos dientes mientras sonreía y hacía extraños ruidos con la boca.

—Gracias por todo, Tobías —dijo Esperanza sin detenerse cuando pasaba a la altura del viejo.

—Ya me las dará cuando llegue, señorita. Y no se entretenga más, por Dios.

Los caballos tiraban del carro con dificultad, pero este se movía y avanzaba más rápido de lo que Esperanza presupuso en un principio. No quería que el carro se detuviera por miedo a que se quedara atascado en el barro, que se le antojaba una suerte de arenas movedizas.

Cuando ya había avanzado unos cuantos metros y Tobías era una figura empequeñecida en medio del camino, el viejo gritó algo:

—Por cierto, señorita…

Esperanza giró la cabeza sin detener el carro, lo suficiente para ver por el rabillo del ojo la figura borrosa de Tobías.

—Se me había olvidado contarle que yo diría que he visto pasar este mediodía la tartana de don Manuel, pero no en dirección a Santamaría, sino yendo en dirección a Campoamor.

14

En dirección a Campoamor.

Aquella frase sonaba una y otra vez en su cabeza. Eso era lo que había dicho el viejo Tobías. Ahora bien, ¿era cierto? ¿Por qué no? Sin duda Tobías podía considerarse un hombre con una tara mental y su condición de retrasado hacía, a ojos de los demás, presuponer ciertos estereotipos sobre su comportamiento. Algo le decía que Tobías actuaría como un niño de siete años, pero, de igual forma, esa inocencia o ingenuidad infantil también podía tomarse como una garantía de veracidad.

Ella no creía que Tobías mintiese. Y si afirmaba que había visto el carruaje de don Manuel dirigirse hacia la mansión, era porque lo había visto.

Además, según el viejo, don Manuel o su tartana habían pasado por ese camino a mediodía, antes de que ella partiera. Con el muy probable fin de que no se encontrara con él.

Cada paso que daba era un paso que la alejaba más de la verdad. Entonces vio el sendero del que Tobías le había hablado. Azuzó a los caballos, que ya comenzaban a mostrar síntomas de nerviosismo, más que de cansancio.

Sin pensar, instó a los caballos a entrar por un camino que, al menos, se encontraba más resguardado, debido a que las tupidas y altas ramas lo protegían de la lluvia. El suelo, por suerte, no se había convertido en un lodazal, lo que la alivió sobremanera.

No obstante, algo la hizo estremecerse. La ausencia de luz solar era allí todavía más evidente y, aunque calculó que tal vez quedasen cerca de dos horas antes de que la noche cayera sobre el bosque de manera implacable, no pudo evitar comenzar a experimentar una sensación de pánico incontrolable.

Se dijo a sí misma que no debía sucumbir al miedo, se animó con la idea de que al menos en aquel camino, aunque se viera obligada a dar un considerable rodeo, estaba eventualmente a salvo.

El relincho del caballo que Esperanza consideraba más tranquilo la hizo mirar hacia él, alarmada.

El otro animal cabeceó y relinchó también, y entonces Esperanza vio algo negro y borroso que se cruzaba en el camino transversalmente como una mancha que no se puede tocar. Esperanza estiró de las riendas con violencia y los caballos se detuvieron protestando con una mezcla de sorpresa e indignación.

Tuvo que mirarlo con mayor detenimiento para comprender lo que era: un enorme tronco bloqueando el paso del camino que Esperanza había tomado. Miró aquel trozo yermo, que a Esperanza le pareció como un obstáculo que el mismo demonio hubiera puesto en su camino. Por un instante, se quedó paralizada sin saber qué hacer. No fue hasta varios segundos después que fue consciente de las consecuencias. No podía continuar.

Una sensación poderosa, ominosa y apabullante nació en su estómago e inundó todo su ser. Casi se desmaya. Se bajó del carruaje mientras los caballos se agitaban cuando un trueno retumbó de forma tan estruendosa sobre sus cabezas que hasta Esperanza tembló. Se acercó hasta el tronco, que se le antojaba irreal. Hasta que lo tocó con sus propias manos y constató la horrible realidad.

—¡No! —gritó tras comprobar la solidez del árbol caído.

Los caballos se asustaron y miraron a la muchacha con los ojos inyectados en sangre. Una bandada de herrerillos de plumaje azul cruzaron por encima de la cabeza de Esperanza, también espantados, gorjeando y emitiendo ruidos de desaprobación.

Esperanza pasó por encima del tronco caído sin poder dejar de lamentarse y comenzó a llorar a la vez que negaba con la cabeza. En el otro lado, apoyó sus pequeñas manos pálidas contra el tronco, que estaba cubierto en gran parte de líquenes, lo que le daba un aspecto de gigantesco y alargado musgo verdoso. Empujó con todas sus fuerzas, pero como era obvio el tronco no se movió un ápice. Lo intentó de nuevo con idéntico resultado. Consciente de lo injusto de la situación, dejó caer su cara sobre la superficie verdosa mientras las lágrimas brotaban sin cesar.

Un nuevo trueno borró el ruido de fondo del bosque, sonando como una amenaza de que lo peor estaba por llegar. Y llegaría.

Se dejó caer como un muñeco de guiñol y su cara fue a dar al suelo húmedo y suave que formaban la tierra oscura y la vegetación largamente acunada.

No podía continuar por aquel camino, aunque abandonara allí a los caballos y siguiera a pie. Además, no haría eso, le habían enseñado a amar a los animales como a ella misma y dejarlos allí sería un acto despiadado, propio de personas sin corazón, pero no de ella. La única salida era retroceder y volver a tomar el camino embarrado. O quedarse allí a pasar la noche y ver lo que ocurría.

Uno de los caballos relinchó y se agitó más nervioso si cabe. El segundo animal, al ver al primero tan asustado, lo emuló haciendo movimientos similares.

Esperanza sabía que esa forma de protesta en los animales no era meramente a causa del azar. Intuía que había algo más.

Se levantó como un resorte y fijó su mirada en los animales. Estaban realmente asustados. Luego sus ojos hicieron un barrido a su alrededor, primero a la derecha y luego a la izquierda. Troncos, matorrales, vegetación abundante que llenaba todos los espacios y la creciente y amenazante oscuridad. Cualquier sombra era susceptible de ser lo que a primera vista no aparentaba.

Miró hacia las ramas, que se agitaban sinuosamente sobre su cabeza por el efecto de la lluvia. El agua que conseguía atravesar esa muralla caía a la superficie en una extraña forma de chorro desigual que golpeaba la vegetación haciendo un ruido licuado.

Bajó de nuevo su mirada hacia el interior del bosque. Prestó mayor atención al entorno y entonces lo vio. Eran dos ojos amarillentos, brillantes, que la miraban fijamente y que en ese instante desaparecieron.

Esperanza retrocedió ahogando un grito y una raíz traicionera que sobresalía la derribó. Sin tiempo para pensar, se incorporó y se acercó al tronco. Volvió a mirar en la misma dirección donde había visto aquellos ojos malignos, pero no había nada. Los caballos seguían agitándose, asustados. Ella sabía que su instinto les decía que estaban en serio peligro.

Entonces los vio de nuevo. Eran un par de ojos amarillos y brillantes que se movían despacio, pero con la seguridad del que domina el entorno y sabe lo que hace.

Otro par de ojos más apareció a la izquierda del primero, caminando en dirección contraria.

Y entonces oyó un bufido animal.

La imagen se reprodujo en su cabeza antes de que la realidad se la revelara. Vio las orejas puntiagudas y la cabeza estilizada, el morro alargado y el porte de seguridad.

Al menos había tres lobos que se mantenían a una distancia prudencial, observando y esperando. Pero sabía que eso no duraría mucho.

—¿A qué esperas? —bramó la voz de un hombre surgiendo de la nada y rompiendo el sonido del bosque, urgiéndola.

Esperanza se había quedado paralizada por el miedo.

—¡Vamos! ¡Vamos! ¡Tienes que salir de aquí! ¡Ahora!

Esperanza se estremeció. El caballo más nervioso se levantó sobre las patas traseras, agitando las delanteras. Esperanza sintió su impotencia como propia.

Las patas delanteras golpearon el suelo levantando con el golpe ramas, tallos rotos y tierra mojada. Sintió el brutal golpeteo de los latidos de su corazón. Pasó por encima del tronco y extendió el brazo hacia los animales, que no dejaban de agitarse impotentes. Cogió las riendas del animal más nervioso e intentó tranquilizarlo acariciándole en la ternilla. El otro animal observaba a Esperanza en espera de que aquella chiquilla morena y menuda que vestía una caperuza roja tomara una decisión al respecto. Estiró la mano derecha e hizo lo propio con el otro animal.

—Nos vamos de aquí —murmuró sin mucho convencimiento a los animales.

—Debes regresar al camino, aunque sea un suicidio. Si te quedas aquí, morirás.

Los tres lobos estaban más cerca, se deslizaban con determinación y asombrosa rapidez, como espectros de la noche.

Sin dejar las riendas, Esperanza rodeó el carro y llegó hasta la primera rueda. Las soltó y agarró con decisión uno de los travesaños de la rueda.

—Vamos, márchate… ¡Ahora! —dijo la voz, gritando.

Esperanza reaccionó y sus movimientos entonces fueron ágiles y decididos. Se subió al carro por la rueda y, sin tiempo de acomodarse en la estrecha e incómoda silla, estiró de las riendas con tanta fuerza que los animales se quejaron. En un primer momento, los caballos no coordinaron sus movimientos. Esperanza insistió y, con más voluntad que maña, consiguió que giraran y que, poco después, retrocedieran lo suficiente para poder dar la vuelta en el sendero con un torpe pero eficaz desplazamiento.

Uno de los lobos se detuvo, levantó el morro por encima de los innumerables arbustos y matorrales que les servían de parapeto y vigiló con una expresión imperturbable la acción que se estaba desarrollando a escasos metros de él. Los otros dos se detuvieron igualmente, uno de ellos giró la cabeza y miró por encima de su lomo, entonces apareció un cuarto animal y el otro emuló al primero, observando con detenimiento pero sin mostrar el menor atisbo de emoción con aquellos ojos fríos.

Esperanza se permitió mirar fugazmente hacia el grupo de lobos que se habían detenido. Era como si esperasen ver el siguiente movimiento para calibrar y actuar.

Levantó las riendas y gritó, instando a los caballos a avanzar lo más rápido que pudieran. Los caballos relincharon, pero obedecieron y el carruaje se movió por el sendero cada vez más deprisa. Esperanza no dejaba de chillar a los animales, sumando cada metro que se alejaban de los lobos. No quiso mirar atrás, pero sabía que los lobos irían tras ella.

El lobo que iba en cabeza y que, a todas luces, era el que tomaba las decisiones saltó con elegancia y sin hacer el menor ruido por encima del tronco que había obligado a Esperanza a retroceder. El resto de animales hizo lo propio, siguiendo al primero.

El traqueteo del carro, las pezuñas de los caballos sobre el suelo, el agua cayendo e incluso los jadeos y palabras ininteligibles de Esperanza no permitían oír el suave siseo producido por los lobos en su persecución. Un débil gruñido de uno de los lobos provocó que Esperanza mirara atrás sin dejar de azuzar a los animales para que fueran más deprisa.

Esperanza casi se cae del carruaje al tratar de obtener una visión más favorable de sus perseguidores, que se acercaban a ella sin titubeos ni vacilaciones, con toda la rapidez que su naturaleza y músculos les permitían.

Al ruido anterior, se sumó el de la tromba de agua que aguardaba a Esperanza al final de aquel camino. Casi se había olvidado por completo de que, sobre aquella bóveda de copas de frondosos árboles, tenía lugar una violenta tormenta que estaba golpeando el mundo exterior.

Gritó y agitó con fuerza las riendas y, a escasos metros, vio el final del camino como su salvación. Tal vez no hubiera visto nunca en su vida caer el agua de aquella forma. Un lobo se oyó peligrosamente cerca, gruñendo, lanzando dentelladas al aire en espera de saborear algo más sustancioso.

El carruaje iba tan deprisa que Esperanza temió volcar cuando llegara al final del camino y tuviera que hacer una maniobra para girar hacia la izquierda. Calculó mentalmente cuándo debía efectuar la maniobra. Oyó otro lobo aullar, estaban tan cerca que casi podía olerlos.

El final del camino y el comienzo del principal se acercaron hasta Esperanza como si de una locomotora furiosa y descontrolada se tratara.

No lo oyó saltar, pero, a pesar de la humedad y el frío, sintió el aliento cálido del animal. En apenas una fracción de segundo, sintió su presencia, su olor. No quiso mirar y, entonces, sintió las patas delanteras arañando su espalda y la boca acercándose a su cuello…

Sin darse la vuelta, Esperanza se agitó violentamente, soltó la mano derecha de las riendas y la agitó en el aire, intentando golpear al lobo. Gritó, pero sus gritos y los gruñidos salvajes del lobo fueron absorbidos por el ruido sordo e implacable de la lluvia, que, a cada instante, se oía más y más fuerte.

El lobo abrió sus fauces y clavó sus colmillos en la caperuza roja que Esperanza llevaba puesta. Los colmillos, fuertes y afilados, atravesaron la tela dura y vasta, y sintió cómo se le clavaban en el cuello. Un segundo lobo consiguió saltar al carro y, con dos ágiles zancadas, se colocó a la izquierda de su compañero con la intención de acorralar a su víctima y morderla en aquel suculento punto débil.

La cabeza del primer lobo se agitó sin querer soltar a su presa, ni tan siquiera para morderla de nuevo. Las ruedas del carro tropezaron, tal vez con una piedra o con alguna raíz protuberante, el caso fue que el carro dio un salto violento que levantó a Esperanza y a los dos lobos al menos dos palmos.

Acto seguido, oyó al lobo que tenía a su izquierda morderle en el cuello. No sintió nada, pero Esperanza estaba convencida de que le había clavado los colmillos en un bocado letal.

Casi sin fuerzas para guiar a los caballos, Esperanza soltó las riendas y los lobos dieron un salto violento y una tromba de agua se vino de repente encima de todos ellos. La fuerza del agua casi la aplasta. Los lobos comenzaron a quejarse y el primero de ellos soltó a su presa al sentir el agua sobre su cuerpo. El segundo se agitó y bamboleó su cuerpo. Esperanza sintió entonces que algo más estaba ocurriendo, pero todo sucedía como una suerte de visión de futuros acontecimientos en una fracción de segundo, muy lentamente.

Todo estaba a oscuras, apenas una mancha gris oscura delimitaba los valles, montañas y árboles del horizonte. Y entonces Esperanza vio que uno de los caballos desaparecía de su vista, como tragado por la tierra, y a continuación el otro animal también desaparecía bajo su atónita mirada. Ni siquiera se acordaba de los lobos ni de las hipotéticas heridas infligidas en el cuello. Solo pudo abrir más los ojos y también la boca y entonces sintió cómo el peso muerto de los caballos tiraba de ella hacia abajo, vio a su alrededor cómo la horizontalidad se transformaba en verticalidad.

Oyó un fuerte golpe sobre una superficie que no era tierra, ni roca, ni madera. Era agua, una enorme cantidad de agua, y no precisamente la que venía del cielo.

Agitó su cuerpo y, solo en ese instante, constató que estaba bajo el agua. Fría, oscura y violenta, el agua la envolvía por todo su ser. No veía ninguna fuente de luz.

Abrió la boca para pedir auxilio y esta se llenó con rapidez de agua formando burbujas que escaparon por encima de su cabeza. Movió las manos con la intención de agarrarse a ellas y sintió que con cada burbuja que se alejaba hacia la superficie perdía también unos gramos de vida.

Algo la golpeó con violencia y su cuerpo se agitó. Tal vez una rama o una roca. Su primer instinto fue el de protegerse extendiendo las manos, su segundo movimiento fue el de agarrar aquella rama o lo que fuera. Una corriente la zarandeaba de arriba abajo, de izquierda a derecha, había perdido por completo su centro de gravedad.

No pudo más y soltó aquel punto de apoyo al que inconscientemente se aferraba y su cuerpo se dejó llevar por la misma corriente que la había maltratado.

Con una extraña percepción, se dio cuenta de que su cuerpo no iba hacia el fondo, sino que se desplazaba debido a la corriente en una dirección que no podía determinar pero que, sin duda, era horizontal.

Además, la velocidad era extrema, extrañamente rápida. Durante unos segundos, tal vez ni eso, se dejó llevar pensando que era lo mejor.

Su cuerpo se contorneó y giró con violencia, sintió entonces una opresión en el pecho y fue consciente de que se había detenido de repente. Estaba atrapada, aunque el agua que viajaba a través de la corriente seguía pasando por encima de ella como una avalancha endemoniada; esperaba recibir de un momento a otro un golpe mortal que acabara con ella definitivamente.

Su brazo derecho, al igual que su cuerpo, había quedado atrapado. No sabía dónde. No sentía las piernas. Su brazo izquierdo era el único miembro que se agitaba libre de opresión, por encima de su cabeza.

Y entonces, todo el ruido de las profundidades del río, el ruido del agua al caer, el ruido del mundo, se desvaneció y un silencio que solo podía traer la paz se apoderó de todos los sentidos de su ser.

Tras un largo instante, abrió los ojos con la seguridad de que todo había acabado y que, sin duda, se encontraba a salvo del dolor y del sufrimiento.

El agua seguía rodeándola, pero era mansa como un mar muerto. Su cuerpo se movía despacio y ella se dejaba arrullar. Incluso sintió que el agua estaba tibia, no caliente. En su justo equilibrio.

Una luz comenzó a brillar en la superficie, cada vez más intensa. Se acercaba hasta ella. La luz era blanca y radiante. Seguro que era un ángel que venía a rescatarla y llevarla a algún lugar hermoso y a salvo, donde no hubiera cabida para el sufrimiento que los humanos tenían que soportar en vida.

La intensidad de la luz casi deslumbró a Esperanza, que tuvo que cerrar los ojos para protegerlos. Una figura borrosa se aproximó, o más bien la luz se convirtió en una figura en forma de hombre que se agachó y miró a través del agua. Pudo ver sus facciones agitarse suavemente y después, cuando el agua se calmó, distinguió su sonrisa, franca y sincera.

El hombre introdujo un brazo fuerte y joven en el agua. Ahora el agua era tan nítida y tranquila que podía apreciar claramente hasta el vello del brazo mecerse por la suave corriente.

La mano se quedó suspendida, abierta en espera de que Esperanza la cogiera.

Miró la mano y luego al hombre que sonreía. Volvió a mirar la mano, pero no dijo nada. En realidad no se oía ni el más leve susurro de fondo. Era como si el mundo se hubiera detenido y solo estuvieran Esperanza y aquel hombre.

—Nos vamos, cariño —dijo el hombre.

—¿A casa?

El hombre negó sin dejar de sonreír.

—Todavía no, mi amor.

—Quiero ir a casa, contigo.

El hombre agitó la cabeza con una mirada comprensiva.

—Lo sé.

Esperanza negó, la mano frente a ella esperaba.

—Vamos, no hay tiempo que perder —dijo el hombre con tranquilidad, pero con un leve deje de urgencia.

Observó los ojos del hombre, eran muy azules y resplandecientes. Estiró la mano lentamente y el hombre se la cogió con suavidad, acariciándola con ternura. Y tiró de ella con firmeza.

La luz ha desaparecido y todo está invadido por una negrura espesa, fría, terrorífica. Algo se agita sobre su cabeza. También ha desaparecido la sensación agradable de calidez. Esperanza siente un frío extremo, pero al mismo tiempo nota que su cuerpo no pesa nada.

De nuevo, algo tira de ella con fuerza, Esperanza se deja hacer. No sabe si quiere salir de allí o no.

Sin tiempo para pensar, percibe cómo una fuerza que no ve ni comprende tira por tercera vez de su brazo izquierdo. Algo la sujeta con fuerza, como poderosas garras.

Oye un ruido amortiguado, es una voz. Alguien grita. También oye el ruido de un animal. De repente, la imagen de los caballos desapareciendo en un fondo negro la golpea. Sus bocas abriéndose y desprendiendo su último hálito de vida.

Siente un fuerte tirón y su cabeza sale fuera del agua y nota cómo la lluvia la golpea en la cara como agujas ínfimas y persistentes. No puede abrir los ojos del todo. Oye sus propios jadeos y lamentos y entonces cree ver algo. La lluvia cayendo implacable como un manto plateado. El agua negra y fría que la rodea y un hombre que la sujeta con fuerza.

El hombre vuelve a gritar y Esperanza se sobresalta. Oye en algún lugar el relincho de un caballo y algo tira de ella y de aquel hombre del que no puede ver el rostro.

Otro nuevo tirón los acerca más a la orilla. El agua empuja y trata de alejarlos. Otro nuevo tirón tensa la cuerda que se levanta por encima de la superficie del río acercando definitivamente a Esperanza y al hombre a la orilla.

El hombre se aferra a una piedra y por el tono parece dirigirse a Esperanza, pero ella no entiende nada. Oye todo como en sordina y un apabullante cansancio casi le impide escuchar, ver o sentir algo.

Vuelve a oír el relincho de unos caballos y entonces siente que su cuerpo está sobre una superficie dura. Abre los ojos para tratar de discernir qué está ocurriendo. Solo ve sombras que se agitan, sombras borrosas y la voz del hombre lejana, como si se oyera a un volumen extremadamente bajo.

Esperanza quiere decir algo, abre la boca e intenta componer una simple frase. Una palabra. El esfuerzo le provoca tos. El hombre parece hablar más para él que para Esperanza.

Nota entonces que algo tibio aunque mojado la cubre y parpadea, al hacerlo la imagen que tiene delante se enfoca y ve un rostro. Unos ojos cansados y desencajados que la miran con avidez.

Esperanza consigue emitir un gemido y el hombre sonríe. Esperanza también sonríe y, aunque no es el hombre de sonrisa bondadosa portador de la luz, Esperanza cree que se alegra. Cierra los ojos y entonces siente que su cuerpo se desvanece hasta desaparecer por completo.

15

La niña llegó exhausta y calada hasta los huesos. Algo le decía que llegaba tarde, pero no quería pensar en ello.

Casi se tropieza con algo que no había puesto allí la naturaleza, sino la mano del hombre. Miró abajo al mismo tiempo que sonaba una exclamación de rabia y descubrió algo oscuro, sólido y alargado que estaba anclado al suelo y que se extendía como un arroyo en ambas direcciones hasta perderse de vista. Unos travesaños oscuros y enmohecidos colocados uno tras otro y, donde se suponía que debería estar el siguiente, no había nada salvo el suelo y la marca que revelaba que el trozo de madera había resguardado esa zona durante mucho tiempo.

A unos cuantos metros, una ladera empinada mostraba la extraña edificación metálica. Un grupo de rebollos retorcidos flanqueaban la construcción que se extendía a lo largo del páramo y continuaban ladera arriba.

Conforme se acercaba, oyó cómo la lluvia golpeaba el techo de la construcción haciéndolo repiquetear. A escasos metros de la edificación, la niña se detuvo y la miró atentamente. Era como si uno de los túneles que se utilizaban para acceder a la mina hubiera quedado misteriosamente descubierto, sin paredes, techo ni tierra a su alrededor. No era un túnel descubierto, sino un pasadizo que los mineros utilizaban para trasladar el material extraído de un punto a otro de la planta. Incluso una vagoneta solitaria había quedado abandonada a escasos metros de la entrada, como si de repente hubieran cesado su actividad y se hubieran marchado de allí a toda prisa.

Se acercó y entró a través de un agujero practicado en la pared, que comprobó estaba compuesto de madera húmeda y podrida. Sobre su cabeza, las gotas repiqueteaban sobre el techo de hojalata como si fueran perdigones. En algunas partes habían desaparecido, así como parte de los raíles o las paredes de madera. Miró hacia el interior del túnel que se adentraba en las profundidades de la tierra y, tras un minuto observando la oscuridad, constató que estaba cerca, pero que aquel no era el lugar que buscaba.

16

Sintió las pupilas moverse rápidamente debajo de los párpados cerrados. Un suave siseo se oyó en alguna parte, aunque no estaba totalmente segura, tal vez todo formara parte de un sueño. Luego olió algo que le resultó familiar, era una mezcla indeterminada de almizcle, lavanda, yeso, tierra mojada, linaza… y el olor característico que desprenden las medicinas o, mejor dicho, un médico.

Una puerta se abrió produciendo el leve quejido de las bisagras sin engrasar. ¿O se cerró? No estaba segura.

Alguien hablaba en susurros. No era una sola persona, al menos había dos o tres.

Gimió.

Y entonces todas las voces al otro lado del manto de oscuridad se callaron de inmediato.

Muy lentamente intentó abrir los ojos, parecía como si hubieran permanecido largo tiempo cerrados y se negaran a obedecer esa orden así como así.

Otro gemido, tras comprobar que no sería tarea fácil abrirlos. Apenas pudo abrir una pequeñísima porción y una luz difusa anaranjada que estaba situada a su derecha refulgió con un candor sinuoso. Cerró brevemente los ojos y lo intentó de nuevo, en ese intervalo juraría que había visto figuras borrosas congregadas a su alrededor.

Probó de nuevo y esta vez sus ojos se abrieron muy despacio. Las figuras estaban allí. Eran dos…; no, tres. Tres figuras. Estaban quietas y parecían observarla con detenimiento. Parpadeó. Una de las figuras se movió.

—Baja un poco la luz —susurró una voz.

La figura situada más a su derecha se apresuró a acercarse a la lámpara y redujo el nivel de la llama, sumiendo la habitación en una penumbra casi total.

Esperanza sintió de repente un fuerte espasmo procedente de las profundidades de sus entrañas. Con las manos bajo las mantas, agarró la sábana con fuerza. Sintió que su corazón golpeaba con violencia las paredes de su pecho.

—¿Esperanza? —dijo una voz familiar.

Agitó la cabeza de un lado a otro, gimió. El corazón bombeaba con fuerza. Movió los pies, que golpearon la manta haciendo un ruido apagado.

Las sombras se movieron en diferentes direcciones. Una de ellas se acercó por la derecha y la cogió por los hombros suavemente, la luz anaranjada del quinqué reveló el rostro de Carreño. Un mechón lacio le cayó por la frente y bailó cuando agachó la cabeza.

—¿Esperanza? ¿Me oye?

Sintió sus manos cogiéndola por los hombros con delicadeza no exenta de firmeza. No se podía decir que fueran las manos de un hombre fuerte, pero tampoco las de un pusilánime. Esperanza se agitó de nuevo y entonces Carreño apretó la palma de la mano sobre su frente. Estaba caliente y era suave.

—¡Dios Todopoderoso! ¡Está ardiendo!

Una figura desgarbada, baja y rechoncha se movió sin gracia por la izquierda. Esperanza, todavía con la mano de

Carreño sobre su frente, giró la cabeza para ver al hombre que se acercaba, se detenía y la miraba circunspecto para luego sacar de la nada algo alargado de aspecto vidrioso que emitía destellos brillantes cuando recibía la luz del quinqué.

El hombre, que no era otro que don Manuel, miró el objeto, que no era otra cosa que una jeringuilla de aspecto amenazador. Paseando su mirada severa por el objeto que apuntaba al cielo raso, dio suavemente dos golpecitos en el cristal de la jeringuilla. Un hilo líquido salió expulsado, brillando como un filamento de oro.

Esperanza vio la jeringuilla brillar. La aguja era larga y muy fina y estaba convencida de que aquel artefacto maléfico producía un dolor inimaginable.

Quiso abrir la boca e inmediatamente el doctor le ordenó, con un gesto mínimo pero imperativo, que se callara más que pedirle que se tranquilizara.

Con la mirada puesta en la jeringuilla, esta desapareció de la vista al instante siguiente y, cuando trató de buscarla, sintió un aguijonazo en el brazo casi a la altura del hombro.

El pequeño hombre de anteojos redondos, cabello engominado y manos blandas y húmedas permanecía con la boca cerrada, los labios apretados, apenas una pequeña apertura en la cara, mirando con evidente deleite cómo el líquido dorado desaparecía dentro del cuerpo de Esperanza.

—Chist… —murmuró alguien en fingido tono tranquilizador.

El sopor que sintió a continuación fue inmediato. Antes incluso de que el doctor apartara aquella horrible aguja de ella, sintió cómo aquel líquido se movía con rapidez y sin obstáculo a lo largo del brazo, en ambas direcciones, llegaba hasta la punta de sus dedos y alcanzaba al mismo tiempo el cuello, los hombros, extendiéndose como pólvora quemada por el corazón, pulmones, hígado, páncreas y estómago.

Quemaba y arrasaba lo que encontraba a su paso, sumiendo en un letargo inmediato todo aquello que tocaba.

No tardó en llegar a su cerebro y, a continuación, a sus ojos, que, incapaces de permanecer abiertos, se cerraron acompañados de un débil gemido de protesta.

Carreño, que había permanecido reclinado, relajó la postura y se irguió para, a continuación, acercarse hasta la tercera figura que había permanecido observando la escena entre las sombras. Esperanza consiguió abrir un poco los ojos y concentrar su cansada vista sobre esa tercera figura que, situada a los pies de la cama, la observaba con las manos cruzadas por delante.

No vio su rostro, que estaba sumido en la más absoluta negrura, pero reconoció de inmediato su contorno, la forma de su vestido acampanado y el moño redondo y escrupuloso situado en lo más alto de la coronilla.

—¿Qué vamos a hacer ahora? —preguntó la señorita Agustina a nadie en particular.

El médico se acercó al ama de llaves y suspiró después de observar el cuerpo inerte de Esperanza sobre la cama.

—Vamos a seguir con el plan. Eso es lo que vamos a hacer.

Y la última palabra se diluyó en su mente como una gota de tinta en el mar, perdiéndose en la inmensidad y sumiéndola de nuevo en una profunda y terrible oscuridad.

17

El olor inconfundible de la sopa de pollo caliente de Balbina inundó las fosas nasales de Esperanza, que gimió de satisfacción. Oyó el tintineo de la cuchara en el plato, pero por un instante tuvo miedo de abrir los ojos y descubrir algo inesperadamente terrorífico al otro lado que pretendiera llevársela a un mundo de dolor y tormento eterno.

—Esto hay que comérselo caliente... —dijo la voz de Balbina en un tono a medio camino entre el reproche y la advertencia.

A regañadientes, Esperanza abrió los ojos y allí estaba Balbina. El sol de una inusual mañana primaveral entraba por la ventana de manera difusa, ya que aquella habitación estaba orientada hacia el oeste. Convenientemente, el arquitecto había dado prioridad a las habitaciones principales de los señores, como era obvio, para que estas aprovecharan la tan codiciada luz. Todas las zonas dedicadas al trabajo y a la servidumbre estaban por tanto a la umbría y la luz rara vez llegaba directamente a ellas, salvo algún día excepcionalmente despejado, en el que el sol, cuando estaba en lo más alto, regalaba algún que otro rayo de luz.

Balbina, que no paraba de moverse de aquí para allá, se detuvo un instante al ver a Esperanza despierta. No pudo ocultar su sorpresa.

Esperanza miró la bandeja que Balbina había depositado en la pequeña mesita desafiando la ley de la gravedad por su tamaño y colocación.

—Lo mejor es que te sientes y comas algo.

Esperanza asintió agradecida. Notó en ese instante una oleada de debilidad que la asustó.

—¿Cuánto tiempo llevo en cama?

Balbina se hizo la sorda. Esperanza frunció el ceño.

—¿Qué? —preguntó después de un rato.

—¿Llevo muchos días en cama?

Antes de contestar, Balbina paseó la mirada por la habitación sin dirigirla en ningún momento a Esperanza.

—Cuatro días.

Una sensación de desasosiego se formó en la boca de su estómago y se extendió por el resto de su organismo.

—¿Cuatro días? —preguntó con un tono de alarma en su voz. Volvió a sentirse débil—. Oh, Dios mío…

—Eso mismo hemos pensado todos —dijo Balbina. Se acercó a la bandeja y colocó los elementos que estaban ya dispuestos correctamente y en ese momento se permitió mirar a Esperanza a los ojos—. Has estado a punto de morir. Yo no sé qué cosa te dio, neña… Pero ¿en qué estabas pensando?

—Yo… ¿cómo…?

—Cómo, cómo —replicó Balbina con impaciencia volviendo a mostrarse severa y poco complaciente.

—Pero yo solo…

—Si no llega a ser por aquel buen hombre, desde luego que ya no estabas aquí y un problema menos.

—¿Qué hombre? —quiso saber, a la vez que la imagen de aquel hombre de sombrero calado sin rostro y manos fuertes como garras cruzaba por la mente de Esperanza.

—El granjero. El hombre que te sacó del río. No sabes la de gente que ha muerto en ese río. Sí, puedes decir que has vuelto a la vida. Virgen de Covadonga, ¡lo que hay que padecer! —Dicho eso, se persignó.

Esperanza trató de escudriñar en su memoria: la imagen de aquel lobo saltando sobre ella y clavándole los dientes en el cuello se reprodujo con nitidez. Se sobresaltó, se llevó la mano al cuello y notó una pequeña herida y escozor al pasar la yema de los dedos por la zona.

—Ese hombre me salvó la vida… —susurró sin pensar.

—Puedes jurar que lo hizo… —Balbina suspiró exageradamente—. Y ahora tómate la sopa, que se te va a enfriar. Órdenes de don Manuel.

Esperanza miró la sopa detenidamente. El caldo marrón reposaba tranquilo a la espera de ser tragado. Una fina capa de grasa comenzaba a formarse en la superficie. Una extraña imagen de don Manuel, con sus pequeños ojillos de roedor tras aquellas gafas redondas espiándola con perversión, se le apareció y desapareció cuando Balbina volvió a insistir:

—Así que arriba y a comer algo…, que, entre lo flacucha que estás y estos días que no has comido nada, te va a dar un patatús… y yo no quiero ser la responsable.

Balbina se acercó a la cama con la intención de ayudar a Esperanza a incorporarse para comer. Sin embargo, Esperanza no dejaba de mirar la sopa como si, de repente, hubiera pasado de ser un objeto inofensivo a convertirse en algo terrible y amenazador.

—Él…, él…, don Manuel…, ¿está en la casa?

—A ti eso ni te va ni te viene. Bastante es que te atienda, veríamos a ver qué pasaría si una servidora se pusiera enferma…, y eso que llevo en esta casa toda mi santa vida. —En la última frase, Balbina se dirigió llena de reproche a Esperanza, que trató de no darse por aludida.

Balbina constató que Esperanza contemplaba la sopa con extrañeza. La cocinera observó el color marrón de la superficie y el rostro de Esperanza alternativamente, luego frunció el ceño.

—No me iré de aquí hasta que no te comas toda la sopa —amenazó.

—Pero…

—Ni pero ni manzano. Don Manuel ha sido claro…

—¿Ha puesto don Manuel medicina en la sopa? —soltó Esperanza de sopetón.

Balbina frunció el ceño sorprendida.

—Pero ¿qué tonterías estás diciendo, rapaza?

—Creo que me encuentro cada vez peor…

—Normal, no has comido nada en cuatro días, ¿cómo quieres estar?

—Me duele la cabeza, es como si me fuera a estallar —argumentó Esperanza a la que vez que se pasaba la mano por la frente—. Y tengo palpitaciones.

—¿Palpi qué?

Balbina suspiró y, con el rostro de un color rosado oscuro, dio un taconazo que sobresaltó a Esperanza.

—Ya está bien. O te comes la sopa y te dejas de milongas o llamo a la señorita Agustina y te aclaras con ella. ¡Elige!

Esperanza temió que de un momento a otro se abriera la puerta y la figura oscura del ama de llaves apareciera. Pasaron unos largos segundos en los que las dos permanecieron en un tenso silencio.

—Será mejor que me tome la sopa —dijo Esperanza al fin, y arrastró su cuerpo por la cama, sacó las piernas por fuera de la misma y se colocó al lado de la mesita. Antes de coger la cuchara plateada desgastada, miró el líquido, que comenzaba a perder su condición transformándose en una pasta más parecida al engrudo. Balbina observaba expectante a Esperanza y esta, tras pensárselo un poco más, hundió la cuchara en la sopa. Al comprobar que estaba más pastosa, la removió hasta que adquirió una textura más o menos líquida.

Se llevó la primera cucharada a la boca sin dejar de vigilar a la cocinera, que la observaba con sus pequeños y porcinos ojos azules desconfiada.

Tragó la sopa, pero notó que le costaba hacerlo. No obstante sabía bien, aunque estaba tibia. Repitió la operación.

—¿Me prometes comerte toda la sopa si te dejo sola?

Esperanza asintió sin pensar, llevándose otra cucharada a la boca. En esta ocasión trató de identificar algún tipo de sabor extraño, pero no saboreó nada significativo.

—Siento haberme portado como una chiquilla malcriada. Le pido perdón.

Balbina rumió algo ininteligible.

—No sé qué le has dado a la señora para que esté así contigo —dijo Balbina agitando el dedo índice en dirección a Esperanza—. Pero conmigo, jueguecitos pocos…

¿La señora? Se había olvidado de ella por completo.

—¿Cómo está doña Rosario? —preguntó Esperanza dejando caer la cuchara dentro de la sopa y haciendo un ruido metálico acuoso.

Balbina se mostró entre sorprendida y consternada.

—Pues no está muy bien que digamos, aunque es más dura que la piel de las brevas…

—El día que tuve el accidente la señorita Agustina me envió a por unas medicinas para la señora. ¿Sabe si recibió la señora las medicinas?

—¿Qué medicinas? ¿De qué hablas, rapaza? Yo creo que a ti el golpe te ha dejado atontada.

Esperanza no sabía si debía callar o continuar por aquel sendero que presentía que no le acarrearía un final feliz.

—La señorita Agustina me envió a Santamaría a recoger unas medicinas. —Tenía la sensación de que, a cada palabra que pronunciaba, perdía convencimiento en su interior. Comenzaba a poner en duda todo lo ocurrido en aquella horrible jornada—. Me dijo que debía ir a casa de don Manuel. Él tenía que dármelas. No había nadie que pudiera hacerlo, por eso tuve que ir yo.

Balbina, con su mano regordeta apoyada en el pomo de la puerta desde hacía ya un rato, la miraba como si estuviera hablando con una loca. Aquella forma de comportarse exasperaba a Esperanza.

—Cuando salí ya estaba lloviendo —afirmó, tratando de imprimir un tono convincente a su voz—, pero no le di importancia, solo pensé en doña Rosario. En que me necesitaba.

Balbina seguía observándola con aquella mirada desconfiada, incluso sus facciones se habían fruncido más, remarcándole una expresión de incredulidad.

—Eso que dices es muy raro…

La escueta frase fue tan enigmática que Esperanza se obligó a preguntar. Necesitaba saber más.

—¿Qué? ¿Qué es raro? —murmuró con un hilo de voz; notó que su corazón latía velozmente.

—Eso —escupió como única respuesta.

—Puede preguntárselo a la señorita Agustina, ella…

—Ya sé que puedo preguntárselo, pero no lo haré… y lo sabes.

—¿Cómo?

Balbina se rio. Nunca había visto reírse antes a la cocinera. Tenía una risa que se asemejaba a la de un cerdo —si estos se rieran—. Fugaz e incomprensiblemente, pasó como una exhalación la imagen de Balbina a cuatro patas riéndose y mostrando un rabito ensortijado que le sobresalía y se agitaba con gracia cuando movía sus monumentales cuartos traseros.

—¡No creerá que le estoy mintiendo! —insistió Esperanza—. La señorita Agustina me dijo que no había nadie más en la casa. Se lo juro.

Balbina la miró con los ojos entornados, luego soltó el pomo de la puerta y avanzó un paso hacia Esperanza. A continuación, aspiró una bocanada de aire y, cuando se disponía a decir algo, la puerta del dormitorio se abrió con un leve quejido.

Balbina se quedó con la boca abierta y Esperanza observó la figura de la señorita Agustina, que, bajo el dintel de la puerta, miraba fijamente a Esperanza.

Se sintió de repente avergonzada sin saber por qué. Balbina había cerrado la mandíbula y, de espaldas al ama de llaves, se alisaba el delantal. Carraspeó.

—Le estaba diciendo a la mocina que don Manuel... —murmuró con un evidente tono de disculpa.

—No es necesario que me dé explicaciones, Balbina —la interrumpió la señorita Agustina sin apartar su mirada de Esperanza, que se sentía como si estuviera desnuda.

Balbina asintió esperando la reprimenda del ama de llaves, pero esta se mantuvo en silencio, sin dejar de vigilar a Esperanza.

Esperanza la miró de reojo, pero bajó de inmediato la vista al suelo gris. Aquel silencio la inquietaba más que cualquier represión que aquella mujer pudiera infligirle.

Sin saber por qué, levantó la cara y primero observó la reacción de Balbina: nerviosa y visiblemente inquieta. Luego miró a la señorita Agustina: imperturbable. La opacidad de su mirada no dejaba entrever ninguna emoción. Sus labios no estaban tensos ni su expresión era en modo alguno crispada. Era como si se sintiera relajada, como si aquella situación estuviera controlada y no exigiera medidas adicionales para solucionarla. Incluso se atrevió a pensar que aquellos labios estaban a punto de sonreír.

—¿Cómo está doña Rosario? —preguntó Esperanza de repente. Su voz sonó frágil pero con convencimiento.

A juzgar por la expresión de Balbina, la pregunta le había sorprendido y, sin querer, había movido los ojos en dirección a la señorita Agustina, que en todo momento estaba a su espalda.

—Doña Rosario está muy enferma y no se le puede molestar.

La respuesta del ama de llaves fue tan inocua que estaba cargada de un misterioso significado oculto, y no solo la frase en sí, sino la forma en que la había dicho: sin emoción, como un mal doctor que, ajeno al sufrimiento del enfermo, da la mala noticia a su familia.

—Balbina, vuelva a la cocina —ordenó en un tono de voz monótono.

Balbina asintió, se giró sobre sus talones y, sin vacilar, se dirigió a la puerta de salida. Oportunamente, la señorita Agustina dio un paso atrás para permitir que la cocinera saliera fuera de la habitación y desapareciera un segundo después.

Esperanza miró con descaro al ama de llaves como nunca antes se había atrevido y la señorita Agustina le sostuvo la mirada, pero en ningún momento mostró emoción, ira o desprecio. Y fue precisamente eso lo que más la inquietó.

18

Un trueno provocó que las paredes de la mansión temblaran y se oyó amplificado por todas las estancias y corredores. El mismo trueno despertó a Esperanza, que, sobresaltada, miró a su alrededor aturdida. Se había obligado a no caer dormida, pero al final lo había hecho y ahora no sabía qué hora era ni cuánto tiempo había estado durmiendo. Esa oscuridad tan espesa le anunciaba que sería ya bien entrada la madrugada.

Se tocó la frente y la tenía perlada de sudor. A pesar del frío que se extendía como la peste por toda la casa, sentía el cuerpo caliente debido a la fiebre, que se resistía a abandonarla.

En general, se sentía débil, con un prolongado sabor acre en la boca y con una sensación somnolienta permanente. No podía permitirse dormir más. Ellos habían intentado hacerle pensar que llevaba en cama cuatro días, pero no los creía. Ahora estaba convencida de que allí estaba ocurriendo algo extraño y que tenía como víctima a doña Rosario.

El accidente en el río no había sido una coincidencia.

Evidentemente, nadie podría haberlo causado directamente, pero sí que en cierta manera lo habían provocado incitándola a dirigirse al pueblo cuando estaba a punto de comenzar una tormenta y enviándola por el camino que atravesaba el bosque, con lo peligroso que era en ese tipo de condiciones.

Máxime si, además, la víctima era una chica joven e inexperta que, en una situación como aquella, se habría asustado y, como consecuencia de ello, tomaría decisiones no solo erróneas, sino fatales.

Era de la opinión de que habían tratado de alejarla esa tarde de Campoamor porque no querían testigos incómodos.

Recordaba perfectamente los momentos previos a su marcha. La actitud de la señorita Agustina había sido idéntica que la de esa misma tarde, cuando apareció de repente y ordenó a Balbina que se marchara. Era una actitud de suficiencia.

Y el viejo Tobías le había dicho que había visto el carruaje de don Manuel ir en dirección a Campoamor poco antes de que ella partiera. Estaba claro que habían tratado de alejarla, pero ¿con qué propósito?

Querían estar solos en la casa. Solos con doña Rosario.

No quería pensar en la posibilidad de que le hubieran hecho algo malo.

Porque estaba la señorita Agustina y además estaba don Manuel; y, aunque no quisiera reconocerlo, Carreño también formaba parte de aquel grupo maquiavélico. Desconocía si la servidumbre compartía la idea de aquellos horribles planes, aunque intuía que no, o al menos no al mismo nivel que sus organizadores.

¿Y si en realidad su intención no fuera simplemente alejarla?

Había estado a punto de morir, eso era un hecho irrefutable.

Nadie había dispuesto a los lobos para que la persiguieran e incluso llegaran a matarla. Tampoco nadie había empujado a los caballos por aquel camino que, inexplicablemente, daba a la orilla de una de las partes más peligrosas del río. Un río que crecía de forma sorprendente cuando llovía y que, al parecer, ya se había cobrado la vida de unos cuantos incautos.

De algún modo, ¿no es una suerte de asesino aquel que, sabiendo que alguien puede morir, pone los medios y provoca deliberadamente la muerte de otra persona?

Sí. Categóricamente.

Querían acabar con ella.

Nadie quiere pensar que alguien tenga la intención de matarte y por ese motivo muchas personas mueren confiadamente a manos de sus asesinos.

Esperanza miraba al cielo raso, tan oscuro como el trasfondo de sus pensamientos, y entonces se tocó el cuerpo, abrazándose. Estaba ardiendo y temblaba.

Tenía que ayudar a doña Rosario. Estaba convencida de que se encontraba en peligro. De momento no intuía los motivos, pero tenía que ayudarla. Y era extraño, pero entonces se dio cuenta de que todo comenzó a variar su rumbo cuando doña Rosario le pidió que indagara el paradero de su hija Buenaventura.

¿Sería Buenaventura el motivo de toda aquella conspiración?

Sin duda, era todo un misterio. Se reprochó a sí misma no haber dedicado ni un solo momento de su tiempo a la petición de su señora.

¿Por qué había pensado que no era importante?

O más bien, ¿por qué se había negado a concederle un verdadero interés?

Un nuevo trueno agitó levemente la estructura de la casa y Esperanza se irguió como impulsada por la fuerza eléctrica del mismo rayo.

No podía quedarse ni un minuto más en la cama aguardando. Ya había pasado demasiado tiempo. Tenía que ponerse en marcha de inmediato y averiguar qué estaba ocurriendo allí.

Puso un pie sobre el suelo de cemento. Estaba frío como un témpano. Sintió que las piernas le fallaban por un momento, pero fue algo pasajero. Tenía frío y buscó a tientas una toquilla gruesa de lana que habitualmente dejaba sobre la única silla de la habitación. La cogió y se la puso sobre los hombros.

Abrió la puerta despacio, intentando no hacer ruido. El pasillo estaba desierto y oscuro. Ladeó la cabeza y puso la oreja en el intersticio, prestando atención a todos los ruidos que pudiera captar. Una corriente de aire agitaba puertas, ventanas y tablas sueltas del suelo.

Cruzó el pasillo y abrió la puerta que separaba el mundo de los que tomaban las decisiones del de los que las acataban sin rechistar. Bajó por las escaleras, apoyando con sumo cuidado los pies sobre los peldaños.

Abrió la puerta que estaba al final de las escaleras con un leve quejido y apretó con fuerza los dientes y los ojos al oír el ruido que se propagaba por el corredor como un reguero de pólvora en llamas. Salió al exterior, dejando atrás la austeridad y, por qué no decirlo, la miseria para entrar en un espacio donde todo era bello, rico y ostentoso.

El dormitorio de doña Rosario estaba apenas a unos metros de la posición de Esperanza; miró la puerta, que permanecía cerrada, ninguna luz por debajo. Un nuevo relámpago iluminó el pasillo, la escalera y todos los apliques y adornos brillaron fugazmente. Cerró la puerta tras de sí, caminó pegada a la pared con determinación mientras aguantaba la respiración. Llegó hasta la puerta del dormitorio, volvió a fijar la mirada en el suelo buscando que un fulgor se filtrara bajo la puerta y delatara alguna presencia en el interior. No vio nada sospechoso.

Cogió el pomo con firmeza y descubrió que tenía las palmas de las manos mojadas por el sudor. Se pasó con rapidez el dorso de la mano por la frente y notó cómo se empapaba de sudor también. Entonces constató que el corazón le latía con fuerza y una imagen fugaz de su pensamiento le instó a desistir de aquel acto que estaba a punto de acometer. Se negó y, entonces, un sonido característico procedente del piso inferior, más concretamente del tramo de la escalera situado más abajo, llegó a sus oídos adiestrados a oír ruidos y a detectarlos con rapidez.

Alguien subía por la escalera.

Volvió a oírlo, pero en ese momento la persona que lo había provocado se detuvo, tal vez estudiando la forma de acallar aquel ruido delator.

Esperanza movió la cabeza de un lado a otro y su cuerpo se atenazó. Soltó el pomo y oyó un siseo de pies posándose probablemente en un escalón, tratando de hacer el menor ruido posible.

Miró a su izquierda, hacia la puerta que comunicaba con los aposentos de la servidumbre. Si caminaba hacia allí, la persona que estaba subiendo las escaleras la descubriría, ya que estas desembocaban a medio camino. Miró entonces a la derecha. Vio una puerta al final del pasillo. Aunque nunca había visto a nadie salir ni entrar por aquella puerta, sabía que aquella habitación pertenecía a la misteriosa Buenaventura. Otras dos puertas la flanqueaban como si de guardianes celosos se tratara, pero Esperanza desconocía el uso y función de las mismas.

Estaba atrapada. Sin pensar, se deslizó hacia la derecha y se adentró bajo un techo abovedado que guarnecía aquel grupo selecto de puertas sumiéndolas en una oscuridad opresiva. Miró la puerta del dormitorio de Buenaventura con temor, como si el simple pensamiento de tocar el pomo fuera el peor sacrilegio imaginable. Optó por coger el pomo de la primera puerta que se encontró, la de la derecha. Lo giró y este cedió. La puerta se abrió con un suave siseo. Sintió el peso de la misma como una prueba de su alto valor. Dentro todo estaba oscuro y Esperanza no tenía la más remota idea de qué había en su interior. Se escurrió dentro como un fantasma asustado y cerró la puerta. Inmediatamente sintió un miedo irracional al pensar que tal vez no pudiera abrir la puerta de nuevo. No había visto ninguna llave en la cerradura fuera y tampoco dentro.

Tras un breve instante, se agachó y miró a través del ojo de la cerradura. Apenas podía ver nada, salvo oscuridad.

No sabía por qué, pero intuyó que la figura misteriosa correspondía a un hombre.

Tal vez fuera Carreño en dirección a su despacho, donde ya se lo había encontrado trabajando una noche. Pero era demasiado tarde para que nadie que estuviera ligeramente cuerdo se pusiera a trabajar en tareas administrativas.

La sombra de la figura en cuestión se proyectó sobre la pared que Esperanza tenía enfrente y se quedó quieta durante un rato.

Observó sin pestañear la sombra a la espera de que se moviera, deseando que caminara en la dirección contraria y se alejara. De repente, pensó que tal vez el destino de aquella persona era la habitación en la que ella se estaba escondiendo. Por un momento, pensó en buscar a tientas algún lugar donde ocultarse. Era absurdo, lo sabía.

La figura se movió repentinamente, su sombra inundó la pared de enfrente, desapareció y volvió a aparecer. El ruido de una pisada sonó a un metro más o menos de donde se encontraba Esperanza.

El cuerpo de Esperanza se tensó como la cuerda de un arco, obligándose a no mover ni uno solo de sus músculos. La figura permaneció inmóvil durante un rato.

Oyó un ruido metálico apagado: estaba tratando de abrir la puerta. La puerta del dormitorio de Buenaventura.

Un clic y, a continuación, un siseo que se cortó repentinamente. Volvió a haber otro clic. El hombre estaba dentro.

Después de un minuto más o menos, Esperanza abrió despacio la puerta. Asomó la cabeza muy despacio y, conforme lo hacía, su cuello giró en dirección a la puerta del dormitorio de Buenaventura. Estaba cerrada.

Sin formularse ninguna pregunta, obtuvo una respuesta: «Márchate a tu dormitorio ahora mismo». Esperanza actuó en consecuencia. Salió de la habitación y cerró suavemente; volvió a notar el peso de la puerta.

Caminó a hurtadillas y cruzó el pasillo, temiendo encontrarse a la señorita Agustina al acecho junto a la escalera. Las sombras densas y afiladas se convertían en figuras aterradoras, siluetas que parecían seguirla cuando no miraba.

Pasó por la puerta del dormitorio de doña Rosario preguntándose si debía entrar o no. Cogió el pomo de la puerta, pero no hizo nada. Bajó la cabeza y la apoyó en la puerta, oyó cómo su cabello crujía al presionar la superficie de madera. Cerró los ojos. Su pensamiento se debatía intensamente entre marcharse o entrar. Marcharse o entrar. Marcharse o entrar...

Rehusó, soltó el pomo y lo volvió a agarrar. Abrió la puerta con determinación, pero con suavidad.

Una vez que la había abierto, se preguntó si alguien, debido al estado de doña Rosario, la estaría velando. Ya era demasiado tarde.

Un montón de sombras la aguardaban inmóviles. Una débil luz lunar dejaba entrar algo parecido a un halo grisáceo y plomizo por los dos ventanales. Las cortinas estaban descorridas.

Oyó una respiración en la oscuridad, era suave pero trabajosa. La oscuridad fue poco a poco revelando ciertos detalles que Esperanza reconoció de inmediato, aunque fue como si hiciera más de un año que no los hubiese visto, cuando según Balbina había pasado en cama entre cuatro y cinco días.

Se acercó a la cama, sin apartar sus ojos del cuerpo alargado que descansaba encima. Un mueble de la habitación crujió.

Muy despacio, puso la mano en su frente. La temperatura era normal y su aspecto bueno.

Luego miró a su alrededor, intentando encontrar algo anómalo que llamara su atención.

Giró sobre sus talones y caminó sobre la alfombra en dirección a la ventana. Vio la noche a través de los visillos y cómo las gotas de lluvia se estampaban contra el cristal. Pegó la cara a la ventana y el cálido vaho de su respiración empañó la superficie fría del vidrio. Un lamento de doña Rosario le hizo volverse en dirección a la cama. Parecía que la señora estaba soñando o, peor, teniendo alguna pesadilla que la atormentaba.

Miró de nuevo a su alrededor, esta vez más detenidamente. Todo parecía en orden, aunque había algo que la turbaba, pero no sabía qué.

—Tienes que hacerlo —susurró la voz masculina, apremiante.

—No tengo por qué.

—Hazlo. Tienes que averiguar qué está haciendo allí.

—No es asunto mío.

—Entonces, ¿qué haces aquí?

Esperanza se echó un vistazo a sí misma.

—¿Qué piensas que está haciendo en el dormitorio? Esa persona ha entrado por alguna razón, ¿no crees?

Miró la noche durante un largo minuto y luego accionó la manilla hacia la derecha produciendo un retorcido ruido agudo. Apretó los dientes y la manilla y tiró. La puerta del balcón se abrió con suavidad. Inmediatamente dejó entrar una leve ráfaga de viento y algunas gotas mojaron el suelo. Inspiró como si cogiera aire antes de una inmersión bajo el agua y salió a la noche.

Hacía frío y descubrió con cierto agrado que la lluvia no era demasiado intensa. Se dijo que todo aquello no tenía sentido y era una locura.

La toquilla que llevaba comenzaba a mojarse, aunque estuviera bajo una arcada que la protegía levemente. Miró a la derecha, más allá de la balaustrada estaba el vacío y luego otro balcón de diseño similar. Había una considerable distancia, aproximadamente seis metros entre uno y otro. Comprobó que se podía acceder, no sin dificultad, al otro balcón a través de una cornisa oscura de unos cuarenta centímetros de ancho que se encontraba mojada y que tenía todo el aspecto de ser resbaladiza. Se miró los pies descalzos, meneó la cabeza y se preguntó por qué era tan poco previsora.

Se acercó al borde de la balaustrada por la derecha, miró abajo. Acto seguido, se agarró el camisón, que le llegaba por las rodillas, y con un gesto inútil de pudor se lo levantó hasta lo que consideró sería suficiente para poder llegar al otro lado sin que le estorbase. Sacó la pierna derecha y buscó un lugar donde apoyarla. Se agarró a un saliente de la pared y sacó la otra pierna y el cuerpo. Estiró la pierna derecha y alcanzó la cornisa. Un pensamiento funesto la previno de afianzarse previamente por si esta era resbaladiza. Se agarró a un adorno de tracería en forma de flor de lis. Esperanza celebró que la fachada estuviera adornada con diversas figuras de dudosa identidad. Pegó su cuerpo a la pared y no se permitió mirar al suelo, ya que la altura, aunque no mucha, era suficiente para al menos romperse una pierna si caía en mala posición. Se desplazó lateralmente por la cornisa sin aparente dificultad. Al contrario de lo que había pensado, la superficie de la cornisa era porosa y, a cada paso, notaba cómo sus pies quedaban firmemente adheridos. De todas formas, no se confió.

Cuando volvió a mirar a la derecha descubrió que el balcón estaba a menos de medio metro. Lo alcanzó y se agarró a la balaustrada, pero no la cruzó. Constató que, al igual que la del dormitorio de doña Rosario, esta tenía la misma configuración de dos puertas ventanas, pero de tamaño ligeramente inferior.

Un débil resplandor destelló en el interior.

Todavía estaba dentro.

Contuvo la respiración y luego pasó al otro lado del balcón empujada por una imperiosa orden interior. Se pegó a la pared y entonces pensó en el siguiente paso mientras el agua no dejaba de caer, lenta pero inexorablemente.

Un nuevo destello de color entre anaranjado y amarillento arrancó luz de la densa oscuridad del dormitorio de Buenaventura. Se movió entonces lateralmente, acercándose a la puerta ventana. Había cosas que era mejor no pensarlas demasiado, se dijo a sí misma como una suerte de consejo.

Se acercó a la ventana que tenía más cerca y la miró a la espera de que apareciera de nuevo el destello del misterioso intruso nocturno. No vio nada durante un minuto. Entre las dos puertas había un espacio de aproximadamente un metro y medio, que era a priori ideal para ocultarse y acercarse a la siguiente puerta ventana. Cerró los ojos, contuvo la respiración y dio el paso con toda la rapidez que pudo. Se quedó muy quieta durante los siguientes segundos a la espera de que alguien abriera la puerta ventana. Nadie abrió nada.

Con el corazón latiéndole con fuerza y alimentando el valor requerido para la siguiente acción, Esperanza movió la cabeza lentamente e intentó descubrir el lugar por donde se había colado la luz de color ámbar. Vio un pequeño espacio y, a continuación, la luz que se reflejaba en algún lugar. Su imaginación formó sin querer la imagen de Carreño sujetando un quinqué y rebuscando entre las pertenencias de Buenaventura.

¿Qué podría estar buscando?

¿Cómo podía estar tan segura de que era Carreño el hombre que se encontraba en aquella habitación?

No tenía respuesta para la primera pregunta, pero sí para la segunda: lo intuía sin otra explicación plausible.

Comenzó a notar un terrible dolor de cabeza y se pasó la mano por la frente. A pesar de que el agua resbalaba por su cara, pudo notar que la fiebre le subía. Una sensación de malestar general cayó sobre Esperanza como una losa. De repente, se sintió mal y temió desmayarse.

Sin embargo, allí estaba, en plena noche, bajo la lluvia, en el balcón de la hija desaparecida de la señora de la casa.

El malestar general se intensificó y sintió que la cabeza le iba a estallar. Sintió su cuerpo ardiendo y una necesidad imperiosa de descansar, de tumbarse y dejarse inundar por el sueño.

Al cerrar los ojos, formas extrañas sin definir se movían de aquí para allá.

Giró la cabeza a la izquierda y miró con los ojos entrecerrados la balaustrada del dormitorio de la señora. En su estado, era impensable volver por donde había venido.

Necesitaba salir de allí. La consciencia se diluía en la irracionalidad con rapidez.

Estiró la mano derecha y la apoyó en la manilla exterior de la ventana, pero no la accionó.

Golpeó entonces con las manos en el cristal. Cualquiera que estuviera dentro la habría oído a pesar del ruido de la lluvia.

Mientras golpeaba de nuevo el cristal, se recriminó el estar allí y, sobre todo, las consecuencias en las que desembocaría su inexplicable comportamiento.

Esperó a que la puerta se abriera. Pero entonces un pensamiento lógico le dijo que, si el intruso notaba la presencia de alguien fuera, lo último que haría sería descubrirse.

Evidentemente, nadie abrió.

Con un gemido de protesta, cogió con fuerza la manilla y la giró. Estaba cerrada, pero parecía que quería abrirse. Insistió y empujó con el peso de su cuerpo contra la puerta. Retembló y se abrió dejando un pequeño hueco de un centímetro aproximadamente.

La primera intención de Esperanza fue abalanzarse al interior, pero se quedó quieta. Esperaba que ocurriera algo imprevisto.

Abrió la puerta lo suficiente para que su cuerpo cupiera y, con cautela, descorrió a continuación los visillos y las cortinas.

La habitación estaba totalmente a oscuras.

Su estado febril la intentó convencer de que, tal vez, todo aquello formaba parte de un sueño o de que al menos ella había imaginado aquella figura entrando en aquella habitación.

Se quedó quieta en la oscuridad, mirando el interior de la habitación a la espera de que alguna sombra se moviera.

Luego se acordó de la puerta abierta. Se apresuró a cerrarla y se giró con rapidez, temiendo de nuevo que alguien intentara sorprenderla.

La habitación seguía tan muda como unos segundos antes.

Los párpados le pesaban tanto que a Esperanza le era casi imposible mantenerse despierta. Una cama frente a ella, de similares características a la de la cama de la señora, la invitaba a tumbarse y descansar.

—Yo… —dijo. Su voz sonó ronca en aquel espacio desconocido y lleno de sombras.

Se abrazó a sí misma y sintió su cuerpo temblar. Sus dientes comenzaron a castañetear. Probablemente, había empeorado, necesitaba volver a su habitación y meterse en la cama.

Cruzó decidida la habitación en dirección a la puerta. El piso de madera oscura crujió a cada paso que daba. Sin saber por qué, se detuvo a medio camino y miró a su alrededor. Había sentido algo, pero no podía explicar qué. Observó la cama, que estaba pulcramente dispuesta. Un velo mosquitero todo a su alrededor dejaba entrever la colcha de seda blanca y bordados dorados. Esperanza se acercó hasta la cama y a través del vaporoso velo vislumbró un cojín que decoraba el conjunto y que estaba puesto encima de la almohada. Una gran B, bordada con hilo de oro, sobresalía en relieve. La imagen de la Buenaventura del cuadro se fijó en la mente de Esperanza.

Luego se giró sobre sus talones y se acercó hasta una de las mesitas. Había un florero con una rosa blanca que no tendría más de un día. Se acercó más a la flor y la olió. Reparó en ese instante en que aquel era el único elemento con vida de toda la habitación.

Un relámpago brilló débilmente a través del espacio entre las cortinas. Aunque sus ojos se habían habituado a la oscuridad, había detalles que solo ofrecían una gama de densos grises sin definición. Fue hasta las cortinas y las descorrió, un nuevo relámpago brilló en ese instante revelando con todo detalle el interior del dormitorio.

La luz del relámpago le mostró un escritorio tipo *secrétaire,* de esos que tienen muchos cajones y una persiana de madera, situado frente a la cama, al lado de la puerta de acceso. Se acercó hasta el escritorio. Como el resto del mobiliario, iba a juego: madera blanca, detalles en pan de oro y apliques también en oro.

Observó los objetos del escritorio: una pluma al lado de su tintero, hojas en blanco dispuestas encima de un protector de escritorio rectangular de cuero oscuro, varios sobres amontonados perfectamente…

¿Qué buscaría el intruso allí? ¿Y por qué en ese momento? Es decir, si Buenaventura llevaba desaparecida más de un año, ¿por qué entrar a hurtadillas en medio de la noche en su habitación después de todo ese tiempo?

Se agachó para ver mejor el fondo del escritorio. Luego abrió los pequeños cajones que se encontraban a ambos lados y frente a ella. Más cartas y sobres, sellos y otros utensilios de papelería.

Trató de abrir uno de los cajones, pero estaba cerrado con llave. Al igual que otro que estaba situado al otro extremo. Comenzó a pensar dónde escondería una chica de la edad de Buenaventura la llave de su escritorio.

Lo más seguro sería llevarla encima, pero resultaría engorroso y más para una chica que estaba acostumbrada a ser libre y no sentir ningún tipo de ataduras. No. Probablemente la habría escondido para que nadie pudiera husmear en sus asuntos y lo tenía que haber hecho en algún lugar de su habitación. Aunque estaba segura de que doña Rosario ya habría registrado aquellos cajones en busca de posibles pistas.

Recordó la última conversación con doña Rosario, quien aseguraba que su hija no había huido con nadie, como al parecer se suponía.

Tal vez Buenaventura había discutido con doña Rosario y ahora se encontraba a saber dónde escondiéndose de una madre dominante y haciéndole pagar por algún inconsciente arrebato.

Un escalofrío recorrió el cuerpo de Esperanza. No podía entender que una hija pudiera infligir tal castigo a su aparentemente devota y entregada madre.

Pero ¿y si no era así? ¿Y si, en realidad, Buenaventura había desaparecido en contra de su voluntad? ¿Y si Carreño, la señorita Agustina o incluso don Manuel conocían el paradero de la chica?

¿Y por qué?

¿Las respuestas a todas esas preguntas estarían en aquella casa y, tal vez, alguna de ellas en esa habitación?

Esperanza se incorporó y miró a su izquierda, donde había una estantería con el mismo acabado que el resto del mobiliario. Se acercó. Llegaba desde el suelo hasta el techo y estaba repleta de libros.

Tocó el lomo de algunos de ellos. Todos estaban, al igual que los volúmenes de la biblioteca, lujosamente encuadernados. Un nuevo relámpago bañó la habitación de un blanco lechoso. En ese preciso instante, Esperanza tenía puesta la vista en los volúmenes situados a la izquierda. Pudo leer en el lomo *Álbum de fotos* antes de que la luz del relámpago se extinguiera para siempre.

Cogió el álbum y lo sacó de entre dos apretujados volúmenes de color granate oscuro. Pesaba más de lo que aparentaba. Una ligera molestia la avisó de que su aparente bienestar solo era una breve tregua que la fiebre le había concedido. Gimió al sentir cómo un pinchazo le aguijoneaba la sien, pero no se detuvo y caminó con el álbum hasta el borde de la habitación, junto a la ventana, donde, gracias a la luna en cuarto creciente, más luz se podía obtener.

Abrió el álbum y se sorprendió al ver a doña Rosario más joven. Tendría unos treinta y tantos años o más bien cuarenta y, aunque no había visto fotos de ella más joven, sin duda a esa edad estaba realmente atractiva con sus grandes ojos azules, y sus pómulos altos y marcados. Labios prominentes y cabello negro y recogido escrupulosamente en un elegante tocado. Llevaba puesto un vestido oscuro que dejaba translucir ese tipo de cuerpo de las afortunadas mujeres que son delgadas pero voluptuosas al mismo tiempo.

A su lado, un hombre moreno muy guapo, de mirada inescrutable, posaba con traje de rayas y peinado hacia atrás. Sin duda, Buenaventura era la viva imagen de su padre.

Doña Rosario sujetaba un bebé de aspecto saludable que miraba a la cámara con una extraña mezcla de curiosidad y descaro. Esperanza constató que era el mismo tipo de mirada que había visto en el retrato del despacho.

Pasó las páginas, más fotografías del bebé con familiares en aquella misma casa. El bebé se hace mayor y ahora es una niña muy guapa y despierta que mira a la cámara desafiante. Fotografías de cumpleaños. Tocando el piano y posando para la cámara con no más de cuatro años aparenta ya una inteligencia deslumbrante y una personalidad arrolladora.

La niña de mirada inteligente, socarrona y desafiante se convierte en algo más que una bonita muchacha. Esperanza se queda embobada viendo una instantánea de la chica, de no más de diecisiete años, llevando un vestido de noche y sujetando un cigarrillo, como aquellas actrices de Hollywood que había visto alguna vez en las revistas que hojeaban las señoritas bien.

En toda su vida no había visto una muchacha más atractiva que aquella joven. Y no se refería solo a su aspecto físico. Había algo en su forma de posar, de mirar, que la convertía en un ser superior.

Después de parpadear, Esperanza se sintió mal consigo misma y, por primera vez en su vida, se preguntó por qué no era como aquella chica. Ella sabía que no era fea, pero era pequeña y escuchimizada. Casi no tenía pechos y su trasero bien podría haber pasado por el de cualquier muchacho. Por supuesto, había notado la mirada de lascivia de algunos chicos de su edad e incluso de hombres bastante mayores que ella, pero también había sentido con envidia cómo esos mismos hombres miraban a esas chicas a las que la naturaleza había obsequiado con generosos pechos y formas rotundas.

Trató de espantar esos pensamientos que la hacían sentirse mal y giró la página.

No había más fotos.

Pasó otra y luego la siguiente. Ninguna foto más.

Recapacitó sobre las que había visto. Todas ellas eran recuerdos normales. Es más, eran demasiado aburridas y previsibles, no lo que cabía esperar en una chica como Buenaventura. Echaba en falta fotografías más atrevidas e incluso insolentes. Buenaventura no era una chica como las demás. Era guapa, inteligente, encantadora y rica. Pero además era una mujer decidida, una mujer que no se amilanaba ante el poder de ningún hombre. Probablemente ni su padre ni su madre pudieron doblegarla jamás.

Entonces, ¿por qué esperaba encontrar algo más?

También había echado en falta fotografías en compañía de hombres. Probablemente tuvo legiones de aduladores y pretendientes. No sabía qué edad tendría cuando desapareció. Calculó por encima y llegó a la conclusión de que alrededor de diecinueve o veinte años. No imaginaba a una muchacha como Buenaventura sin un hombre. O más bien sin hombres. Muchos. Había oído habladurías en las que se decía que algunas jóvenes ricas cambiaban de novio como de sostén. ¿Sería Buenaventura de esa clase de chicas?

En aquella sociedad, estaba bien visto que los jóvenes adinerados anduvieran de chica en chica como práctica habitual en su mocedad, hasta que sentaban la cabeza y se casaban con la mujer apropiada. Era también habitual que, después de «sentar la cabeza», continuaran —no tan abiertamente— con sus correrías de cama en cama. Pero no era lo mismo para una chica, ni siquiera para una chica como Buenaventura.

¿Estaría enamorada?

Le vino de repente a la cabeza. Porque era seguro que muchos hombres habrían perdido la cabeza por ella. Era tan guapa…

¿Estaría alguien de aquella casa enamorado de Buenaventura? La figura que apenas unos minutos antes había compartido con Esperanza aquel lugar tal vez se hubiera deslizado hasta allí en medio de la noche para rememorar un tiempo perdido.

¿Sería ese hombre Diego Carreño?

De todas cuantas imágenes había visto de Buenaventura, solo una permanecía en su mente: el retrato que había contemplado en el despacho. Entonces se había dado cuenta de que, tras aquella perfecta envoltura física de belleza y armonía, se escondía un secreto. Ahora sabía que tenía que averiguar algo más sobre ella, pero tal vez el lugar menos apropiado fuera precisamente esa casa.

Recapacitó durante un momento. Tal vez Tobías, aquel hombre al que nadie daba crédito, pudiera contarle algo. O tal vez Isaías, el dueño del colmado. Parecía un hombre enterado de todos los chismes de Santamaría de la Villa.

Regresó a la estantería a dejar el álbum, pero, mientras lo hacía, un libro se cayó y, al precipitarse, dejó caer al mismo tiempo una flor seca de su interior. Se agachó a recogerlo y entonces sintió un leve mareo. Se incorporó rápidamente y cogió el libro que había guardado entre sus amarillentas hojas una rosa blanca. Era un libro de poemas de Gustavo Adolfo Bécquer. Lo abrió para depositar la rosa y, al hacerlo, se detuvo en la primera página.

Parecía que había escrita una dedicatoria, pero con aquella ausencia de luz era imposible distinguir nada. Se acercó hasta la ventana sin apartar sus ojos de aquellas líneas, esperando que se revelasen. Un rayo de luz lunar convirtió aquellos signos ininteligibles en palabras:

En sueños, no hay más esperas
ni torturadas margaritas.
Yo te amo y tú lo deseas,
en ti curan mis heridas.

En sueños, amamos igual,
amamos libres, sin miedo,
y en nuestro encuentro fugaz
un beso nos sube al cielo.

En sueños, el corazón
comparte al son el latido,
no sabe ya del dolor
que causa este amor furtivo.

D.

Releyó de nuevo aquellas palabras. Incluso rodeada de aquella trémula oscuridad, sintió un escalofrío que le atravesó el cuerpo y en especial el corazón.

Lo sabía: había un hombre y tenía la total seguridad de que no era un hombre cualquiera.

Sin duda, ese hombre estaba totalmente enamorado de Buenaventura, y no lo intuía por aquellos versos. Había una pasión que traspasaba el papel y se insertaba en el corazón, adhiriéndose como una segunda piel.

Y estaba la rosa entre las páginas.

Y estaba el propio libro.

Si no hubiera querido a ese hombre, aquel libro no estaría allí.

Sí, y entonces se dio cuenta de que estaba sentada en la cama que había pertenecido una vez a Buenaventura. Apretaba el libro de poemas, probablemente regalo de aquel hombre, contra su pecho. Cerró los ojos y experimentó una mezcla de sentimientos extraños, sentimientos que no había tenido antes nunca. Y tuvo celos de aquella muchacha que parecía invadirlo todo, estar en todo y encandilar a todos, y deseó que aquellas palabras escritas desde lo más profundo del corazón de un hombre enamorado hubieran sido para ella.

19

La niebla envolvía el bosque con su manto blanco. Todas las figuras parecían difusas y sugerían formas siniestras. La mujer de cabellos plateados cruzó el viejo puente de piedra pisando un suelo que surgía a cada paso que daba. Una vez llegó al otro margen, giró la cabeza y miró en derredor. Era imposible ver algo a través de aquella maldita niebla. Aquel bosque había formado parte de su infancia y, en su recuerdo, multitud de imágenes asociadas a la felicidad la habían acompañado durante gran parte de su vida.

Ahora lo odiaba.

Era un odio malsano y enfermizo. Aquel bosque se había convertido en algo así como su némesis. No podía describir esa animadversión ni recordaba cuándo había tomado forma en su corazón cambiando sus sentimientos.

Cada paso que avanzaba se asemejaba a aquellos que se suelen dar en las pesadillas, donde los pies te pesan tanto que supone un esfuerzo colosal poner uno delante del otro.

Llegó hasta el gran roble que, silencioso y envuelto en aquella niebla, semejaba la aparición surgida de un mundo irreal de pesadilla. Aquel árbol también pertenecía a sus recuerdos y estos habían sido felices. ¿Por qué ahora era un símbolo de todo lo contrario? ¿Tal vez porque ella había labrado en la corteza de aquel árbol centenario una prueba de su amor hacia aquel hombre? Supuso que la muy infeliz lo había hecho con el fin de que su amor quedara igual de sellado que aquellas marcas que permanecerían allí eternamente.

Qué ilusa.

Cerró los ojos de rabia y apretó los puños y los dientes. Su cuerpo tembló de dolor al pensar en la humillación a la que había sido sometida. No tenía derecho a hacer lo que estaba haciendo. Y sería la última cosa que haría en su vida, aunque para ello tuviera que destrozar el corazón de la persona a la que más amaba. Pero, bien mirado, mejor que fuera ella y no un hombre. No conocía a ninguno que fuera digno de ser amado. Todos eran infantiles, egoístas y nunca se conformaban con lo que tenían.

Abrió los ojos de repente al oír un suave siseo y aguantó la respiración pensando que tal vez la hubieran descubierto.

Caminó de puntillas, despacio y de espaldas, alejándose del roble. La niebla y un frondoso grupo de encinas borraron sus huellas. Se ocultó tras el tronco de una de ellas y se quedó inmóvil, esperando.

Una figura alta y esbelta, envuelta en una bonita capa de terciopelo del color de la sangre, surgió de la niebla. Llevaba sobre la cabeza una caperuza tan profunda que su rostro quedaba oculto en el reino de las sombras.

La figura miró a su alrededor y titubeó en el paso. Sus gestos eran nerviosos, imprecisos. Se acercó al roble y, tras volver a mirar de nuevo cuanto la rodeaba, apoyó su espalda en el tronco al tiempo que exhalaba un suspiro de nerviosismo.

Poco a poco, la niebla comenzaba a disiparse. Una tercera figura observaba con ojos ávidos a las dos mujeres desde un lugar invisible para ellas. Cayó en la cuenta de que las dos se ocultaban la una de la otra.

La joven de la capa roja echó para atrás la caperuza dejando a la vista una densa y larga cabellera negra. Sus ojos eran negros y enormes, y parecía que todo cuanto miraba resaltaba su belleza. Era la mujer más hermosa que jamás había visto. Todo el mundo siempre había hablado maravillas de aquella mujer fascinante y todas las palabras se marchitaban ante su sola presencia.

Alguien pisó una rama seca y la joven preguntó nerviosa. La mujer de cabellos plateados que se escondía tras el tronco de aquella encina dio entonces un paso al frente, revelando su presencia. La joven primero trastabilló, pero luego se detuvo cuando reconoció a aquella mujer. Su rostro de sorpresa se frunció y sus ojos se abrieron del todo refulgiendo de odio y rabia.

20

El trino distante de unos pájaros que detuvieron su vuelo por un momento y se posaron en la balaustrada grisácea, moteada de líquenes amarillo verdosos.

Gimió y los oyó piar insistentemente. Sintió cómo su cabeza le pesaba y todo le daba vueltas. Antes de abrir los ojos, olió algo que le hizo fruncir el ceño. No era un olor familiar. Abrió un ojo lentamente, el que tenía más pegado a la superficie sedosa y suave. Una franja de luz matinal le acarició parte de la cara. Volvió a gemir. Algo no era como debería ser. Abrió el otro ojo, un almohadón de seda blanca con adornos bordados en hilo dorado y una gran B en el centro, también bordada con pulcritud, llenó su campo de visión.

A pesar del intenso dolor de cabeza, abrió los ojos de par en par y se descubrió tumbada encima de una cama cubierta por una lujosa colcha de seda blanca. Se incorporó como un resorte y una luz blanca y pura la cegó por un instante. Estiró la mano para protegerse del sol que entraba por entre las tupidas y pesadas cortinas granates. Volvió a oír el trino de los pájaros, que probablemente estaban buscando entre los resquicios de piedra de la balaustrada algo que llevarse al estómago.

Parte de un velo vaporoso cubría su cuerpo, lo miró extrañada y, al mismo tiempo, alarmada. Lo apartó de un manotazo y se puso de pie, al hacerlo, un libro, el libro de poemas de Gustavo Adolfo Bécquer, cayó al suelo golpeando la mullida alfombra persa con un sonido sordo.

No se lo podía creer: se había quedado dormida en la habitación de Buenaventura.

No recordaba qué había pasado exactamente. Recordaba haber encontrado la rosa aplastada por las páginas del libro y por el paso del tiempo. Recordaba la dedicatoria de amor, y ahí se acababa todo.

Aunque la habitación permanecía en su mayor parte en penumbras, había luz suficiente para reconocer todo cuanto la rodeaba. Paseó su mirada y descubrió un reloj dentro de una cápsula de vidrio que mostraba todo su mecanismo dorado. Miró fijamente las agujas del reloj. A continuación, el tictac, suave.

Las ocho y diez de la mañana.

Tenía que salir de allí cuanto antes. Regresar a su habitación.

Se acercó a la estantería y dejó el libro de poemas en su sitio. Se acercó hasta la puerta y pegó la oreja a la superficie.

Nada. Ni un ruido. Todo en silencio.

Sus ojos viajaron a la cerradura. Esperaba que la habitación no estuviera cerrada con llave.

Inspiró un par de veces, como si aquello le pudiera insuflar el valor necesario.

Agarró el picaporte y lo sujetó con firmeza, preparada para abrir la puerta.

Volvió a escuchar a través de la puerta. Ningún sonido, solo silencio. A esas horas toda la servidumbre estaba despierta y trabajando. Pero tenía que salir de allí, cuanto antes. Era preferible que la descubrieran en el pasillo o en la escalera, pero de ninguna manera allí dentro. ¿Qué podría argumentar en su defensa que fuera medianamente aceptable?

Accionó el picaporte lentamente. Cerró los ojos y aguantó la respiración.

Un débil crujido metálico. Llegó hasta el final del recorrido y tiró hacia ella.

La puerta se movió, lenta, pesadamente. Abrió los ojos y dejó escapar un suspiro. Antes de proseguir, pegó su cara al intersticio y miró a través de él. Sintió los latidos de su corazón golpear como potros desbocados contra su pecho. Nadie.

El descansillo estaba invadido por las sombras a las que al parecer estaba sometido de por vida. El corredor principal estaba bañado por la luz de las ventanas y vidrieras que daban a la fachada principal.

—Vamos, ¿a qué esperas? —susurró la voz.

Agitó la cabeza varias veces y contó mentalmente. Al llegar a tres, abrió la puerta y se enfrentó al vacío pasillo. Tenía que cruzar todo el pasillo y llegar hasta la puerta de acceso al piso superior. Le pareció un paso infranqueable.

Cerró la puerta a sus espaldas, prestando toda su atención a lo que tenía frente a ella.

Entonces sintió un abrumador malestar general y una súbita sensación que trataba de anular toda su energía. Los párpados le pesaban como losas. Movió una pierna, pero solo ese gesto le resultó tremendamente agotador.

Agitó la cabeza para espantar el mal que quería apoderarse de ella, sin conseguirlo.

Comenzó a caminar despacio, como midiendo cada paso que daba. Salió de las sombras del descansillo y la luz multicolor de la vidriera proyectó sobre su cuerpo haces policromados. Sin detenerse, posó su mirada más abajo, a través de la balaustrada de madera oscura vio el vestíbulo desierto. Levantó la mirada y se concentró en el corredor.

Pasó al lado de la puerta del dormitorio de doña Rosario. Tuvo el breve pensamiento de entrar en el dormitorio, pero lo reconsideró y llegó a la conclusión de aquello solo estropearía más las cosas.

La escalera se abría a su izquierda. Los escalones, enmoquetados y silenciosos, la miraban pasar. Alcanzó la puerta de acceso al piso de la servidumbre. Agarró el pomo con firmeza y lo giró ahogando un gemido. Las piernas le temblaban y pensó que subir los pocos peldaños que le restaban sería una tarea imposible de realizar.

Finalmente, cerró la puerta tras de sí y la oscuridad la envolvió de nuevo. Inmediatamente notó la humedad existente en aquella parte de la casa. Ya estaba casi a salvo. No obstante, tenía que llegar a su habitación. Miró los peldaños que se extendían hacia arriba inexpugnables.

Otra repentina sensación de cansancio la dominó de la cabeza a los pies. Los ojos se le cerraban sin poder evitarlo. Comenzó a subir con más voluntad que energía. Cada peldaño se convertía en una odisea e incluso pensaba que no podría subir el siguiente y caería rodando escaleras abajo.

Llegó hasta el final. La luz de la ventana al final del pasillo la sacó de aquella penumbra que comenzaba a odiar. Se acercó hasta la puerta de su dormitorio confiada.

—¿Qué hace usted en ese estado fuera de la cama?

La voz rasgó tan violentamente el silencio que tuvo un efecto físico en Esperanza.

El ama de llaves, en medio del pasillo, la miraba sin ocultar la sospecha en sus ojos.

—¿Dónde estaba hace un momento? ¿De dónde ha salido?

—Yo…

Las palabras se agolparon en su mente, creando una especie de engrudo de ideas sin sentido.

Se miró las manos. No recordaba si había dejado el libro de poemas en su lugar. Tampoco recordaba si se había llevado consigo la rosa aplastada.

La señorita Agustina se acercó, taimada y segura de sí misma, sin apartar ni un solo instante su mirada de Esperanza, que se quebraba a ojos vistas.

—¡Santo Dios! —exclamó.

—¿Qué? —atinó a decir, haciendo para ello un gran esfuerzo.

—Está ardiendo y sudando a chorros, pero ¿se puede saber...?

No pudo terminar la frase, en ese momento Esperanza se derrumbó como si a un muñeco de guiñol le hubieran cortado los hilos.

21

Qué barbaridad! No había visto a nadie hablar tanto en sueños.

Esperanza abrió los ojos. Estaba tumbada en su cama. Una figura oronda se movía de aquí para allá. Se detuvo cuando vio que la chica se había despertado.

—Ah, ¿has vuelto al mundo de los vivos? No vas a salir de esta como no espabiles, ¿sabes? —adujo Balbina en tono recriminatorio, sin dejar de moverse. El esfuerzo se deslizaba en forma de jadeo entre las palabras.

Se detuvo por fin y entonces la observó meneando la cabeza, negando con un gesto de impaciencia.

—A mí me tienen que explicar esto, porque yo no lo entiendo. Seré muy tonta, porque ya me dirás a qué viene tanta parafernalia...

Esperanza la miró en silencio, sintiéndose cohibida. Iba a abrir la boca cuando alguien llamó a la puerta suavemente.

La cocinera se quedó también con la boca abierta en una expresión que acentuaba su aspecto porcino.

—Adelante —murmuró Balbina después de carraspear fuertemente.

La puerta se abrió despacio, muy lentamente. Esperanza no pudo evitar adelantarse a la realidad y mostrarle la figura de la señorita Agustina como el fantasma recurrente del pasado que aparecía para atormentarla una y otra vez. Conforme aparecía, la imagen se desvaneció dibujando la figura de un hombre, que empujó la puerta hasta abrirla totalmente.

Carreño clavó sus ojos en los de Esperanza, pero los apartó enseguida. Un rápido vistazo a Balbina y luego paseó brevemente su mirada de derecha a izquierda.

Esperanza buscó el contacto de los ojos del administrador, no estaba segura de haber visto algo extraño en ellos.

—¿Qué tal está? —murmuró tratando de forzar una sonrisa que rápidamente se convirtió en una boca torcida más propia de su carácter habitual.

Observó su cuerpo, que permanecía inmóvil bajo el dintel de la puerta. Tragó saliva y, para disimular, carraspeó.

—Se nota que tiene mejor color de cara. Eso es buena señal.

Balbina levantó la ceja derecha en señal de disconformidad y agitó la cabeza un par de veces con gesto vago.

—Estoy mejor, sí —convino Esperanza con voz atiplada. No sabía si se sentía mal, decaída o avergonzada.

Aparentemente, Carreño se mostraba inquieto: movía las manos y las frotaba con energía una contra la otra. Finalmente decidió entrar en la habitación.

En ese instante, Esperanza constató que lo estaba mirando con descaro, sin esconder su curiosidad. Se llevó la mano derecha al cabello y se lo acarició en un inconsciente gesto coqueto, ladeando la cara un poco.

—Pues como no coma, de esta no sale —bramó la voz atronadora de Balbina. La miró con desdén—. Pero si es que parece un pajarico, con esos brazos como palillos.

Balbina movió de nuevo la cabeza, dejando entrever con su mirada y gestos que Esperanza, por su carácter y físico, no era apta para ninguna de las tareas que una mujer como Dios manda podía acometer.

—Ya comerá. Ahora está muy débil y es normal.

—Yo ya no voy a insistir más. —Balbina hizo un gesto con las manos, como desentendiéndose—. Si no quiere comer, que no coma. Y santas pascuas. Y si la señorita Agustina me viene con dimes y diretes, le diré que aquí, la enferma, no quiere probar bocado. Yo no puedo hacer otra cosa...

—No me entra nada. Pero comeré —replicó Esperanza, elevando el tono de voz cansado y convirtiéndolo en una débil protesta que más bien quedó como una súplica.

—Bueno, bueno, Balbina, dejemos a la chica que se recupere. Está claro que lo que necesita es reposo y comer, ya comerá. Todo es cuestión de tiempo.

Balbina puso los ojos en blanco y entonces se levantó con esfuerzo. Tanto Esperanza como Carreño observaban en silencio a la cocinera.

—¿Tiene algo que hacer, Balbina? —preguntó sin dejar de mirar a Esperanza, que a su vez miraba al administrador como si hubiera surgido una inesperada y extraña complicidad entre ambos.

Balbina soltó un ruidoso suspiro y recapacitó durante un largo instante, luego agitó la cabeza con vehemencia.

—Pues la verdad es que me ha entrado un poco de angustia al levantarme... Se conoce que el pote de este mediodía no me ha quitado las ganas... y a ver quién es la guapa que aguanta hasta la cena con la que está cayendo.

Carreño hizo un amago de sonreír y, sin mirar a la cocinera, dijo:

—Pues vaya si quiere a merendar, que yo me quedo con Esperanza.

Los ojos de Balbina se abrieron como platos y hasta Esperanza pudo ver a través de ellos lo que asomaba de su pensamiento. No se alejaba mucho de la visión de las gordas morcillas provenientes de la última matanza, que colgaban en la despensa y que con tanto deleite devoraba cuando se encontraba a solas en la cocina y creía que nadie la vigilaba.

—Pues, hombre... —murmuró Balbina mientras sus ojos bailaban de aquí para allá y su expresión se ensanchaba de felicidad.

—Que sí, mujer. Que yo me quedo con la chica. Esta tarde no tengo mucho que hacer y estaba dando vueltas por la casa aburrido.

Balbina asintió tratando de disimular su repentina inquietud.

—Nada, tomar un bocado. Poca cosa...

—Lo que haga falta y no tenga reparos, que aquí estoy yo —replicó Carreño con el tono comprensivo que utilizaría con un niño inseguro.

—Ale, vengo enseguida —susurró Balbina, ya con todo su pensamiento puesto al servicio de la gula.

Balbina arrastró su cuerpo hasta la puerta mientras gemía ruidosamente a través de las fosas nasales. Al salir cerró la puerta tratando de hacer el menor ruido posible. Tal vez porque no quería que la señorita Agustina supiera de sus planes inmediatos.

Una a vez a solas, Esperanza evitó mirar a Carreño. No se dio cuenta, pero su cuerpo se había tensado y le sudaban las palmas de las manos. En el mismo instante en que conoció a Carreño, creyó que era de la rara especie de hombres en los que se podía confiar.

¿Sería Carreño el hombre que anoche entró en el dormitorio de Buenaventura? Porque fue anoche, ¿no?

Esa percepción había cambiado radicalmente con los últimos acontecimientos. En ese momento, se sentía como el conejo acorralado por el cazador. No se atrevía ni a mirarlo a la cara.

—Es verdad que parece que está mejor. No lo decía por decirlo —afirmó Carreño de repente. Su tono de voz era, como solía ser el del administrador, mesurado. O eso quería creer ella.

Sin querer, lo miró a los ojos. Carreño estaba esperando la reacción de la chica. Su mirada era comprensiva o tal vez paternalista. No podría asegurarlo.

Carreño se acercó hasta el lado izquierdo de la cama, que era hacia donde Esperanza tenía ladeada su cara.

Ese gesto sorprendió a Esperanza, que observaba sin mirarlo directamente.

Sin detenerse, se sentó en el borde de la cama con toda naturalidad y en todo momento mostrando la expresión afable del primer día.

—¿Me permite? —pidió permiso una vez ya sentado.

—Claro —dijo Esperanza sin pensar y sin dejar de acariciarse nerviosamente el cabello.

—Doña Rosario está muy preocupada por su salud.

Esperanza abrió los ojos y se soltó el cabello.

—¿Cómo está la señora, señor Carreño?

Agitó la cabeza con pesar antes de contestar.

—No está bien, Esperanza. Hay momentos en los que está despierta y lúcida, pero son los menos. Pasa mucho tiempo durmiendo debido a la medicación que toma.

—Pero ¿qué enfermedad tiene?

Carreño negó.

—Es una enfermedad extraña que altera la personalidad de las personas. Eso es lo poco que sé —dijo—. Don Manuel ha consultado con otros colegas suyos y todos le han recomendado que siga con la medicación, que descanse y que nada la altere.

—¿Cree que doña Rosario ha perdido la cabeza? —Carreño la miró con interés—. Lo siento, no he debido...

Carreño le apretó la mano con un gesto exculpatorio.

—Es lo que hace la enfermedad en las personas... —negó—. No me refiero a esta en concreto...

—Le entiendo, sí.

Apretó la mano de Esperanza otra vez y dio unos golpecitos. Se mantuvo en silencio unos segundos.

—Es triste ver así a alguien a quien admiras..., diciendo cosas sin sentido y desvariando constantemente..., olvidándose hasta de quién es.

—¿Quién la está cuidando? —preguntó Esperanza casi con la intención de salir de la cama.

—No se preocupe por eso ahora —dijo Carreño—. Ahora tiene que recuperarse y el reposo es fundamental. Y comer algo —añadió después de echar un vistazo a la sopa, que, a esas alturas, formaba un compuesto semisólido de color marrón amarillento.

Esperanza examinó la sopa que tanto temía comer e inmediatamente miró a los ojos de Carreño. Por un momento, mostró un brillo de indecisión que desapareció como había venido.

—Hágalo por doña Rosario al menos. Tal vez, si no se recupera a tiempo, no pueda volverla a ver como antes.

Esperanza meditó sobre aquellas palabras que, más que una advertencia, le sonaron como una amenaza velada.

No dijo nada. De repente, le vino a la mente lo sucedido la noche anterior: la imagen de una figura en la oscuridad entrando a hurtadillas en medio de la noche en los aposentos de la hija de doña Rosario. La rosa aplastada. La dedicatoria de amor...

D.

Miró a Carreño a los ojos, sin darse cuenta de que miraba más allá de estos para ver algo en su interior.

—¿Qué estaba buscando? —dijo él de repente.

Esperanza se quedó petrificada. Las imágenes de la noche anterior volvieron de forma atropellada a su mente.

—Yo… —balbuceó. Se sintió atrapada y su malestar aumentó súbitamente.

La miró con una mezcla de dureza y decepción aunque su rostro expresaba serenidad.

—Nada, yo solo…

—No está bien —la cortó.

Lo sabía. De algún modo lo sabía y ahora estaba atrapada. Sin querer, pensó en doña Rosario, en que se encontraba sola y sin nadie que pudiera ayudarla.

—Lo siento…, yo solo quería ayudar a doña Rosario…

—¿Ayudar? ¿Y de qué modo? —Carreño negó con la cabeza y suspiró antes de proseguir—. Esa no es manera, Esperanza. Así no se hacen las cosas.

De algún modo, Esperanza se sintió consternada por la reprimenda, advertencia o lo que fuera. Seguramente él era el que había entrado en el dormitorio de Buenaventura en plena noche y le estaba recriminando su actitud.

—Pero ella está sola y necesita mi ayuda…

—Por eso mismo, debe recuperarse lo antes posible.

Esperanza frunció el ceño sin entender.

—¿Qué?

—Pues eso, que no le hace ningún bien saliendo de su habitación cuando debería estar en reposo. Sé que ha tenido una experiencia horrible en la que ha estado a punto de morir y por eso es imprescindible que permanezca en cama hasta que se recupere totalmente, ¿lo entiende?

Esperanza no había dejado de mirar a los ojos de Carreño, que, mientras hablaba, había adoptado un tono preocupado que parecía sincero.

—Claro —fue su única respuesta.

Carreño no parecía satisfecho y suspiró, adoptando una pose de adulto preocupado que intenta hacerle entender a una adolescente díscola las consecuencias de sus decisiones erróneas.

—Esperanza —dijo—, sé que es solo una chiquilla con responsabilidades de adulto.

No le gustó en absoluto que pensara que solo era «una chiquilla»; es más, le dolió.

—Pero la vida es así y hay que afrontar las situaciones tal y como vienen. Comportarse irresponsablemente no conduce a ninguna parte y máxime cuando tiene en estos momentos una salud tan frágil.

A punto estuvo de replicar, pero en el último instante no lo hizo. No se lo notó y ella permaneció en todo momento atenta a las palabras del administrador.

Pasaron varios segundos en total silencio examinándose.

—Siento mi actitud, señor Carreño. Le prometo que no volverá a ocurrir. —Sintió cómo una bola de saliva se le atragantaba en la garganta—. Aunque debo decir que ya me encuentro un poco mejor y mañana mismo podría ocuparme de la señora, como es mi obligación.

—Bueno, eso lo debe decidir don Manuel —se apresuró a añadir algo contrariado.

Acto seguido, Carreño se levantó, rodeó la cama y se detuvo al pie de la misma.

—Eso es lo que deseamos todos, pero tiene que recuperarse totalmente, como ya le he dicho… Ahora recuerdo que tengo que irme. Procure descansar. Y prométame que comerá un poco, ¿de acuerdo?

—De acuerdo.

Carreño esquivó la mirada de Esperanza, que, a su vez, se había quedado pensativa. Sin añadir nada más, dio media vuelta y salió de la habitación en silencio. Cuando cerraba la puerta, forzó una mueca a modo de despedida afectuosa.

Cuando se quedó sola en su habitación, no pudo evitar pensar en que quizá él había ido a visitarla no para interesarse por su salud, sino para intentar averiguar qué sabía en realidad.

22

El émbolo con el líquido color coñac se deslizó con suavidad y entró despacio en el organismo de doña Rosario. La anciana profirió un gemido de débil protesta desde lo más profundo de algún lugar de su inconsciencia. Don Manuel retiró con el rostro contrito la aguja hipodérmica con la misma suavidad con la que le había administrado aquel denso líquido. En el lugar del pinchazo había dejado un cardenal considerable de color morado amarillento que le daba un aspecto marchito.

Alguien abrió la puerta del dormitorio y una figura alta se recortó bajo el umbral de la puerta. Poco antes, don Manuel había ordenado a Sagrario que corriera las cortinas de los grandes ventanales. Apenas una estrecha franja de luz vespertina se colaba en el dormitorio.

Don Manuel se giró para ver quién había entrado en la habitación, aunque por la forma de hacerlo ya supiera de quién se trataba. Diego Carreño, con su aspecto de hombre abatido por las circunstancias, cerró la puerta y se acercó con paso taciturno hasta la cama de doña Rosario. Don Manuel miró con una mueca de satisfacción al administrador, casi esbozó una ligera sonrisa.

—Tienes mal aspecto.

Carreño lo miró brevemente y luego se llevó la mano a la frente con gesto distraído.

—¿Cómo está? —murmuró con lo que parecía un tremendo esfuerzo.

Don Manuel negó con gesto desesperanzador.

—Le ha subido la fiebre y, según Sagrario, esta mañana se ha despertado delirando.

—¿Ha dicho algo?

—¿Algo como qué? —preguntó don Manuel con los ojos entornados.

—Algo como algo —rumió Carreño irritado.

—Nada racional, si es a eso a lo que te refieres.

Carreño se giró sobre sus talones y se dirigió hacia uno de los ventanales, parecía agobiado y se pasó el dedo índice por el cuello de la camisa para destensarlo. Era como si la corbata lo oprimiera más de lo habitual.

—¿Por qué está todo tan cerrado?

—No quiero que nada del exterior la perturbe.

—Ya.

Carreño descorrió una de las cortinas hasta dejar visible una parte de la ventana. La tarde era oscura y los nubarrones en el horizonte habían adquirido una textura gomosa y un color violáceo sucio. Don Manuel suspiró ruidosamente y, a continuación, cogió la jeringuilla, la desmontó con esmerada lentitud, la limpió cuidadosamente con una gamuza de color granate que parecía destinada a tal fin y guardó todo el conjunto convenientemente colocado en un estuche de piel de color negro con apliques plateados.

—¿Cómo está?

Carreño permanecía con un brazo apoyado sobre un cuarterón de la ventana, mirando ensimismado a Florián, que trabajaba en un arriate de rosas blancas y amarillas.

—Se va recuperando. —Giró el cuello como movido por un impulso y agregó—: Es una chica fuerte a pesar de tener esa apariencia tan frágil. —La mirada de Carreño parecía tener un componente provocativo.

Don Manuel sonrió con sus finos labios apretados. También entrelazó sus pequeñas manos con fuerza en un gesto de contención a lo que él suponía una provocación.

—Y otra cosa de la que también me he dado cuenta —añadió Carreño con tono animado—, creo que es de esa clase de personas que no renuncian cuando tienen un propósito.

Observó fijamente al doctor durante un buen rato y luego, lentamente, volvió a dirigir la mirada hacia Florián, que en ese momento se limpiaba las manos en su delantal mientras mascullaba lo que parecía un improperio.

Sonrió con tristeza. Acto seguido, giró sobre sus talones, como si en aquel momento hubiera recordado algo importante. Se metió las manos en los bolsillos y caminó despreocupadamente hacia la puerta. Don Manuel lo siguió con la mirada. No había dejado de hacerlo y lo observaba con atención.

—¿Qué crees que hace que las personas cambien? —preguntó Carreño de improviso.

Don Manuel enarcó una ceja, sorprendido por el giro de la conversación. Meditó durante unos segundos.

—Bueno, yo diría que no son las personas las que cambian, sino las circunstancias que las rodean. En el fondo, la mayoría de la gente es bastante previsible y suele hacer aquello que esperas que hagan o, por el contrario, que no hagan. —Se detuvo y carraspeó—. Las personas que no tienen una personalidad definida o las que son… inestables son las que cometen actos inesperados.

—Quieres decir entonces que son actos causados desde la inconsciencia y que, por tanto, tienen consecuencias funestas al no estar concebidos desde la lógica, ¿es eso?

Don Manuel parpadeó, se tocó la barbilla y se mostró ligeramente impaciente.

—Más o menos, sí.

—¿Eres consciente de que existen cosas que no podemos comprender, pero que están ahí?

—Carreño…

—Algo me dice que ella lo cambiará todo.

—Solo es una chiquilla, nada más.

Carreño sonrió.

—Entonces, ¿por qué le tienes tanto miedo?

Don Manuel destensó los músculos de la cara y sus ojos se agitaron nerviosos. Carreño lo miró de hito en hito a sabiendas de que no respondería a esa pregunta. Sin añadir nada más, se marchó, dejando a don Manuel pensativo y envuelto en un mar embravecido por las dudas.

23

Permanecer en cama tanto tiempo le hizo perder la perspectiva. Veía desde el pequeño ventanuco de su habitación si era de día o de noche y la escasa información de lo que ocurría en la casa casi siempre era suministrada por Balbina, que no dejaba de quejarse y que auguraba tiempos peores, y por Sagrario, que cada vez que respondía a alguna pregunta en el mejor de los casos lo hacía con otra pregunta.

—¿Cómo está doña Rosario?

—¿Tú qué crees?

Fue la propia Sagrario quien se encargó de llevarle el desayuno a la mañana siguiente. Poco menos que lo lanzó en la pequeña mesita con un gesto de desdén, ordenándole con desgana que lo tomara si no quería tener problemas con don Manuel. Por otro lado, el médico de la familia no había asomado las narices desde hacía ya varios días, incluidos los anteriores al suceso ocurrido tras la incursión nocturna al dormitorio de Buenaventura. Carreño tampoco volvió a visitarla.

Pero lo que más la inquietaba era no saber qué estaba ocurriendo con doña Rosario y cuál era su estado real. ¿Preguntaría por ella? Seguro que no. No era más que una dama de compañía a la que, además, acababa de conocer.

Entonces, ¿por qué le había hecho tan insólito encargo?

Dado el estado de doña Rosario, aquel encargo podría atribuirse a la paranoia o a un extraño delirio de una anciana que quería purgar de alguna manera sus pecados antes de morir.

Pero Esperanza intuía que no era así.

No podía demostrarlo en caso de que alguien le hubiera solicitado pruebas tangibles, pero ella así lo sospechaba de un modo que no podía explicar.

—Come —escupió Sagrario, mientras señalaba con desgana el cuenco de leche y la rebanada de pan recién horneado, que olía francamente bien—. No me iré hasta que no te hayas acabado todo. Órdenes de la señorita Agustina —concluyó, cruzándose de brazos y torciendo la cara con una mirada estúpida.

Esperanza se acomodó lentamente en la cama, sin dejar de mirar a Sagrario, podía leer perfectamente en sus ojos lo que pensaba. Sacó las piernas y puso los pies en el suelo frío. La verdad es que tenía hambre y aquella rebanada olía tan bien…

Sagrario no le dejaría otra opción, así que comenzó a morder el pan, que sabía mejor que olía. Decidió dejar de mirar a Sagrario, que no apartaba los ojos de ella y que parecía disfrutar con el encargo que le había hecho el ama de llaves. La leche estaba caliente y entró con suavidad por su garganta. Había pospuesto en numerosas ocasiones la determinación de no tomar alimentos por miedo a que don Manuel le hubiera puesto algo en los mismos, pero lo cierto era que se sentía mucho mejor y, si quería salir de aquella habitación y volver a la rutina, y sobre todo a ver a doña Rosario, finalmente tendría que jugársela.

Cuando ya había terminado y Sagrario exhibía una mirada satisfecha, alguien arrastró los pies en el pasillo. La siempre temida imagen de la señorita Agustina se le representó vivamente, aunque Esperanza supo de inmediato que el ama de llaves jamás hacía ruido al caminar. Aquellos pasos parecían torpes y descuidados. La persona propietaria de esos pasos carraspeó, revelando así que se trataba de un hombre que, por la forma de hacerlo, no era ni Carreño ni don Manuel.

Sagrario se giró sobre sus talones y abrió la puerta del dormitorio con cierto recelo.

Esperanza estaba sentada al lado de la mesita y, desde esa posición, no pudo ver quién era, ya que la puerta se abría hacia dentro y en esa dirección.

Sagrario salió a su encuentro y dijo algo en voz baja. Respondió el hombre mascullando y la lógica le indicó que el hombre no era otro que Florián, el mozo de cuadras. Sagrario cerró la puerta. Esperanza se quedó totalmente en silencio, aguzando el oído. Apenas oyó un débil susurro a través de la delgada puerta.

Los dos cuchicheaban. No obstante, Esperanza no se dio por vencida e intentó distinguir al menos alguna inflexión en la voz para determinar de alguna manera el tipo de conversación que mantenían. Entonces, algo la sorprendió: Sagrario se rio repentinamente. La criada intentó acallar inmediatamente su risa, probablemente cubriéndose la boca con la mano cerrada en torno a ella. Florián murmuró algo grave e ininteligible que a Esperanza le sonó divertido. Sagrario rio de nuevo y luego oyó un golpe sordo, al mismo tiempo que le mandaba callar. Eso sí lo oyó claramente.

Desde luego, no parecía una conversación en tono conspirativo, sino todo lo contrario...

Al momento, Sagrario abrió la puerta y oyó los pasos arrastrados de Florián alejándose. Esperanza posó de inmediato sus ojos en la cara de la criada. Se reía con un deje de brillo en sus pequeños ojos e incluso notó que la cofia se le había movido de su sitio. También algunos cabellos por detrás de las orejas se habían descolocado, lo que daba la sensación de que venía de pasarlo bien.

—¿Y tú qué miras? A lo tuyo —gruñó Sagrario en cuanto se percató de la presencia de Esperanza e, inmediatamente, se le agrió el carácter y el semblante.

Esperanza no dijo nada, se limitó a mirarla con una expresión que, aunque no era divertida, podría llegar a exasperar a cualquiera por lo indescifrable que era. Sin apartar su mirada, se pasó un par de veces el dedo índice por encima de la oreja derecha, mientras con los ojos señalaba los de Sagrario.

La criada la miró con los ojos abiertos como platos, como si la hubiera pillado en una falta. Imitó a Esperanza con inseguridad, hasta que descubrió los cabellos sueltos de su impoluto peinado. No tardó ni tres segundos en arreglárselos. Una vez terminó, Esperanza le señalo igualmente el estado de su cofia. Sagrario se llevó las manos a la cofia, descubriendo lo torcida que estaba. Inmediatamente después, le dirigió una mirada amenazadora y blandió su delgado y huesudo dedo índice hacia ella, agitándolo. Abrió la boca para acompañar ese gesto, pero en el último instante se detuvo, cerró la boca y sonrió a la vez que miraba a su alrededor, como pensando que le traía sin cuidado que aquella entrometida chiquilla se enterara de sus devaneos con Florián.

Un ruido procedente de alguna parte de la casa despertó a Esperanza, que se había quedado dormida. Estaba sola en la habitación y no había ni rastro de Sagrario. Se sintió aturdida en cierta manera, pero no cansada. No entendía por qué guardaba cama todavía.

Oyó entonces voces. Voces femeninas. Una de ellas era inconfundible, la habría distinguido entre miles. No entendió lo que decía, pero sin duda era la voz de la señorita Agustina, que con su habitual tono, entre soberbio y beligerante, exhortaba —probablemente a Sagrario— a que siguiera una serie de órdenes que de ningún modo podían ser eludidas. Como la voz parecía provenir del vestíbulo, Esperanza se atrevió a salir de la cama y acercarse a la puerta de su habitación. Antes de abrir, se aseguró de que nadie estuviera al otro lado vigilándola.

Cuando abrió suavemente la puerta, la voz del ama de llaves llegó con nitidez a su oído. Seguía sin entender el mensaje, aunque sin duda se trataba de órdenes que el ama de llaves pormenorizaba sin dejar lugar a la duda.

Oyó entonces la voz ronca de la sirvienta. Fue un escueto «Sí, señorita».

Incómoda por no poder entender la conversación, Esperanza salió al pasillo y miró la puerta del final, que estaba entornada y se agitaba debido a una corriente invisible que jugueteaba con ella.

Conforme avanzaba hacia la puerta, la voz de la señorita Agustina se amplificó y se volvió más clara.

—… No me haga así con la cabeza todo el rato, que me está poniendo nerviosa —dijo la señorita Agustina.

—Sí, señorita —contestó Sagrario después de aclararse la voz—. Lo tengo todo muy claro. No se preocupe por doña Rosario.

—¿A qué hora tiene que administrarle la medicación? —preguntó el ama de llaves poco después de que Esperanza se situara pegada a la jamba de la puerta, con la oreja apuntando en dirección a la conversación entre las dos mujeres.

—A las cuatro en punto.

—Eso es dentro de una hora…

—Sí, señorita —dijo Sagrario tras titubear.

—¿Qué cantidad?

—¿Eh? Pastilla y media.

—Son las pastillas de color granate…

—Las que están en la mesita, señorita. Ya las he dispuesto.

—Macháquelas con una cuchara, que se queden bien disueltas en el agua —recalcó la señorita Agustina en tono aburrido—. Que no las escupa, si tiene trozos grandes las escupirá y, si eso ocurre, la responsable será usted.

—Descuide, señorita.

—¿Y qué debe hacer si empeora?

—Llamar a don Manuel…

—Ya le he dicho que don Manuel no está en Santamaría hoy, ni tampoco el señor Carreño, Dios santísimo…, ¿cuántas veces tengo que repetírselo?

—Tengo que llamar a don Fabián… —Se apresuró a corregir su error.

Esperanza oyó suspirar a la señorita Agustina.

—No sé si no debería irme… —murmuró más como una reflexión.

Esperanza no pudo evitar sonreír al imaginar el apuro por el que Sagrario estaría pasando.

—El teléfono de don Fabián está apuntado en la libreta de las direcciones y teléfonos que está en la cocina —dijo Sagrario de corrido—. Y el Florián puede ir en un momento al pueblo…

—Está bien, está bien… Será mejor que esta tarde nos encomendemos todos a la Virgen de Covadonga y que nos pille confesados…

La señorita Agustina volvió a suspirar.

Esperanza aguzó el oído, pero ya no oyó nada. Se preguntó si el ama de llaves, que se deslizaba sin hacer el menor ruido, estaría en ese momento subiendo las escaleras y dirigiéndose hacia donde ella se encontraba. Se le hizo un repentino nudo en la boca del estómago e instintivamente, se retiró de la puerta con la intención de regresar a su dormitorio. Entonces oyó cómo las bisagras de la puerta de la entrada se quejaban, un suave siseo y, luego, el ruido de cerrar la puerta.

Regresó corriendo a su dormitorio, nada más entrar se dirigió hacia la ventana y miró con avidez al exterior, esperando que la figura de la señorita Agustina apareciera. El ama de llaves conducía la calesa de color granate que había utilizado ella misma para llevar a la señora aquella tarde de paseo. Se sorprendió al ver a la señorita Agustina, a la que no podía imaginar más que formando parte de la casa como un elemento decorativo más, manejando los caballos y las riendas con destreza.

Así que la señorita Agustina se ausentaba lo que al parecer serían unas cuantas horas. Y tampoco estarían Carreño ni don Manuel.

¿Era una coincidencia que los tres se encontraran ausentes precisamente al mismo tiempo?

Todos los poros de su piel le decían que no.

Volvió de nuevo a asomarse al pasillo. Todo estaba en silencio. Recorrió el trayecto de puntillas hasta la puerta que separaba la planta de la servidumbre y, entonces, oyó una risa contenida.

Se detuvo en el pasillo por un momento. Otra risa, seguida de un manotazo.

Abrió la puerta sin poder contener su curiosidad y esta vez oyó una risa gutural grave y a alguien chistando.

Voces susurrando.

Una de ellas era la de Sagrario y la otra la de un hombre, que, según lo oído, correspondería a la de Florián.

Sagrario murmuró algo y Esperanza lo único que entendió fue «la vieja».

Esperanza frunció el ceño. No pudo evitar pensar que aquellos dos quisieran hacerle daño, pero enseguida desestimó ese pensamiento.

Oyó una puerta cerrarse suavemente muy cerca y Esperanza contuvo la respiración.

Inmediatamente después, oyó pasos arrastrados. Una voz masculina que murmuraba y, entonces, un ruido extraño, sonoro, que rompió el fondo de cuchicheos. Esperanza tardó un par de segundos en identificar aquellos ruidos: eran ronquidos, los ronquidos de Balbina, que probablemente se había quedado dormida mientras realizaba alguna tarea aburrida en la cocina, sentada en aquella silla de mimbre que daba pena ver de lo maltratada que estaba por soportar el peso de la cocinera.

Tan abstraída estaba que no oyó los pasos arrastrados a apenas unos metros de su posición. Regresó corriendo hasta su dormitorio y, nada más cerrar la puerta, se abrió la del final del pasillo.

Se quedó apoyada en la puerta aguantando la respiración. Oyó los gemidos de Florián y de Sagrario. Una puerta que se abría. Más gemidos y luego la puerta se cerró.

Pasaron un par de segundos, Esperanza exhaló el aire contenido en sus pulmones y no se lo pensó dos veces.

Abrió de nuevo la puerta con decisión.

Sagrario ahogó un grito al otro lado de la puerta de su dormitorio.

Tenía poco tiempo.

Se deslizó por tercera vez por ese pasillo. Cuando quiso darse cuenta, estaba frente a la puerta del dormitorio de doña Rosario.

Agarró el pomo y lo giró lentamente. Cuando entró, descubrió que la habitación permanecía en una más que oscura penumbra. Las cortinas estaban echadas y apenas pasaba luz a través de los huecos. Se acercó hasta una de las ventanas y abrió un poco las cortinas. Esperanza echó una ojeada a doña Rosario, esperando encontrarse una imagen demoledora.

Pero todo parecía normal. Doña Rosario estaba durmiendo y no parecía tener mal aspecto después de todo.

La luz gris de la tarde nublada entró a duras penas, remarcando, entonces sí, su estado marchito. Se acercó hasta ella con la intención de despertarla, pero se contuvo en el último instante.

Parecía más demacrada que antes, viéndola de cerca y con detenimiento. ¿Qué le estarían haciendo?, se preguntó apretando los puños.

—No la despiertes —dijo la voz masculina sobre su hombro.

—No iba a hacerlo —respondió Esperanza sin dejar de mirar a doña Rosario. De repente, la embargó una sensación de pena.

—Tienes poco tiempo —la urgió la voz.

Esperanza siguió contemplando a doña Rosario.

—¿A qué esperas?

—No sé si debo…

—Eres su única esperanza…, nunca mejor dicho.

—¿Y qué hago?

—¿Qué tal si registras a ver si encuentras algo?

—Eso no está bien…

—Bien o mal, es lo único que puedes hacer en estos momentos.

Esperanza meditó durante un instante.

—Prueba en el escritorio, quizá encuentres algo importante…

Asintió y, entonces, arregló las sábanas y la manta que cubrían a la anciana, tomándose su tiempo.

—Ya voy —dijo Esperanza después de suspirar.

Un trueno sonó en lontananza y la estancia se oscureció, ocultando las formas de la habitación; parecía como si de repente hubiera transcurrido una hora.

Rodeó la cama y se acercó hasta la otra mesita. Cogió un quinqué y lo encendió. La luz amarilla creció gradualmente y bañó el dormitorio con un suave fulgor.

Dirigió la luz hacia la luna ovalada del armario y se vio reflejada en él.

—Vamos —dijo la voz.

Esperanza giró sobre sus talones despacio, mirando detenidamente el interior del dormitorio. Se detuvo cuando tuvo el escritorio frente a ella.

—No sé… —susurró negando al mismo tiempo.

Se acercó y movió el quinqué iluminando el mueble. Las sombras se movían, emitiendo imágenes negras deformadas que parecían tener vida propia.

Cogió la silla que estaba frente al escritorio y se sentó en ella. El asiento era mullido y confortable. Dejó el quinqué sobre la superficie y miró lo que tenía frente a ella. Era muy parecido al que Buenaventura tenía en su dormitorio, salvo que este parecía más usado. Había un tintero que Esperanza dedujo que doña Rosario ya no utilizaba muy a menudo, pero que como otras tantas cosas de una casa pasan a convertirse en objetos inútiles de por vida.

Luchando consigo misma durante unos segundos, se decidió a abrir un cajón, pero estaba cerrado con llave. Probó con otro: cerrado con llave. Otro más, idéntico resultado.

Miró por encima de su hombro y observó a doña Rosario, que, con la boca abierta, emitía un suave gemido al dormir. Aunque parecía que dormía plácidamente, algo en su expresión revelaba un sufrimiento que parecía no tener fin.

Se levantó y fue de nuevo hasta la mesita de noche. La abrió con determinación y miró de soslayó a doña Rosario. Se concentró en el contenido del cajón. Algo brillaba débilmente, parecía un rosario. Al lado había un pequeño libro grueso de tapas oscuras. Era una biblia que resumía el Antiguo Testamento. Apartó la biblia y abrió más el cajón, se agachó intentando ver el fondo, que se había convertido en un rincón de densa oscuridad. Pensó en levantarse y coger el quinqué, pero entonces, al introducir la mano, tocó algo metálico. Lo arrastró por el fondo del cajón.

Era una llave dorada exageradamente ornamentada.

Un trueno retumbó fuera. Se dio cuenta entonces de lo rápido que había caído la oscuridad sobre la casa y sus habitantes.

De repente, pensó en Sagrario y Florián y deseó que este fuera buen amante.

Se dirigió de nuevo al escritorio, se dijo a sí misma que probaría una vez. Si esa llave no abría ninguno de aquellos cajones, desistiría y renunciaría a su plan.

Introdujo la llave en el cajón que estaba situado más arriba y encajó a la perfección. Giró la llave y tiró del cajón.

Sintió que el corazón le bombeaba muy deprisa. De algún modo, intuyó que alguien la sorprendería husmeando en el dormitorio de la señora de la casa. Como poco la despedirían, si no llamaban a la Guardia Civil y se la llevaban arrestada.

Eso como poco.

Había papeles. Todos parecían documentos de esos donde la gente rica reflejaba sus pertenencias. Seguro que doña Rosario poseía más propiedades incluso de las que ella podía imaginar.

Cogió un fajo de aquellos documentos y los depositó sobre la tapa del escritorio, encima de un cartapacio de cuero marrón con detalles dorados en las esquinas. Los miró un largo rato. No tenía ni idea de lo que buscaba, pero su instinto le decía que una o varias de aquellas páginas poseían un carácter revelador.

Sacó el siguiente fajo de hojas y las dispuso encima de las primeras. Las miró y fugazmente le pasó la idea de abortar aquella locura y regresar a su dormitorio.

Pero tenía que hacerlo, no quedaba más remedio, se dijo a sí misma, luchando contra su propia voluntad.

Después de unos segundos de duda, comenzó a separar los papeles. Todos parecían documentos oficiales. Después de una larga presentación, siempre aparecía el nombre de doña Rosario y, aunque no llegaba a leerlo, seguro que mencionaba de manera pomposa alguna de sus incontables propiedades.

Movió las páginas reticente, en el fondo deseando volver a meter aquellos documentos en el cajón cuanto antes.

Vio una carpeta gris que estaba envuelta por un lazo negro con aspecto de crespón y la miró detenidamente.

Deshizo el nudo, la abrió y vio varias páginas que daban la sensación de haber sido escritas recientemente. El papel presentaba aspecto de nuevo y la tinta escrita incluso brillaba en la oscuridad.

Había un membrete con un dibujo de algo parecido a un libro abierto con una leyenda en latín. Bajo el mismo rezaba el nombre del ilustrísimo señor don Honorato Buendía de Cortázar, del excelentísimo Colegio de Notarios de España.

Más abajo, Esperanza comenzó a leer saltándose las primeras frases protocolarias. De nuevo apareció el nombre de doña Rosario, siendo este el que de forma más ornamentada destacaba del resto.

«... Que con sus facultades físicas y mentales sin presencia del menor atisbo de enfermedad que pudiera, de algún modo, menoscabar la relevancia de este documento...».

Siguió leyendo y leyendo. Cogió la siguiente hoja y continuó, saltándose los párrafos con rapidez. La perorata continuaba, era formal y extraordinariamente aburrida. Se detuvo un momento y negó. Levantó la cara y miró a su alrededor. Tal vez Sagrario y Florián hubieran terminado sus escarceos amorosos y se encontraban en ese momento dirigiéndose hacia allí, especialmente Sagrario, que sería lo primero que haría.

Tenía que darse prisa…

Entre el galimatías de textos legales, Esperanza vio un nombre que la hizo detenerse y prestar mayor atención.

Buenaventura.

Acercó el folio al quinqué y este se coloreó de un intenso color amarillo.

Miró con interés todas las palabras que rodeaban ese nombre y, a continuación, comenzó a leer el principio del párrafo.

«… Nombrando por ello a Buenaventura Campoamor de Bascuñana heredera universal de todos los bienes que en el momento del fallecimiento…».

Esperanza se detuvo y levantó la vista del folio. No era de extrañar que doña Rosario le dejara todo a su única hija, ¿a quién si no?

Así estuvo pensativa durante un rato, luego cogió el primer folio y buscó al principio del texto. Lo que buscaba estaba en la segunda línea: «… 12 de mayo del año de Nuestro Señor de mil novecientos treinta y tres…».

Esa fecha era de apenas cinco meses atrás.

Ese testamento se había redactado recientemente…

Doña Rosario gimió y Esperanza giró la cabeza con rapidez, aguantando la respiración.

Oyó los latidos de su corazón, que parecían retumbar en la habitación. Un enorme y deslumbrante relámpago bañó de blanco azulado el dormitorio, sobresaltando a Esperanza. El trueno sacudió los cimientos de la casa y a Esperanza le dio la sensación de que parte de la tierra se había quebrado en algún punto no muy lejano.

Volvió a mirar aquella línea donde se hallaba la fecha cuando se redactó ese testamento. El testamento de doña Rosario.

Había algo que no encajaba.

Volvió a coger el folio donde aparecía el nombre de Buenaventura y recorrió con rapidez las líneas en busca de algo que llamara su atención. Lo hacía con demasiada rapidez y estaba segura de que se le pasaba algo por alto, pero sentía de algún modo que su tiempo se acababa y que en cualquier instante alguien cruzaría la puerta del dormitorio.

Pasó a la siguiente página y la revisó todavía más rápido, dejándose más información tal vez importante por el camino. Cogió el último folio que estaba redactado hasta más o menos la mitad de la página y lo miró con desánimo. Volvió a mirar a la puerta y a doña Rosario. El corazón le latía a toda velocidad y la intuición de que alguien entraría en ese instante era cada vez mayor.

Con un movimiento inesperado, introdujo todos los documentos excepto la carpeta que sostenía en la mano dentro del cajón del escritorio.

Leyó el penúltimo párrafo más despacio que los anteriores, pero todavía demasiado deprisa para asimilar aquella información convenientemente. Pasó al último párrafo, pero se detuvo…

Regresó al penúltimo párrafo y vio un nombre completo que al principio había pasado por alto: «… Don Diego Carreño Vásquez, administrador de los bienes de doña Rosario de Bascuñana y Fontecha…».

Volvió a releerlo de nuevo, despacio, hasta el final del párrafo: «… Don Diego Carreño Vásquez, administrador de los bienes de doña Rosario de Bascuñana y Fontecha, tutelará el patrimonio familiar y empresarial de doña Rosario de Bascuñana y Fontecha mientras la heredera universal de los mismos, doña Buenaventura Campoamor de Bascuñana, no renuncie expresamente a ellos, personándose y expresándolo en documento oficial frente a nota…».

La puerta del dormitorio se abrió tan lentamente y sin hacer el menor ruido que Esperanza no se percató hasta que no vio dibujada en el suelo, sobre la alfombra persa, una sombra alargada y deformada que se hacía cada vez más grande.

Se quedó paralizada. Luego oyó que alguien suspiraba antes de entrar.

En el momento en el que aquella figura traspasó el umbral de la puerta con paso cansado, Esperanza empujó el cajón hacia dentro para cerrarlo. Hizo un ruido seco y la persona que estaba tras la puerta y que Esperanza no podía ver supo que, además de doña Rosario, alguien más estaba en aquella habitación.

Empujó la puerta y dio un paso al frente con más curiosidad que decisión.

Una figura pequeña y encorvada miró hacia Esperanza. La luz del pasillo iluminaba su espalda, pero su rostro permanecía en penumbra, aun así no le costó identificarlo, no tardó ni un solo segundo.

—¿Quién anda ahí? —dijo don Manuel con voz temblorosa.

Todavía sin sobreponerse a la sorpresa inicial, Esperanza dio un paso con las manos cruzadas sobre su regazo, sin atreverse a mirar hacia el escritorio donde había estado husmeando.

—Soy yo, don Manuel —susurró con el corazón saliéndosele por la boca.

—¿Usted? —replicó don Manuel haciendo gala de una consternación exagerada.

—He oído que doña Rosario tosía...

—Usted no debería estar aquí.

—Lo sé —se atrevió a decir Esperanza tras el desconcierto mutuo.

—¿Dónde está Sagrario? —preguntó moviendo la cabeza, como si buscara en alguna parte del dormitorio a la criada.

—Por eso vine...

Don Manuel la volvió a mirar con más detenimiento y luego sus ojillos recorrieron el espacio que había alrededor de Esperanza, como si tras su figura ocultara algo.

Esperanza avanzó despacio hacia el galeno y este retrocedió un paso, atemorizado. Se detuvo sorprendida.

Dio otro paso y don Manuel abrió los ojos como platos y dio un respingo.

—¡Váyase inmediatamente de aquí! —bramó con el brazo estirado señalando la puerta abierta. Doña Rosario gimió, parecía a punto de despertar.

—Pero doña Rosario necesita ayuda...

—¡Váyase! —insistió en un tono más bajo pero no menos enérgico, con los dientes apretados. Esperanza miró fugazmente el dedo índice que señalaba la puerta. Estaba temblando.

En ese momento, oyó pasos apresurados que descendían las escaleras.

Esperanza se deslizó al lado de don Manuel, que aguantaba la respiración con el rostro congestionado y la respiración ruidosa.

Los pasos se silenciaron de repente y Esperanza oyó un suave siseo por el suelo de madera del corredor. Casi se da de bruces con Sagrario, que respiraba entrecortadamente y llevaba su uniforme siempre perfecto bastante desaliñado en ese momento.

—Don Manuel, yo...

Don Manuel levantó la mano con ademán de que se abstuviera de continuar. Caminó resueltamente hacia el escritorio, donde el quinqué todavía emitía su suave luz gaseosa y amarillenta.

Esperanza cerró los ojos y se mordió el labio inferior.

Se detuvo y miró con detenimiento el escritorio, rastreando con sus ojillos de pequeño roedor cada centímetro del mueble.

No había nada sobre la superficie del escritorio salvo el quinqué, el tintero y unas cuantas cartas con el membrete de la casa, listas para ser enviadas. Lo mismo que Esperanza había encontrado.

Pero no era en eso en lo que don Manuel se fijaba, sino en la llave dorada que seguía puesta dentro de la cerradura del cajón que apenas un minuto antes Esperanza había cerrado cuidadosamente.

24

Todo se había acabado. Los esfuerzos por ayudar a doña Rosario habían resultado baldíos. Ahora ya no había nada que hacer. La despedirían inmediatamente y, cuando ella se marchara, nadie podría ayudarla.

—Por favor, Señor, ayúdame, ayúdame… —murmuraba Esperanza de rodillas frente a su cama con las manos cruzadas y apoyadas en la frente. Las lágrimas le corrían mejilla abajo estampándose en el suelo de cemento.

No quiso mitigar su dolor con silencio y el llanto se dejó oír como señal de su desolación.

—Señor, Señor…, necesito una señal…

Esperanza se sorbía los mocos sabiendo que su tiempo en aquella casa se agotaba con rapidez. Tal vez unas horas, o ni eso, tal vez minutos. No había tenido la precaución de preparar su equipaje, pero en realidad tampoco le preocupaba, con sus escasas pertenencias no tardaría ni cinco minutos en empaquetarlas.

—Tú eres esa señal —dijo la voz grave, serena y contundente.

Esperanza sacó la cara de entre sus manos cruzadas y miró con ojos arrobados de lágrimas de derecha a izquierda, sin mover la cabeza. Por un instante pensó que era el mismísimo Jesucristo quien le hablaba.

—No... —se lamentó con una nota de desesperación.

—Sí. Tú eres esa señal.

Esperanza hundió de nuevo su cara entre las manos, apretando con fuerza los ojos cerrados.

—¿Y qué haré una vez que esté fuera de esta casa? ¿Cómo voy a ayudar a doña Rosario? —murmuró con la voz amortiguada por sus manos.

—No puedes abandonar.

Esperanza siguió llorando. Intentó no escuchar la voz, pero cuanto más se esforzaba, más clara y nítida la escuchaba.

—Estoy harta...

—¿Harta de qué?

—Harta de todo —expresó con un nudo en la garganta—. No quiero seguir..., tal vez sea lo mejor.

—No hay salida. Este viaje no tiene marcha atrás, es siempre hacia delante...

—Sí, sí que puedo parar, yo...

Alguien llamó a la puerta con urgencia. Esperanza se sobresaltó y ahogó un grito. Antes de que pudiera siquiera preguntar, una voz categórica se alzó de entre el silencio.

—¿Con quién hablas? —preguntó Sagrario medio extrañada con un sesgo desagradable y cortante. Enseguida agregó—: Será mejor que bajes ahora mismo. El señor Carreño quiere verte en la biblioteca.

Esperanza imaginó que Sagrario abriría la puerta sin permiso, como era de esperar según su carácter, pero no ocurrió nada.

El vestíbulo estaba sumido en un bosque de sombras y hacía frío. Fuera, la lluvia acosaba Campoamor en un intento imperecedero de traspasar sus muros. La puerta de la biblioteca estaba cerrada y Esperanza no se atrevió a abrirla, pero tenía que ser fuerte y enfrentarse a su destino. Lo cierto era que no quería hacerlo. No por miedo a las represalias, ni por miedo a quedarse en la calle. Al parecer, todo su futuro se resumía en ese instante.

Tocó con los nudillos la puerta.

El fuego crepitaba en el hogar y, junto a una serie de velas instaladas en algunos candelabros, era la única fuente de luz en el interior. Diego Carreño estaba de espaldas, volutas de humo plateado ascendían tímidamente por encima de su figura.

Don Manuel estaba más cerca de la chimenea. Se encontraba con las manos en los bolsillos en una postura como a la espera, mirando con ojos inexpresivos el fuego amarillento y rojizo que se reflejaba en sus gafas redondas.

Carreño se dio la vuelta al tiempo que Esperanza cerraba la puerta tras de sí. Sostenía un cigarrillo que en ese momento se llevaba a la boca y dio una profunda calada para, a continuación, arrojarlo al fuego.

Don Manuel giró el cuello y miró a Esperanza sin cambiar apenas su expresión. A Esperanza se le antojó más viejo que de costumbre. La observó sin parpadear. Carreño retiró su mirada de Esperanza, era como si no quisiera ser él quien tuviera que tomar esa clase de decisiones y lo hiciera con pesar.

—Esperanza —dijo—, acérquese.

Avanzó unos pasos y se detuvo a una distancia que los separaba unos tres metros.

—¿No tiene nada que decir? —preguntó Carreño en tono neutro.

Esperanza sintió cierto desánimo. Don Manuel parecía contener su ira mientras observaba ensimismado arder el fuego.

Comenzó a frotarse las manos nerviosa. Carreño dirigió una mirada a sus manos y luego a sus ojos. Don Manuel lo imitó casi al mismo tiempo.

—Esperanza —le urgió el administrador.

—Yo oí un ruido. Creí que doña Rosario estaba en peligro —dijo sin convencimiento.

—¿Qué clase de ruido?

—Pues... de doña Rosario. Estaba tosiendo, tosía muy fuerte y yo estaba preocupada por ella —dijo recordando que esa fue la explicación que dio a don Manuel cuando irrumpió en el dormitorio.

—Sagrario afirma que no oyó ninguna tos.

Cómo iba a oírla...

—Eso fue lo que creo que oí.

Don Manuel cambió de postura, mostró una expresión de impaciencia. Volvió a mirar el fuego y, sin apartar los ojos, preguntó:

—¿Y qué hizo para remediar la tos de doña Rosario?

—¿La tos?

—Sí, la tos. Usted afirma que ese fue el motivo por el que se dirigió al dormitorio de doña Rosario.

—Cuando entré, se había calmado —dijo sin dejar de mirar el perfil del médico.

—Claro —murmuró don Manuel después de hacer un gesto que revelaba una sonrisa taimada.

—¿No hizo nada más, Esperanza? —intervino antes de que don Manuel pronunciara la última sílaba.

—No.

Don Manuel suspiró. Golpeó con su zapato el suelo con impaciencia. Parecía a punto de decir algo categórico, pero, como si una circunstancia mayor se lo impidiera, calló en el último instante.

Carreño la miró de hito en hito durante un largo rato y luego movió la cabeza hacia un lado, como buscando a don Manuel.

—No estoy seguro de que esté diciendo toda la verdad, Esperanza —dijo Carreño.

Aquella insinuación le dolió.

—Yo… —se apresuró a añadir, pero inmediatamente se calló. En su cerebro se formó un pensamiento: «…Sé lo que traman».

—¿Sí? —dijo don Manuel de improviso, girando apenas su cuerpo, que continuaba frente al fuego.

Esperanza quiso continuar y decirles aquello que tanto querían oír.

¿Qué quieren que les diga? ¿Que lo sé todo? Sí, todo. Que quieren acabar con doña Rosario y quedarse con todo su dinero. Que toda esta farsa es por dinero…

—Yo solo quiero lo mejor para doña Rosario.

—Y nosotros —afirmó, como si pensar lo contrario fuera todo un ultraje—. Todos nosotros. Don Manuel, Agustina y yo. Doña Rosario ha sido y es como nuestra madre. Sin ella, Dios sabe dónde estaríamos. Ella lo sabe y nosotros le debemos lealtad.

Esperanza esbozó sin querer una mueca de ligera incredulidad. Carreño frunció el ceño.

—Esperanza, usted es una recién llegada. Permítame decirle que no conoce a doña Rosario, ni lo que ocurre en esta casa. Apenas lleva unas semanas aquí.

—Yo nunca he hecho nada que pudiera perjudicar a la señora…

—Entiendo su preocupación y sé que, a pesar de su juventud, es una persona responsable, pero no puede hacer lo que le dé la gana.

—Pero…

—No, Esperanza. Existen unas normas. Normas que hay cumplir y nadie se las puede saltar a la torera. ¿Tengo que recordarle su situación?

—No… —atinó a murmurar Esperanza con el corazón encogido. Sin duda, la actitud beligerante de Carreño le dolía más que cualquier otra cosa.

—Pues entonces haga exactamente lo que se le ordena y no se confunda. Que doña Rosario le tenga aprecio no le otorga el derecho de desobedecer y cuestionar continuamente las órdenes.

Esperanza estaba tan consternada que no tenía fuerzas ni para emitir una mínima protesta. Tras varios segundos en los que nadie dijo nada, Esperanza consiguió reunir algo de fuerza para, al menos, asentir.

—Sí, señor.

Carreño asintió con la cabeza, como si celebrara a su pesar que la bronca hubiera tenido el efecto deseado. Obvió mirar a Esperanza y pareció debatirse en una lucha interna.

—Está bien. Váyase a su habitación y no salga salvo para ir a la cocina a almorzar o cenar.

Esperanza hizo una reverencia todavía demasiado afligida. Dio media vuelta casi tambaleándose y abandonó la biblioteca en silencio.

Después de que cerrara la puerta, el sonido de la lluvia y el crepitar del fuego se instalaron como ruido de fondo. Don Manuel cogió el atizador de su soporte y golpeó ligeramente los troncos, que se deshicieron en trozos más pequeños. Los esparció con el resto de rescoldos concentrado en esa tarea.

—No hemos solucionado nada —dijo sin apartar sus ojos del fuego, esparciendo las brasas.

Carreño le daba la espalda y continuaba mirando inexpresivamente la puerta por donde, apenas unos segundos antes, Esperanza se había marchado.

—No podemos hacer gran cosa.

—Sí podemos —dijo don Manuel sonriendo. Luego miró la espalda de Carreño como si tratara de ver en su interior—. Te estás volviendo muy blando y esa chiquilla nos va a complicar la vida.

Carreño se dio la vuelta y se dirigió a don Manuel mientras observaba el fuego.

—No puede saber lo que ocurrió.

—Acabará por averiguarlo. Cada día estoy más convencido de que lo hará.

—Es imposible.

—No lo es y tú lo sabes, y entonces ¿qué haremos? ¿Cómo lo solucionaremos? Recuerda: nadie debe saberlo y ella es una extraña, pero no es una extraña cualquiera.

—¿Acaso te lo crees? Tú eres el que siempre lo ha tenido todo atado y bien atado. No pensaba que creyeras en supercherías.

Don Manuel movió la cabeza.

—Esto no tiene nada que ver con supersticiones, ¿no te das cuenta? Poco a poco va descubriendo cosas que llaman su atención.

—De ahí hasta llegar a la verdad…

Don Manuel suspiró.

—No sé qué ha descubierto, pero intuyo que sabe algo.

Carreño interrogó a don Manuel.

—Entonces, ¿qué sugieres que hagamos? ¿Lo mismo que con Buenaventura?

—Eso depende —dijo don Manuel tras meditar unos segundos.

Carreño volvió la mirada al fuego, que había menguado considerablemente. Solo unas llamitas oscilaban mortecinas en el hogar, ofreciendo una luz que apenas daba para iluminar la estancia.

Don Manuel dejó el atizador en su lugar. Se frotó los dedos para eliminar algunos restos de ceniza y, después, se sacudió las manos. Cogió el abrigo y el sombrero que estaba apoyado en el brazo de un sillón orejero que tenía al lado y se dispuso a marcharse. Al pasar al lado del administrador, se detuvo y le obsequió una mirada de interés.

—A veces me pregunto de qué lado estás.

Don Manuel hizo una mueca mientras daba vueltas al sombrero entre sus manos blandas y arrugadas.

—Para bien o para mal, estamos juntos en esto. Ya sabes por qué lo hacemos. Y recuerda que todo fue idea tuya. Ahora no hay marcha atrás.

—Sé demasiado bien cuál es mi posición y responsabilidad. Y no tienes por qué preocuparte. Cumpliré mi parte.

Don Manuel se puso su sombrero y se acarició con ambas manos la visera; se dirigió a la puerta, la abrió y salió en silencio. Carreño siguió contemplando lo que quedaba de fuego hasta que se extinguió unos minutos más tarde.

25

De lo que antiguamente había sido una próspera mina que había enriquecido a sus propietarios ya solo quedaba un gran edificio en pie que en su interior presentaba un aspecto comparable al estómago vacío de una ballena moribunda. Una gran nave vacía, con enormes ventanales pegados uno junto a otro. Gran parte de los cristales había desaparecido con los tiempos de bonanza y el viento aullaba en la nave solitaria. La niña se abrazó a sí misma para acallar los susurros de su corazón. Atravesó la nave. Todo el suelo estaba cubierto de basura, escombros, cristales rotos, maleza…, apenas se vislumbraba el suelo original, que estaría bajo toda aquella inmundicia.

Salió al exterior por el otro extremo con una sensación de desánimo instalada en la boca del estómago. Desde hacía varias horas presentía que todo aquello no serviría para nada.

Pasó por el lateral de otro edificio, más pequeño que el anterior y que tenía aspecto de haber sido utilizado como oficinas. Casi pegado a este edificio se encontraba lo que quedaba de la torre de extracción, apenas unas cuantas traviesas retorcidas. Se acercó hasta la entrada a la mina y se asomó a un boquete por el que ascendía una suave y fría corriente.

Se apoyó en uno de los travesaños corroídos y miró a la negrura del pozo; en el centro del mismo una cadena, también herrumbrosa y de pesados eslabones, colgaba silenciosa.

—Está ahí —murmuró con voz apagada. Luego se llevó la mano a la boca tratando de evitar que de su boca escapara un gemido. Sus lágrimas brotaron—. ¿Está ahí? —levantó la voz, dirigiéndola hacia el pozo, pero todavía demasiado débil para que nadie que estuviera allí dentro la pudiera oír—. ¿Está ahí? —gritó con más fuerza.

El eco de su voz bramó desde el fondo del pozo con una fuerza y nitidez que la asustó.

Miró entonces al cielo, la lluvia seguía cayendo y la tarde se disipaba con rapidez. Giró sobre sus talones y entró de nuevo en la nave que había atravesado para llegar hasta allí. Miró aquí y allá, cogió algo metálico del suelo, lo observó brevemente y lo arrojó de nuevo.

Corrió hacia el final de la nave. En la pared y sobre lo que quedada de un juego de mosaicos que parecían fuera de lugar, había un banco de trabajo. No había ninguna herramienta ni nada que se le pareciera, solo restos metálicos y de madera inservibles.

De repente, fue consciente de que el tiempo se le acababa. Miró a través del hueco donde antaño había cristales hacia el edificio más pequeño. Deshizo sus pasos corriendo y a punto estuvo de tropezar con lo que quedaba de una mesa.

Entró en lo que desde el principio siempre había presumido que serían las oficinas. Más ventanas con los cuarterones sin cristales, allí la vegetación había tomado posesión del lugar y una mesa de escritorio permanecía rodeada por todos los lados por frondosos helechos de un verde brillante. Abrió los cajones y los cerró de nuevo, estaban vacíos. Se fijó en un armario con las puertas cerradas, pegado a la ventana que ofrecía una vista de la torre descabezada. El armario también estaba vacío. Cerró la puerta de un portazo y gruñó cada vez más desesperada.

Salió corriendo de la oficina y alcanzó la entrada del pozo. Lo miró brevemente. Las nubes pasajeras teñían el ambiente de un color azul mortecino, cada vez menos intenso.

Levantó la cabeza y observó detenidamente el recorrido de la enorme cadena hasta ver cómo se perdía en el fondo. Miró brevemente la cadena y se encaramó a ella como un mono a una liana. Sus pequeños pies encajaban perfectamente entre los eslabones.

Y allí encaramada, bamboleándose ligeramente, percibió el batir de unas alas y un graznido anunciando su llegada.

Lo buscó con la mirada y allí estaba, encaramado orgullosamente en lo más alto de la torre, recortado contra el cielo como si formara parte de aquella construcción maldita y agonizante. El cuervo se agitó tratando de eliminar el agua que se había acumulado sobre su plumaje y miró con ojos brillantes y desafiantes a la niña. Y así estuvieron los dos mirándose por espacio de un minuto. Tras eso, la niña comenzó a descender lentamente hacia el fondo del pozo mientras sus demonios empezaban a despertarse.

26

Reprimió un grito y entonces se despertó. Todo estaba oscuro y no sabía dónde se encontraba. Luego escuchó el ruido del agua golpeando los cristales. Parpadeó varias veces y se quedó mirando la ventana. Parecía que la lluvia caía constantemente sobre aquella casa y que esta se encontraba en un lugar muy apartado. Tanto que nadie sabía de su existencia.

Nadie iba a la casa, que ella supiera. Nadie visitaba a doña Rosario. Al menos, ella no había visto a nadie merodeando por los alrededores, salvo a la señorita Agustina, Carreño y don Manuel, de los que, aunque no los veía, oía las pisadas y, lo que más la inquietaba, los cuchicheos conspirativos.

A veces eran pausados y sibilantes. Otras denotaban urgencia y a veces se tornaban en una discusión dialéctica que, por el tono, encerraba una inquietud que la sobrecogía.

Sagrario, Balbina y Florián eran como un recuerdo lejano. Desde el altercado en el dormitorio de doña Rosario, no había vuelto a ver a ninguno de ellos.

Por orden de la señorita Agustina, bajaba a la cocina para desayunar, almorzar o cenar a unas horas que el ama de llaves le había indicado que debía cumplir y así lo había hecho, hasta ahora.

Ni la propia Balbina se encontraba en la cocina cuando Esperanza acudía puntual para saciar el poco apetito que tenía.

¿Se habrían marchado todos?

Era muy extraño, sin duda.

La comida siempre estaba dispuesta en la mesa, para un comensal y caliente. Aunque no tenía mucho apetito, trataba siempre de acabársela. Y aunque estaba sola, parecía como si ojos invisibles la observaran. Luego regresaba a su habitación como le habían ordenado, con la esperanza de tropezarse con alguien en alguna ocasión, por desagradable que fuera.

Y así permanecía recluida en su dormitorio todo el día.

«¿Por qué?», era la pregunta que se hacía constantemente.

¿Por qué la retenían en esa casa, si en realidad era un estorbo a sus planes?

Sería muy fácil prescindir de ella. Bastaba con que Carreño, que al parecer era quien sobre el papel estaba a cargo de Campoamor, y no solo administrativamente, decidiera un día que su función, dada la actual situación de doña Rosario, era irrelevante y, por tanto, totalmente prescindible.

Tal vez tenían miedo a doña Rosario en el fondo y no querían contradecir sus deseos. Pero lo cierto era que doña Rosario vegetaba y pasaba todo el tiempo durmiendo. Dada su situación, les hubiera sido muy fácil hacerle creer cualquier cosa que le hubieran dicho.

O tal vez no querían dejarla marchar por miedo a que contara todo lo que estaba sucediendo allí.

Pero ¿quién le haría caso a ella?

No era nadie, solo una pueblerina pobre y sin familia a la que nadie en Santamaría de la Villa conocía y a la que, por supuesto, no darían crédito alguno.

Entonces, ¿por qué la retenían?

No podía responder a esa pregunta y eso la martirizaba constantemente.

Tal vez tenían preparado algún terrible plan para ella una vez hubiera acabado aquello. Porque estaba claro que no querrían testigos incómodos ni dejar cabos sueltos.

Y todo por una cuestión de dinero.

Dinero, sí. El dinero era el móvil en la mayoría de los asesinatos que se cometían en el mundo.

Todos ellos rondando como buitres alrededor de la señora en espera de que muriera.

Tal vez por ese motivo doña Rosario le pidió que buscara a su hija. Porque ella era la única persona que echaría a perder todos aquellos horripilantes planes, pero ¿dónde estaba?

Si tuviera la más mínima oportunidad de encontrarla, toda aquella pesadilla desaparecería y esa gentuza daría con sus huesos en la cárcel.

Tenía que hacer algo y lo tenía que hacer en ese momento.

Eso era precisamente lo que esperaban, que se mantuviera al margen de brazos cruzados, asistiendo muda al cruel desenlace. Y lo peor de todo era que finalmente, cuando hubieran concluido, se desharían de ella.

Como tal vez hicieron con Buenaventura.

¿Quién preguntaría por ella? Nadie.

Un frío gélido recorrió su columna vertebral como las corrientes que atravesaban aquella casa.

—No pueden hacerlo…

—Lo harán, no te quepa la menor duda —dijo la voz.

—Es inhumano…

Se negó a creerlo.

—Tienes que encontrarla. Buenaventura es la única prueba que echaría a perder todos sus planes.

—No sabría por dónde empezar…

—Para empezar, tienes que descubrir quién es D.

Esperanza miró al techo, a un lugar indeterminado.

—¿Y si D. es Diego, Diego Carreño?

—Podría ser, pero también podría ser otro hombre…

—No estoy tan segura. —Negó sacudiendo la cabeza.

—Todo ocurrió ese día, el día del que te habló el viejo Tobías.

A su cabeza regresó el momento vivido en el bosque, cuando estaba con doña Rosario. ¿Aquella escena que imaginó ocurrió realmente? Sin duda, aquel lugar estaba plagado de energía negativa y posiblemente era la clave de todo.

—¿Crees que sabrá algo más de lo que parece?

—Oh, sí, claro que lo creo y mi instinto me dice que vio algo, algo que no puede contar o que simplemente, aunque lo hiciera, nadie creería.

Esperanza reflexionó y asintió levemente.

—Ahora lo veo todo claro, ellos la están envenenando lentamente para que parezca muerte natural. Y cuando eso ocurra, se acabó.

—No tengo tiempo —susurró.

Nadie contestó.

Esperanza se volvió y miró a su alrededor.

—¿Es eso lo que piensas? ¿Que debería haber actuado antes?

Silencio.

Miró en derredor y se abrazó a sí misma como si, de repente, hubiera sentido frío y una voz interior le preguntara hasta cuándo estaría escondiéndose de sí misma.

Acto seguido, abrió el armario y cogió su capa, se la puso y salió de la habitación sin antes preguntarse si alguien la estaba vigilando o no al otro lado de la puerta. Por primera vez desde que llegó a Campoamor, le trajo sin cuidado.

Los caballos estaban en silencio y tranquilos. No había ni rastro de Florián, a pesar de que los animales parecían atendidos y la cuadra estaba en perfecto orden. Una joven yegua moteada con manchas que parecían de café con leche derramado sobre su lustroso cuerpo se agitó excitada cuando Esperanza se acercó a ella.

La yegua miró alternativamente de un lado a otro y Esperanza la tranquilizó acariciándole el morro y susurrándole palabras agradables. El animal piafó y observó con detenimiento a aquella muchacha menuda, que no era más que una chiquilla, pero que sabía perfectamente cómo tratar a un animal.

Mientras Esperanza le colocaba la silla de montar y ajustaba la cabezada y las cinchas, informaba a la yegua de lo que iba a acontecer en breves instantes. Todo eso ayudó definitivamente a que se sintiera segura y dejara que la chica la montara.

Salió del establo llevando a la yegua por las riendas, pero antes miró a su alrededor. No había nadie y aquella falta de actividad la puso nuevamente nerviosa.

Se subió a la yegua con soltura y con pericia la guio por el caminillo de grava que se extendía frente a la gran casa y que estaba flanqueado por enormes árboles centenarios que algún remoto antepasado de los Campoamor hiciera plantar a saber cuándo.

—Y ahora, vamos a hacer el menor ruido posible —murmuró. El animal asintió como si la hubiera entendido y caminó despacio sin aspavientos y haciendo poco ruido. Mientras sus cascos crujían sobre la gravilla, un cuervo negro se posó en lo más alto de la puerta de entrada y allí se quedó, observando cómo Esperanza y su joven yegua se acercaban a la salida.

No se cruzó con nadie. Ni una carreta ni un carromato. Ni un granjero. Nadie durante todo el trayecto hacia el viejo puente de piedra. Era cierto que aquella zona era poco transitada, ya que conducía al corazón del bosque y a la vieja mina abandonada de Alonso de Santacruz. Seguramente los lugareños, que eran bastante supersticiosos, evitarían en lo posible aquella parte del bosque, augurando que los viejos fantasmas rondarían cerca en espera de cobrarse una nueva alma con la que alimentarse.

En todo momento, la yegua se había mostrado dócil y predispuesta; sin embargo, al traspasar el bosque, comenzó a inquietarse. Aquella quietud parecía sobrenatural y, a cada paso que daban, era como si entraran en un territorio del que no podrían escapar jamás.

Y como el animal, Esperanza también lo percibió.

Al llegar al viejo puente de piedra, se levantó una ligera brisa que agitó las ramas de los árboles y las hojas desperdigadas por el suelo oscuro danzaron como papeles de confeti en una celebración siniestra.

Parecía como si el bosque estuviera encolerizado.

—Tú también lo has notado, ¿eh?

La yegua miraba a su alrededor y se mostraba cada vez más alterada. Esperanza trataba de tranquilizarla, acariciándola en las crines y susurrándole palabras apaciguadoras al oído.

—No nos hará nada. No tengas miedo.

La yegua se tranquilizó al fin. Esperanza esperó pacientemente, sin perder de vista el puente, que, silencioso pero en cierta manera amenazador, esperaba que se acercaran como si de una gran trampa se tratara.

—Vamos allá —susurró Esperanza con un atisbo de inseguridad.

La yegua puso sus cascos sobre la superficie curvada del puente y lentamente lo cruzó midiendo sus pasos. Llegaron al camino que se perdía en el bosque a ambos lados y que iba paralelo al río, parecía más oscuro y tenebroso.

Miró el lado de la izquierda, a apenas unos diez o doce metros quedaba oculto entre miles de ramas que se entrecruzaban.

Sus peores recuerdos se revelaron en ese instante, cogiéndola desprevenida. Mostrándole un pasado doloroso.

—Nadie atraviesa esa parte del bosque, señorita —dijo una voz profunda surgida de la nada que sonó fantasmal.

Esperanza se sobresaltó y la yegua se irguió, cabeceó y buscó, como ella, la voz en alguna parte del bosque. Una figura grisácea se dibujó poco a poco surgiendo del lado opuesto del camino. Esperanza se limpió con el dorso de la mano las lágrimas que no había podido contener, mientras intentaba que la yegua se tranquilizara.

—Dicen que las almas de los mineros muertos vagan por ella. El vivo que estima su vida se mantiene bien lejos, señorita —sentenció Tobías finalmente mientras dejaba que la escasa luz que se colaba por entre las ramas lo alejara de las sombras. Mascaba con una sonrisa a la vez que mondaba algo y arrojaba al suelo las cáscaras después. Era diminuto, castañas, nueces u otro fruto seco, dedujo Esperanza.

—¿Usted cree en fantasmas, Tobías?

—Claro que creo, señorita. Estos bosques están llenos de ellos. Yo los veo a menudo y le juro sobre la tumba de mi madre que no tienen buenas intenciones. —Se llevó a la boca otro fruto seco y arrojó las cáscaras mientras se reía—. Pero al que más hay que temer es al diañu.

—En estos bosques, ¿no?

Tobías asintió.

—Claro, señorita, el diañu se puede convertir en lo que quiera para engatusar a sus víctimas. En un pobre animal descarriado o en una persona que le conozca bien a uno.

Tobías se acercó a la yegua y le ofreció una castaña. El animal no puso ningún reparo al ofrecimiento y comió con avidez. Tobías sonrió de nuevo y le acarició el morro como solo una persona que conoce bien a los animales puede hacer.

—Puede venir con zalamerías y cuando se confía…, ¡zas!, mostrar su verdadera cara, que no es agradable. Otra táctica que tiene es dar lástima, señorita. Eso no falla.

—¿Usted lo ha visto?

—Oh, sí que lo he visto. —Se rio—. Pero me he cuidado bien de que él no me viera a mí, no tengo ganas de que me lleve con él; no, señorita.

Esperanza miró a Tobías durante un largo instante y luego observó las ramas, los troncos quebrados y las hojas del suelo, que componían un extraño y bello, aunque inquietante, tapiz.

—¿Eso fue lo que cree que le pasó a la hija de doña Rosario? ¿Que se la llevó adoptando la forma de alguien en quien ella confiaba?

Tobías se rio, siguió acariciando a la yegua y le ofreció otra castaña.

—Es usted muy lista, señorita.

Esperanza no dijo nada.

—Seguro que ellos la han subestimado, ¿a que sí? —Y rio con una de sus características risas bobaliconas.

—Yo creo que algo parecido le pasa a usted, Tobías.

El viejo no dijo nada. Parecía que se le habían acabado los frutos secos, ya que se apartó de la yegua y se sacudió las manos. El animal miró el movimiento de sus manos curtidas, entendiendo que el pequeño festín había concluido.

—Yo de usted no andaría por ahí husmeando, no es cosa suya, señorita.

Esperanza escrutó al viejo Tobías con detenimiento. Luego sonrió.

Tobías miró hacia el camino que trabajosamente discurría junto a la ribera del río. El corazón comenzó a latirle con fuerza. Intentó permanecer lo más entera posible.

—Ellos se citaban aquí, era su lugar secreto…

Esperanza desvió sus ojos hacia el viejo Tobías. Él sonreía enigmáticamente mostrando sus escasos dientes podridos y sus rosadas encías.

—Estoy segura de que los vio juntos a los dos alguna vez aquí.

—Si le contara todo lo que estos ojos han visto…

—Ya sabe a qué me refiero.

Tobías se quitó la boina y se rascó una maraña de escaso cabello gris claro apelmazado para, a continuación, volverse a colocar la boina en su lugar.

—Los vi. Pero ellos no sabían que estaba aquí.

El viejo apartó la mirada de Esperanza sin dejar de emitir aquella sonrisa enigmática.

—¿Cree que estaban enamorados?

El viento se levantó de nuevo y las hojas volvieron a danzar, formando remolinos multicolores.

—Yo no entiendo mucho de amores, señorita. Solo soy un pobre viejo que lo único que quiere es que lo dejen en paz, ya me entiende.

—¿Era alguien de Campoamor? —preguntó Esperanza pensando en todo momento en Carreño.

El viejo Tobías negó con la cabeza.

—Ya le hubiera gustado a alguno, ya.

—¿Era alguien de Santamaría de la Villa?

—Claro. Era un rapaz del pueblo.

—Necesito saber quién es. Quizá él sepa dónde está ella.

Tobías se rio como si Esperanza hubiera dicho una estupidez.

—No creo que los encuentre, ni a él ni a ella. Ya le digo que se la llevó el diañu.

—¿No vive en Santamaría?

Tobías negó con vehemencia, sacudiendo la cabeza.

—Dicen que marchó a los madriles, otros dicen que a hacer las Américas, tantas cosas se dicen…

—¿Y esto lo saben en el pueblo?

Tobías miró de derecha a izquierda encogiendo el cuerpo, como si de repente alguien pudiera estar escuchando, y susurró:

—En Santamaría, la gente va a lo suyo; ya sabe: ver, oír y callar.

Instintivamente, Esperanza miró a su alrededor. La imagen de Buenaventura con una enorme capa granate cubriendo su cuerpo y surgiendo de un manto de densa niebla se perfiló frente a ella como surgida del fondo de un sueño.

—¿Usted vio lo que sucedió?

—No, señorita —contestó sin pensar—. Ese día yo andaba en la feria de ganado. Traen bestias de los alrededores. Es la feria más grande de cuantas se celebran en Asturias, ¿sabe usted, señorita?

—Entonces, ¿cómo supo que había ocurrido algo aquí?

—Porque uno no es tonto del todo…

Esperanza negó sin entender y Tobías chasqueó la lengua antes de proseguir. Luego miró de nuevo de derecha a izquierda, se puso la mano a modo de protección frente a oídos indiscretos y se acercó un poco más a Esperanza.

—Me encontraba yo por una de las callejuelas cuando casi me atropella la tartana de don Manuel. Si me descuido, me aplasta los pies…

—¿Quiere decir que tenía prisa?

—Mucha, mucha prisa, sí… —murmuró a la vez que una risa ronca se mezclaba con sus últimas palabras—. ¿Y a que no sabe lo mejor de todo? —soltó de improviso.

Esperanza se limitó a esperar la respuesta en silencio.

—Que el señor Carreño también iba con él —afirmó—. Iban con prisa, sí, y llevaban la cara más blanca que una pared recién encalada.

Esperanza se quedó pensando durante unos segundos; finalmente preguntó:

—¿No sabe adónde se dirigían?

El viejo negó un par de veces con la cabeza.

—Esa vez no, señorita. Pero luego pasaron aquí mucho tiempo.

—¿Dónde?

—Aquí mismo, señorita. Se lo estoy diciendo —enfatizó con los brazos abiertos mirando el suelo que le rodeaba.

—El señor Carreño y don Manuel pasaron mucho tiempo aquí, dice usted.

—Hablaban entre ellos mucho y el corrigüela les señalaba aquí y allá.

—¿Quién?

—El Florián, señorita.

—Ah.

—Parece que buscaban algo, digo yo.

—Pero ellos no le vieron a usted, ¿verdad?

—No. Ellos no saben mirar en el bosque, no verían ni un zorro muerto delante de sus narices.

Esperanza miró con atención al viejo Tobías.

—Y no sabe de qué hablaban.

—No. Pero desde aquel día la señorita ya no volvió más por aquí y luego me enteré de que el hijo de la Daniela se había marchado de Santamaría.

—El hijo de la Daniela...

—Sí, el rapaz.

—Y usted asegura que desde entonces no ha vuelto a ver al... hijo de la Daniela por Santamaría.

—Ni yo ni nadie.

—Sería buena idea hablar con ella. —Dejó escapar ese pensamiento por la boca.

El viejo Tobías se mantuvo a la expectativa.

—¿Dónde puedo encontrarla? A Daniela, la madre de ese joven.

—Tienen una vaquería a las afueras de Santamaría, por el camino del Regajo, el que lleva al convento de las carmelitas. Recuerdo que el zagal conducía el carro, llevando leche, manteca y quesos *p'arriba* y *p'abajo*.

Esperanza asimiló aquella información con avidez e inmediatamente fue consciente de que el tiempo se le agotaba. Azuzó a la yegua, giró las riendas con intención de marcharse.

—Gracias por todo, Tobías.

Tobías se cogió la gorra por el dorso e hizo un gesto de despedida a la vez que sonreía.

—A mandar, señorita.

Cuando Esperanza enfilaba hacia el puente para cruzarlo, se detuvo y murmuró mientras parecía rebuscar en su cerebro.

—Una última pregunta, Tobías…

—Usted dirá, señorita.

—¿Recuerda el nombre del hijo de Daniela?

—Esa pregunta es muy fácil, señorita. Se llama como su madre, pero en rapaz, porque si no sería una rapaza, ¿comprende?

Esperanza asintió lentamente de nuevo y luego sonrió a Tobías.

—¿Sabe usted, Tobías, qué es una caja de sorpresas?

—Lo sé, señorita. Lo sé —dijo Tobías a la vez que volvía a saludar cogiéndose el dorso de la gorra y mostrando sus carnosas y rosadas encías, que destacaban en su cara cubierta por una barba gris y descuidada.

27

Atravesó Santamaría de la Villa a la grupa de la yegua, mientras una lluvia pertinaz obligaba a sus habitantes a guarecerse a regañadientes en sus casas. Estos se malhumoraban no por la lluvia, a la que estaban más que acostumbrados, sino por el cruel juego de la naturaleza que les proporcionaba algunas horas de brillante sol y cielo azul descubierto para asediarlos otra vez con una nueva e ingente cantidad de lluvia, que solapadamente tenía la intención de cubrir de agua aquella pequeña población rural hasta la torre del campanario.

Lo cierto era que esa misma lluvia fue oportuna para Esperanza, que no quería ser reconocida por ningún habitante del pueblo. Cruzó la curvada explanada donde estaban ubicados la plaza del mercado, el ayuntamiento y el colmado de Isaías, a quien descubrió en la puerta de su local observando la lluvia caer con gesto somnoliento y con las manos dentro de los bolsillos de su guardapolvos. Con lo observador que parecía ser, Esperanza ladeó la cabeza para el lado contrario, por si la capa y la gran capucha no eran suficientes para hacerla pasar desapercibida a sus ojos bien entrenados.

La vaquería a la que Tobías se había referido estaba al final de un camino terroso rodeado de hierbajos, tejos y algún que otro castaño. En lo alto de una meseta, pudo ver la figura grisácea y aislada del convento de carmelitas que Tobías había mencionado.

Conforme fue ganando terreno oyó el mugido de las reses y el ocasional tañer de los cencerros. Una voz masculina autoritaria exclamaba algo ininteligible que el ruido de la lluvia distorsionaba.

El camino terminaba frente a lo que parecía la casa principal. Una construcción de una planta que daba a entender que sus habitantes no ponían especial empeño en cuidarla. Se imaginó a los vaqueros como gente que dedicaba todo su empeño a sacar adelante el negocio, sin tiempo para detalles tan fútiles como el cuidado de la propiedad. Bastante era si tenían un techo donde cobijarse y dormir para, al día siguiente, continuar con un ciclo que solo se detenía cuando la enfermedad o la muerte se cruzaban en su camino.

Esperanza dejó el caballo atado a un tablón que pertenecía a una tosca construcción hecha de madera sin más pretensión que otorgar un mínimo cobijo y se dirigió hacia donde el ruido del ganado se hacía más intenso. La puerta estaba entreabierta y Esperanza vio una nave alargada de paredes macilentas y sucias donde las vacas permanecían en sus cubículos a la espera de ser ordeñadas.

El pasillo principal estaba cubierto de heno pisoteado y barro y la luz apenas entraba por unas cuantas ventanas, pequeñas y cuadradas, que estaban situadas casi a ras de techo.

Al final de la nave, Esperanza vio una figura moverse que les hablaba a los animales con actitud monótona.

Se aproximó con cautela al hombre de mediana edad, que no se había percatado de su presencia todavía.

Caminó más despacio para que al hombre le diera tiempo a verla llegar. Cuando estaba a cinco o seis metros, el hombre, entregado a su labor, se dio cuenta de la presencia de la chica. No hizo ningún gesto o aspaviento.

El granjero la volvió a mirar, pero no prestó especial atención. Siguió a lo suyo, aunque dejó de hablar al ganado. Era un hombre alto y fuerte. Le brillaba la calva, tenía unas cejas muy pobladas y llevaba sobre la comisura un cigarrillo que se había apagado.

—Buenos días —murmuró Esperanza con una sonrisa forzada que sonó lastimosa.

El granjero apenas movió la cabeza en señal de saludo, decidido a seguir ignorándola.

—¡Cómo llueve!

El granjero levantó la cara y miró directamente a Esperanza con manifiesta desconfianza. Se incorporó. Llevaba un cubo colgando de una de sus manos y pasó por delante de ella como si su labor no pudiera detenerse ni un solo instante.

Esperanza siguió con la mirada al vaquero, que abrió el pestillo de una cuadra individual, se acercó a una enorme vaca de color caramelo y se perdió por el fondo del estrecho reducto.

—¿De dónde vienes, rapaza? —preguntó por fin. Esperanza casi no le entendió, por lo hosco de su forma de hablar.

—De Santamaría.

—Conozco a todo el mundo en Santamaría —replicó el vaquero con la voz forzada, como si estuviera haciendo un esfuerzo.

Esperanza asintió, no podía ver al hombre, solo a la vaca en primer término, que permanecía tranquila y que la miraba con curiosidad.

—He llegado hace poco.

El vaquero salió del cubículo llevando el cubo. Se limpió el sudor de la frente con el dorso de su mano enorme y encallecida. Sin mirarla, pasó a su lado y se fue en dirección contraria.

—Si buscas trabajo, aquí no tenemos nada para una rapaza como tú; como mucho necesitaríamos a un hombre, aunque tampoco es el caso.

Esperanza vio cómo se alejaba, parecía que tenía intención de salir por una puerta que estaba situada a la izquierda, en mitad de la nave.

—Gracias, pero ya tengo trabajo —dijo, aunque no pudo evitar pensar en el poco tiempo que le duraría—. Estoy buscando a su hijo Daniel.

El vaquero se detuvo en el momento preciso que cogía la manivela para salir al exterior. Se volvió a secar el sudor con el dorso de la mano.

Esperanza lo observó. El vaquero se quedó pensativo y parecía que había pospuesto sus planes de abandonar aquel recinto.

—¿Qué quieres de mi hijo? —preguntó todavía sin dejar de secarse un sudor de seguro ya inexistente.

—Necesito hablar con él.

Finalmente, el vaquero desistió y miró por primera vez a los ojos a Esperanza.

—¿Por qué querrías hablar con él?

Esperanza no dijo nada. Se limitó a caminar despacio hacia el hombre. Este esperó pacientemente a que la chica se acercara.

—Estoy en la casa Campoamor, cuidando a doña Rosario. Soy su dama de compañía y necesito hablar con él de su hija.

El vaquero hizo un gesto de extrañeza con la cabeza. La giró con rapidez, como si hubiera oído algún ruido en alguna parte. Luego miró fugazmente a Esperanza y retiró inmediatamente su vista para posarla en la manivela que aún sujetaba.

—Mi hijo se marchó. Ya no vive en Santamaría.

Esperanza asintió, pues preveía esa respuesta.

—¿Puedo localizarlo en algún lugar?

El vaquero agachó la cabeza y estuvo callado durante un largo rato, luego negó con la cabeza.

—No, no puedes.

Abrió la puerta con decisión y abandonó la nave. Esperanza se quedó allí y no supo qué hacer durante los siguientes segundos. Luego avanzó lentamente por entre las vacas, que mugían a su paso, con el pensamiento vacío y salió al exterior. No había reparado en una mujer que había estado observando la escena desde las sombras. Una vez que Esperanza salió del edificio, la mujer desapareció por una puerta.

Caminó como una autómata hacia la yegua que esperaba paciente bajo el sombrajo mientras algunos chorros de agua se colaban por los incontables sumideros perforados en el techo. Cogió las riendas que había atado al tablón y, con la mirada perdida, se subió al animal. Fue un momento extraño, porque no sabía qué hacer ni adónde ir. Levantó la mirada y entonces descubrió a una mujer que la observaba bajo el umbral de la puerta principal del cobertizo. Esperanza la miró con extrañeza y así estuvieron varios segundos. Esperanza se bajó de la yegua, la cogió y tiró de ella suavemente. Fue hasta la mujer, que no apartaba sus ojos de ella. Era una mujer de cabello oscuro, ojos verdes y rostro bello que el trabajo duro había embrutecido. Cuando Esperanza se colocó frente a ella, notó que la observaba con suspicacia.

—¿Por qué buscas a mi hijo? —preguntó la mujer. Su voz era sonora y bien modulada.

Esperanza decidió que no podía mentir a aquella mujer.

—Es por Buenaventura, la hija de doña Rosario.

—Sé quién es —replicó cortante. Luego se instaló en un extraño silencio—. Solo eres una niña —dijo de repente la mujer, acto seguido acarició la cara de Esperanza. Sonrió con tristeza.

—Ella está buscando a su hija. Se está muriendo y quiere verla una vez más.

La mujer apartó la mano de la cara de Esperanza y frunció el ceño al levantar la vista y mirar hacia el cielo plomizo.

—Pues lo siento por ella.

Esperanza escuchó y luego asintió.

—¿Podría hablar con él?

La mujer negó.

—No creo que te pudiera ayudar, él no sabe nada.

—Solo necesitaría preguntarle un par de cosas.

La mujer dejó de mirar al cielo y concentró su atención en los ojos de Esperanza.

—Creo que ya nada tiene solución.

—No se lo contaré a nadie, tiene mi palabra. Solo quiero ayudar a una mujer moribunda.

Aquellos ojos verdes se abrieron y escrutaron los de Esperanza, como intentando ver más allá de los mismos. Negó.

—Todo lo que rodea a esa familia está envuelto en misterio, muerte y desolación. —La miró fijamente y le apretó el brazo—. Harías bien si te marcharas de allí.

—Ahora no puedo, tengo que cumplir la promesa que le hice.

—Te arrepentirás.

Dicho eso, se giró y se internó en el cobertizo. Esperanza fue consciente en ese momento del ruido que hacían los animales en el interior. Vio la figura de aquella mujer fundirse con las sombras e, inmediatamente después, desaparecer. Miró a la yegua, que la observaba en silencio y que parecía entender perfectamente su desazón. Se subió al animal. El agua resbalaba por el lomo de la yegua. Esperanza la acarició y le susurró palabras de aliento con la promesa de que, a su llegada, estaría caliente y comería hasta hartarse.

La yegua sorteó los charcos más profundos sin prisa, cabizbaja y con el agua resbalándole ternilla abajo.

Esperanza miraba la cortina de agua con ojos inexpresivos y entonces oyó un chapoteo de pisadas sobre el barro a su espalda. Giró la cabeza y se apartó un trozo de tela de la capucha para ver el camino.

La mujer de ojos verdes caminaba con paso apresurado, cubriéndose con un abrigo que sujetaba con ambas manos sobre su cabeza para protegerse de la lluvia. Llegó con pasos cortos y seguidos hasta donde Esperanza aguardaba. Cuando se detuvo al fin, a un metro escaso de la yegua, el animal sacudió la cabeza para eliminar el agua acumulada. La mujer miró a Esperanza con una mezcla de súplica y miedo contenido.

Esperanza no dijo nada ni hizo ademán alguno.

La mujer estiró la mano derecha hacia Esperanza, en ella había un papel arrugado y mojado que había llevado prendido mientras sujetaba el abrigo sobre su cabeza.

—De nada servirá si te digo que no continúes con esto. Todos los que entran en su mundo acaban atrapados, pero algo me dice que puedo confiar en ti. ¿Puedo hacerlo?

—Sí, señora.

La mujer le entregó un papel doblado tres veces. Lo cogió y lo protegió de la lluvia bajo su pálido y pequeño puño. Asintió sin ser capaz de decir nada. La mujer asintió más como un reflejo, se giró y regresó a la vaquería con paso deliberadamente lento y zancadas irregulares. Esperanza vio a la mujer desaparecer tras una gran encina que, desde esa posición, ocultaba la entrada de la casa. Apretó el puño que contenía el papel y, con un leve estirón de las riendas, la yegua caminó sobre sus pasos alejándose de la vaquería.

28

Un par de niños delgados como palillos jugaban sin miedo bajo la enorme tromba de agua que azotaba las calles de Santamaría de la Villa. Uno de los niños corría pegado a la pared sin apartar los ojos de un barco de papel, que atravesaba con rapidez el pequeño riachuelo que se había formado y que conducía hasta la plaza del mercado. El otro niño se entretenía con el cuerpo inerte de una rata muerta. Con un palo alargado y puntiagudo, se lo clavaba al cadáver con insistencia y saña, en espera de que algo fuera de lo común sucediera.

Bajo el soportal que rodeaba el recinto público, Esperanza meditaba mientras examinaba el papel que aquella mujer le había entregado hacía poco menos de una hora.

Se había mojado y los números que estaban escritos apresuradamente se habían cuarteado peligrosamente, algunas cifras no estaban del todo claras y Esperanza temió que esa pequeña pero fortuita desgracia le impidiera ponerse en contacto con una de las pocas personas que podría darle alguna pista sobre el paradero de Buenaventura. Así que se aprendió aquel número de memoria por lo que pudiera pasar.

No podía regresar a Campoamor, tenía que hacer la llamada desde algún lugar del pueblo. De camino allí pensó que la mejor opción —la única que se le ocurría— era el teléfono que Isaías poseía en su colmado.

Tampoco sabía cómo abordar aquella situación ni qué decirle al tendero. Pensó en varias opciones y ninguna le pareció ni mínimamente convincente.

Volvió a remirar el papel mojado y suspiró por enésima vez. Levantó la cabeza al oír uno de los niños que trataba de llamar la atención de su amigo que al parecer se encontraba inmerso en otros menesteres.

Abrió la puerta de la tienda de ultramarinos de Isaías. Estaba vacía y no había ni rastro del tendero. Los precios resaltaban sobre sus productos, escritos con tiza blanca en unas tablillas negras con largos y exagerados caracteres. El silencio era sobrecogedor y Esperanza oteó por entre los innumerables artículos de alimentación, aperos para la agricultura y utensilios ganaderos varios. En uno de los extremos del establecimiento también había un estrecho mostrador, que hacía las veces de despacho de correo, donde la clientela habitual podía enviar cartas y paquetes certificados.

—Pero, rapaza, ¿tú sabes la que está cayendo? —dijo una voz procedente de algún rincón oscuro.

Esperanza dio un respingo y miró a su alrededor en busca de la voz, que se le antojó ligeramente burlona.

—No me digas que te han mandado con este tiempo —dijo la voz, que parecía viajar y moverse conforme iba pronunciándose—. Vamos y vamos.

La última palabra surgió de entre un montón de cajas de hortalizas que estaban colocadas una encima de la otra, formando una singular columna de cajas de madera.

Isaías se detuvo al lado de las cajas apiladas y miró a Esperanza con una exagerada expresión de no dar crédito. Meneó la cabeza con pesar.

—Buenas tardes, don Isaías —murmuró Esperanza con una voz excesivamente atiplada para, a continuación, toser.

—Anda, quítate eso que vas a coger una pulmonía de padre y muy señor mío —dijo Isaías acercándose a Esperanza. Miró el suelo en torno a ella y volvió a sacudir la cabeza—. Y no te muevas de donde estás, que encima me vas a llenar la tienda de barro.

—No se preocupe por mí, iba para Campoamor y he parado un momento… —Volvió a toser. Intentó detener la tos, pero esta se volvió persistente.

—Esa tos no me gusta un pelo… y con lo flaca que estás, a ti te da un patatús y te me quedas más tiesa que un pajarico. Desde luego es que no sé dónde tenéis la cabeza la juventud.

—Tiene razón, don Isaías. Me he confiado con el tiempo.

Isaías chasqueó la lengua a la vez que meneaba la cabeza.

—Anda, anda, trae y dame eso, neña, que ahora, a mis años, por lo visto también tengo que hacer de buen samaritano.

Isaías le cogió la capa de fieltro encarnado, que pesaba terriblemente a causa del agua que había acumulado—. ¡Jesús, María y José! —exclamó mientras se llevaba la capa. Se giró levemente y, con un movimiento de cabeza, dijo—: Pero no te quedes plantada, que ahí poco te vas a secar tú.

Esperanza siguió a Isaías hacia la trastienda. Un lugar cuadrado y de reducidas dimensiones, donde una estufa negra de hierro irradiaba un agradable calor, mientras se oía algún que otro chisporroteo en su interior.

Isaías colocó una silla de anea y puso la capa apoyada en el respaldo contra la estufa. Apartó la silla a un lado e invitó a Esperanza a que ocupara un lugar frente a la misma.

—Muchas gracias, don Isaías —dijo Esperanza sin poder evitar que los dientes le castañetearan.

Isaías se giró y sacó de la nada algo que humeaba y que olía a canela y ligeramente a azúcar que reposaba sobre un plato hondo.

—Ale, coge un boniato, que los acabo de hacer. Esto viene de categoría con este tiempo. No tengo chocolate, pero sí achicoria, que, aunque recalentada, entra que da gusto.

—No se tome tantas molestias conmigo, don Isaías.

—Qué molestias ni qué ocho cuartos… Coge uno, anda.

Esperanza cogió uno de los tubérculos asados que desprendían calor al contacto. Le quitó la corteza, que en algunas partes se había chamuscado, y lo mordió con delectación.

—Está muy rico.

—Te voy a traer una taza de achicoria calentita y ya verás cómo eso es mano de santo… Pensándolo bien, le voy a echar un chorrito de 103, que es lo mejor de lo mejor para prevenir catarros y pulmonías.

—Como prefiera, pero usted no se moleste por mí, que con esto me apaño.

Isaías se levantó con un gemido quejumbroso.

—Voy a subir a mi casa. Está aquí mismo —señaló el techo—. Tardo lo que tarde en calentarse y ya, de paso, le echo un ojo a mi señora madre, que estos días anda un poco pocha con lo de su gota. Y ahora encima la pobre está perdiendo la cabeza y veo que no me hago con ella. —Chasqueó la lengua y meneó la cabeza—. En fin, tendremos que apechugar con lo que Dios nos mande, qué remedio nos queda.

—Muchas gracias, don Isaías. Si quiere, mientras tanto puedo echar un ojo a la tienda.

—Sí, a ver si te crees que todo el mundo está tan loco como para salir con este tiempo. Si cerrara, no te creas que perdería mucho… —Miró a Esperanza con el ceño fruncido—.

Lo único que me podría entrar sería alguna rapaza flacucha que no anda bien de la azotea. —Esperanza se encogió de hombros mientras mordisqueaba el boniato—. Pero sí te lo agradezco. Por lo menos que no se me cuele un rapaz y me haga algún estropicio, que estos de doña Remedios son de la piel del demonio.

—No se preocupe, don Isaías.

—Y come, neña, come otro más si te apetece, que me da coraje verte así.

—Sí que cogeré otro. Están muy ricos —dijo, a continuación agarró otro boniato y sopló para que se enfriara mientras miraba con ojos de cordero degollado al tendero.

Isaías emitió un largo suspiro y salió de la pequeña habitación. Esperanza lo oyó alejarse y luego abrir y cerrar una puerta. Dio otro bocado y se acabó el boniato. De buena gana se habría comido el que acababa de coger, pero no había tiempo para eso.

Un relámpago iluminó el interior de la tienda que, al parecer, permanecía constantemente en penumbras y, a los pocos segundos, bramó un trueno. Esperanza tenía la mirada perdida y la mente vacía. Entonces enfocó la vista en un aparato de color negro que colgaba de la viga de madera que tenía enfrente y que recordaba de su primera visita: Isaías atendiendo una llamada de teléfono mientras no perdía ripio de lo que acontecía en su colmado.

Lo miró fijamente, pero sin pensar en nada en concreto. Pasaron varios segundos. Introdujo la mano en el bolsillo de la capa mojada y sacó el papel arrugado. Leyó el número que estaba escrito y que la humedad había diluido convirtiendo los trazos en líneas finas y cuarteadas que se desdibujaban, aunque ya se lo sabía de memoria.

Volvió a mirar el teléfono. Y luego miró a la puerta.

Se mordió el labio superior y balanceó ligeramente su cuerpo de atrás adelante, pensativa. Volvió a mirar a la puerta y se levantó decidida.

Cogió el teléfono y lo descolgó. Volvió a mirar más allá de la puerta de entrada. La lluvia golpeaba el suelo de la plaza. Colgó el auricular. Se mordió de nuevo el labio superior. Apretó los párpados y abrió los ojos. Descolgó el auricular y se lo puso a la oreja.

Bajó la horquilla que sujetaba el auricular un par de veces, esperó un rato y oyó una voz al otro lado:

—Operadora, ¿con quién quiere hablar?

Esperanza le dio el número y la voz le dijo que esperara.

Al cabo de varios tonos de espera, una voz femenina se oyó al otro lado. Esperanza se maravillaba de poder hablar con alguien que estaba a cientos de kilómetros de allí.

—¿Dígame?

—Buenas tardes —dijo Esperanza con voz temblorosa, agarrando el auricular con fuerza y temiendo que en cualquier momento apareciera Isaías.

—Buenas tardes, ¿qué desea?

—Verá…, me gustaría hablar con Daniel. —Se arrepintió de no conocer el apellido del supuesto amante de Buenaventura.

—¿Daniel? —dijo la voz extrañada—. ¿Qué Daniel?

—Es muy importante que hable con él —insistió con los dientes apretados, mirando la puerta y con todos sus sentidos concentrados en cualquier ruido o movimiento que pudiera perturbar el silencio.

—Creo que se ha equivocado —dijo la voz resuelta.

—Pero… —Esperanza cogió el número de teléfono y lo remiró, como si haciéndolo pudiera surgir la respuesta que buscaba.

—Lo siento, no puedo ayudarla.

—Tengo que hablar con él, es un caso de vida o muerte…

—Le digo que se ha equivocado…

En el exterior se oyó un ruido de cascos de caballos que surgía de entre el rumor de la lluvia.

Esperanza miró en dirección al ruido aunque hubiera de por medio una pared amarillenta de la que colgaba un calendario con la imagen de un santo con gesto beatífico.

Uno de los caballos relinchó y oyó una poderosa voz de hombre.

Cuando quiso darse cuenta la voz de la mujer a través del teléfono había desaparecido. Miró el auricular con extrañeza y lentamente colgó.

Salió de la trastienda y vio los contornos oscuros de los productos de la tienda de Isaías. Avanzó en la oscuridad hasta que pudo ver las cuatro ventanas que daban a la plaza. Oyó el ruido de cascos sobre el empedrado, pero no vio ningún caballo.

Se acercó sigilosamente, pegada a las cajas, sacos y estanterías que se encontraban por todas partes.

Vio entonces a un hombre subido a un caballo. Llevaba un sombrero calado y una larga capa negra que cubría todo su cuerpo.

Apareció entonces otro jinete. Este llevaba una gorra calada que conocía perfectamente, además de una capa empapada que brillaba por el efecto del agua.

Era Florián, el mozo de cuadras.

El otro jinete miró en dirección a la ventana donde se encontraba Esperanza y esta se retrajo, a punto de derribar unas cajas que estaban colocadas precariamente.

—He visto a alguien ahí dentro —dijo la voz del otro jinete, al que Esperanza también conocía perfectamente.

Diego Carreño.

Se llevó una mano a la boca y una sensación de pánico se apoderó de ella.

Florián se aproximó a Carreño y se agachó para mirar mejor, este se acercó a la fachada del colmado, despacio.

Florián miró hacia su derecha como si algo hubiera llamado su atención y, lentamente, se alejó en esa dirección.

—Esta yegua... la conozco —dijo el mozo de cuadras, surgiendo su voz de algún lugar indeterminado.

Esperanza abrió los ojos como platos y se apretujó, buscando cobijo en la oscuridad. Miró a su alrededor.

Pasaron unos largos segundos. No oía ni el ruido de los caballos ni a los hombres, solo la lluvia caer. Era como si de repente hubieran desaparecido.

La voz del administrador quebró el silencio:

—¿Isaías?

La voz sonó cavernosa, poderosa. Esperanza no se atrevió a mover ni un solo músculo de su cuerpo.

Oyó entonces unas pisadas pesadas sobre el suelo de madera.

—¿Isaías? ¿Está usted ahí?

Las palabras sonaron muy cercanas. Esperanza dedujo que a unos tres metros, tal vez menos, de su posición.

Súbitamente, se encendió una luz amarillenta al fondo de la tienda. Esperanza miró hacia la débil luz y no pudo evitar dejar escapar un gemido de sorpresa.

Oyó el ruido de las botas de Carreño y un roce, probablemente de su capa mojada sobre alguno de los cajones de fruta o verdura.

Una puerta se abrió en algún lugar, probablemente la puerta por la que minutos antes había desaparecido Isaías que comunicaba, como había asegurado, con su casa en la planta de arriba.

—¿Isaías? —insistió Carreño avanzando hacia la luz.

Esperanza se quedó completamente quieta y vio cómo Carreño pasaba a su lado sin verla.

Apretó su puño contra su boca y se mordió los nudillos con fuerza. Sintió una lacerante sensación de dolor agudo.

—¿Sí? ¿Quién anda ahí? —contestó la voz cautelosa de Isaías, que a continuación cerró la puerta.

Una apabullante sensación se apoderó de Esperanza. Su cerebro se encontraba colapsado y se negaba a reaccionar.

Dio un paso al frente con rapidez, saliendo de las penumbras y plantándose en medio del pasillo. No había nadie frente a ella. No quiso mirar atrás.

Salió corriendo en dirección a la puerta. Sus pasos rápidos sonaron como tableteos sordos sobre la madera desgastada.

La puerta estaba abierta de par en par, pero la golpeó al salir con la mano izquierda.

—¿Esperanza? —gritó desde el fondo del almacén. La voz se oyó lejana, pero no lo suficiente.

Esperanza salió de un salto al exterior. El caballo de Carreño estaba atado a una columna. El agua caía con fuerza e inmediatamente golpeó con saña su cuerpo flaco.

—¡Esperanza! —gritó de nuevo corriendo tras ella.

Florián surgió por la izquierda, sobre su caballo y llevando por las riendas la yegua que Esperanza había montado hasta hacía unos pocos minutos. Se limitó a observar a la chica atravesar la plaza.

—¡Cógela! ¡Cógela! —ordenó Carreño al mozo de cuadras.

La yegua de Esperanza relinchó y protestó levantando las patas delanteras. Florián miró alternativamente a Esperanza y al animal desbocado, profiriendo maldiciones y exclamaciones ahogadas.

Esperanza cruzó la plaza y salió a una calle estrecha que zigzagueaba hacia abajo. Saltó unos grandes escalones mientras oía las voces y relinchos. Giró a la izquierda y luego a la derecha de nuevo, hasta encontrarse en una calle o más bien una hendidura extremadamente estrecha, tanto que no podría pasar por allí una persona adulta entrada en carnes.

Se pegó a la pared y avanzó de lado. El agua la alcanzaba con chorreones que la aguardaban traicioneramente.

Salió a una calle más amplia que, como casi todas las de Santamaría, se encontraba en pendiente. La calle en realidad era un camino transversal que delimitaba el casco antiguo de una zona de parcelas dispuestas de manera desigual que conformaban un mosaico disperso y caótico.

Miró de derecha a izquierda y entonces decidió avanzar por el camino que a priori complicaría más a sus perseguidores: a través de las parcelas.

Oyó a Florián azuzar a su caballo, pero no supo por dónde venía.

Saltó un muro bajo de piedra y entró en un patio, donde algunas gallinas corretearon al ver a la intrusa. Miró a su alrededor y comprendió que estaba atrapada. Saltó el muro que tenía a su derecha. Bajo este había un pequeño terraplén por donde el agua se escurría lentamente. Bajó dando traspiés. Abajo había un grupo de yeguas que, amarradas, soportaban la lluvia bajo un precario techo hecho de madera podrida. Pensó en coger uno de aquellos animales asustadizos y utilizarlo en su huida. Se acercó a los animales, los miró fijamente e intentó concentrarse en cómo salir de allí.

El caballo que Carreño montaba se sacudió el agua que lo asediaba. El administrador chistó irritado al animal, sin apartar sus ojos de todo lo que tenía enfrente: el grupo de parcelas que eran como una enorme barricada infranqueable. Florián se acercó trabajosamente con la gorra completamente empapada, apretando los dientes y haciendo un gesto de negación.

—No tiene que andar muy lejos…

—Eso ya lo sé —replicó Carreño malhumorado.

Un silbato rompió el silencio y Carreño parpadeó tras varios segundos. Intentó averiguar dónde podría haberse escondido. No muy lejos, como había asegurado Florián, sin duda. Pero dónde.

De nuevo el silbato sonó. Acto seguido, alguien gritó a voz en cuello. Carreño frunció el ceño sin entender.

Además, sonaba como un ruido mecánico de una máquina al ralentí que se mezclaba con el de la lluvia. Prestó mayor atención.

—¿Qué…? —murmuró mientras buscaba el origen del ruido de aquella máquina.

Una nube de humo blanco purísimo se elevó por entre los tejados bajos y los árboles. Era como la erupción de un pequeño volcán.

Vio la pequeña emisión de humo blanco moverse lentamente, al compás de un suave traqueteo.

Algo oscuro, casi negro apareció de repente por entre el hueco de las casas y tejados. Desapareció y volvió a aparecer, moviéndose lentamente hacia la derecha.

El traqueteo se hizo más rítmico y sonoro. De repente, una locomotora surgió donde las casas y tejados desaparecían para dejar paso a las parcelas en las que los granjeros cultivaban la tierra a la vez que criaban animales de granja.

La locomotora avanzó cada vez más rápido, llevando su cargamento de vagones de hierro negro y madera rojiza. No eran muchos y pronto se perdió por la derecha, justo al atravesar un grupo de largos cipreses que resistían, desde quién sabía cuándo, los envites de la naturaleza.

Carreño observó el último vagón desaparecer y, después de suspirar, comprendió que debía dar por concluida aquella persecución.

Con paso tembloroso, Esperanza recorrió el estrecho pasillo del último vagón de aquel tren con destino desconocido. El suave traqueteo fue adquiriendo ritmo poco a poco hasta alcanzar una velocidad más o menos estable. Se abrazó a sí misma, pensando que de un momento a otro se desmayaría si no entraba en calor inmediatamente. Los dientes le castañeteaban mientras decidía si ir hacia delante o si quedarse allí plantada.

Por entre las ventanillas que unían un vagón con el otro, vio una gorra negra o azul marino bajo un rostro severo, bigote de morsa y ojos lánguidos y cansados tras unas gafas redondas. Era el revisor, que cumplía con su labor en el vagón anterior al que se encontraba ella.

No creyó que la fueran a echar del tren con aquel tiempo. En el mejor de los casos, la apearían en la siguiente parada sin dar parte a la Guardia Civil.

Fuera, la lluvia seguía cayendo implacable sin visos de aflojar. Dentro, se oían todo de tipo de ruidos de procedencia humana: ancianos tosiendo, niños llorando, mujeres de mediana edad quejándose por lo que tenían que soportar, etcétera.

El revisor abrió con estrépito la puerta del vagón sin apartar su vista de un papel que llevaba en las manos. Antes de que levantara los ojos del documento y la pudiera descubrir allí, Esperanza entró en el primer compartimento que encontró a su izquierda.

Había ocho personas, todas sentadas y todas ellas meciéndose debido al movimiento del tren. Una anciana muy gruesa que poseía unos mofletes del tamaño de un melocotón maduro la miró con atención. Un hombre de mediana edad, ojos rasgados y barba de varios días que llevaba una gorra calada y un traje oscuro de labriego le obsequió con una mirada sin catalogar, que bien podría ser de indiferencia o de lascivia. Una madre que ocultaba su cuero cabelludo con un pañuelo negro iba con una cesta de mimbre sobre su regazo y un niño moreno y delgaducho que dormía con la cabeza apoyada en su hombro.

—Buenas tardes —atinó a decir Esperanza. Luego, miró sobre su hombro, cerró la puerta corredera y se quedó allí plantada abrazándose a sí misma y tiritando. No era consciente del penoso aspecto que ofrecía.

—¡Virgen de Covadonga, estás temblando como un flan, mocina! —dijo la anciana elevando su voz chillona.

Esperanza atinó a esbozar una mueca y a gemir. Si no se sentaba se desplomaría sobre sus piernas de un momento a otro.

El hombre miró a Esperanza y apareció en su rostro curtido una sonrisa perversa, como si disfrutara del sufrimiento de la chica.

—Ven aquí —dijo la anciana haciendo un gesto con su mano regordeta y golpeando suavemente un espacio disponible que había entre ella y la ventana—. Vamos, ven —insistió con el característico tono de una madre experimentada en tratar con jóvenes díscolas.

Esperanza avanzó despacio. El resto del pasaje miró su lento caminar.

—Siéntate, vamos, vamos —la urgió.

Esperanza asintió agradecida y se arrellanó en aquel estrecho pero suficiente espacio que además estaba muy caliente.

La anciana gimió de satisfacción y echó por encima de Esperanza una suave manta que la había estado cubriendo hasta ese momento.

—Chist… Cierra los ojos y duerme, no te preocupes por nada más.

Esperanza así lo hizo, no porque se lo ordenaran, sino porque ya no podía permanecer ni un minuto más con los ojos abiertos. Se cerraron como dos losas y todo el mundo, con frío o sin él, se desvaneció suavemente en un mundo de paz y tranquilidad.

29

La niña alcanzó la entrada a uno de los túneles auxiliares a escasamente unos seis metros del acceso al pozo. Estaba apuntalado y forrado por maderos redondeados en paredes y techo. La luz era gris y escasa, y se cuarteaba conforme avanzaba hacia el interior. La niña de ojos grandes y cabellos negros pensó que no podría avanzar mucho más sin perder por completo la visibilidad. Además, era cuestión de pocas horas, tal vez una, que la noche se echara encima.

A tientas, avanzó por el túnel, que tenía unas dimensiones de un metro setenta de alto por un par de metros de ancho, golpeando con el pie los raíles anclados al suelo. Viendo las fisuras de la madera, que en su mayor parte se encontraba podrida, le sorprendió que todavía pudiera servir en su labor inicial de sostener y apuntalar las paredes y techo del túnel.

Inesperadamente, el mundo se volatilizó bajo sus pies, como si una poderosa fuerza mágica hubiera hecho desaparecer el suelo.

Estiró los brazos. El izquierdo se golpeó con algo pétreo y cortante. La mano derecha se apoyó en una superficie lisa. La rodilla derecha se golpeó probablemente con una sólida roca.

Ahogó un gemido al mismo tiempo que sintió un dolor punzante en la rodilla. Movió los pies y estos bailaron en el aire. Todo estaba negro e imaginó en una fracción de segundo que aquello era una puerta que la muerte había dejado abierta para que entrara.

Agitó la mano izquierda en el aire y palpó una pared de piedra y rocas pura y sin desbastar. Hizo un recorrido hacia arriba con los dedos como si fuera una araña que trepase por una pared y tocó el suelo del túnel. Apoyó la mano, pero se resbalaba.

Estiró la mano sin parar de gemir y palpó algo frío y herrumbroso. Con los dedos fue ganando terreno hasta que ya por fin consiguió agarrarse con las dos manos.

Todavía tenía los pies colgando y los brazos le dolían terriblemente por los golpes recibidos, además de por soportar en aquella postura el peso de todo su cuerpo.

Algo se movió bajo sus pies, no cerca, era más bien como una suerte de presentimiento.

Un rumor extraño reverberó desde el fondo.

No pudo evitar girar la cabeza y tratar de ver a qué se debía aquel rumor que se volvía cada vez más insistente e inquietante.

Tenía que apoyar los pies, se dijo. Los movió y buscó con la punta de sus botas un saliente lo suficientemente sólido. Débilmente, apoyó la punta del pie derecho. Esto apenas alivió el esfuerzo que sus brazos estaban haciendo.

El rumor creció desmesuradamente. Era como un crujir incesante mezclado con miles de voces nerviosas hablando en susurros.

La niña movía la cabeza de derecha a izquierda, apenas veía más allá de su hombro.

El rumor se convirtió en estrépito y entonces algo la golpeó en la cabeza. Gritó. De nuevo algo más golpeó su pierna izquierda, luego su pie, luego su espalda.

Gritó y sintió pequeños aleteos por todo su cuerpo. Sus gritos fueron sofocados por el estruendo del batir de las alas de cientos de murciélagos que chillaban enloquecidos como una sola criatura.

El batir de alas, los chillidos y los ruidos se perdieron dejando atrás una estela de eco. La niña seguía gritando y agitaba su cuerpo en un inútil afán de protegerlo.

Cuando fue consciente de que los murciélagos se habían alejado, abrió los ojos todavía gimiendo y conteniendo un grito. Volvió a mirar a su alrededor, primero temiendo que regresaran y luego tratando de ver si la habían herido. Aparentemente, no tenía heridas, algún que otro rasguño provocado por las garras o por sus puntiagudas alas cartilaginosas.

—Agárrate fuerte…

La voz sonó débil, pero clara y nítida, y no parecía provenir de ningún lugar en particular, sino de todos a la vez.

—¡Padre! —murmuró la niña a la vez que agitaba la cabeza de un lado a otro, de delante atrás, intentando obtener el mejor ángulo de visión. Todos eran igual de deficientes.

Un bufido de cansancio y angustia surgió de las profundidades y todo parecía indicar que era el de un hombre.

—¿Está ahí?

Silencio.

La niña se agitó desesperadamente. Intentó buscar un lugar donde apoyar el pie e iniciar la bajada. Tanteó nerviosamente la pared y unas pocas piedras se desprendieron. La niña gritó y enseguida un gemido de dolor llegó desde el fondo.

La niña apretó los dientes de rabia e impotencia.

—¡Padre!, ¿me oye? ¿Está bien?

Un débil gemido.

La niña miró hacia arriba y luego abajo. No había lugar para la duda y no podía hacer otra cosa. Asintió convencida.

—¿Padre? Voy a sacarle de ahí. Aguante.

Y la niña comenzó a trepar hacia arriba.

30

Diego Carreño miraba el fuego danzar dentro del hogar de la biblioteca. Las llamas se reflejaban en sus ojos vidriosos como fulgurantes serpientes amarillas. Todavía tenía el cabello mojado y sentía que sus huesos no se habían acomodado aún al tibio calor de la biblioteca. El crepitar del fuego era el único sonido que oía a pesar de que había otra persona más cobijada entre las sombras. La señorita Agustina permanecía de pie con una expresión de desconcierto permanente. Era como si no fuera consciente de la presencia del administrador, como si fuera un fantasma que vagaba de habitación en habitación sin saber realmente dónde se hallaba.

La puerta se abrió y entró don Manuel con sigilo. Cerró con cuidado y se acercó a Carreño. Orientó sus pequeñas y poco trabajadas palmas hacia el fuego, que, además de un reconfortante calor, emitía el suave siseo que produce al apoderarse de algo.

—¿Duerme? —preguntó.

Don Manuel soltó un bufido que acompañó de una risa irónica.

—No hace otra cosa.

—No pensaba que acabaría así —dijo el ama de llaves, que estaba situada detrás de ellos; la luna proyectaba su luz sobre su espalda.

—La vida siempre acaba mal. La muerte no es plato de buen gusto.

Nadie dijo nada, todos compartieron un silencio que evidenciaba un nivel de compromiso tácito y mutuo sobre el que no eran necesarias más explicaciones.

—¿Entonces? —preguntó don Manuel mirando de soslayo a Carreño.

—Entonces, nada. Ha desaparecido, es posible que haya cogido aquel tren.

Don Manuel negó con la cabeza, como dando a entender que, si las cosas se hubieran hecho de otra forma, no estaría ocurriendo nada de lo que pasaba en esos momentos.

—No puedo entender cómo ha podido suceder. Prácticamente se nos ha escapado delante de nuestras narices.

—¿Adónde habrá ido? —preguntó la señorita Agustina con un tono de temor en su voz.

—No lo sé y, en realidad, no creo que importe.

Don Manuel lo miró con estupor.

—Vaya, eso es algo interesante y más teniendo en cuenta que puede, ni más ni menos, desbaratar nuestros planes.

—Es una chiquilla y está asustada —insistió Carreño.

—¡Y un cuerno! —replicó don Manuel elevando la voz, que sonó como un trueno en la habitación—. Ese es el maldito problema —prosiguió bajando el tono—. Que siempre has creído que era una mosquita muerta y que, en el fondo, no podía hacer nada de lo que pudiéramos arrepentirnos.

No respondió, se limitó a no dejar de mirar el fuego, como había estado haciendo desde que llegara.

—Don Manuel tiene razón —intervino la señorita Agustina—. Teníamos que haber evitado el riesgo cuando pudimos.

Carreño se giró de repente y miró con dureza al ama de llaves.

—¿Y no lo hicimos?

—Chist, no levantes la voz —le recriminó don Manuel.

—Ha sido un peligro que Satanás trajo a esta casa —siguió diciendo el ama de llaves. Luego miró directamente a los ojos a Carreño—. El demonio siempre utiliza a esta clase de figuras, a ojos del hombre, inofensivas. Es su manera de proceder.

—Solo es una chiquilla. Nada más.

Los ojos del ama de llaves se abrieron como platos.

—Pues ha demostrado ser una chiquilla muy valiente, ¿no te parece? —dijo don Manuel.

Carreño miró a don Manuel, pero no contestó nada. El ama de llaves le estiró del brazo. Sus ojos brillaban como luciérnagas en la oscuridad.

—Ninguna chiquilla puede esquivar a la muerte como ella lo hizo.

—Aún no puedo creer que fueras capaz de hacer algo así, fue algo…

—Eso ya no tiene importancia —intercedió don Manuel—. Ahora tenemos algo más importante de lo que ocuparnos. Tenemos que encontrarla antes de que sea demasiado tarde.

—Sí, tenemos que encontrarla, neutralizarla cuanto antes.

—Tú dices que no hará nada, pero ¿y si va a la Guardia Civil?

—¿Y qué va a contarles? No creo que la tomen en consideración, pero si llegaran a hacerlo, sería su palabra contra la nuestra… Además, no tiene pruebas de nada.

—Es una joven muy lista, ya lo ha demostrado, y no me extrañaría que consiguiera sacarse un as de la manga —dijo don Manuel con cierto temor.

—¡Tal vez deberíamos contar la verdad! —exclamó la señorita Agustina, que demostraba estar al límite.

Carreño y don Manuel la miraron al unísono.

—¿Ahora? Sabes que eso es imposible. Piensa en las consecuencias.

La señorita Agustina se apretaba las manos nerviosamente. Los músculos de su cara se tensaron dándole el aspecto de una máscara de carnaval.

—Iremos al infierno por esto…

—Puedes estar segura de que así será —afirmó Carreño.

—¡Ya basta! ¡Callaos los dos!

Las palabras de don Manuel retumbaron en las paredes oscuras de la habitación y, después, todo quedó en silencio. El rostro del médico estaba crispado y temblaba ligeramente, pero poco a poco recobró la compostura.

—Agradecería que, en lugar de lamentarnos, buscáramos una solución. Ya es tarde para arrepentirnos, hemos ido demasiado lejos y no hay marcha atrás. Tenemos que ocuparnos de la chica antes que nada; después, resolveremos los asuntos que atañen a nuestra conciencia.

—¿Por qué Dios habrá permitido que ocurra esto? —murmuró la señorita Agustina con la cara escondida entre sus manos.

—¿Cuánto crees que le queda? —preguntó Carreño sin hacer caso del comentario del ama de llaves.

—Es difícil saberlo, días, semanas… He consultado con un colega y no creo que pase de un mes.

—Esto es una locura…

—No si podemos evitarlo. Y debemos hacerlo, es nuestro deber.

Don Manuel observó detenidamente a Carreño, como evaluando su nivel de compromiso.

—Pero ¿y si la encuentra? —dijo entonces, después de un momento de reflexión.

—No la encontrará. Nadie ha podido hasta ahora. Solo tenemos que procurar mantenerla alejada de Campoamor y esperar a que doña Rosario muera.

—Lo tienes todo bien atado, ¿eh?

—En la vida, alguien tiene que tomar las decisiones importantes en momentos complejos. Es lo mejor que podemos hacer, dadas las circunstancias, y yo estoy plenamente convencido de mi labor… —Barrió con su mirada de abajo arriba a Carreño—. Y si tienes alguna clase de dudas, creo que este es el mejor momento para exponerlas.

Carreño había dejado caer sus hombros y parecía un hombre cansado y abatido.

—Creo que todo hombre tiene derecho a tener dudas, sobre todo cuando se enfrenta a algo de lo que no está seguro y no está plenamente convencido de si está obrando correctamente o no.

Giró la cabeza y miró a los ojos a don Manuel, que permanecía con las manos cruzadas sobre su regazo, devolviéndole una mirada cargada de suficiencia.

—¡Dios mío! —exclamó la señorita Agustina. Se apretaba las manos y parecía excitada. Se acercó hasta los dos hombres con la mirada puesta en el fuego.

—¡Él me ha enviado una señal!

Carreño miró a don Manuel. Por un momento, pareció reflexionar.

—Sí, claro, ¿cómo es que no he sido capaz de verlo? Estaba tan claro…

Los dos hombres compartieron una mirada cómplice que evidenciaba el mismo pensamiento.

—Lo he visto y sé adónde se ha dirigido…

—¿De qué estás hablando? —le preguntó Carreño incrédulo.

—De ella. Sé dónde está.

Volvieron a intercambiar otra mirada de desconfianza.

—Pensadlo, solo hay un lugar donde podría sentirse a salvo…

Don Manuel meditó las palabras de la señorita Agustina y abrió los ojos, y los movió de derecha a izquierda cuando cayó en la cuenta. Inmediatamente después, sonrió al comprender que ella misma había caído en la trampa sin proponérselo.

31

Un fuerte silbido la despertó. Sentía los ojos pegados y era incapaz de abrirlos. Oyó ruido de gente, pasos arrastrados y voces apagadas.

Finalmente, abrió los ojos muy lentamente. Sintió un leve escalofrío que le recorrió la columna vertebral. No pudo evitar bostezar y, a medio camino, se quedó con la boca abierta cuando todo su campo visual se llenó del rostro bondadoso de aquella anciana que la miraba con una sonrisa maternal.

—Sí que estabas cansada —dijo con una aguda voz melodiosa que se asemejaba al canto de una soprano de una ópera verista.

Esperanza asintió. Sin duda se sentía mejor.

—¿Dónde estamos?

—En Oviedo.

Los pasajeros del compartimento cogían con desgana sus equipajes y se arremolinaban en la puerta a la espera de salir.

—¿Tienes hambre? —preguntó la anciana a la vez que sacaba de la nada un trozo de pan con una rotunda tajada de tocino que sobresalía de forma generosa por los bordes.

En ese momento, le rugieron las tripas y la boca se le hizo agua.

La anciana la instó a que lo cogiera:

—Vamos, cógelo. Por lo que se ve, eres de ciudad, por lo delgada que estás. No estarías tan escuchimizada de vivir en el campo.

—Muchas gracias —dijo Esperanza al tiempo que cogía el pan con tocino y acto seguido se lo llevaba a la boca.

La anciana rio entre dientes a la vez que agitaba su cabeza con aquiescencia.

—¿Tienes a alguien aquí en Oviedo?

—Mi familia vive aquí —respondió Esperanza masticando un jugoso bocado que no tardó en ser tragado y que le supo como el mejor manjar que jamás había probado en su corta vida.

La anciana realmente disfrutaba de ver a Esperanza comer con tanta fruición. Esta notó entonces cómo la mano regordeta, suave y caliente de la mujer acariciaba la suya. Tenía el puño de la otra mano apretado y la instaba con un movimiento repetitivo a que abriera la suya.

Esperanza extendió la palma de su mano izquierda lentamente y la anciana dejó caer unos reales sobre ella. Esperanza frunció el ceño y se quiso negar, pero la anciana entonces cogió la mano de la muchacha y la cerró en torno a las monedas.

—Tendrás que coger el ferrocarril o el autobús de línea, o comprarte unos dulces, que no te vendrían mal.

—No puedo aceptarlo…

—Calla —la interrumpió con firmeza—. No digas tonterías y ahora cómete el bocadillo. ¿A que está rico?

—Mucho —afirmó Esperanza con un gran trozo de pan y tocino bloqueándole la boca.

La anciana asintió y miró detenidamente a Esperanza. Sus ojos pequeños, hundidos en la carne, repasaron las facciones de la niña.

—Mi hija Brígida tendría tu edad ahora si la maldita tuberculosis no se me la hubiera llevado… y mira que le recé a la Santina, pero nada.

—Cuánto lo siento.

La anciana movió la cabeza con pesar.

—Mira que era guapina y lozana, y lista. Era muy lista y le hubiese gustado ser maestra. —Después de un instante se mantuvo pensativa, probablemente recordando momentos felices junto a su hija—. Y a ti ¿qué te gustaría ser?

Tras unos segundos de reflexión, contestó:

—Me gustaría ir a América.

—¿América? Eso está muy lejos, mocina.

Esperanza se encogió de hombros.

—Mi padre habla mucho de América. Dice que allí puedes ser lo que quieras, si así te lo propones.

La anciana chasqueó la lengua con cierto disgusto.

—Pero ¿es eso lo que tú deseas?

Esperanza la miró intensamente a los ojos.

—Sí, eso es lo que me gustaría.

Salió a la calle. Un intenso manto de niebla cubría la ciudad y suavizaba el contorno de los edificios. Estos se asemejaban a enormes monstruos surgidos de algún mundo infrahumano. La gente caminaba en todas las direcciones, iban de un lado a otro. Una tartana arrastrada por un precioso caballo percherón que hacía sonar sus cascos sobre el suelo empedrado pasó cerca y se perdió de nuevo entre la niebla. Un camión hizo sonar su bocina para advertir a los viandantes de su presencia.

Esperanza abrió el puño derecho y vio los cuatro reales que aquella anciana tan bondadosa le había entregado en el momento en que un autobús de línea se detenía dando un frenazo que dejó un dibujo negruzco en el pavimento. Casi sin dar tiempo a que se subieran los escasos viajeros que esperaban, ya estaba tocando la bocina nerviosamente, amenazando con marcharse. Corrió hasta el autobús, donde sobre todo hombres se afanaban por subir y coger un buen asiento, que ya escaseaban a esas horas.

Aferrada a un pasamanos que colgaba del techo, Esperanza pensó en que no esperaba volver tan pronto a Oviedo. Ni hacerlo bajo esas circunstancias. En ese momento, y más que nunca, se sentía sola y triste, además de exhausta. No tenía adonde ir, salvo el lugar adonde se dirigía, como tampoco sabía qué debía hacer a continuación, pero desde luego, si había alguna persona que pudiera ayudarla, esa era doña Leonor.

La plaza de la Escandalera estaba repleta de gente a esas horas. Unos hombres, todos cubiertos con sus respectivas gorras bien caladas, hablaban entre sí con rostros circunspectos. Un hombrecillo dotado de gran bigote y delantal ajustado trataba de convencer a los niños —y sobre todo a sus niñeras— de que sus barquillos eran los mejores de todo Oviedo. Una pareja de novios cuchicheaba y miraba de reojo a un policía que paseaba con las dos manos a la espalda —en una de ellas agarraba su porra reglamentaria— y que no perdía detalle de cuanto ocurría en la plaza. Esa imagen típica de la ciudad le hizo olvidar momentáneamente los problemas de los que era incapaz de alejarse y se preguntó por qué ella no podía tener una vida como la de los demás.

Tras atravesar la calle de San Francisco, llegó hasta la plaza Porlier. Todo el bullicio de la plaza de la Escandalera se había diluido en un lúgubre paso de escasos caminantes cabizbajos.

Incluso el tiempo había cambiado rápidamente, como si Esperanza hubiera entrado en otra dimensión, tiempo y lugar sin darse cuenta. Un trueno bramó lejano anunciando que pronto se adueñaría de aquella ciudad.

Tomó una estrecha calle perpendicular a la plaza. Estaba totalmente desierta, a excepción de una única farola adosada a la pared de un edificio de dos alturas que poseía altas ventanas en sus dos pisos, fuertemente custodiadas por rejas de negro hierro que impedían tanto su acceso del exterior como cualquier intento de cruzarlas desde dentro.

Las contraventanas estaban cerradas a cal y canto y no existía resquicio alguno en ninguna de ellas. La puerta principal tenía el aspecto de ser tan inexpugnable como los sólidos muros de la edificación. Tocó el aldabón que colgaba de la puerta y se separó unos centímetros. Unos segundos más tarde, la puerta se abrió con estruendo, haciendo tintinear el aldabón. Una mujer de rostro pálido y alargado con ojos llorosos, que vestía un uniforme negro, se asomó con cautela al otro lado y se sorprendió al ver a Esperanza.

—Vaya, esto sí que es una sorpresa.

Esperanza asintió y movió la cabeza con nerviosismo, a la vez que dejaba entrever una mueca indolente.

—Buenas tardes, señora Flora, ¿puedo ver a doña Leonor?

La mujer observó a Esperanza de arriba abajo y, tras asentir un par de veces, se retiró para dejarle paso.

—¿No te dan de comer bien? —preguntó la señora Flora mientras caminaba por un pasillo lóbrego que, a su izquierda, daba a un patio porticado—. Si en el campo no comes como es debido, no sé dónde vas a hacerlo —concluyó con gesto cansado.

Esperanza iba a rebatir aquel comentario cuando la señora Flora se detuvo junto a una puerta y se giró, encarándose a Esperanza.

—Espera aquí un momento.

Acto seguido desapareció por la puerta, cerrándola después suavemente.

Todo estaba en silencio, pero algún sonido de puertas abriéndose y cerrándose surgió del piso superior.

El trueno que amenazaba convertirse en tormenta tomó posesión del cielo de la ciudad y descargó una intensa lluvia. Se preguntó dónde habría pasado aquella noche en caso de no acudir a aquel lugar.

Los goznes de una puerta chirriaron y luego alguien cerró una puerta en el otro extremo del pasillo. Esperanza miró con curiosidad hacia unos ligeros pasos que se deslizaban casi sin hacer ruido. Una sombra se proyectó en una de las paredes, desapareció y volvió a aparecer entre las columnas que flanqueaban el patio.

Esperanza no apartó sus ojos de la figura que surgió de las sombras vistiendo un uniforme negro con puños y cuello blanco. Era una chiquilla que destacaba por su corpulencia, entrada en carnes, con cabello rojizo muy rizado, de triste mirada azul alrededor de un sinfín de pecas arremolinadas en torno a sus ojos.

La muchacha se detuvo cuando fue consciente de la presencia de Esperanza. Abrió los ojos y sus pupilas se agrandaron. Contuvo un gemido.

—Hola —dijo Esperanza esbozando una mueca.

—Hola —murmuró mirando para otro lado. Inmediatamente después, se dirigió a Esperanza con repentino interés.

—Dijeron que estabas sirviendo en una casa grande.

Esperanza sacudió la cabeza.

—Más o menos, sí.

La muchacha pelirroja se apretaba las manos con evidente nerviosismo y no había variado ni un ápice su posición.

—¿Estás bien? —preguntó Esperanza.

—Sí —se apresuró a contestar—. Muy bien.

—Me alegro.

Parecía tener prisa, pero era como si algo le impidiera continuar su marcha. Tal vez la presencia de Esperanza.

En algún lugar, sonó una campana y una voz neutra y autoritaria ordenó que todas se marcharan a dormir inmediatamente.

—Tengo que irme a dormir…

Esperanza asintió.

—Lo sé.

Hizo un gesto inconsciente con las manos que delataba su inminente intención de cruzar el pasillo y pasar por su lado, pero permaneció sin moverse. Luego un amago de moverse y después comenzó a dar largos pasos hasta que llegó a la posición de Esperanza, que no se movió, aunque al pasar por su lado dio quizá inconscientemente un pequeño rodeo, evitando el contacto con Esperanza.

—Adiós —dijo Esperanza una vez que la había rebasado y, entonces, pareció caminar más resueltamente.

—Sí…, adiós —gimió la chiquilla pelirroja, apenas girando la cabeza.

Al girar la esquina, apretó el paso hasta convertirlo en una carrera. Luego, Esperanza oyó sus rápidas zancadas subir rápido por una escalera por la que ella había subido y bajado miles de veces.

32

Sentada en el borde de una cama, Esperanza bebía a sorbos pausados una taza de leche caliente. Llevaba el cabello mojado y una manta la cubría por encima de los hombros. La escasa luz de una vela hacía patente los vestigios de cansancio y agotamiento que había acumulado desde que había abandonado Santamaría de la Villa hasta su llegada a Oviedo.

—Me siento mucho mejor —murmuró Esperanza después de beber de la taza, que dejaba escapar el vapor del calor de su contenido.

Una mujer de unos sesenta años de figura alargada y en extremo delgada la observaba con una mezcla de compasión y extrañeza. Vestía con un pulcro uniforme negro que le daba un aspecto de severidad, pero al mismo tiempo de extraña melancolía.

—Lo mejor es que descanses ahora —dijo aquella mujer con un acento indeterminado entre el alemán y el francés.

Esperanza bebió de nuevo, acabándose el contenido.

—El baño me ha sentado bien. Lo necesitaba. Gracias, doña Leonor.

Doña Leonor agitó la cabeza restándole importancia.

Ambas se mantuvieron en silencio, mirándose mutuamente durante un rato.

—Usted no me cree, ¿verdad?

Doña Leonor no respondió inmediatamente. La miraba como si la estuviera estudiando.

—Pero es verdad —dijo Esperanza sin esperar la respuesta de doña Leonor, echando su cuerpo hacia delante—. Ellos quieren hacerle daño. Yo no quería pensar en esa posibilidad, pero están pasando cosas muy extrañas en esa casa…

—Las cosas a veces no son lo que aparentan. Puede que estés confundida.

Esperanza la miró de hito en hito.

—Ocurre algo.

La respuesta de Esperanza parecía tan convincente que doña Leonor apartó sus ojos de ella. Se frotó las manos haciendo un ruido áspero.

—Bien —suspiró—. ¿Qué crees que ocurre?

—Todo tiene que ver con su hija, Buenaventura.

Doña Leonor asintió levemente después de un rato.

—Es un tema doloroso para doña Rosario.

—Dicen que huyó con un hombre, un hombre del que estaba muy enamorada.

—Sí, conozco la historia.

—Pero doña Rosario no lo cree así.

—¿No?

—No. Es cierto que había un hombre, pero algo me dice que no huyó con él.

—¿Y ese hombre dónde está?

Esperanza tuvo la intención de ir en busca del trozo de papel donde había anotado el teléfono del supuesto amante de Buenaventura, pero en el último instante desistió. Pensó que sería conveniente no revelar ese detalle por el momento.

—No lo sé.

—Entiendo, pero ¿qué tiene que ver eso con lo que me has contado?

—Desde el principio, todos han tenido un comportamiento extraño hacia mí, distantes y fríos, excepto la señora. Ella siempre ha sido muy cariñosa conmigo, pero nunca la he visto mostrar ese tipo de emoción con nadie más.

—Puede que tal vez se hayan mostrado distantes, eso no lo niego —dijo y luego esbozó una sonrisa nerviosa—. Conozco bien a Agustina y sé que no es una mujer con la que sea fácil llevarse, pero si algo tiene es lealtad hacia doña Rosario. La verdad, no me la imagino pergeñando algo que pudiera perjudicar a su señora.

—¿Y don Manuel? ¿Qué me dice?

Doña Leonor hizo un gesto de extrañeza.

—¿Qué ocurre con él?

—Es un hombre muy sospechoso. No deja que me acerque a doña Rosario.

—Es el médico de la familia —replicó doña Leonor con paciencia—. Lleva toda la vida asistiéndola a ella e incluso a su hija. Él la ayudó a dar a luz a Buenaventura, la ha cuidado como a una hija, al igual que Carreño…

—Ah, Carreño.

Doña Leonor se movió incómoda en la silla donde estaba sentada.

—Carreño nació y se crio en esa casa, ¿lo sabías? Para él, doña Rosario es como una madre y no es un decir. Su madre murió poco después de que lo pariera. Ella lo acogió en la casa como a un hijo. Pondría la mano en el fuego por él.

Esperanza estuvo a punto de replicar una impertinencia acerca del último comentario de doña Leonor, pero se abstuvo. Luego permanecieron en silencio las dos durante un rato.

—El accidente.

—Ya me has hablado de él, sí.

—Estuve a punto de morir.

Doña Leonor movió un poco la cara, sus ojos se movieron con rapidez y brillaron tenuemente.

—Sí, claro…, pero luego te cuidaron, ¿no? —argumentó doña Leonor con gesto interrogativo.

Esperanza no dijo nada, sabía que aquella parte era la que no podía entender, esa y muchas otras, debía reconocer.

—¿No crees que, si hubieran querido hacerte daño, simplemente te habrían dejado morir? Tú misma me dijiste que estabas muy débil y que pasaste varios días en cama. Estabas indefensa.

Tampoco contestó a esa cuestión que, aunque incomprensible para ella, estaba dentro de la lógica aplicable.

De repente fue consciente de que doña Leonor la había arrinconado y había utilizado sus propias armas contra ella. Tenía la sensación de que cualquier cosa que a ella le había parecido contundente ahora tenía un velo de duda y confusión. Sin embargo, no se arredró.

—No ocurre nada en esa casa, Esperanza —afirmó doña Leonor tras suspirar.

Tal vez fue sin querer, pero las palabras de doña Leonor sonaron tan poco convincentes y forzadas que despertó una pequeña duda en ella.

—¿Usted sabe lo que pasaría si doña Rosario muere y no aparece su hija?

Esta vez fue doña Leonor la que no pudo evitar el desconcierto.

—Que el señor Carreño sería nombrado albacea testamentario de todos los bienes de doña Rosario.

Doña Leonor permaneció en silencio. Esperanza creyó percibir que aguantaba la respiración, como no queriendo que esta se descontrolara.

—Doña Rosario ha dejado todo su patrimonio a su hija, pero su hija ha desaparecido y nadie sabe dónde está.

Al cabo de unos largos segundos doña Leonor replicó:

—Es totalmente normal que exista una figura que actúe como albacea, al fin y al cabo doña Rosario es una mujer muy rica y todo su patrimonio no puede quedar en un limbo legal eternamente.

—Claro —respondió con ironía Esperanza.

Doña Leonor suspiró, sus ojos despedían un fulgor contenido. Se agitaba en su silla y apretaba sus manos cadavéricas como un síntoma de impotencia.

—Sin duda es una tragedia, no sabes lo que doña Rosario ha sufrido por ello. Ella espera que un día su hija regrese.

—¿Y usted qué cree que ocurrió?

Doña Leonor se quedó entonces rígida y su palidez extrema se tornó en un color ceniciento que la asemejaba a un fantasma que pasea errante por una casa encantada noche tras noche.

—No lo sé. Nadie lo sabe. Puede que Buenaventura esté muy lejos, como afirman, con su amante y no sea consciente de lo que su madre está sufriendo. Sea como fuere, ahora eso es lo más importante, no dejar que doña Rosario sufra más. Buenaventura aparecerá, no es la primera vez que se marcha sin más.

Un mar de dudas se cernió alrededor de ella como niebla espesa. Quería contarle todo lo sucedido, pensando ingenuamente que ella podría ayudarla. Le había contado todo, excepto la conversación que había mantenido con doña Rosario acerca de encontrar a su hija. Y fue en ese momento y en ese lugar en los que fue consciente de que estaba completamente sola.

33

En algún lugar, sonó un portazo y Esperanza se despertó sobresaltada. Se hallaba tumbada sobre una cama estrecha casi a ras de suelo, en una habitación alargada y angosta que tenía una ventana por la cual entraba una luz lánguida de primera hora de la mañana.

En un primer instante, recordó la habitación que había estado ocupando hasta aquel día en Campoamor y se sintió un tanto confusa y desubicada.

Miró la silla vacía que tenía frente a ella y recordó la escena en la que doña Leonor se había sentado la pasada noche. Había ido en busca de ayuda y refugio, y ahora se encontraba angustiada y experimentaba una intensa sensación de que algo horrible se cernía en torno a ella. No pudo conciliar el sueño y lloró al recordar todo lo sucedido hasta ese momento y el motivo que lo había provocado. Había pensado que ella creería su historia y que estaría de su parte. Ahora no sabía qué hacer ni adónde ir.

Siempre había confiado en ella plenamente, era como aquella madre que había desaparecido en el tiempo, cuya única referencia era lo que su padre le contaba de ella. Ni un rostro, ni un simple recuerdo, nada.

Salió de la cama y se acercó a la ventana. Daba a un patio rectangular que conocía muy bien por el que había pasado en incontables ocasiones. Las imágenes del pasado se aparecieron tras el cristal, desordenadas, inconexas, ruidosas, tristes, conmovedoras…

Bajó los ojos y se sintió terriblemente sola.

Se dijo a sí misma que hacía demasiado tiempo que estaba sola y nunca llegaba a acostumbrarse.

—¿Qué voy a hacer? —se dijo llevándose las manos a la cara y tapándosela mientras unas lágrimas resbalaban por las mejillas y su cuerpo temblaba.

—Encontrar a Buenaventura —habló la voz masculina.

Esperanza negó con la cabeza sin apartar las manos de su rostro, cubriéndoselo.

—Jamás la encontraré… ¿Qué te hace suponer que lo haré? Doña Rosario no ha sido capaz de hacerlo durante todo este tiempo.

—Lo harás. Sé que lo harás.

—No —contestó enérgicamente.

—Tienes que hacerlo y no solo por doña Rosario.

—No tengo por qué.

—No puedes rendirte, no ahora. Tienes que hallar la verdad. Hallando la verdad, hallarás tu camino.

—No puedo… —Volvió a sollozar y su cuerpo tembló de nuevo.

—Encuentra tu camino, mi amor, tú sabes que puedes hacerlo.

Esperanza sollozó durante un rato y luego separó las manos de su cara. Tenía los ojos enrojecidos y las mejillas brillantes, como si fueran el cutis de una muñeca de porcelana. A través de sus ojos entornados, miró de nuevo por la ventana. Sus ojos viajaron por el muro que tenía delante, las columnas y una escalera que estaba situada a la izquierda, bajo el soportal. Luego miró al piso de arriba y se quedó observando una ventana que daba al patio.

Un trueno retumbó en el pasillo del piso superior. Dos chiquillas que caminaban pegadas, uniformadas y que cuchicheaban se detuvieron al ver a Esperanza, que andaba deliberadamente despacio intentando no llamar la atención. Una de las muchachas, rubia con trenzas a ambos lados, pecosa, ojos azules y gestos pausados, estiró de la manga a su amiga y luego, utilizando la palma de su mano izquierda como protección, le contó algo mientras miraba de reojo a Esperanza.

Pasó al lado de ellas sin prestar mayor atención. Una vez rebasadas, se volvieron y la observaron con una expresión de cautela.

Esperanza abrió una puerta oscura que daba a una antesala. La cerró con cuidado y miró la estancia. Había un gran cuadro donde estaba representada una escena religiosa, un par de sillas, una junto a la otra. Una puerta que estaba cerrada y un letrero pegado a la pared que rezaba: «Dirección».

Se acercó a la puerta con sigilo. Todo estaba en silencio. Antes de coger el picaporte, pegó la oreja a la puerta. Escuchó sobre todo sus latidos, que se propagaron desde su corazón hasta sus oídos con sorprendente rapidez.

Agarró finalmente el picaporte, pero, antes de abrir, hizo sonar sus nudillos sobre la superficie repintada. Abrió lentamente. Las bisagras se quejaron con su eterno ruido, que parecía amplificarse por todas las salas. Se mordió el labio inferior hasta que el ruido cesó.

Frente a ella había una mesa y, tras ella, un sillón tapizado de respaldo alto. Dos sillas delante y cuatro archivadores metálicos tras el sillón. Una ventana dejaba entrar la luz arrojándola sobre el espartano contenido de la mesa escritorio.

Un nuevo trueno borró el silencio y unas nubes color malva sucio se movieron lentamente, dejándose ver por encima del tejado de la planta baja.

Dio la vuelta a la mesa y separó el sillón unos centímetros. Miró la superficie del escritorio. Un tintero, un borrador, un secador, un grupo de carpetas colocadas una encima de la otra y sujetadas cada una de ellas con gomas elásticas. Sabía lo que contenían.

Desplazó su mirada y la fijó sobre lo que le interesaba: un teléfono de brillante baquelita negra.

Se sentó en el sillón, que, a pesar de parecer cómodo, a ella se le antojó rígido. Descolgó el auricular, pero, antes de llevárselo a la oreja, volvió a mirar a su alrededor y, en especial, a la puerta por la que había entrado.

Miró los números que estaban dispuestos formando un círculo, a su vez encerrados dentro de pequeños huecos redondos. Sacó el papel donde aquella mujer había apuntado con trazo inseguro el número de un teléfono que Esperanza había imaginado como la llave que desvelaba parte del enigma de Buenaventura.

Cogió el auricular, presionó un par de veces el pulsador y esperó la voz de la telefonista con el corazón latiéndole deprisa.

La voz de la telefonista surgió de la nada y Esperanza no pudo evitar dar un respingo. Le indicó el número con el que quería hablar, leyéndolo despacio. Esperaba no equivocarse, como la vez anterior.

Tras varios largos tonos de espera temiendo que nadie contestara al otro lado, surgió una voz:

—¿Dígame?

—Por favor, quisiera hablar con Daniel, es muy importante...

Con una sensación de alarma, Esperanza reconoció la voz, era la misma con la que había hablado cuando trató de ponerse en contacto con el supuesto amante de Buenaventura en el colmado de Isaías.

—Tengo que hablar con él, soy una amiga, no tema —dijo Esperanza antes de que la voz al otro lado pudiera responder.

—Usted es la misma muchacha que llamó anteayer, ¿verdad?

—Sí, sí —dijo Esperanza afirmando con la cabeza—. Fue la madre de Daniel quien me dio este número, ella me dijo que aquí podría localizarlo. Por favor. Nadie más sabe que estoy llamando.

Esperanza pegó la oreja al auricular. Oyó chasquear a su interlocutora, parecía como si se debatiera entre ceder o colgar con una rápida excusa.

—Es que ahora no…

—Por favor, es muy importante… Tiene que confiar en mí…

—Será mejor que llame en otro momento, yo…, yo no soy la persona…

—No puedo llamar en otro momento, es importante para él, se lo aseguro… ¡Tengo que hablar con él ahora!

La mujer hizo un ruido rasposo, como si se hubiera colocado el auricular pegado al cuerpo.

—Espere un momento —dijo a regañadientes después de un rato.

Esperanza apretó el auricular con fuerza, musitó algo ininteligible que denotaba urgencia. Miró de nuevo a la puerta y luego a la ventana. No se había dado cuenta, pero estaba lloviendo. El despacho se había oscurecido de repente.

—¿Quién es? —preguntó una voz de hombre joven.

—¿Daniel?

—¿Quién es?

—Me llamo Esperanza.

—¿Quién dice que le ha dado este número?

—Su madre —dijo tragando saliva—. Lo siento pero no recuerdo su nombre, es…

—¿Y qué quiere? ¿Llama desde Santamaría?

—No, no, no…, estoy en Oviedo —dijo Esperanza bajando la voz.

—¿Quién la manda? —insistió el joven al otro lado con un tono de voz desconfiado que daba la sensación de que colgaría en cualquier momento.

—Nadie; bueno, sí, doña Rosario…

—Así que era eso.

—No, no, no lo entiende, ella no sabe nada de esto… Estoy llamando porque alguien me dijo que usted y Buenaventura eran…

—Sabía que no me dejarían en paz —la interrumpió—. No sé cómo mi madre ha podido…

—Yo solo quiero ayudar a doña Rosario a encontrar a su hija.

—¿Su hija? ¿Y por qué no pregunta entonces a aquella banda de buitres que la rodean? Seguro que ellos le sabrán decir.

—Ella solo quiere saber dónde está su hija… Se está muriendo.

—Que lo hubiera pensado antes —murmuró irritado—. Si hubieran estado más pendiente de lo que ella quería y no de lo que ellos querían para ella, nada de esto habría ocurrido.

Esperanza se quedó en silencio, asimilando las palabras de aquel hombre. No sabía cómo era su rostro, pero por sus palabras imaginó a un hombre lleno de ira y rabia.

—Siento de veras lo ocurrido.

—¿Por qué lo siente? —dijo después de un rato—. Nunca la conoció. Nadie se tomó la molestia de conocerla.

—Todos parecían adorarla —contestó Esperanza como una letanía.

—Sí, todos la adoraban —convino—. Pero nadie quiso conocer a la persona que había detrás de aquella imagen espectacular que irradiaba…

La voz de Daniel se entrecortó y Esperanza oyó algo parecido a un gemido de dolor.

Esperanza supo en ese momento que aquella llamada solo arrojaría más dolor al asunto. Se sintió indispuesta y, por un instante, quiso colgar el auricular y dejar a aquel hombre con su amargura.

—Usted la quería, ¿no es así?

—Yo amaba a la Buenaventura que no se mostraba en público. Nunca nadie la conoció como yo lo hice.

—¿Y ella le amaba a usted?

—Completamente.

Esperanza asintió y meditó en la respuesta.

—¿Es posible que haya otro hombre?

Daniel soltó una risa que mezclaba la indignación con la incomprensión.

—Para nada. Ella me amaba a mí.

—Creo que alguien más estaba enamorado de ella.

Daniel volvió a reír a través del auricular.

—¿No estarás hablando de Carreño?

Esperanza no pudo evitar evocar en su mente la visión de Carreño rebuscando en los cajones del dormitorio de Buenaventura.

—Entonces ¿lo sabía?

—Por supuesto. Buenaventura me lo contaba todo. No teníamos secretos.

—¿Cree entonces que él tuvo algo que ver en su desaparición?

—Él la perseguía, pero ella lo rechazó en numerosas ocasiones. Aunque no fue él.

Esperanza se pegó más al auricular, hasta que le ardió la oreja.

—¿No? —La imagen de Agustina y don Manuel, uno junto al otro mirándola con desprecio, se le representó allí mismo, delante de sus ojos.

—No. Todo lo urdió la vieja.

Fue como caer por un precipicio.

—Eso no puede ser, ella la adoraba…

—No. Ella descubrió lo nuestro…

—Es imposible —dijo Esperanza sin querer escuchar.

—No lo es. Descubrió que su hija estaba enamorada de un hombre como yo y no lo soportó, así que me quitó de en medio.

Esperanza se sintió desfallecer, como si todo el andamiaje de su mundo se desplomase a su alrededor, inexorablemente.

—Sí, descubrió que nos íbamos a fugar. Esa misma tarde quedamos en el viejo puente de piedra. Ella llegó temprano y yo me retrasé…

La imagen de Buenaventura esperando en el viejo puente de piedra se proyectó con todo lujo de detalles. Allí estaba ella, tan bella como siempre. Inquieta, esperando a su amado. Esperándolo para huir de aquella tierra que le había dado todo y que, paradójicamente, intentaba arrebatárselo.

No se dio cuenta de aquella figura maligna que, oculta entre los árboles, la observaba.

Esperanza miró la figura, negra, amenazante, que a todas luces ocultaba su cuerpo e intenciones monstruosas bajo la frondosidad del bosque.

—… Cuando llegué, supe de inmediato que algo le había ocurrido —sentenció Daniel. Esperanza parpadeó y la imagen del bosque, Buenaventura y la figura oculta se esfumaron como un sueño de amor lejano—. Ella no me habría dejado plantado allí.

—Ya no la volvió a ver más. —No fue una pregunta.

Doña Leonor estaba de pie al comienzo de un corto pasillo que comunicaba el vestíbulo con la cocina, pegado a la escalera principal que daba acceso a las plantas superiores. Unas voces de trasiego laboral provenían de la cocina. Tenía el auricular pegado a la oreja y movía los ojos sin parar. A duras penas aguantaba la respiración y temía que la oyeran.

—¿Quiere que le dé un consejo? —dijo Daniel.

Esperanza no contestó.

—Aléjese de ellos. No vuelva a esa casa. Hágame caso.

La línea se quedó en silencio durante un largo instante y luego la comunicación se cortó definitivamente y doña Leonor colgó el auricular muy despacio.

Regresó sobre sus pasos a su habitación, con la cabeza gacha y sin prestar atención nada más que a sus pensamientos, que se arremolinaban entrecruzándose unos con los otros.

Se negaba a creer ni por un instante que doña Rosario tuviera algo que ver en la desaparición de su hija. Sencillamente no tenía sentido y, de ser así, ¿por qué le habría pedido entonces que buscara a su hija?

Por mucho que doña Leonor afirmase que Carreño, don Manuel y la señorita Agustina no estaban confabulados contra doña Rosario, no podía dejar de pensar que no podría ser de otro modo. Incluso llegó a pensar en la posibilidad de que la señora hubiera perdido la cabeza y que todo aquello formase parte de los desvaríos propios de aquella virulenta enfermedad que la castigaba.

Y mientras tanto, ella estaba allí, muy lejos de Campoamor y de doña Rosario, sin poder hacer nada por ayudar a su señora y cada vez más perdida con respecto al paradero de Buenaventura. Tenía que regresar cuanto antes allí y enfrentarse a ellos.

Al abrir la puerta de la habitación, la figura inmóvil de doña Leonor la sobresaltó, no pudo evitar soltar un grito al verla allí plantada. Parecía una delgada figura de cera.

—Perdón, Esperanza, no quería asustarte —aseguró doña Leonor, que observaba a Esperanza con un mal disimulado recelo.

Esperanza no contestó, vio el lenguaje corporal de doña Leonor y sintió que algo extraño ocurría, aunque no sabía qué.

—¿Dónde has estado? Te he estado buscando.

Esperanza, que no esperaba aquella pregunta, fue incapaz de responder. Miró a cuanto la rodeaba como si, de repente, aquella espartana habitación fuera un lugar amenazador.

Doña Leonor dio un paso al frente y Esperanza, en algún lugar del subconsciente, lo interpretó como una suerte de provocación. Se quedó paralizada.

—¿Ha podido hablar con doña Rosario? —dijo Esperanza de repente. Doña Leonor abrió los ojos más súbitamente, como si alguien hubiera dejado caer un plato frente a ella y se hubiera hecho añicos.

—He hablado con Carreño...

—Ese hombre está con ellos —la interrumpió Esperanza.

—¿Y quiénes son ellos? —preguntó torciendo el cuello hacia la izquierda.

Como una verdad absoluta, sintió que una amenaza real y palpable se precipitaba sobre ella. Tenía que salir de allí en ese preciso instante.

—Lo siento, pero no puedo permanecer aquí por más tiempo, yo...

—Esperanza, te estoy pidiendo que confíes en mí.

Esperanza la miró a los ojos de hito en hito.

—¿Y usted? ¿Por qué no confía en mí?

—Lo hago..., pero antes tienes que comprender algunas cosas.

—¿Qué cosas? Doña Rosario está en peligro… Pensaba que era su amiga.

—Y lo soy —dijo doña Leonor lacónicamente.

Sin esperar una respuesta, Esperanza cruzó la habitación pasando al lado de doña Leonor y observando la superficie del camastro que había ocupado la noche anterior. No había traído nada, salvo su presencia. La ropa que llevaba puesta se la había provisto la propia doña Leonor a la espera de que la que llevaba estuviera limpia y seca.

—Doña Leonor, tiene que entender… —comenzó diciendo mientras permanecía con la cabeza gacha mirando sin atención la manta remetida pulcramente bajo el fino colchón.

Oyó un ruido de zapatos rechinando sobre el suelo de cemento y luego la puerta cerrándose suavemente.

Esperanza frunció el ceño y se giró a tiempo de ver la puerta cerrada. La figura de doña Leonor, que hacía un par de segundos escasos estaba allí, había desaparecido.

De la cerradura, le llegó un ruido metálico y comprendió lo que estaba ocurriendo.

Se lanzó hacia la puerta y el peso de su cuerpo la golpeó con un ruido seco. Cogió el picaporte y oyó el ruido característico del cerrojo girándose por acción de una llave. Giró el picaporte sin éxito.

—¿Qué hace? ¡Abra la puerta! —gritó a la vez que golpeaba la puerta con las palmas abiertas—. ¡Abra la puerta!

No recibió respuesta.

—¿Por qué hace esto?

—Es por tu bien —dijo doña Leonor después de un rato. Su voz sonaba condescendiente.

Esperanza no pudo reprimir una risita nerviosa.

—Tengo que regresar a Campoamor, ellos…

—No puedo permitirlo.

Esperanza negó, sintiéndose traicionada y aturdida.

De repente, lo entendió todo, era como si hubiera salido el sol en medio de un día nublado, copado por las tinieblas, y ella fuera la última persona en darse cuenta de lo que ocurría. Cómo podía haber sido tan ingenua.

—¡No! ¡No! ¡Usted no! Doña Leonor, por favor, no puede… usted también…, no puede estar de su lado…

—¿Y qué lado es ese, si puede saberse? —contestó al otro lado una voz masculina que tuvo el efecto de dejarla casi mareada.

De repente, se preguntó si todo aquello estaba sucediendo. Ese hombre no podía estar allí. No podía.

—¿Esperanza? ¿Se encuentra bien? —repitió la voz de aquel hombre. Parecía como si hubiera un deje de burla en su tono y estuviera realizando otros menesteres que requiriesen su atención.

—Don Manuel…, por favor, yo…

—Usted, sí. Usted está cansada y un poco alterada —contestó la voz protocolaria de don Manuel.

—No le hagan daño, por favor… —susurró.

—Si quiere que le dé mi opinión, usted no debería haber llegado nunca a Campoamor. Fue un error que a punto ha estado de írsenos de las manos. Pero eso ya no importa. Lo hecho, hecho está.

Esperanza se dejó caer al suelo, deslizándose con la espalda pegada a la puerta. Las lágrimas brotaron involuntarias mejilla abajo.

—Ni usted ni nadie puede hacer ya nada por ella. Todo es cuestión de tiempo…

Esperanza se llevó las manos a la cara y se la cubrió, intentando con ese gesto escapar de aquel lugar, de aquel mundo que siempre parecía empeñarse en ponerle la zancadilla nada más levantarse del suelo, para volver a caer otra vez.

PARTE

3

EL FIN DE LA INOCENCIA

34

Juanito trataba de encender un cigarrillo mientras miraba de reojo al rebaño de ovejas. La misma de siempre trataba de salirse del linde y trepar más allá con la intención de tocarle las narices. A la vez que sujetaba el cigarrillo en la comisura de los labios y no dejaba de hacer girar la rueda del mechero, con la otra mano cogió un guijarro del suelo y lo lanzó a modo de advertencia a la oveja díscola. El animal dio un pequeño salto hacia atrás y soltó un balido de protesta, miró la piedra e inmediatamente supo el significado de aquella acción.

—La próxima no fallaré —afirmó Juanito a la vez que movía la cabeza enérgicamente e instaba al animal a reunirse con el resto del rebaño.

La oveja se hizo la despistada y, sin dejar de balar, se incorporó a regañadientes a sus compañeras, que pacían con los ojos puestos en la hierba fresca y verde.

Al final, pudo encender el dichoso cigarrillo. Aspiró repetidamente para evitar que se le apagara y, después de conseguirlo, exhaló una calada que le supo a gloria.

Con los ojos entrecerrados, miró más allá del rebaño, al final del páramo. El sol todavía brillaba en el horizonte, en una hora y media, más o menos, sería de noche. Le daba igual, conocía esos páramos como la palma de su mano y conducir al rebaño a oscuras no le resultaría una tarea complicada, aunque no pensaba dejar que la oscuridad se le echara encima. Se fumaría aquel cigarrillo sin prisa y regresaría con el ganado; haciendo un cálculo grosso modo, apostó que sería un cuarto de hora, no más. A continuación, sus pensamientos lo llevaron hasta una botella de aguardiente que lo esperaba en su cabaña y que, de seguro, calmaría sus ansias y le ayudaría a coger mejor el sueño.

Algo se movió a lo lejos, surgiendo de un grupo de higueras tan desnudas como sus ovejas. Entrecerró los ojos y se fijó en la figura. Era una mujer que vestía con una capa roja. Una mujer menuda que corría y a ratos andaba deprisa hacia su posición.

No. Era una niña. Una niña flacucha que gemía avivada por alguna clase de urgencia que el instinto de Juanito le indicaba que traería problemas.

Una de las ovejas baló a modo de aviso y algunas de sus compañeras, sin levantar los ojos de la hierba, la emularon, pero no dieron señales de querer abandonar en medio del banquete.

Juanito tuvo la intención de levantarse, pero se contuvo. Expulsó una densa y blanca nube de humo sin apartar un ojo de la niña.

—Tiene que ayudarme… —soltó la niña sin preámbulos, respirando por la boca ruidosamente por el esfuerzo. Lo miraba con ojos desorbitados y el cabello mojado, seguramente por la reciente lluvia que había caído apenas unos minutos antes.

Juanito se levantó y se dirigió con desconfianza a la niña.

—¿Qué pasa pues, rapaza?

—Mi padre está atrapado… —contestó girando su cuerpo y señalando hacia atrás.

—¿Tu padre? ¿Dónde?

—En la mina…

—No se puede entrar en la mina si no quieres que la Guardia Civil te lleve al cuartelillo esposado.

—No puede salir, tiene que ayudarme —dijo la niña sin hacerle caso. Se acercó hasta el pastor, a menos de un metro de él—. Morirá si no me ayuda, por favor.

La niña dejó escapar una lágrima y comenzó a temblar.

—Por favor, ayúdeme.

Juanito la observó de lado, como solía hacer cuando desconfiaba de alguien. Luego quiso decir algo, pero no dijo nada. Hizo entonces un gesto en dirección al rebaño de ovejas, que, a pesar de que la noche descendía sobre el páramo, no querían ni oír hablar de ningún inconveniente que pudiera interferir en su cena.

—Yo… no puedo… ¿Qué hago con el ganado, a ver?

—Se lo suplico, por favor… Tiene que ayudarme, se morirá si no me ayuda.

De nuevo Juanito quiso argumentar alguna excusa, vagamente pensó en algo parecido a que debía llevarse su rebaño de ovejas antes de que cayera la noche, pero de nuevo se quedó mudo. Movió la cabeza repetidamente y, finalmente, se encogió de hombros.

35

Fuera, a través de la ventana que separaba el exterior de lo que había sido una habitación donde refugiarse y se había convertido en su celda, vio que se había hecho de noche. El orfanato estaba en total silencio y no había ninguna luz en las ventanas que distinguir desde su particular cárcel.

Se sentía adormecida y había pasado todo el tiempo que llevaba cautiva a la deriva entre este mundo y el de los sueños. La propia doña Leonor le había traído algo de comer que había dejado en el alféizar exterior de la ventana, pero Esperanza ni siquiera se había tomado la molestia de echar un vistazo a la cena.

Había pasado casi todo aquel cautiverio tendida en la cama, llorando durante gran parte del tiempo, lamentándose y arrepintiéndose. Sentía sus fuerzas flaquear y no tenía ganas de continuar. Hubo momentos en los que deseó dejarse llevar y que todo aquello acabara como le diera la gana.

—¿Qué estás haciendo? —le preguntó la voz surgiendo de repente de la profunda oscuridad.

—¿Tú qué crees? —respondió Esperanza con la voz amortiguada por el llanto y la almohada que tenía pegada a la cara.

—Tienes que salir de aquí.

—Si me das la llave, me voy ahora mismo.

—Me alegra que no hayas perdido el sentido del humor —dijo la voz con un deje distendido.

—De todas formas… no puedo hacer nada —agregó Esperanza girando la cara y liberando así su boca para hacerse escuchar mejor.

—Sí que puedes.

—¡Estoy atrapada! —respondió con rabia.

—Chist…, un momento.

Prestó más atención y se quedó escuchando la oscuridad. Aguzó el oído y entonces percibió un leve roce que no supo identificar. Era una pisada, supuso.

De nuevo oyó otro roce. Como de alguien rebuscando algo en los bolsillos. A continuación, oyó tintinear una llave y una voz femenina hablando en susurros.

Dejó caer la cabeza sobre la almohada, giró la cara y miró hacia la pared. Abrió los ojos desmesuradamente y encogió su cuerpo, experimentando en ese momento una sensación de pánico que pugnaba con hacerle perder la entereza.

Alguien introdujo la llave en la cerradura y Esperanza le puso la cara de doña Leonor a la persona al otro lado de la puerta.

La puerta se abrió tímidamente. Oyó pasos apagados en el suelo, pero inmediatamente se detuvieron.

Todavía tenía los ojos abiertos como platos. Los cerró en un acto reflejo, pero se mantuvo alerta. La adrenalina que corría a toda velocidad por sus venas había activado todos sus sentidos, pero tampoco estaba muy segura de si eso le serviría para perder los estribos o para utilizarlo en beneficio propio.

Oyó más pasos apagados.

Eran dos personas. Les puso las correspondientes caras de doña Leonor y don Manuel.

Al pensar en el médico, se le agarrotaron los músculos. Había algo en ese hombre que la ponía enferma y no podía dejar de sentirse intimidada, a pesar de su escasa presencia física.

Se acercaban lentamente a la cama.

Esperanza respiró levemente, como si estuviese dormida; supuso que su cuerpo se hinchaba y deshinchaba por el efecto de la respiración. Si hubiera permanecido inmóvil, habrían sospechado.

Notó la presencia de alguien muy cerca de ella. Oyó su respiración y no dudó en confirmar que esta pertenecía a don Manuel.

Abrió los ojos y tensó todo su cuerpo. Una de sus piernas, la izquierda, estaba completamente extendida y le sería difícil flexionarla con rapidez.

No pienses…, ¡actúa!

Se impulsó con los brazos, flexionándolos con fuerza hacia atrás a la vez que profería un grito.

Doña Leonor respondió con otro grito.

Esperanza se removió y tropezó con el orondo cuerpo de don Manuel, que sujetaba algo brillante en su mano derecha con lo que apuntaba hacia el cielo raso. Debido a su edad y a su destartalado físico, el único movimiento que don Manuel se permitió ejecutar fue mover levemente el cuello. Esperanza le dio un manotazo a aquello que sujetaba con la mano y que arrancaba destellos a la oscuridad. El objeto cayó y se hizo añicos. El líquido que contenía dibujó una extraña flor en el suelo. Una rápida ojeada y vio una aguja hipodérmica que todavía se aferraba a un trozo de cristal.

Don Manuel esbozó una mueca de irritación y, a continuación, apretó los dientes e intentó agarrar a Esperanza con aquellas manos pequeñas y blandas.

Esperanza lo empujó y el doctor se tambaleó. Intentó agarrarse al cuerpo de Esperanza, pero esta se zafó. Se sorprendió de la escasa fuerza del médico, del que, aunque hombre docto, imaginaba que al menos sería capaz de retener a una chica de cuarenta kilos y apenas metro sesenta.

El médico resbaló y cayó al suelo profiriendo un gemido de frustración.

Doña Leonor, que se encontraba detrás del médico observando consternada la escena, agarró a Esperanza. A pesar de ser una mujer ya entrada en años y de una delgadez cadavérica, era fuerte y Esperanza notó que aquellas manos la sujetaban como garras.

—¡No! ¡Esperanza! ¡No!

Esperanza se revolvió como un animal acorralado y, con toda la fuerza que fue capaz de reunir, empujó a doña Leonor con un gruñido cerval. Doña Leonor ahogó un grito, apretó los dientes y las manos que sujetaban a Esperanza y se tambaleó ligeramente a punto de perder el equilibrio. Esperanza, al ver su desventaja, la empujó de nuevo y, en esa ocasión, doña Leonor cayó de espaldas sobre el malogrado doctor, que todavía permanecía en el suelo gimoteando.

—¡Cógela! —farfulló en el preciso instante en el que se le caían los anteojos y se afanaba en buscarlos palpando el suelo.

Giró con rapidez la cabeza al oír al médico, pero fue apenas un instante. Por el rabillo del ojo vio la puerta abierta de par en par. Salió al pasillo cubierto y se detuvo haciendo aspavientos con los brazos.

Vio cómo un manojo de llaves colgaba de la cerradura.

Agarró el picaporte y cerró la puerta al tiempo que veía a doña Leonor abalanzarse hacia ella gritando una negación ahogada.

Las llaves tintinearon por el golpe. Inmediatamente después, Esperanza giró la llave puesta hacia la derecha en el preciso instante en que doña Leonor agarraba y tiraba del picaporte.

Esperanza retiró las manos de las llaves, como si estas de repente se encontraran en un estado candente. Vibraron con cada nueva intentona de doña Leonor por abrir la puerta.

—¡Esperanza, abre la puerta inmediatamente! —ordenó doña Leonor, que había perdido su habitual flema.

Antes de que acabara la frase, Esperanza se dio la vuelta y atravesó el pasillo para, a continuación, cruzar el patio que dibujaba sombras verdes y pardas, solapadas con otras de mayor densidad. Doña Leonor gritó y tiró con rabia del picaporte una y otra vez hasta que se cansó.

36

Bajo un cielo de nubes en relieve, el autobús atravesaba a duras penas los caminos embarrados que comunicaban las diferentes poblaciones de aquella Asturias rural. Los focos alumbraban mínimamente aquel lodazal y aquellas escuchimizadas escobillas estorbaban más que limpiar los cristales. Menos mal que Onofre conocía aquellos caminos como la palma de su mano. Incluso con una venda sobre los ojos habría llevado la tartana de destino en destino sin que sufriera el más mínimo rasguño.

El pasaje no parecía confiar en sus posibilidades tanto como Onofre y se agitaba y bamboleaba de un lado a otro, en muchos casos sujetando sus gallinas y conejos para que no sufrieran daño cuando el autobús trataba de sortear los innumerables baches y badenes del camino por el que tenía que hacer el servicio dos veces por semana.

Apenas eran las dos de la tarde y el cielo ya cubría las inmediaciones de Santamaría de la Villa, cuando Onofre detuvo el vehículo al inicio de una interminable cuesta que moría en la fachada de la iglesia de San Francisco, patrón de la localidad, cuya efigie erigida hacía más de un siglo y medio soportaba el continuo aguacero y daba la bienvenida casi siempre empapado a los taciturnos feligreses de Santamaría de la Villa.

Esperanza se unió al grupo de campesinos y granjeros, que se apearon e iniciaron la subida por la cuesta, mientras Onofre les deseaba, mascullando con un puro gastado en la boca, las buenas tardes.

Cruzó la plaza del mercado evitando mirar en dirección al establecimiento de Isaías, que parecía cerrado, y pensando en todo momento en que alguien podía sorprenderla nada más girar alguna de las callejuelas.

De nuevo le rugió el estómago. Apenas había comido nada y, aunque era de poco comer, el estómago protestaba con calambres cada vez más agudos. Antes de marcharse del orfanato, había cogido prestado un zurrón que había visto colgando del respaldo de una silla en la sacristía y había metido un quinqué, velas, un abrecartas y una caja de cerillas. Pero nada de alimento o bebida.

Aún le quedaban un par de reales que aquella anciana tan generosa del tren le había entregado para que, según ella, «los gastase con mesura».

En realidad, necesitaba detenerse y comer algo. Muy cerca de allí, había un obrador y despacho de pan. Se encaminó hacia allí y un hombre de rostro agrietado y cabello blanco y untuoso que emitía un silbido cuando respiraba le entregó el último pan de escanda del día.

Para alejarse de miradas indiscretas, anduvo por unas cuantas callejuelas y, en un soportal en penumbras, se detuvo y mordisqueó el pan hasta que llenó el estómago.

Después, se quedó allí sentada, con las rodillas pegadas a su cuerpo y los brazos rodeándolas. Cada vez que parpadeaba, entre los chorros de agua que se escurrían por los canalones, veía la imagen del viejo puente de piedra, como una especie de mensaje subliminal que su mente trataba de hacerle llegar.

Cerró los ojos y apoyó la boca sobre sus rodillas. La imagen seguía apareciendo impresa sobre el negro de sus ojos.

Allí había ocurrido todo; mientras Buenaventura esperaba al hombre que amaba, alguien la observaba, mejor dicho, alguien la espiaba. La misma persona que probablemente la había hecho desaparecer.

Pero ¿por qué? Y sobre todo, ¿con qué fin?

Había leído en algún lugar que, a lo largo de la historia de la humanidad, el ser humano había cometido crímenes generados básicamente por dos motivaciones: pasionales o económicas.

Y la desaparición de Buenaventura podría estar motivada por ambas opciones. Si ella no aparecía nunca, el testamento de doña Rosario no tendría beneficiario en el que recaer y sus bienes quedarían administrados por Diego Carreño. Al no haber otro heredero, todas las propiedades quedarían a su cargo y estaba convencida de que, junto con don Manuel y la señorita Agustina, encontrarían alguna triquiñuela legal para hacerse con todo el patrimonio o al menos disponer de él como si les fuera propio.

Por otro lado, ¿era posible que ese no fuera el motivo real y que alguien la hubiera hecho desaparecer en un arrebato de celos y que todo fuera, al fin y al cabo, un crimen pasional?

Igualmente, las primeras sospechas recaían sobre la figura del administrador.

Diego Carreño.

¡Y pensar que se había sentido atraída por ese hombre!

¿Podría él haber hecho desaparecer a Buenaventura al descubrir que tenía un amante y que pensaba fugarse con él?

Miró por encima de los tejados de las austeras viviendas de los habitantes de Santamaría de la Villa en dirección hacia donde se encontraban el bosque, el viejo puente de piedra y la misteriosa mina de Alonso de Santacruz. De repente, todo ese conjunto le sugería inquietantes posibilidades.

¿Por qué se había obstinado en no detenerse a pensar ni un solo instante?

—Todos debemos enfrentarnos a nosotros mismos más tarde o más temprano. No podemos rehuirnos eternamente.

Y era cierto. Desde que recordaba, había estado parcheando toda su existencia con soluciones intermedias, cerrando heridas que volvían a abrirse conforme se terminaban de cicatrizar.

—Sé tú misma, con todas las consecuencias. Encuentra tu camino y, sobre todo, sé libre. No hay mayor valor para el ser humano que la libertad. Tu propia libertad.

Miró al cielo y, como si un brillante sol se abriera paso entre densas y negras nubes, supo lo que debía hacer.

—¿Estás segura de que quieres que te deje aquí? Ya es más de media tarde y no es bueno andar por el bosque cuando oscurece —dijo el panadero con rostro preocupado mientras Esperanza descendía de su carro de un salto al camino colindante que se apartaba temerosamente del bosque, a una veintena de metros de allí.

—Lo sé, señor Tomás, pero de un momento a otro vendrá mi novio a recogerme y por nada del mundo quiero que sepa que me ha traído hasta aquí otro hombre.

El panadero miró a su alrededor con ojos suspicaces, preguntándose qué clase de hombre haría esperar a su novia en un paraje como aquel.

—Es un buen muchacho —se apresuró a explicarle al ver cómo el panadero la miraba no demasiado convencido—.

Me quiere mucho y se porta muy bien conmigo y yo, la verdad, es que también lo quiero mucho a él.

—Yo solo digo que no es buen lugar… Ya sabes lo que ocurrió el año pasado, ¿no? Sí, lo de esa rapaza que desapareció y que no sabe ni Dios dónde se habrá metido o qué habrán hecho con ella. De todo se dice en el pueblo, pero para mí que esa pobre desgraciada no ha tenido un buen final. Este bosque a mí me da muy mala espina.

Esperanza asintió distraídamente, pero, sin querer, sopesó aquellas palabras. Algo no encajaba.

—Ya le digo que no se preocupe —añadió con una sonrisa mientras no dejaba de darle vueltas a lo que había conjeturado el panadero—. Ni cinco minutos tardará mi Facundo, ya lo verá.

El panadero pareció aceptar la situación a regañadientes.

—Desde luego, cuando el amor manda, ya no hay cristiano que rija en condiciones.

Esto último lo dijo mirando con pesar a Esperanza y meneando la cabeza a la vez.

—Me cobijaré allí mismo —dijo Esperanza colocándose la capucha de su capa sobre la cabeza y señalando con un movimiento de cabeza la amplia copa de un carballo—. Muchas gracias por traerme, señor Tomás, y que Dios se lo pague en salud.

El panadero asintió quedamente y luego enarcó una ceja a la vez que suspiraba, debatiéndose entre marcharse o proponerle en última instancia que subiera al carro y dejara que la llevase a un lugar más seguro.

Pero Esperanza ya se encontraba caminando en dirección al interior del bosque. La sola visión de aquel lugar le produjo una sensación de horrible inquietud que se hacía cada vez mayor a cada paso que daba. Conforme se concentraba más aún en su cometido, más sintió la fuerza demoniaca que manaba de algún lugar oculto en aquel bosque.

Una vez dentro del bosque, miró hacia el camino con la extraña expectativa de ver al panadero vigilando sus movimientos, pero este había desaparecido y no había rastro de humanidad. No dejaba de darle vueltas al comentario de Tomás, el panadero.

¿Por qué se había referido a Buenaventura como «rapaza»?

Era una forma extraña y poco usual de llamar a la hija de doña Rosario, cuando lo correcto o, al menos, lo habitual habría sido «señorita».

Tal vez hubiera sido un desliz verbal de Tomás, pero algo en la forma de exponerlo le decía lo contrario. Debería haberle preguntado. Ahora era demasiado tarde y no había nadie a quien acudir. Tal vez al viejo Tobías, que siempre andaba de aquí para allá.

Movió la cabeza presa de una intensa preocupación y se obligó a concentrarse en la tarea que la había llevado hasta allí.

A cada paso que daba, la luz se esfumaba. El suelo estaba cubierto de hojas, que tapaban la tierra mojada. A pocos metros, vio el principio del viejo puente de piedra y no pudo evitar sentirse observada por miles de ojos silenciosos.

Giró su cuerpo y miró la entrada al bosque, posando sus ojos en formas que sugerían presencias terroríficas. Presintió que, detrás de los troncos de los árboles, entre incontables tejos y ramas bajas, una presencia tangible y maligna la observaba.

Creyó oír susurros amenazantes que surgían de la ribera del río, entre montículos y desniveles anunciando un horrible tormento antes de una muerte cruel y despiadada.

Imaginó a Buenaventura caminando por aquel mismo sendero como en aquella tarde de otoño de hacía un año, rebosante de felicidad y excitación, sin poder aguardar ni un solo minuto más para reunirse con su amado y desaparecer juntos, para iniciar una nueva vida lejos de los malos recuerdos y las envidias que pretendían hacerla infeliz.

Y podía sentir aquella presencia en algún lugar del bosque. La podía sentir.

Ahora sí.

El mismo lugar que había silenciado a la bella y misteriosa Buenaventura, que la había ocultado de su joven y enamorado amante y del resto de personas que la amaban o la odiaban.

Sabía que la respuesta estaba allí. Lo había sabido desde que puso un pie en aquel lugar que, según los ojos de quien lo mirase, podía ser romántico o tenebroso.

Con ese pensamiento, llegó hasta el viejo puente y miró al otro lado. Cruzó el puente despacio, poniendo especial atención a todos los detalles que tenía a su alrededor. De nuevo le asaltó la imagen de Buenaventura esperando inquieta al otro lado, en el caminillo que se perdía ladera arriba en dirección a la mina.

Subió el caminillo que bordeaba el río y llegó hasta un claro sintiendo en todo momento unos ojos clavándose en su espalda. Pero no se atrevió a girarse ni a buscar con la mirada.

Intentó pensar con claridad, poniendo especial énfasis en los elementos que conformaban aquel entorno. Se fijó en el árbol donde presumiblemente Daniel horadó con su navaja su inicial y la de su amada, mientras esta reía y le obsequiaba con besos y susurros de enamorada.

El suelo estaba cubierto de hojas amarillentas, ocres y marrones. Lo batió con su mirada durante un largo espacio de tiempo. Volvió a sentir la presencia, cada vez era más intensa. Tensó su cuerpo y esperó que, de un momento a otro, surgiera para llevársela al abismo. El abismo. Siempre el abismo.

Respiró hondo y, a continuación, se giró sobre sus talones esperando encontrar, apenas a unos metros de ella, una figura paradójicamente vestida de negro, con ojos brillantes como el fuego eterno del averno y dientes grandes y enormemente afilados.

No había nada ni nadie. El bosque emitía sonidos propios: una suave brisa meciendo las ramas de los árboles, algún pájaro gorjeando con desgana sobre alguna rama, el agua fluyendo bajo el puente incansablemente.

Después de un rato observando sin respuesta, decidió cruzar el claro e internarse en otro camino que había sido reconquistado por una serie de ramas negras, escuálidas y desaliñadas que le cerraban el paso como sólidas telarañas.

Se protegió con las mangas de su capa. Las ramas más puntiagudas se le clavaban, le arañaban e intentaban atravesar la capa. Durante varios minutos, atravesó aquel paso infranqueable y vio un cartel semioculto por la maraña de vegetación y la oscuridad que proyectaban los árboles sobre su cabeza.

No pudo distinguir lo que estaba escrito en el cartel. Como un acto reflejo, miró por encima de su cabeza y, entre las ramas, vio que la luz diurna era cada vez más escasa.

Abrió el zurrón que llevaba consigo y sacó el quinqué. Lo encendió con las cerillas que había metido también y miró el abrecartas, pero finalmente no lo cogió.

La luz amarillenta del quinqué resplandeció con un fulgor gaseoso que daba un aspecto mágico a aquel lugar.

Letras blancas sobre fondo marrón. El cartel había sido devorado por la herrumbre y, tétricamente, un grupo de ramas adornaban todo su contorno, emulando en cierta manera una suerte de marco decorativo. Se quedó mirando el cartel con interés y luego se masajeó los ojos.

Algo se movió detrás de ella.

Esperanza permaneció con el quinqué iluminando el cartel como si no hubiera oído nada y, sin girar la cabeza, movió los ojos hacia el lado del que presumió que procedía el ruido.

Unas ramas secas crujieron muy cerca, suavemente.

Permaneció totalmente inmóvil.

—Será más difícil cuanto más tarde sea. Se está haciendo de noche.

La voz rasgó el ruido de fondo. Aunque su tono era comprensivo y amable, había una nota de urgencia.

—Está aquí…

—No te dejaré sola.

La luz del quinqué amarilleó su cara, mientras las sombras tomaban posesión del resto de su cuerpo y del bosque lentamente pero sin detenerse.

—¿Por qué lo hiciste?

—Ahora no, cariño…

—¿Por qué me dejaste?

Silencio.

—Era solo una niña. ¿Sabes lo que es estar sola, completamente sola? —insistió.

—Lo siento.

Una lágrima resbaló por la mejilla sonrosada de Esperanza. Se apresuró a limpiársela.

—Te echo tanto de menos…

Nadie contestó. El bosque estaba más silencioso que hacía unos minutos, como si estuviera presenciando lo que ocurría allí y no quisiera perderse ningún detalle.

Esperanza se giró repentinamente sobre sus talones, enarbolando la linterna y moviéndola frente a ella. El fulgor que despedía apenas daba para iluminar un par de metros.

Estaba ahí. Lo percibía.

Y la estaba observando en ese momento.

Permaneció con el quinqué en alto mirando al frente durante un largo minuto en un acto fútil e irreflexivo de desafío.

Pero ahora ya no había marcha atrás.

Había tomado una decisión y ya no podía hacer nada al respecto salvo seguir adelante.

Se giró de nuevo y se agachó, su cuerpo pasó por debajo de unas ramas bajas. El suelo crujió al pisar ramas y hojas secas delatando su posición. No importaba el ruido que hiciera, sabía exactamente dónde se encontraba ella.

A unos pocos metros, vio una cerca hecha de alambre de espino oxidado de la que el bosque se había apropiado hacía mucho tiempo. Caminó paralela a la cerca, subiendo y bajando, sorteando troncos retorcidos y amenazantes. Siguió con el quinqué el recorrido de la cerca, que, por momentos, parecía que había sido engullida por los tentáculos del bosque.

Se detuvo en una suerte de hondonada y decidió que no había necesidad de continuar avanzando. Sorteó la cerca de alambre y pasó al otro lado con la sensación de que se adentraba en un lugar maldito.

Escudriñó con el quinqué el suelo, en busca de un camino o algo que le indicara hacia dónde tenía que dirigir sus pasos. A no menos de diez metros de su posición vio lo que en un tiempo había sido un sendero. Lo cogió sin apartar los ojos del suelo.

Una construcción metálica se alzaba por encima de la copa de los árboles como una amenaza proveniente de otro mundo. Avanzando por el antiguo sendero, este dio paso a uno mayor que estaba flanqueado en un lado por un muro bajo de pizarra negra y en el otro por una barandilla de madera. Al salir a lo que Esperanza presupuso que era el camino principal, vio la torre elevadora de hierro oxidado de más de diez metros de altura que sirvió en su tiempo para transportar el mineral extraído a la superficie. A sus pies, una pequeña edificación y otra mayor que tenía todas sus ventanas rotas.

Con cautela, caminó despacio por el sendero, acercándose al complejo minero. Una verja herrumbrosa le impedía el paso. La torre chirriaba débilmente cuando el viento la agitaba. El edificio más grande, que se encontraba a su derecha y que Esperanza presumió que estaría destinado a temas administrativos, la observaba orgulloso a pesar de su estado. Sobre la fachada se podía leer con letras negras en relieve sobre fondo blanco: «MINA DE ALONSO DE SANTACRUZ».

Como si hubiera oído algo, sus ojos buscaron entre la frondosidad de un haya cuyas ramas habían crecido desmesuradamente y empujaban al edificio. Un caminillo se retorcía hasta allí y se perdía bajo el umbral de la arboleda. Algo brilló más allá.

Recorrió la verja y llegó hasta la barandilla de madera. Supo entonces de la utilidad de aquella barandilla. Un barranco de profundidad indeterminada aguardaba a cobrarse incautos. Se acercó de nuevo a la verja y calibró la altura, observando las persuasivas lanzas de hierro situadas en lo más alto.

Finalmente, tras un suspiro, se encaramó a la verja y la traspasó haciéndola vibrar. Cuando estaba en lo más alto, temió que, antes de ser ensartada por alguna de aquellas lanzas, caería al suelo debido a lo que se agitaba la verja. Una vez abajo, buscó el brillo que la había atraído hasta allí. Caminó de puntillas con las ramas agitándose suavemente sobre su cabeza y movió el quinqué buscando el destello recíproco.

Más allá del hayedo, algo volvió a brillar con timidez, aproximadamente a unos veinte metros de su posición. Pasó al lado del edificio administrativo y atravesó el hayedo. La barandilla protectora había desaparecido y el terraplén surgía formando un embudo gigantesco. Un cartel sujeto con un montón de guijarros advertía mínimamente de la peligrosidad de aquella ubicación. Intuyó que utilizaron en su momento aquel lugar para arrojar los desechos procedentes de las extracciones. Se alejó del borde del precipicio, que con la caída de la noche aumentaba su peligrosidad.

Abandonó el camino y se dirigió hacia el destello que aparecía y desaparecía a intervalos irregulares. Se despistó brevemente, así que agitó el quinqué con energía, pero el brillo había desaparecido. Miró el suelo con detenimiento, pero allí no había nada que centelleara. Todo era mate y sin vida.

Pasó la mano sobre la superficie de hojas secas, ramas, tierra y piedras y, entonces, la luz del quinqué arrancó un brillo a escasos centímetros de donde estaba.

Extendió la mano y lo cogió, le quitó la tierra y el polvo que tenía por encima y lo colocó sobre la palma de su mano izquierda. Era un engarce dorado, brillante.

Levantó la cara y miró al frente. Los colores pardos y verdes se ennegrecían poco a poco.

Volvió a mirar el engarce dorado, lo toqueteó con el dedo índice de la mano derecha. Lo cogió y lo miró detenidamente, moviéndolo entre sus dedos. Al prestar un poco más de atención, descubrió que el engarce había perdido el lustre en algunas partes y dejaba entrever el auténtico material con que se había confeccionado, que no era oro, como había presumido en un principio.

¿Llevaría alguien como Buenaventura una fruslería en lugar de oro?

Lo dudaba.

Cerró la mano en torno al engarce y se miró el puño cerrado a la débil luz del quinqué. Luego se irguió lentamente y constató que, mientras realizaba aquel descubrimiento, se había olvidado por completo de que alguien más acechaba en algún lugar del bosque.

Los árboles fueron espaciándose más y el cielo color carmesí, degradado en el horizonte, mostró los contornos de una edificación cuadrangular que abruptamente se erigía presuntuosa. Caminó casi a ciegas hasta que constató que una explanada se extendía ahora bajo sus pies, con malas hierbas que surgían aquí y allá de entre los resquicios que arañaban el suelo.

Y fue toda una suerte que no cayera en él.

Por un momento, dudó de su existencia, mientras retiraba lentamente el pie que un segundo antes había flotado en el vacío. Recorrió el borde de aquella hendidura que, calculó, tendría aproximadamente ocho metros en su parte más ancha y seis en la más estrecha, y juraría que, de lo más profundo del fondo, surgió una voz casi inaudible, pero rebosante de angustia, tormento y sufrimiento.

37

Daba la sensación de que la oquedad abierta en el suelo era como un atajo directo a las entrañas de la tierra o, más probablemente, al infierno. Observó durante un rato el agujero silencioso, una fuerza inexplicable la atraía hacia su interior, como un imán de gran poder magnético.

Cogió una piedra del tamaño de un melocotón y la arrojó al fondo. Esperó durante un rato y, como auguraba, no oyó nada. Pensó en arrojar otra, pero desestimó la idea por parecerle entonces inútil. ¿Qué más daba si aquel pozo de muerte tenía cincuenta, cien o doscientos metros de profundidad?

Suspiró largamente y entonces recapacitó. Después de un largo instante, negó con la cabeza y no pudo evitar dejar escapar sus pensamientos en espera de que estos le devolvieran una respuesta conminatoria.

—No quiero estar sola.

En su sueño, la niña de cabellos largos y oscuros descendía por el estrecho pozo, aferrando sus pequeñas manos a los cada vez menos resquicios de una pared que quizá había esculpido el propio Satanás haciéndola totalmente lisa como el cristal.

Sabía que el empuje que había tenido en las últimas horas e incluso días no había sido resultado de una decisión impulsiva. Se había escondido dentro de sí misma durante demasiado tiempo para obviar lo que estaba pasando fuera, a su alrededor. Para no pensar en sí misma y en el fracaso que constituía su vida.

—No estás sola —sonó la voz de entre las virutas de viento que se arremolinaban alrededor de su cuerpo y que soplaban ligeramente.

—Ya no puedo retroceder.

—No, no puedes.

Esperanza miró a su izquierda y el rostro de un hombre surgió de la oscuridad sonriendo con amabilidad. Estiró su mano derecha y le cogió la mano. La acarició suavemente con sus dedos.

—Te enseñé a ser valiente, ¿lo recuerdas?

Esperanza lo miró en silencio, no contestó.

—Así es la vida, hay un camino y ese camino siempre es hacia delante.

—No… —murmuró Esperanza con un dolor que le taladró el pecho.

—Saldrás de esta porque, en el fondo, eres afortunada y nada puede destruirte. No estás aquí por casualidad y lo sabes. Como entonces.

—No, espera… —Las palabras surgieron del fondo de su alma, teñidas de lágrimas.

La mano soltó la de Esperanza y, como el rostro, se sumió de nuevo en la más profunda oscuridad.

Tembló mientras purgaba su dolor durante unos minutos, pero luego se sintió mejor. Respiró hondo un par de veces y abrió los ojos que la suave brisa había secado de lágrimas y sintió que el corazón le latía con fuerza. Todo estaba tan silencioso como hacía unos instantes y el pozo, con todos los secretos que escondía, más enigmático que unos momentos atrás.

Cogió el quinqué y se incorporó. Las nubes que se habían acercado empujadas por el viento del norte se situaron sobre su cabeza y un trueno quebró el cielo.

Como entonces.

Caminó alrededor del pozo, con el quinqué apuntando hacia el suelo, despacio y sin prisa, sin saber qué buscaba. Evidencias, algo que se suponía que no debería estar allí o que no debería ser de una manera determinada.

Cuando estaba a punto de completar todo el recorrido ovoide, vio una pisada, o más bien parte de ella.

Era el talón de un zapato o bota y estaba hundida al menos un centímetro en la tierra, un perfecto molde del modelo de su propietario.

Acercó el quinqué a la pisada y fijó la vista durante varios segundos. A continuación, miró en el borde del pozo y estiró el brazo con el quinqué colgado, iluminando con el resplandor la pared más cercana.

Se le paró el corazón cuando vio algo adherido a un saliente de la pared: barro. El mismo tipo de barro que albergaba la muestra de pisada recién hallada.

Con la certeza de que encontraría más muestras como aquella, se tumbó en el suelo e introdujo todo lo que pudo el brazo con el quinqué en busca de más pruebas. Una nueva muestra de barro pegado a otro saliente fue la prueba necesaria para determinar lo que ya había imaginado. El cielo bramó con otro trueno y una fina llovizna comenzó a caer sobre la cabeza y hombros de Esperanza. Levantó la cara y el agua punteó en su rostro gotas diminutas, luego bajó la cara y miró el vacío que se extendía a sus pies. Un relámpago iluminó el enorme agujero, revelando no solo sus temores, sino las características propias del mismo. Por entero, el pozo tenía a lo largo y ancho de todas sus paredes decenas, tal vez cientos de agujeros, horadados aparentemente de manera aleatoria, que le daban el aspecto de un queso gruyere invertido, gigantesco y macabro, que se perdía en las profundidades.

Su pie derecho resbaló e hizo que perdiera el equilibrio momentáneamente. Ahogó un grito y se aferró a un saliente de la pared de roca del pozo. Con otro gemido, movió el pie hasta encontrar un apoyo seguro que le permitiera afianzarse. Miró sobre su cabeza, el contorno del pozo se dibujaba difusamente a unos tres o cuatro interminables metros de su inestable posición. Con cada paso que descendía, su cordura le indicaba que estaba más cerca del infierno que unos instantes antes y que sus posibilidades de salvación se reducían como la luz del día.

Su propia imagen cayendo al abismo y tratando en vano de aferrarse a algo que la salvara de la muerte se reprodujo con precisión. Siguió con la mirada su quimérico viaje sin retorno y se preguntó si no sería una imagen extraída de su futuro inmediato, enviada junto a una felicitación macabra de la parca.

El eco de sus propios gritos se diluyó gradualmente y se perdió en la negrura de pozo.

Con los ojos entornados, busco las huellas de barro, pero no había rastro de ellas, habían desaparecido misteriosamente.

—Tiene que estar por aquí… —murmuró entre dientes cada vez más impaciente, luego resopló y buscó con el pie derecho un nuevo saliente, pero este bailó de aquí para allá, con toda seguridad dentro de uno de los agujeros de la pared.

Flexionó la pierna y la movió en círculos, en busca del contacto fiable y familiar de la roca. Tocó la piedra dura con la punta de sus botas. A tientas, fue dando golpecitos en la pared. Descendió un peldaño más y puso el pie dentro del agujero. Buscó con la mano derecha y palpó lo que en principio presumió que sería una raíz que había escapado de su encierro en la tierra y que en vano quería seguir avanzando en busca de la libertad. Palpó el interior del agujero. Tocó un objeto rectangular, hecho por la mano del hombre, y luego otro. Eran ladrillos de arcilla cocida, colocados uno junto al otro.

Tanteó el diámetro del agujero y calculó grosso modo que tendría alrededor de cincuenta o sesenta centímetros. Suficientes para que un hombre adulto cupiera por él.

Sujetándose a la raíz, que parecía firme, introdujo la otra mano y palpó la pared del interior del agujero. Una breve inspección le confirmó que aparentemente todo ello estaba revestido de ladrillos, pegados entre sí con argamasa.

Arrastrando los dedos por la superficie halló una hendidura a unos pocos centímetros del borde. Dedujo que era lo suficientemente firme como para agarrarse con los dedos. La cogió, introdujo la cabeza y estiró hasta que la mitad de su cuerpo quedó dentro del agujero. Las piernas quedaron en el aire, pero su cuerpo hizo de contrapeso, solo tuvo que arrastrarse con la ayuda de sus manos.

Se quedó tendida sobre el duro suelo por un momento, respirando agitadamente, recuperando el resuello. Su corazón latía con fuerza y le latían las sienes.

Una vez recuperada, intentó sentarse, pero apenas había espacio para pasar arrastrándose. Sacó de su zurrón otra vez el quinqué y las cerillas y lo encendió con el temor de que la luz le mostrase un mundo de horror y pesadilla.

Al iluminar el interior, constató que era una estrecha galería que se perdía roca adentro, curvándose hacia la izquierda y perdiéndose de vista. Tenía una forma irregular, algo abovedada en la parte superior, con los ladrillos que la tapizaban colocados sin mucho esmero. Escuchó con atención los posibles ruidos provenientes del interior, pero todo estaba en un silencio sobrecogedor.

Mientras se preguntaba por qué había elegido ese túnel, descubrió unas manchas oscuras en el suelo; acercó el quinqué y, aunque no quiso reconocerlo, supo de inmediato de qué se trataba: manchas de sangre reseca por el tiempo.

La maleza crujió bajo sus pies mientras apartaba una rama que le obstaculizaba el camino. Dio un paso al frente y la luna iluminó parcialmente su cuerpo. Se detuvo y observó el vacío arrancado al suelo. Se quedó mirándolo fijamente. No lo podía creer. Había descubierto lo que pensaba que nadie podría encontrar ni en cien años. Era imposible, se decía una y otra vez. Era imposible que alguien pudiera encontrarlo y, además, en plena noche.

Pero ella lo había hecho.

Había encontrado su guarida y, con ella, el secreto que tan celosamente había guardado durante más de un año.

No la tenía que haber subestimado. Era solo una chiquilla y su apariencia frágil y tímida incluso le había enternecido, por decirlo de alguna manera.

De repente, sintió que el vello de su espalda se erizaba y una sensación de frío mezclada con pánico le recorría la columna vertebral en toda su extensión. No podía entender, por más vueltas que le daba, cómo había podido encontrar su guarida. No tenía a nadie que la ayudara, estaba sola. Eso era lo que le desconcertaba, estaba sola y sin ayuda. Esa pequeña zorra era realmente inteligente.

Y peligrosa. Sin darse cuenta, estaba apretando la rama de un arbusto de largas espinas que se clavaban profundamente en la palma de su mano. Soltó un gemido apagado al destensar la mano y ver cómo brotaba sangre de las heridas. Unas cuantas espinas se habían desprendido del tallo y se habían clavado profundamente en la piel. Se las quitó en silencio, reprimiendo el dolor mientras pensaba cómo acabar con aquella entrometida.

Negó contestándose a la pregunta mental que se había hecho. No, no volvería a hacerlo. Bajo aquella apariencia de chiquilla gentil, tímida y de escasa presencia física se escondía su peor enemigo y, aunque fuera más lista, él era más fuerte y, sobre todo, era infinitamente más despiadado.

La ira le nublaba el pensamiento como la peor tormenta, y el dolor por reconocer que de algún modo él mismo podría haberla puesto sobre la pista e inconscientemente haberla llevado hasta allí era insoportable. Unas lágrimas de impotencia lo aturdieron de repente. Se tragó los gemidos de protesta y aguantó un alarido de rabia que deseaba soltar con todas sus fuerzas. No importaba, ahora solo importaba impedir que saliera de allí con vida y que contara al mundo lo que, sin duda, hallaría.

El rostro de Esperanza se ensombreció progresivamente con el cada vez más débil destello de luz del quinqué. Este mismo destello arrancaba resplandores de la sílice y la pirita presentes en las paredes, labradas con prisa y llenas de pequeños orificios que se asemejaban a pequeñas calaveras incrustadas con una perpetua expresión de sorpresa. La galería estrecha de apenas medio metro había dejado paso a un reducto de dimensiones mayores donde al menos podía erguirse y donde, curiosamente, parecía poder pensar con más claridad.

En un estrecho recodo, descubrió un pequeño hallazgo compuesto por tres cascos, una vieja lámpara de carburo y un par de piquetas de minero corroídas por la herrumbre. Tocó una de las piquetas y pensó que serviría como arma en caso de que alguien la atacara, ya que solo contaba con sus manos. Sopesó esa idea y se debatió entre cogerla o no. Continuó su camino pensando que tal vez, aunque relativamente eficaz, no sería el arma adecuada en caso de que la atacaran.

Se detuvo un momento y respiró hondo. Iluminó el camino que había dejado atrás. No podía apartar de su cabeza que alguien más estaba allí. Alguien tremendamente sigiloso.

Alguien tremendamente cruel e inhumano que no dejaría que contara al mundo su secreto.

Su secreto.

Tenía casi la certeza de que estaba allí, en aquel túnel y no en otro de los que atiborraban las paredes de la sima principal.

No sabría explicar por qué ni cómo, pero lo sabía.

Mientras pensaba en ello, no se dio cuenta de que el suelo había cambiado de forma. Se detuvo y alumbró bajo sus pies. Una fina capa de lodo negruzco de aspecto insalubre y olor pertinaz se extendía hasta perderse túnel adentro.

Y entonces las vio.

Eran pisadas. Espaciadas y diseminadas aquí y allá.

Se agachó más para cerciorarse. Puso el quinqué cerca de una de ellas y el resplandor iluminó la rebaba de barro reseco que había formado la pisada. Miró con atención la forma del tacón y luego la suela. Eran lisas y no se apreciaba ningún dibujo a primera vista.

Examinó otra más. Esta correspondiente al otro pie. Sin duda eran de hombre. Eran grandes y el propietario, además, poseía la horma ancha.

Prestó un poco más de atención y entonces constató que las huellas se encontraban en ambos sentidos. Iban y venían. Y no había indicios de otro juego de huellas diferentes, por ejemplo de una mujer joven con los pies pequeños. De haberlas habido, habrían sido borradas hacía mucho tiempo. Las huellas que contemplaba eran relativamente recientes.

Después de suspirar, miró por encima de su hombro levantando el quinqué e iluminando la galería por donde había venido. Una suave corriente hizo que sus cabellos se agitaran y sintiera un escalofrío. Debía darse prisa, percibió que su perseguidor se encontraba más cerca de lo que ella pensaba.

Con la habilidad que da la práctica, introdujo su cuerpo más bien considerable por el mismo lugar por el que lo había hecho Esperanza unos minutos antes. Lo hizo con el menor ruido y el mínimo esfuerzo, y se quedó allí en silencio, quieto y, en el fondo, temeroso de que pudiera oírlo. Apretó los dientes y a punto estuvo de dar un puñetazo en la pared debido a la rabia que sentía.

No quería asumir que alguien hubiera encontrado su guarida. El pozo principal estaba lleno de agujeros en toda su extensión. ¿Por qué había elegido aquel agujero? ¿Cómo podía saber cuál de ellos era? Era prácticamente imposible, pero ella lo había hecho. ¿Con qué criterio?

Cada vez que se lo preguntaba y no hallaba la respuesta, sentía una furia incontrolable. Quería coger a esa zorra y matarla con sus propias manos. Y lo haría. Había encontrado su guarida, pero no saldría de allí con vida.

Se frotó las manos nervioso y dejó escapar un gemido. Se obligó a tranquilizarse y se dijo a sí mismo reiteradamente que debía relajarse. No tenía ningún arma a mano y debía pensar cómo sorprenderla. Ella, aunque fuera muy lista, no conocía los túneles y, a pesar de que ya daba por sentado que encontraría incluso más de lo que estaba buscando, no volvería a ver la luz del día nunca más.

De repente las huellas desaparecieron como por arte de magia. No podía ser, era imposible. Se detuvo y miró a su alrededor. Las huellas simplemente se detenían y desaparecían. Tenía que haber una explicación. Miró las huellas que se acumulaban en un punto del suelo. Era obvio que se habían detenido allí y nada indicaba que hubieran continuado hacia delante. Por tanto, la respuesta estaba precisamente en aquel lugar. Elevó el quinqué hacia el techo en espera de encontrar una respuesta. El techo, apenas a un palmo sobre su cabeza, era cóncavo y se observaban las picadas realizadas por los mineros. Allí no había absolutamente nada, era pura roca. Se agachó e inspeccionó las huellas con mayor detenimiento y entonces lo vio.

La pared estaba resquebrajada por un punto que continuaba en línea recta. La quebradura era inapreciable y, de no ser por el señuelo de las pisadas, no se habría percatado ni en una semana de búsqueda.

Pasó la uña por la hendidura y la siguió hasta completar una circunferencia irregular que tendría unos sesenta centímetros de diámetro en su parte más ancha. Luego se quedó mirándola y el reflejo del quinqué y una mirada atenta le revelaron un detalle que, a primera vista, era del todo lógico. Del centro sobresalía un guijarro que parecía adherido a la pared de manera natural. Esperanza cogió el guijarro con cautela. Lo tanteó y descubrió que, más que un guijarro, parecía un asa que se podía agarrar perfectamente.

Asió el guijarro, contuvo la respiración y tiró hacia ella con determinación. El trozo de pared se desprendió con un ruido de piedra seca y dejó a la vista un agujero negro como el fondo del averno.

40

El rostro pálido de Esperanza se asomó al otro lado de aquella abertura. Durante un instante contempló el fondo negro que tenía frente a ella, luego metió la mano y tocó algo plano, pero tosco, duro y frío que no era piedra. Recorrió con la palma de la mano la superficie hasta que distinguió algo que sobresalía, retiró la mano en un acto reflejo y luego volvió a tocar el objeto. Lo reconoció tras un instante y se formó una imagen en su cabeza.

Era un candado de gran tamaño.

Se llevó el quinqué hacia el agujero y, a medio metro de ella, vislumbró una puerta que sellaba la entrada. Miró el candado y la imagen que se había formado se desvaneció para dar forma a la realidad.

Soltó el candado y se masajeó las sienes. Hasta ese momento, no había pensado en nada en concreto. Era la única forma de seguir adelante. Se concentró en lo que tenía que hacer, pero unas imágenes horribles se abrieron paso en su mente. Aturdida, sacudió la cabeza pensando que así las podría espantar.

Miró a lo largo del túnel que continuaba irregularmente hacia el interior del corazón de la mina de Alonso de Santacruz, pero ella intuía que su camino se acababa allí. No obstante, tenía que encontrar la forma de abrir aquel candado. Se incorporó a medias observando la luz cada vez más menguante del quinqué y pensó en la forma de eliminar aquel obstáculo que supuso que la adentraría en un mundo que jamás podría olvidar mientras viviera.

Oyó a la muchacha volver sobre sus pasos y se detuvo en medio de la galería que tan bien conocía. Por un momento, su cerebro se colapsó y frunció el ceño extrañado. No sabía si avanzar hacia ella o esperarla, si bien en aquel tramo del túnel no había muchos lugares donde ocultarse.

La oyó de nuevo. ¿Qué estaría haciendo? No sabía por qué, pero constató que en esos momentos temía a aquella muchacha que aparentaba tan poca cosa y a la que podría derribar con uno solo de sus puñetazos. Estrangularla tampoco representaría ningún obstáculo. Pensó en esa imagen y tuvo una rápida erección. No lo había pensado, pero tenía que reconocer que era guapa. Parecía muy delgada y, con aquel vestido, pañuelo, capa y mil prendas para ocultar el cuerpo de una mujer, era difícil predecir cómo sería desnuda.

Desnuda.

De repente imaginó el cuerpo desnudo de aquella chiquilla.

Jamás pensó que un cuerpo de mujer pudiera ser tan increíblemente bello. Recordó la primera vez. No pudo moverse durante unos minutos por la emoción. Había estado con mujeres, por supuesto, pero sus relaciones sexuales siempre habían sido atropelladas, decepcionantes y muy lejos de resultar placenteras. Y debía reconocerlo: con mujeres que le atraían poco o nada. No tenían nada que ver con aquellas chicas tan hermosas que andaban de aquí para allá provocándolo.

Para él, el sexo se resumía en la masturbación exacerbada, que practicaba todos los días sin excepción.

Todo cambió cuando estranguló a esa chica tan guapa. No fue consciente de que el placer que sintió al agarrarla por el cuello y apretar hasta arrancar aquella joven vida había tenido una respuesta física en forma de orgasmo. Fue tan fácil quitarle la vida y aún más engañarla…

Pero lo mejor de todo iba a venir después.

Sonrió con perversidad al recordar aquellos momentos y se masajeó la erección que pugnaba por romperle los pantalones. La miró orgulloso y, meneando la cabeza, le pidió a su miembro viril que tuviera paciencia.

Un nuevo ruido metálico le abstrajo de sus pensamientos e intentó concentrarse a regañadientes en el problema que tenía delante de sus narices, a escasos metros de él.

Sin saber si era el plan más acertado, se preparó ante su llegada. Aunque era lista, él era más fuerte que ella, no le daría más oportunidades. La estrangularía con aquellas manos fuertes que el Altísimo le había concedido. «Manos para matar», se dijo a sí mismo orgulloso mientras las contemplaba.

Entonces, dejó de oír a aquella entrometida. Se agitó y estiró el cuello, intentando ver algún destello de luz o algo por el estilo. Esperó durante un largo minuto. Sin duda había vuelto de nuevo al interior del túnel.

Avanzó unos pasos más y se detuvo, miró con cautela hacia arriba y apoyó la mano en la pared, junto a una hendidura natural que quebraba la roca y la separaba en dos. Sin pérdida de tiempo, se metió la mano en el bolsillo de la chaqueta y sacó algo que llevaba hecho un guiñapo, luego sacó una navaja y la abrió. Miró de nuevo el techo y se rio para sus adentros. No. No saldría de allí con vida.

Dio un golpe certero, pero el candado ni se inmutó. Cogió la piqueta que había encontrado en aquel recodo abandonada por algún minero y, aunque estaba oxidada, todavía era sólida y útil para, por ejemplo, aquella tarea.

Descargó otro golpe y luego otro más. El candado era resistente, pero ella era tenaz y muy tozuda. Volvió a repetir la operación varias veces hasta que vio cómo el candado comenzaba a deformarse.

Suspiró hondamente por el esfuerzo y, entonces, fijó su vista en una de las argollas que sujetaban el candado a la puerta. Golpeó la argolla que a priori parecía susceptible de ser más débil y un golpe en la base la resquebrajó levemente. Animada por el éxito de su empeño, golpeó con fuerza y determinación y la argolla se desprendió dejando la puerta liberada.

Se detuvo durante un momento para recuperar el resuello. Los repetidos intentos por destrozar la argolla también habían provocado daños en la pared, propiciando que se desprendiera polvo. El polvo cubría su figura y, si alguien hubiera querido sorprenderla, sin duda ese habría sido el mejor momento.

Cogió el candado y estiró de él para abrir la puerta con dificultad, ya que no encajaba bien en el marco.

Dejó al descubierto un nuevo cerco negro, rectangular, más amplio que la abertura en la piedra, de aproximadamente un metro de ancho por medio de alto. Iluminó el interior y vio que el suelo se encontraba apenas a un metro y medio de la entrada.

—¿Hola?

El sonido fue engullido casi de inmediato. No recibió respuesta.

Inspiró y espiró varias veces. El pánico se extendía por todo su torrente sanguíneo con rapidez. No quiso pensar en dónde estaba ni lo que estaba haciendo. Dejó el quinqué en el suelo y aprovechó para mirar en el interior. Una sensación terrible le estrujó el corazón cuando tuvo la certeza de que el final del camino era aquel lugar.

De nuevo espantó sus pensamientos, centrándose en su cometido. Apoyó los pies en el suelo. Era arenoso y húmedo. No supo definir el olor que llenó sus fosas nasales: se debatía entre nauseabundo, dulzón y arratonado.

Tuvo que arrastrarse por el suelo, ya que la altura del nuevo túnel era de apenas un metro. De todas formas, aquel pasadizo no era más que una breve prolongación, apenas se extendía un par de metros más allá.

A la izquierda había una nueva portezuela, cuadrada. Cerrada por un simple pasador oxidado.

Miró la portezuela con atención. Su ojos escudriñaron toda la superficie. Esperando que le hablara y le diera la información que necesitaba sin tener que acceder dentro para ello.

—¿Hola? ¿Hay alguien ahí? ¿Buenaventura? —dijo de repente, hablándole a la puerta. El propio sonido de su voz la inquietó y sonó amortiguada en aquel agujero donde la vida no tenía cabida. Miró por encima de su hombro la puerta por donde había entrado apenas unos segundos antes. El corazón le latía con mucha fuerza y el miedo le provocaba espiraciones continuas que tenían un extraño sabor acre.

Pegó la oreja a la puerta a regañadientes, como si su solo contacto pudiera infligirle dolor. Después abrió el pasador, descubriendo al hacerlo que estaba temblando de pies a cabeza. Constató que al marco se le había formado una costra de óxido marrón por toda su superficie.

Introdujo primero el quinqué e iluminó lo que parecía un cubículo de reducidas dimensiones. Inconscientemente, le vino a la memoria un cuento que había leído cuando era niña, en el que un elfo que vivía en un bosque encantado se escondía de los monstruos que lo acechaban en un lugar como aquel, bajo las raíces de un enorme roble de ancho tronco y frondosa copa.

La luz del quinqué se movía a través de los posos de polvo que flotaban lentamente. El cubículo era cuadrado y la luz amarillenta del quinqué arrojó una escena irreal y desprovista de cualquier carácter racional. No podía estar más lejos de cualquier lugar encontrándose allí.

Esperanza quebró el gesto al ver lo que parecía un catre que alguien con poca habilidad había improvisado y arrinconado a la izquierda de la estancia. Desde su posición, solo pudo ver parte del mismo, tapado por un delgado tabique que separaba burdamente el cubículo en dos.

Se quedó inmóvil durante un largo rato decidiendo si entrar o dar la vuelta. Sacudió la cabeza por la inconsistencia de aquel pensamiento y, asintiendo un par de veces como para darse impulso, avanzó en cuclillas un par de pasos.

La imagen golpeó con violencia el cerebro de Esperanza por dantesca e irreversiblemente espeluznante.

El catre estaba pegado a la pared y no había más mobiliario, por llamarlo de alguna manera. Sobre el catre, algo parecido a un colchón mugriento de color indeterminado acogía el cuerpo humano de aspecto momificado de una persona adulta.

Su subconsciente le jugó una mala pasada y no pudo evitar emitir un gemido que tenía visos de risa. Curiosamente, no sintió miedo, inquietud ni desazón. Luego, recorrió con la mirada el cuerpo postrado boca arriba, al que la luz amarillenta otorgaba una textura verdosa. Movió el quinqué de izquierda a derecha formando un arco y la luz cambió de posición revelando detalles a cuál más escabroso que el anterior.

El cadáver estaba totalmente desnudo. En un rincón, hecho un guiñapo, vio lo que parecía un vestido de mujer.

Sus sospechas se confirmaron cuando vio unas abarcas que sobresalían por debajo del vestido.

Se acercó y tocó el vestido. Estaba lleno de polvo y tierra. Cogió las abarcas y las miró. Eran de mujer, así como un chal y un pañuelo rojo. Entre la ropa vio la pulsera de baratillo a la que correspondía el engarce que había encontrado.

Se quedó pensativa un instante. Luego se incorporó y observó detenidamente el cadáver. Una calavera con las cuencas vacías la miraba con la mandíbula abierta. La expresión del cadáver mostraba el dolor y sufrimiento de los últimos momentos de su vida, segada de golpe, brutalmente.

Y allí, con aquel cadáver, todo se tornaba irreal, quebradizo y falto de lógica. Mirando su cuerpo desnudo bajo la escasa luz del quinqué, no se preguntó quién había sido la persona responsable de aquel atroz crimen, sino por qué.

¿Por qué había sido asesinada? y, sobre todo, ¿por qué no se habían tomado las molestias de enterrarla, de deshacerse de ella para ocultar las pruebas de un asesinato? Algo no encajaba, se dijo mirando los efectos personales de aquella desdichada.

Después de lo que había representado el primer impacto visual, Esperanza se fijó en la forma en la que estaba dispuesto el cadáver sobre el catre. Boca arriba y con las piernas separadas. Y estaba totalmente desnuda.

Se llevó el puño a la boca para evitar que un gemido de dolor se escapara, pero no pudo evitar derramar unas lágrimas.

¿Quién…?

Algo le dijo que hallaría aquella respuesta muy a su pesar.

Tan concentrada se encontraba tratando de asimilar aquel atroz descubrimiento que no oyó un par de ruidos sordos, como de dejar caer algo pesado sobre el suelo.

Al tercero, al que sucedió un cuarto, fue consciente de que su misterioso perseguidor por fin daba la cara. Giró sobre sus talones y dirigió el quinqué hacia la entrada del cubículo. El miedo que sintió fue tan intenso que le impidió mover un solo músculo de su cuerpo.

Avanzó con sigilo y un nuevo ruido, de similares características a los anteriores pero más estruendoso y aparentemente sin la menor intención de ser acallado, llegó con una extraña sordina, acompañado de un gemido de esfuerzo. Al girarse hacia la entrada y salir al corto pasadizo, vio que la portezuela cuadrada de acceso estaba cerrada.

Un nuevo golpe sacudió la puerta y dejó entrar una fina capa de polvo a través de los resquicios. Se arrastró hacia la puerta y la empujó con las palmas de las manos, pero se abría hacia arriba y la persona que estaba al otro lado precisamente pretendía lo contrario.

—¡Eh! ¡No puede hacer esto! —gritó imaginando al otro lado el rostro congestionado por el esfuerzo de Diego Carreño.

—¡Señorita! —dijo a través de la puerta una voz cavernosa. Esperanza frunció el ceño. No era posible.

—¿Por qué hace esto?

Al otro lado, resopló y emitió un suave silbido por el alivio de permitirse un pequeño descanso.

—No puedo dejar que salga de ahí, señorita… —dijo la voz de Tobías en un tono melodioso a la vez que arrastraba algo pesado y lo colocaba entre él y la puerta.

Esperanza miró la puerta y esperó a que Tobías continuara, pero no añadió nada más. Luego, presa del pánico que se había apoderado de ella, golpeó la puerta con saña.

—¿Sabe? Usted me caía bien. Pero ha sido muy lista, más que todos esos señoritos que tanto se las daban de saber —escupió—. ¡A la mierda con todos!

Esperanza no podía entender qué había ocurrido, ¿cómo era posible que Tobías fuera el asesino? ¿Qué razones y motivos podía tener él?

—Dígame una cosa, señorita, ¿cómo supo dónde estaba?

Esperanza se derrumbó y miró con laxitud a su alrededor. No podía morir allí. No podía hacerlo.

—Venga, ¿cómo lo supo? —insistió Tobías entre esfuerzo y esfuerzo—. La cueva está plagada de agujeros y es imposible entrar a la primera. Imposible.

—Qué más da —contestó Esperanza con voz queda.

—¿Ha dicho algo? —dijo Tobías, deteniéndose por un instante en su tarea, fuera cual fuera.

—¿Por qué lo hizo? —preguntó Esperanza mientras trataba de asimilar lo que le estaba ocurriendo.

—Qué más da ya todo, señorita.

Esperanza negó consternada, había caído ella sola en la trampa y moriría por su tremendo error.

—¿Cómo lo supo? —volvió a insistir Tobías una vez más.

—Cuénteme por qué lo hizo y se lo diré.

El viejo Tobías rio con aquella risa bobalicona que lo caracterizaba.

—Usted no debería estar como *criá*, señorita. Es muy lista. Debería haber ido adonde van todos esos señoritos a instruirse y ser gente de provecho.

Comenzó a sollozar, se limpió las lágrimas con el dorso de su mano sucia y arañada.

—Por favor, no se lo diré a nadie…, se lo prometo, déjeme salir de aquí, me iré lejos…, nunca sabrá de mí…

El viejo Tobías soltó una carcajada que se mezcló con un esputo.

—Señorita, seré tonto, pero no idiota… y la verdad es que quiero que siga siendo así —escupió.

Esperanza se sentó en el suelo, se apoyó contra una pared y escondió la cara entre sus rodillas, que en los últimos días habían adquirido una forma cada vez más huesuda.

Durante unos segundos todo quedó en silencio, salvo los ruidos producidos por Tobías en su labor de sepulturero.

—¿Señorita? ¿Anda usted por ahí?

Esperanza levantó la cara y miró en dirección a la voz, inconscientemente esperando que el viejo Tobías se arrepintiera de sus actos y la dejara marchar.

—Por favor, no se marche…

—Ya me gustaría quedarme aquí todo el día de cháchara, pero tengo que hacer… Mire, tengo a los animales sin comer desde anoche con todo este trajín.

La voz de Tobías se oía lejana y como en sordina.

—Vendrán a buscarme…

Tobías no contestó inmediatamente, como si estuviera pensando en esa posibilidad.

—Nadie sabe dónde anda usted, no, no… Y ahora me tengo que marchar, que luego se me echa la mañana encima…

—Entonces, ¿por qué está haciendo esto? —gritó Esperanza y golpeó la puerta con los puños.

—Chist, no se sulfure, señorita.

—¿Por qué la mató? —insistió—. Y le diré cómo encontré su guarida.

—¡No pensará usted que soy un asesino!

—Entonces, ¿por qué está muerta esa pobre chica? ¿Qué le hizo?

Tobías soltó un bufido.

Esperanza se masajeó el puente de la nariz y sacudió la cabeza. Tenía que pensar, pensar con claridad.

—Y ahora… dígame, ¿cómo supo dónde estaba?

—No me ha dicho por qué lo hizo.

—No sé…, la encontré así.

—Si no lo hizo, ¿por qué va a dejarme morir aquí? No merezco morir así…, usted lo sabe.

Tobías soltó otro bufido. Esperanza temió que se agobiara más de la cuenta y se marchara. Estaba claro que no le daría ninguna explicación.

—Está bien, está bien… Tobías, seguro que lo provocó —Esperanza buscó con la punta de sus dedos algo, algún resquicio en la puerta. No podía dejar que se marchara, tenía que seguir hablando con él—. Algunas muchachas sacan a los hombres de quicio, lo sé. Ellas andan por ahí contoneándose y no saben el mal que provocan.

Silencio.

—Seguro que esta chica era una buscona y le gustaba ir por ahí provocando a los hombres… Conozco a algunas así.

—Sí que andaba provocando.

A Esperanza casi se le detuvo el corazón. Trató de controlar la respiración, aunque era obvio que no podía oírla a través de la barrera que los separaba.

—¿Era guapa?

—Muy guapa —dijo Tobías tras un rato.

—¿Le gustan las muchachas guapas?

—Claro, a quién no.

Esperanza se detuvo en su búsqueda, se quedó en blanco.

—¿Qué es lo que más le gusta de las chicas?

—No me gusta que me pregunten tanto, me da vueltas la cabeza y luego tengo dolor toda la semana, ¿sabe usted, señorita?

Temía que se marchara de un momento a otro.

—Entonces, ¿la encontró muerta? ¿Dice usted que alguien la mató y usted encontró el cadáver?

—¿Y qué más le da ya a la señorita?

—Me gustaría saberlo.

El viejo Tobías suspiró ruidosamente.

—Y le contaré cómo encontré el lugar. ¡No pensará que fue al azar! Si no le digo cómo, otros podrán venir y encontrarlo.

Esperanza aguzó el oído con el corazón latiéndole a toda velocidad. Estaba jugando sus últimas cartas.

—Usted estaba escondido cuando ella desapareció.

Silencio.

—Y había un hombre esperando, su amante.

—Eso fue después.

Esperanza frunció el ceño.

—El amante no —añadió Tobías.

—¿No era un hombre?

—Ni se lo imagina.

—¿Una mujer?

—Señorita…, si no es perro, es perra, a ver… —masculló algo inaudible—. La vieja de cuerpo presente.

—¿Doña Rosario?

—Eso he dicho, ¿no?

Esperanza trataba de asimilar esa información. No le veía sentido, pero de algún modo creía lo que Tobías afirmaba.

—Sí, y la zagala bien no la esperaba. Se enfadó mucho con su señora madre. No tenía genio ni *na* la señorita.

—¿Discutieron?

—Eso es lo que hacen dos gatas. Tuvieron una y gorda.

—Pero ¿llegaron a las manos?

—No, no, a las manos no, pero no vea cómo tenían de afiladas las lenguas madre e hija.

—Y dice que no vio que se pelearan.

El viejo Tobías exhaló un suspiro impaciente.

—Se dijeron más que un perro… antes del accidente.

—¿De qué discutieron…? ¿Qué? ¿Qué ha dicho?

—¿Me va a decir cómo lo encontró o no? Ya me está dando dolor de cabeza.

—¿Qué quería decir con «antes del accidente»?

—¡Qué dolor de cabeza me está entrando! —exclamó, y su voz retumbó levemente en los túneles—. ¿Sabe qué le digo? Que me voy.

Esperanza veía que su última oportunidad de salir de allí se esfumaba.

—¡Tobías!

—Me voy, mi amor, para no volver, me voy… —canturreó.

—No me moveré.

Silencio.

—¿Qué ha dicho? —preguntó el viejo Tobías con una leve nota de interés.

—He dicho que no me moveré.

El cuerpo de Esperanza temblaba de los pies a la cabeza.

—Estaré totalmente quieta, no moveré un solo músculo. Estaré quieta, muy quieta. Como esa muchacha.

Silencio.

—Ahora me estoy desnudando… y estoy acariciando mi cuerpo…

Después de un largo silencio, Tobías exclamó:

—Es usted muy lista, señorita, mucho…

Silencio.

—Me tumbaré en la cama y podrá hacer conmigo lo que quiera. No me moveré. Se lo prometo.

Dicho eso, Esperanza se alejó de la puerta con sigilo, entró de nuevo en el cubículo y, como había prometido, se tumbó en la cama junto al cadáver de aquella infortunada y se desnudó.

41

El rostro enjuto de doña Leonor surgió de las sombras. Hacía mucho frío y fuera nevaba. La nieve contrastaba con la arquitectura predominantemente gris oscuro del orfanato del Buen Pastor. Todas las niñas se encontraban alineadas en dos filas, una junto a la otra y enfrentadas entre sí en silencio. Se habían apartado los bancos del gran comedor a los lados y la disposición de las niñas dejaba un amplio pasillo por el que pasar.

Doña Leonor caminaba lentamente por ese pasillo acompañada de dos de las celadoras. De vez en cuando miraba a una niña, luego apartaba la mirada y la posaba en otra. Las niñas le devolvieron la mirada con un gesto impreciso que bien podría ser tanto de cansancio como de tristeza.

Luego contempló a través de la ventana los abundantes copos de nieve caer. Un recuerdo del pasado le mostró una imagen de ella misma junto a otras niñas dando forma a un orondo muñeco de nieve mientras se reían a carcajadas y se arrojaban mutuamente bolas de nieve.

Todo quedaba tan lejos ya…

Al final del recorrido, doña Leonor se giró y miró a todas las niñas, que aguardaban en silencio a que la directora del centro se pronunciara sobre lo que todo el mundo ya sabía. Que Micaela, una niña de once años que tendía a fabular y que poseía una personalidad extremadamente cambiante, había desaparecido sin dejar rastro.

Después de dos días de búsqueda exhaustiva en todas las dependencias del orfanato, doña Leonor se había visto en la obligación de acudir a la Guardia Civil para informar del suceso. Todo parecía indicar que la niña había huido del orfanato, pero la forma y el lugar por donde supuestamente había escapado estaba todavía por esclarecer.

Micaela, como el resto de niñas, era huérfana y, como la gran mayoría de ellas, no tenía otra familia que sus propias compañeras, las celadoras y doña Leonor. La directora estaba especialmente afectada por aquel suceso que no podía comprender y que había tratado de entender solicitando información de las niñas más allegadas a Micaela. Con consternación y también con tristeza, doña Leonor descubrió que Micaela era una niña especialmente solitaria. Muchas de sus compañeras pensaban que estaba loca, ya que hablaba sola y, a veces, según el testimonio de estas niñas, parecía que existieran dos tipos de Micaela. Las celadoras corroboraron parte de esta información y doña Leonor temió que la niña hubiera cometido alguna barbaridad.

Esa noche doña Leonor estaba despierta y seguía nevando. Ver la nieve caer sobre la calle la entristeció todavía más y una mezcla de sentimientos encontrados se apoderaron de ella. No podía dejar de pensar en Micaela y qué habría sido de ella. Barajó un sinfín de posibilidades sobre aquella misteriosa desaparición y la ausencia de respuestas la aturdía aún más.

Quería conciliar el sueño, apenas había dormido en dos días y tampoco había comido mucho.

Poco después se quedó dormida en la mecedora que tenía en su dormitorio hasta que unos golpes en la puerta la despertaron. Una de las celadoras estaba al otro lado. Realmente estaba excitada y le pedía que la acompañara.

Doña Leonor preguntó que qué ocurría, pero la celadora, cuando trataba de buscar las palabras, apenas conseguía balbucear y prefería que fuera ella misma quien lo viera con sus propios ojos.

Atravesaron el patio, cuyo suelo estaba cubierto por un blanco manto que refulgía en la oscuridad. La nieve caía silenciosa y el cielo se presentaba de un blanco sucio. Al mirar arriba, se le antojó que los copos de nieve tenían más que ver con la muerte que con la vida.

Pasaron por la cocina desierta y misteriosa y la celadora le indicó que descendiera por unas escaleras estrechas que daban a la bodega. Alumbrándose con un quinqué, doña Leonor avanzó con impaciencia mientras sus emociones la traicionaban ofreciéndole imágenes que iban de la más luminosa felicidad hasta la atrocidad más aberrante.

Se detuvo en seco cuando vio al resto de celadoras congregadas en un corro alrededor de algo que no conseguía ver desde su posición y se le encogió el corazón. Negó para sus adentros e intentó prepararse para asimilar alguna imagen horrenda que la perseguiría de por vida.

Sintió un repentino desánimo y sus pies se negaron a continuar, pero la celadora la instó a que llegara hasta el final. Otra celadora se volvió y descubrió la presencia de doña Leonor. Sus ojos brillaban de emoción. La misma celadora agitó la mano, animándola a que acudiera lo antes posible. Doña Leonor movió un pie y luego otro. El corro de celadoras se abrió lentamente a regañadientes.

Ahogó una exclamación de sorpresa. Una estantería que servía para almacenar tinajas y salazones estaba descorrida a un lado y mostraba un cuadrado negro.

Frunció el ceño. En todos sus años en el orfanato jamás había sabido de la existencia de aquella estancia. Como si pisara terreno prohibido, se acercó hasta la entrada. Una leve corriente fresca le sacudió el cabello y le arrancó un gemido. De algún lugar del interior de lo que parecía un pasadizo, brilló una luz amarillenta. Sus ojos se dirigieron hacia la luz y, a continuación, sus pasos.

Una figura pequeña se ocultaba tras un recodo y sujetaba el quinqué que proporcionaba aquella luz.

Doña Leonor reconoció aquella espalda inmediatamente. Era la de aquella niña callada y muy observadora que llevaba con ellas cerca de tres meses.

La niña se giró lentamente y miró a doña Leonor. Sus ojos eran grandes y negros como su cabello. No dijo nada, se limitó a mirarla fijamente y luego se giró de nuevo. Cuando estiró el brazo para alumbrar lo que había en el suelo, la luz mostró a una niña robusta de cabellos rojizos y poco agraciada que estaba tumbada bajo una manta y tapada con un abrigo que, casualmente, una celadora había echado en falta justo cuando desapareció Micaela. La niña pelirroja abrió los ojos y miró a doña Leonor avergonzada.

42

Esa rapaza tenía que estar como un cencerro para bajar por aquel pozo. Y sin saber cómo, ahora también él estaba allí, en el interior de una mina abandonada y prohibida.

—No es necesario que baje, solo quédese aquí. —Agitó en el aire una cuerda que llevaba en su mano derecha—. Esta cuerda me vendrá bien para sacar a mi padre de donde está...

—Para el carro —la interrumpió Juanito agitando una mano curtida por las largas temporadas a la intemperie y el trabajo duro de campo—. Pero vamos a ver, ¿dónde está tu padre si se puede saber?

La niña señaló sin ningún atisbo de duda el agujero que se hallaba a sus pies. Juanito lo miró y se le erizaron los pelos de las sienes.

—Ha tenido un accidente y está atrapado, venía a buscar oro...

—Está prohibido buscar oro en la mina —replicó atemorizado.

—Sí, lo sé. —Movió con pesar la cabeza—. Alguien le dijo que había oro. Estaba desesperado..., la granja que tenemos... —balbuceó y se detuvo. Comenzó a sollozar y prosiguió a duras penas—: El señorito ha subido la renta... y no podemos pagarla. Este año ha sido muy malo. Usted, si es hombre de campo, ya lo sabrá. La última cosecha se echó a perder por culpa del granizo y no tuvimos más remedio que vender algunos animales de la granja, pero ya no nos queda nada y el señorito amenaza con echarnos si no le pagamos...

Rompió a llorar y las lágrimas arrasaron sus ojos. Agachó la cabeza y se tapó los ojos con las dos manos pequeñas y huesudas que, a la luz del quinqué de Juanito, parecían las manos de una muñeca.

—Vale, vale, no te pongas así, que todo tiene solución menos la muerte. —Miró de reojo a la niña también él a punto de claudicar y sacó del bolsillo un pañuelo convertido en un guiñapo. Se lo entregó—. Anda, toma.

—Gracias. —Lo cogió con una mueca de agradecimiento y se sonó la nariz con estrépito.

Le quitó a la niña el manojo de cuerda y se lo pasó por la cabeza, colocándoselo como si fuera un zurrón, cruzado sobre el hombro. Le ofreció a la niña el otro extremo.

—Venga que no tenemos todo el día, átate esto bien a la cintura y vamos a ver qué podemos hacer por tu padre..., que en menuda te has metido, Juanito.

La niña todavía sollozaba cuando un pequeño sentimiento de esperanza le cruzó el corazón y no pudo evitar sonreír. Sin pérdida de tiempo, se ató la cuerda a la cintura mientras le explicaba a Juanito su plan.

43

Intentó vaciar su mente de cualquier pensamiento. El que fuera. Su cuerpo temblaba de frío, pero había aprendido en cuestión de minutos a no hacerlo, sumiéndose en una especie de profundo letargo. No sabía el tiempo que había pasado, dedujo que no mucho aunque no supo cuantificarlo. Echó de menos a su padre y le habría gustado que estuviera allí con ella en aquel momento, pero no quería hacerle sufrir mostrándole el horror por el que tenía que pasar. Sintió lo que quedaba del cuerpo de aquella muchacha. Sus facciones, su cuerpo esbelto, su inteligencia y personalidad se habían convertido en algo grotesco, vil, humillante. Acarició su mano en busca de contacto físico, pero solo halló huesos pútridos que le advirtieron de la futilidad que constituía la vida humana.

Y entonces lo oyó abrir la puerta.

Tan concentrada estaba que no había oído el ruido de retirar lo que supuestamente habría colocado para bloquear la entrada —piedras, supuso— y que habrían hecho un ruido similar.

Comenzó a temblar levemente y tuvo miedo de no poder controlar aquellos movimientos involuntarios. Tenía que concentrarse y dejar de temblar o todo se acabaría en ese mismo instante.

Dejó de apretar los ojos. Destensó la mandíbula y pensó que navegaba en un bonito velero que surcaba el océano bajo un cielo azul brillante y el viento le acariciaba el rostro y agitaba su cabello. Todo era luminoso y perfecto, y allí, sobre la cubierta de aquel velero, estaba su padre junto a ella. Le sonreía y estiraba sus brazos para que ella le cogiera las manos. Y así lo hizo. Y sonrió y sus ojos tan azules como el cielo que los cubría a ambos se iluminaron e iluminaron el corazón de Esperanza de plena felicidad.

—Lo sé, amor. Lo sé —murmuró—. Pase lo que pase, estaré contigo.

Esperanza negó y quiso añadir algo, pero el dedo índice de su padre se lo impidió. Le sonrió con dulzura, como si nada horrible pudiera ocurrir en un día como aquel.

—Cierra los ojos.

No quiso hacerlo por miedo a que se alejara y se perdiera para siempre, pero sabía que no tenía otra opción.

El viento desapareció, la luz y el olor a mar. Su respiración se había reducido tanto que apenas movía el pecho al inspirar, no obstante le llegó un olor acre, de suciedad, orines y sudor.

El viejo Tobías carraspeó y se aclaró su voz cazallera.

—¿Ves esta? —dijo levantando una navaja oxidada que agitó en el aire—. Si mueves un solo dedo, te rajo el cuello.

Esperanza no movió un solo músculo de su cuerpo. Ni siquiera fue consciente de la amenaza de Tobías.

El viejo la miró durante un rato. En una mano portaba la navaja, que bajó, pero se mantuvo alerta, y en la otra un candil de carburo que apoyó en el suelo.

Tragó saliva al dejar que la luz del quinqué revelara el cuerpo joven de Esperanza y su excitación creció con rapidez.

Se deleitó contemplando el cuerpo de la muchacha mientras emitía un jadeo continuo y tragaba saliva de vez en cuando.

Se llevó la mano a la entrepierna y constató el tamaño de su erección. Se pasó la lengua por los labios relamiéndose, sin saber por dónde empezar.

Observó fascinado el pubis negro y abundante de la chica, que no movía ni un solo cabello. La palidez de su cuerpo alimentaba la idea de que, en realidad, estaba muerta.

Se agachó lentamente, haciendo el menor ruido posible, como si al hacerlo el hechizo se pudiera romper en mil pedazos.

Comprobó los pequeños pero bien torneados pechos de la muchacha y, al acercarse, constató que la chica tenía la piel de gallina.

No podía apartar sus ojos del pubis, que lo tenía completamente obnubilado.

Era muy hermosa.

Se decidió a pasar su mano encallecida y sucia por el cuerpo blanco y terso de la joven. Era tan suave que no existía poder en el mundo capaz de resistirse.

Sintió que la piel de la chica reaccionaba y que sus pezones se endurecían. Se incorporó con rapidez y, con apremio, se deshizo el nudo del cordón que utilizaba de cinturón y los pantalones de pana cayeron flácidos entrepierna abajo.

No llevaba calzoncillos y se enorgulleció al comprobar la dureza de su erección.

Y seguía sin moverse. La miró fijamente otra vez. En realidad, parecía que estuviera muerta. Ahora que la tenía allí, se dio cuenta de las posibilidades que ofrecía aquella oportunidad. Era carne fresca y toda para él. No le gustaba la sangre y con la navaja se echaría a perder. La estrangularía y así podría disfrutar de su cuerpo hasta que los gusanos se hicieran con ella, al igual que había ocurrido con aquella otra rapaza.

Apartó con delicadeza las piernas y se puso encima de ella, colocando la punta de la navaja en su cuello. Estaba tan excitado que temía eyacular antes incluso de introducir su miembro.

Sí. En el fondo, que esa zagala hubiera llegado hasta allí por sí sola había sido un regalo de los dioses. Un regalo que no estaba dispuesto a despreciar.

—Ahora que hemos intimado, señorita, tengo que confesarle que no le he contado toda la verdad…

Esperanza se concentró todo lo que pudo. Cualquier movimiento o muestra de emoción sería un error fatal.

44

Su cuerpo se zarandeaba ligeramente. Sintió un dolor lacerante que la hizo despertar de su letargo; sin embargo, no mostró en ningún momento ni esa ni ninguna otra emoción. El peso de Tobías la aplastaba y temía que llegara el momento en el que no pudiera inhalar unas mínimas gotas de aire. Abrió los ojos. Como si una revelación le hubiera sido concedida en ese preciso instante. La luz que emitía el candil de carburo le mostró el horror de la realidad.

Tobías se había limitado a hacer lo que Esperanza supuso que haría un hombre como él al ver el cuerpo desnudo de una mujer joven a su total disposición. Su lujuria dominaría todos sus sentidos, su juicio se nublaría y no caería en la cuenta de registrar a la chica. Al fin y al cabo, estaba completamente desnuda ¿Qué y dónde podría esconder algo amenazante? Ni se le había pasado por la cabeza.

Lentamente, deslizó por la palma de su mano, vuelta del revés, el cristal que previamente había quitado del quinqué que había traído consigo y se preparó. Se concentró y el pensamiento de una nueva mañana surgiendo de entre los árboles, valles y montañas se le coló fugazmente.

Esperó el momento.

Sintió una embestida de Tobías y el consiguiente dolor punzante. Era como si algo se hubiera desgarrado ahí debajo. Incoscientemente derramó un par de lágrimas.

Sintió la mano derecha acariciándole brutalmente los pechos.

La mano izquierda estaba ocupada magreando el muslo derecho de Esperanza.

Ese era el momento.

Con un movimiento espasmódico, Esperanza le clavó el trozo de cristal en el cuello. El vidrio atravesó la piel de Tobías con suma facilidad y este gritó como un gorrino en la matanza, llevándose la mano izquierda a la herida que había abierto una brecha de la que manaba sangre a borbotones.

Esperanza sintió cómo la sangre caliente le salpicaba la cara. Tobías movió la mano derecha y buscó sin mirar la navaja que había dejado allí mismo para tocar aquellos jóvenes pechos, mientras chillaba y chillaba.

Con un grito de rabia, Esperanza le lanzó de nuevo el cristal al cuello y este se topó con los dedos que Tobías utilizaba para contener la hemorragia. A los primeros gritos, se sumó un nuevo grito de mayor intensidad cuando Tobías descubrió que el nuevo tajo propinado por Esperanza le había cortado limpiamente los dedos medio y anular.

Con los ojos desorbitados, quiso incorporarse y, cuando lo hizo, se tambaleó como si estuviera borracho.

Mientras sujetaba con firmeza el vidrio empapado en sangre, Esperanza observó al viejo Tobías moverse con el rostro desencajado, el pecho y la cara cubiertos de sangre, sujetándose el cuello, por el que continuaba saliendo sangre a veces a borbotones, a veces pequeños chorros a presión. Fijó la mirada desorbitada en aquella chiquilla flacucha y blandió la navaja en el aire.

—Pu… ta… —borboteó.

Esperanza lo miró con los ojos completamente abiertos y furiosos. La mandíbula apretada. Le enseñó su arma, le enseñó los dientes y gritó de rabia como nunca pensó que pudiera hacer.

Y se abalanzó sobre Tobías. El cristal cortó con un ruido crujiente la carne maloliente de aquel hombre y seccionó la carótida con extrema facilidad. Tobías emitió un gemido ahogado y prolongado, gorjeó con mayor intensidad y agitó en el aire la mano —ya sin los dedos índice y anular— que sin éxito había intentado contener la sangre y la vida que escapaba por aquella herida mortal. Cayó al suelo con un sonoro estertor.

Observó en silencio el cuerpo de Tobías con el arma preparada, sin embargo los gorjeos se espaciaban cada vez más. Le sorprendió la cantidad de sangre que manaba y el charco que con rapidez se formó bajo el cuello de Tobías y que se extendió como una mancha de aceite en el agua clara.

Miró el arma que había conseguido acabar con el viejo detenidamente. El trozo de cristal y la mano parecían hechos del mismo material sanguinolento. Lo dejó caer al suelo con un gesto de consternación y quiso llevarse la mano a la boca al comprender lo que había hecho.

El charco de sangre le alcanzó el pie. Se quedó mirándolo embelesada, como si todo aquello formara parte de una pesadilla.

Observó de nuevo a Tobías. No se movía y su expresión era de grotesca sorpresa. Supuso que aquel que encuentra la muerte inesperadamente no deja de recibir otra cosa que una macabra sorpresa. Bajó la mirada y sus ojos observaron sin interés el suelo. La luz del candil de carburo se había hecho más y más pequeña. Pensó que no saldría de allí si aquella luz terminaba por extinguirse.

45

Salió a la galería principal y vio una pequeña montaña de rocas de diferentes tamaños y formas que Tobías había utilizado para bloquear la entrada, miró las piedras con ojos desorbitados como si fueran objetos amenazantes. En su afán por alejarse de aquel lugar inmundo, tropezó con algunas de ellas, gimiendo al sentir cómo su piel se desollaba con las aristas de las rocas pero sin permitirse detenerse ni un solo instante. Caminó medio a rastras dejando atrás la mazmorra y las piedras. Se dio cuenta entonces de que cojeaba de la pierna izquierda y de que estaba completamente desnuda y cubierta de sangre.

Siguió avanzando sin detenerse, solo quería salir de allí.

No había bifurcaciones, era un túnel único y no había opción para el error. Vislumbró el tramo final y, arrastrando la pierna, iluminó con la precaria luz del candil el espacio serpenteante hacia la salida. Se repetía a sí misma que estaba cerca, muy cerca.

Y entonces vio algo moviéndose delante de ella.

Se detuvo y, sin dejar de gemir, trató de enfocar la mirada en la dirección de aquel ruido. No sabía por qué, pero parte de su visión se había vuelto borrosa. Trató de eliminar ese efecto limpiándose con el dorso de la mano, pero inmediatamente constató que tenía toda la mano y hasta la mitad del antebrazo cubiertos de sangre reseca. Soltó un grito gutural de repulsión y, por el rabillo del ojo, le llegó el fulgor de una suave luz que emitía destellos amarillos anaranjados.

Giró la cabeza hacia atrás, en un principio con la intención de retroceder y ocultarse, pero la sola idea de dar un paso atrás le provocó una sensación de pánico aún mayor que la de enfrentarse a la persona que la aguardaba al otro lado de la galería.

La luz avanzó y oyó pisadas arrastradas que de ningún modo pretendían ser oídas.

Esperanza sacudió la cabeza, dio un paso involuntario hacia atrás y una figura apareció acompañando la luz antes de lo esperado.

Diego Carreño portaba un quinqué de luz potente. La levantó al ser consciente de la presencia de alguien y miró estupefacto a Esperanza con una mirada extraña y desconcertada.

Esperanza respiraba entrecortadamente, apretó los puños y pasó sus manos por la superficie de la pared, intentando coger algo que la ayudara a defenderse, pero solo halló la pared húmeda y dura como la superficie de un diamante y Carreño levantó el quinqué, miró con ojos incrédulos e inclinó su cuerpo hacia delante sin moverse de su posición.

La luz brillante del quinqué arrancó un brillo en alguna parte del suelo del túnel, entre él y ella. Una imagen fugaz le recordó el casco de minero, las lámparas y la otra piqueta corroída por la humedad, perfectamente utilizable como arma contra un eventual ataque.

Lanzó una mirada a Carreño y esta casi coincidió con la suya. Se miraron un largo segundo y luego Esperanza se lanzó hacia la piqueta.

—¡No! —gritó Carreño, abalanzándose hacia ella.

Estaba tan obcecada con llegar hasta la piqueta que no se percató de que su pierna había desplazado algo fino y elástico que casi la derriba. Cuando apoyó su mano izquierda sobre el suelo y dejó caer el candil de Tobías, que apenas alumbraba ya, vio por el rabillo del ojo un finísimo hilo de pescador inerte en el suelo.

Carreño dejó caer también su quinqué y se lanzó hacia ella a la vez que gritaba algo que a Esperanza le resultó ininteligible.

Miró el cordel y entonces oyó un ruido sordo sobre su cabeza, primero dubitativo y luego más intenso. Intentó mirar hacia arriba mientras su mano derecha procuraba afianzarse sobre el suelo húmedo del túnel.

Una roca de gran tamaño, capaz de aplastarla hasta morir, cayó a apenas unos centímetros de su pie izquierdo, que había quedado flexionado. Unas pocas piedras más pequeñas, la menor del tamaño de un melón grande, rodaron y una de ellas golpeó levemente el pie de Esperanza.

Mientras seguía preguntándose qué era lo que estaba ocurriendo y sentía un dolor lacerante producido por el golpe de la piedra en el pie, apareció Carreño, o mejor dicho sus manos, que la cogieron por los brazos para tirar de ella.

Varios grupos de rocas de diferentes tamaños cayeron sobre las primeras de forma que se apiñaron unas contra otras con rapidez asombrosa y formaron un muro irregular e infranqueable.

No se veía absolutamente nada debido al polvo gris que había invadido todos los centímetros cúbicos del túnel.

Estaba en el suelo y sentía la opresión del cuerpo de Carreño, que estaba pegado al suyo y que, al igual que ella, tosía sin parar.

—¿Estás bien? —se interesó entre tos y tos.

No dijo nada. Quería abrir los ojos, pero cuando lo intentaba el polvo se lo impedía y sentía cómo las lágrimas ardían sobre sus mejillas.

Sintió los brazos de Carreño en torno a ella, intentó desembarazarse de ellos, pero entonces notó que no la abrazaban a la fuerza, sino que la protegían.

—Tranquila, tranquila… —murmuró en su oído.

El estruendo de las rocas caídas dejó paso de nuevo a la quietud y silencio del lugar.

El quinqué brillaba cerca de donde se encontraban, emitiendo una luz gaseosa, velada por el polvo; millones de posos revoloteaban alrededor de ella y poco a poco se iban asentando en el suelo.

Carreño cogió la capa que llevaba y se la puso a Esperanza por encima tapando su desnudez, mientras tosía, aunque cada vez con menos intensidad.

—Voy a coger el quinqué —anunció tras un minuto de silencio.

Se incorporó a medias y, estirando su brazo derecho, agarró el quinqué y lo atrajo hacia él.

La luz del quinqué reveló el rostro sucio de polvo de Carreño. Sus ojos, formando un círculo a su alrededor, destacaban en su rostro grisáceo, parecía como si fuera un payaso que se hubiera maquillado a la inversa.

El polvo había vuelto al lugar donde se encontraba antes del desprendimiento. Esperanza miró las rocas apiladas a un metro y medio escaso de su posición que a punto habían estado de aplastarla y convertirla en parte de la propiedad de aquel túnel.

—No sabes lo cerca que estuve de caer yo en la trampa. —Negó con un gesto de abatimiento—. Ese viejo…, Dios, no puedo creerlo.

Esperanza sintió entonces un dolor agudo en el pie que había sufrido la caída de la piedra.

—¿Puedes caminar?

Esperanza miró a Carreño fijamente, luego a su pie dolorido y asintió.

—Creo que sí…

Carreño negó, parecía intentar asimilar todo lo que estaba ocurriendo.

—¿Cómo me ha encontrado? —preguntó Esperanza, sin poder evitar mostrar una mínima inquietud.

—Dale las gracias a Florián.

—¿Florián?

—Cuando escapaste del orfanato, intuí que vendrías a Campoamor o aquí en busca de respuestas… Le pedí a Florián que viniera a echar un vistazo, al parecer a tiempo de ver al viejo Tobías entrar en este… —miró con aprensión en derredor— agujero. El pobre casi se despeña por venir a avisarme.

Antes de que Carreño hiciera el gesto de ponerse en marcha, Esperanza lo cogió por las solapas de la chaqueta.

—Todavía no ha acabado…

Carreño abrió los ojos como si esas palabras hubieran despertado un dolor que, aunque latente, permanecía dormido en el interior de su corazón.

—Hay muchas cosas que explicar, ¿verdad?

Esperanza observó sus gestos durante un instante.

—Esa muchacha…, ¿la conocía?

—¿A qué te refieres?

—La muchacha que está ahí dentro… no es Buenaventura, ¿quién era?

Tras reflexionar durante un instante, Carreño murmuró:

—Podría ser María. Desapareció el mismo día que Buenaventura, pero tal vez…

—No. Es ella —afirmó Esperanza—. Me lo ha confesado el propio Tobías ahí dentro. Todo el mundo lo tomaba por tonto y se aprovechó de esa situación. La pobre creyó que se trataba de un juego absurdo y no lo vio venir. La estranguló, la metió en un saco y, delante de todo el mundo, la trajo hasta aquí.

—Pobre Agustina —murmuró con pesar.

—¿Agustina?

—María era su sobrina. —Pensó en aquella tarde cuando intentaba sonsacarle a Balbina información sobre lo ocurrido aquel fatídico día.

De repente la voz de Florián llegó hasta ellos acompañada de una profunda reverberación.

—¡Señor Carreño! ¿Va todo bien?

—¡Todo bien, Florián! ¡Sácanos de aquí! —gritó Carreño hacia la salida.

—¡Ahí va la cuerda! —respondió Florián segundos más tarde.

—Vámonos de aquí de una vez.

Carreño se giró y Esperanza lo cogió del brazo. Lo miró a los ojos fijamente.

—Usted sabe dónde está Buenaventura, ¿no es cierto?

La luz oscilante del quinqué destacó su perfil y, con voz inexpresiva, como si estuviera rememorando un momento triste del pasado, dijo:

—Creo que ya es hora de que sepas la verdad.

46

No suelte la cuerda, por lo que más quiera.

Los ojos de la niña miraron a Juanito con una mezcla de súplica y expectación. A la luz del quinqué, brillaban de emoción y un hálito de esperanza.

Juanito negó con vehemencia y respondió con un gesto de mal disimulada indiferencia mientras sujetaba en una postura imposible la cuerda que se perdía en las entrañas de aquel agujero que le ponía los pelos como escarpias. No le extrañaba que aquel hombre se hubiera caído por allí ya que, pese a las repetidas advertencias de la niña, a punto había estado de caer también él.

—Tú baja y encuentra a tu padre.

La niña asintió repetidas veces y no perdió el tiempo. Comenzó a deslizarse mientras sujetaba a duras penas la vela que Juanito le había dejado para alumbrarse en su descenso. Tenía que tener cuidado para no soltarla y, a la vez, agarrar la cuerda para descender con mayor seguridad.

Literalmente, aquel pozo era estrecho y sorprendentemente liso y descendía como un trampolín casi en vertical en una rápida bajada a los infiernos. Conforme se descolgaba un metro, la niña miraba hacia abajo sin ver más que el débil fulgor de la vela que la iluminaba únicamente a ella.

—¡Padre! ¡Estoy aquí! ¡Voy a sacarlo de ahí! —gritó la niña con un entusiasmo que rozaba la irracionalidad. Su voz sonó extraordinariamente sonora, aunque el eco devolvió una versión una octava más aguda que parecía burlarse de ella.

Un inesperado aleteo que parecía como si alguien corriera con pantuflas surgió del fondo y le recordó el traumático episodio con los murciélagos. Se detuvo, cerró los ojos y agachó la cara pegándola todo lo que pudo al pecho para evitar los arañazos de aquellos odiosos bichos.

Un murciélago solitario y al parecer despistado pasó volando hacia arriba sin prestar atención a la niña. Juanito soltó un bufido y, a continuación, una serie de exclamaciones que hubiera preferido no oír.

—¿Estás bien? —preguntó Juanito desde lo más alto. Su voz sonaba como si estuviera a miles de kilómetros de distancia.

—¡Sí! —gritó la niña y se apresuró a continuar bajando.

Al cabo de un par de metros el túnel se inclinó, hasta tal punto que la niña pudo apoyar los pies y descender más cómodamente. Experimentó una súbita sensación de alegría, pero rápidamente se empañó cuando notó que, además, el túnel se estrechaba.

Tanto que la inesperada alegría se trocó en una sensación de terror.

—¿Eres tú?

Sonó lastimera y cansada, apenas unos metros por debajo de la niña.

La niña quiso contestar, pero se apresuró a descender más rápido en su lugar. Rezó por que la cuerda no fuera demasiado corta. Parecía que todavía había algunos metros disponibles más.

Los gemidos de urgencia de la niña ahogaron unos lamentos que sonaban muy débiles.

La niña fijó sus ojos grandes en la negrura del fondo. Todo era extremadamente denso y los lamentos parecían pertenecer a la propia oscuridad.

—¿Padre?

La voz contestó con otro lamento, a todas luces bastante significativo.

—Ya voy, padre… Le voy a sacar de aquí, ya lo verá…

La niña se inclinó un poco más y bajó la vela hacia la negrura. La luz de la vela atravesó el velo intenso y reveló a un hombre atrapado. Extrañamente parecía como si el túnel se hubiera cerrado en torno a él, desapareciendo en ese mismo punto.

La visión de aquel hombre demacrado y cubierto de polvo y suciedad dejó a la niña sin palabras. Su cuerpo desaparecía por debajo de las axilas y tenía magulladuras en los dos brazos, que estaban como apoyados en el suelo que se cernía alrededor suyo en una situación inaudita.

—Hija… —escupió el hombre y, al hacerlo, tosió sangre.

—Padre…

La niña miró al hombre atrapado absurdamente en aquel lugar. No sabía qué hacer, si acariciarlo, besarlo o abrazarlo.

El hombre miró a la niña con ojos inyectados en sangre, cansados y terriblemente abatidos. De su boca abierta surgían lamentos de dolor apagados y sangre.

—¡Padre!

La niña optó por abrazar a su padre por los hombros y lloró desconsoladamente, derramando enormes lágrimas.

—¿Todo va bien? —bramó la voz de Juanito. Por un instante, la niña pensó que aquella voz era la del mismísimo Señor.

—¡Sí! —se apresuró a contestar—. ¡Vamos a sacarlo!

Juanito no contestó, se lo imaginó preparado, sujetando la cuerda con fuerza.

—¡Padre! ¡Vamos! ¡Tenemos que salir de aquí!

La niña cogió a su padre por los brazos y estiró inútilmente, con más rabia que fuerza.

—Me estoy muriendo, hija —dijo como si al hacerlo se hubiera quitado un peso de encima.

La niña lloró y negó con vehemencia.

—¡No! ¡Vamos a salir de aquí! ¿Me oye? ¡Vamos a salir!... ¡Padre! —gritó impotente y se echó a llorar. Apoyó la cara sobre el hombro izquierdo de su padre y su cuerpo tembló.

—Mi niña..., eres tan valiente...

—No, no... —La niña balbuceaba con la cara enterrada en el hombro de su padre. Con esfuerzo, estiró la mano derecha y acarició el cabello de su hija.

—¿Te he dicho alguna vez cómo viniste al mundo?

Tras un rato, la niña negó con la cabeza, sin querer apartar la cara del hombro de su padre.

El hombre sonrió de satisfacción.

—No dejabas de dar patadas al estómago de tu madre. Siempre decía que aquella niña no habría quien la detuviera. —Se calló un instante, tragó saliva y continuó más despacio—: Estábamos en la cama y tu madre me solía decir: «¡Ahora! ¡Mira cómo se mueve!», y yo ponía mis manos con cuidado sobre su estómago. —Sonrió abiertamente al recordar aquel momento de felicidad.

La niña apartó la cara del hombro de su padre y dejó solo su mejilla apoyada. Sus ojos dirigieron su mirada hacia la vela que previamente había colocado apoyada entre unos riscos y la pared.

—Hacía mucho frío —afirmó—. No nevó de milagro. Y tu madre aseguraba que ese mismo día te conoceríamos en persona.

Todo se quedó en silencio. La niña escuchaba atentamente y el mundo parecía como si hubiera desaparecido por completo.

—Fue una suerte que la matrona viniera a tiempo. Poco tuvimos que esperar. Era una mujer de mal humor y gruñona, pero muy eficiente. Y tu madre se portó con valentía. Sufrió mucho y temí que todo ese esfuerzo pudiera acabar con ella.

La niña movió la cabeza ligeramente. Se limpió una lágrima seca de la mejilla.

El padre de la niña negó y sonrió. Se quedó pensativo y luego meneó la cabeza sin borrar de su rostro aquella sonrisa.

—Yo estaba muy nervioso, ¿sabes? Y la matrona decía al verme tan alterado que tenía que haber avisado al doctor también. Y con razón. —Se detuvo un instante—. Y justo en ese momento, algo se movió y salió de las entrañas de tu madre. —Y los ojos de ambos se encontraron—. Sí, eras tú. Con los ojos totalmente abiertos. Tenías unos ojos enormes. Todo el mundo en aquella habitación se quedó mudo al ver a aquella niña con aquellos ojos tan grandes. ¡Qué barbaridad! Eran los ojos más grandes que había visto en toda mi vida... La matrona te cogió y te miró, y luego te dio un par de fuertes azotes.

La niña hizo una mueca de disgusto, como si en realidad pudiera recordar aquel momento.

—Y comenzaste a llorar. Y yo lloré. Y tu madre lloró. Sí, ya estabas aquí con nosotros. Y eras como yo siempre había soñado. —Bajó el tono a un susurro—: Parecías una diminuta princesa que por arte de magia había aparecido de repente en nuestras vidas, para iluminarlas. Y vaya si lo hiciste. Fuiste como una bendición que jamás imaginamos que pudiéramos tener. Eras un ángel que había descendido para quedarse con nosotros y ¿sabes una cosa, amor?

—No.

—Nunca te lo he dicho, ni tampoco tu madre, la pobre no tuvo oportunidad… Pero siempre, siempre hemos estado muy orgullosos de ti… Sabíamos que un día te convertirías en una mujer muy valiente.

El hombre emitió un gemido prolongado y la niña se separó inmediatamente de su hombro.

—Padre…

Su padre la miró fijamente a los ojos.

—Aquí está mi final…

—Yo le sacaré…

Su padre negó con la cabeza.

—No siento nada, es como si no hubiera nada… de cintura para abajo.

La niña miró a su padre y, por primera vez, vio la muerte dibujada en su rostro.

—¿Sabes una cosa, amor?

La niña comenzó de nuevo a llorar, pero esta vez en silencio. Trató de no apartar sus ojos de los de su padre.

—He rezado para que vinieras y estuvieras aquí conmigo. Para poder despedirme de ti. Y sabía que vendrías, que me encontrarías.

La niña musitó una negación ahogada. Cogió la cuerda que pendía flácida y comenzó a enrollarla por debajo de las axilas de su padre en un gesto inconsciente.

—¿Por qué lo hizo, padre?

—No puedo moverme.

—No me deje por favor, no…

Dejó la cuerda y se lanzó al cuello de su padre para abrazarlo. Así estuvo durante unos minutos. Abrazándolo con fuerza. Hasta que sintió que su padre ya no respiraba.

47

Regresar a Campoamor tuvo un extraño efecto nostálgico en Esperanza. Antes de traspasar la puerta principal en compañía de Carreño, miró la fachada cubierta por la hiedra y se detuvo en el balcón de balaustrada del dormitorio de doña Rosario. Carreño le puso una mano en el hombro. Era un claro gesto de protección y, al mismo tiempo, de apoyo y afecto. Conocer la verdad siempre transforma a quien la descubre. Por muchas conjeturas que hubiera hecho, nada le hacía presagiar lo que había ocurrido realmente.

La casa estaba en silencio y hacía más frío del que recordaba. Los colores de todo cuanto la rodeaba parecían apagados y sombríos. Era curioso comprobar cómo conocer los hechos acaecidos cambiaba la percepción de las cosas.

Llegaron hasta la puerta del dormitorio de doña Rosario y todo seguía en ese extraño silencio que dominaba toda la casa. Con gesto pensativo, Carreño abrió la puerta.

Esperanza oyó el llanto de alguien. La señorita Agustina lloraba afligida. De pie, con las manos apretadas y, en torno a ellas, un rosario de cuentas negras que brillaba tenuemente. Su rostro contraído y pálido y las lágrimas brotando sin parar, mezclándose con súplicas ininteligibles a modo de salmodia.

Don Manuel estaba al otro lado de la cama y miró imperturbable hacia la puerta cuando entraron. Se le veía muy cansado y tremendamente envejecido, con los hombros caídos y ojeroso, como si fuera un espíritu abatido y condenado que detesta su prisión corporal. Se fijó en a Esperanza como si, al principio, no la conociera, luego parpadeó y asintió distraídamente.

Esperanza se acercó hasta la cama de doña Rosario. No pudo evitar sorprenderse al verla tan demacrada. Sus escasas carnes se diluían por entre sus huesos, disipándose lenta pero inexorablemente.

La señorita Agustina, con los ojos anegados por las lágrimas, le dedicó una mirada compungida. Apretaba las cuentas del rosario y las masajeaba nerviosamente entre sus dedos al mismo tiempo que rogaba por la salvación del alma de doña Rosario.

Esperanza avanzó hacia el lugar que ocupaba la señorita Agustina, que no tuvo más remedio que apartarse. Doña Rosario tenía los ojos cerrados y el rostro cubierto de venillas azules y moradas. Respiraba trabajosamente y su pecho flacucho se agitaba levemente con cada inspiración.

Le acarició el dorso de la mano derecha. Estaba surcado de venas cansadas y blandas. Doña Rosario movió la cabeza hacia la derecha acompañada de un gemido. Abrió poco a poco los ojos, pero no parecían mirar a nadie en concreto. Luego los movió de un lado a otro y quiso levantar la mano que Esperanza acariciaba.

Quiso decir algo, pero se le formó un nudo en la garganta que le impidió hablar. Sonrió, en cierta forma parecía que se burlara de la muerte, que ya estaba abriendo las puertas de su reino para que entrara.

—Has venido… —susurró con voz cansada.

Quiso deshacerse del nudo de su garganta que bloqueaba las palabras. Asintió con la cabeza en su lugar.

—Lo sabía —dijo doña Rosario—. Sabía que vendrías antes de mi marcha.

Carreño y don Manuel se miraron fugazmente. Don Manuel buscó los ojos de la señorita Agustina, pero el ama de llaves estaba completamente desolada contemplando los últimos momentos de vida de la que, con toda probabilidad, había sido la persona más influyente de su vana existencia.

—Sí —atinó a decir Esperanza con voz atiplada.

Doña Rosario intentó incorporarse. Don Manuel se alarmó y estiró los brazos para tratar de evitar algo que no se produciría jamás. La señora apenas podía mover los ojos y la cabeza, para negar o afirmar algo.

Al ver que le era imposible realizar ese esfuerzo, desistió por propia iniciativa. Hizo un amago de mueca.

—Siento de veras lo ocurrido, mi niña —murmuró lenta y espaciadamente.

Apretó la mano de Esperanza con las mínimas fuerzas de las que disponía y esta respondió a las muestras de afecto asintiendo despacio.

—Todo fue culpa mía, lo sé.

Miró a su alrededor, entrecerrando los ojos, mirando con laxitud a las personas allí congregadas.

—Dejadnos solas.

Nadie dijo ni hizo ademán alguno durante los siguientes segundos.

—Por favor… —murmuró doña Rosario con los ojos cerrados.

Carreño asintió. Miró a la señorita Agustina y a don Manuel. Bastó ese gesto para que todos estuvieran de acuerdo y, sin protestar, abandonaron el dormitorio.

Con los ojos cerrados, doña Rosario sonrió una vez que la comitiva se hubo marchado.

—Dime, cuéntame qué has hecho todo este tiempo. No me prives de los detalles. Tengo todo el tiempo del mundo.

—Yo no… —comenzó a decir, pero se detuvo.

—Sé que hay un hombre, pero no un hombre cualquiera. ¿Crees que una madre no sabe esas cosas? Solo espero que te ame como te mereces.

Miró a Esperanza recorriendo cada centímetro de su rostro con aquellos ojos gastados.

—Pero confío en ti. Sé que habrás elegido bien… y si te equivocas, pues te habrás equivocado. No pasa nada, así es la vida. Pero mientras tanto, disfruta cada instante, aunque sé que no es algo que tenga que decirte yo.

Doña Rosario cerró los ojos debido al esfuerzo que le suponía hablar. Esperanza quiso advertirla de ello, pero pensó que aquellas últimas gotas de energía de las que disponía las debería emplear en aquello que más le placiera.

—Bueno, últimamente no hemos hablado tú y yo de nuestras cosas. —Miró a Esperanza y negó lentamente con la cabeza—. Solo quería pedirte que me perdonaras, no puedo marcharme con esa carga. ¿Lo harás?

La mirada líquida e implorante de doña Rosario suplicó desde el fondo de su corazón.

—Todo comenzó el día 7 de septiembre, día de la festividad más importante en Santamaría de la Villa —afirmó Carreño frente al fuego cálido de la chimenea del despacho de su residencia mientras Candela, la señora que se encargaba del cuidado de su casa, negaba consternada y se afanaba por hacer que Esperanza se sintiera caliente cubriéndola con otra manta más. Sentía los huesos fríos y las horribles imágenes vividas en aquel túnel apenas unas horas antes todavía parpadeaban en su cabeza.

La narración de Carreño se proyectó vívidamente en una gran pantalla que Esperanza había recreado en su mente, recordó que era igual que cuando proyectaban aquellas películas tan bonitas de Hollywood los días festivos en el orfanato.

Carreño estaba sentado en su escritorio en aquella misma habitación. Alguien irrumpió en el despacho atropelladamente. Era Candela e iba acompañada de Florián, el mozo de cuadras. Llevaba la gorra entre sus manos fuertes y venosas, tenía los hombros caídos y miraba con ojos turbados al administrador.

—Ha ocurrido un accidente, señor Carreño.

Carreño se incorporó lentamente y lo miró desconcertado.

—¿Un accidente? ¿De qué estás hablando, Florián?

—En el camino del Santón, cerca del bosque de las Ánimas… —farfulló Florián extendiendo la mano e indicando la dirección aproximada del lugar de los hechos.

—Pero ¿de quién? ¿Qué es lo que ha pasado?

—La señorita…

—¿Qué le ha pasado?

Florián, nervioso, negó con la cabeza y apretó la gorra deformándola entre sus manos.

—No lo sé, señor Carreño… Hemos llamado a don Manuel…

Se acercó hasta el mozo de cuadras a grandes zancadas con los ojos saliéndole de las órbitas.

—¡Candela! ¡Mi abrigo!

Candela se apresuró a salir del despacho. A escasos centímetros de ella, Carreño abandonó la sala y, a continuación, Florián.

Esperanza miraba el fuego danzar delante de sus ojos. Ya no sentía sus manos frías, sino tibias al contacto con sus brazos. Candela insistía en que debía terminarse la sopa marinera con picatostes que le había preparado. Carreño, con los codos apoyados sobre las rodillas, permanecía inclinado mirando como hipnotizado el fuego crepitante, que arrancaba destellos que se proyectaban en sus pupilas.

—Nos dijeron que un par de granjeros venían de camino con ella. Fuimos a su encuentro. Don Manuel se reunió con nosotros y la llevamos a casa.

—Había quedado con su amante, ¿no es cierto?

Carreño levantó la cara despacio, miró a Esperanza con ojos que se perdían en la inmensidad del pasado.

Carreño y Florián caminaban deprisa por el suelo empedrado de la plaza del mercado, en ese momento las campanas del altar mayor repicaron anunciando las siete en punto.

—¿Qué hacía en el bosque? —le preguntó inquisitivamente a Florián mientras este se esforzaba en mantener el ritmo que había impuesto el primero.

—No tengo ni idea…, solo sé que doña Rosario me pidió que la llevara al bosque de las Ánimas, donde el viejo puente de piedra…

—¿Al viejo puente…?

Florián se apresuró a asentir. Continuó.

—Sí, señor, me dijo que la llevara y la dejara más arriba. Ya sabe, en el camino de la mina de Alonso de Santacruz, donde el roble centenario…

—Pero… —rumió Carreño sin aminorar el ritmo.

—Luego me dijo que la dejara sola, pero que no me alejara mucho…

—¿Dejaste a doña Rosario sola? —escupió de repente, deteniéndose en seco.

Florián miró de soslayo con temor a Carreño.

—Me dijo que la esperara en el camino del Santón, que ella me avisaría…

—Pero, Florián, ¿en qué estabas pensando, hombre?

—Yo hice lo que me dijo la señora —replicó Florián con tozudez.

—¿Y qué pasó después? —se interesó Carreño, reanudando el paso de nuevo a un ritmo más bien rápido.

—Quería persuadir a su hija —dijo Esperanza.

Carreño asintió distraídamente.

—Buenaventura tenía intención de marcharse con su amante y su madre quería impedirlo.

Carreño no respondió, bajó la cabeza y un mechón de su cabello se quedó colgando como un gancho desmadejado.

—Como es lógico pensar, doña Rosario quería lo mejor para su hija y no entraba en sus planes que tirara su vida por el retrete con un don nadie como aquel.

Tras un momento, solo se oyó el crepitar del fuego en la habitación, que estaba iluminada tenuemente por la luz del fuego de la chimenea.

—Descubrió aquel plan descabellado que tenía su hija en mente. No era la primera vez que Buenaventura se escapaba con un hombre. Siempre aparecía el gran amor de su vida. Ella se encandilaba con cualquier muchacho bien parecido que fuera capaz de hacerla reír, pero yo sabía que solo eran una diversión. En realidad, no estaba enamorada de ninguno de ellos. Dios, vi a tantos muchachos de familia bien pululando por Campoamor…

Una vez dicho eso, Carreño se levantó despacio y, acercándose a la chimenea, apoyó la mano en el estante de mampostería.

—¿Quién era él?

Carreño la miró fijamente y luego se apartó de la chimenea. Se acercó a su escritorio, cogió un cigarrillo de un paquete y lo encendió con lentitud.

—No era nadie, un golfo sin oficio ni beneficio. Un don nadie que no tenía más intención que aprovecharse de ella.

—¿Daniel?

Carreño negó con una sonrisa cáustica.

—Nunca podré entender a las mujeres. Buenaventura, una mujer admirada y deseada por todos, enamorada de un mujeriego, sinvergüenza y vividor.

—Entonces era cierto…

Carreño asintió a su pesar.

—Desde el primer instante que los vi juntos, intuí que aquello traería problemas.

—No entiendo.

—Ese chico solía venir por Campoamor. —Miró a Esperanza—. Ya sabes que sus padres tienen una vaquería y él era el encargado del reparto. Todas las muchachas de Santamaría (y otras no tan muchachas) estaban encandiladas con él. Sagrario e incluso Balbina se ruborizaban si les decía algo agradable…, era increíble.

Carreño suspiró.

—Y podía entenderlo. Podía entender que un joven atractivo que sabe cómo seducir a las mujeres tuviera la capacidad de atraer a todas las muchachas del pueblo; muchachas que la única pretensión que tienen en su vida es buscar un marido calzonazos y tener un montón de chiquillos. Pero no podía entender la actitud de Buenaventura. Ella era diferente. Era inteligente y culta. Era una mujer de mundo que hablaba varios idiomas, tocaba el piano como los ángeles, dominaba el arte de las ciencias y podía entablar una conversación de nivel con un científico, político o director de orquesta, tanto daba.

—Pero ella estaba enamorada —replicó Esperanza contrariada—. Nadie puede decidir de quién enamorarse, ¿cómo pudo…?

Se detuvo con el mismo ímpetu con que había iniciado su disertación. ¿Cómo había estado tan ciega? Recordó la poesía en aquel libro que encontró en el dormitorio de Buenaventura. Miró a Carreño. No había ninguna duda.

—En sueños, no hay más esperas… ni torturadas margaritas. Yo te amo y tú lo deseas, en ti curan mis heridas…

Rescató poco a poco aquellos versos que inconscientemente se habían adherido a su memoria.

—D., Diego —musitó finalmente.

Carreño formó una nube de humo y, a continuación, arrojó el cigarrillo al fuego.

—Un hombre hace lo que debe hacer —dijo con voz temblorosa.

—Entonces ¿qué tengo que hacer? —Quiso saber Daniel, un joven atractivo, alto, moreno y de brillantes ojos verdes que, además, poseía un cuerpo esbelto y fibroso. Aunque no quisiera reconocerlo, Carreño entendía el porqué del éxito de aquel joven entre las féminas de Santamaría de la Villa.

Carreño lo miró con un mal disimulado desdén.

—Alejarte.

—¿Cómo de lejos? —preguntó Daniel con ojos inquisitivos.

Miró al cielo nocturno, que componía un lienzo entoldado sobre las calles de Santamaría de la Villa. Los dos hombres se protegían de la lluvia bajo un paraguas amplio y negro que sujetaba Carreño. Antes de contestar, miró por encima de su hombro. Ambos estaban en una calle desierta y estrecha carente de ventanas y ojos indiscretos. El reloj del campanario surgía por encima de los tejados y marcaba las once y media de la noche.

—Barcelona.

Carreño sacó un sobre color manila y se lo entregó al joven, que lo cogió con una mezcla de ansiedad y desconfianza.

—Esta noche llega el expreso para Oviedo a las 12:10. Cuando llegues allí, deberás coger otro tren que sale para Barcelona. Los billetes, la dirección adonde has de ir y todo lo que necesitas lo tienes ahí dentro.

Daniel comprobó el interior del sobre con nerviosismo y recelo.

—¿Dón…?

Carreño extrajo otro sobre similar al anterior, salvo que este era más abultado. Daniel miró el sobre con avidez y se apresuró a cogerlo. Carreño se lo impidió retirándolo con rapidez.

—Aquí hay una cuarta parte. Cuando llegues a la dirección que tienes apuntada dentro de este sobre, recibirás una segunda parte…

—¿Y el resto? —lo interrumpió.

—Ya te lo dije. Cuando llegue el verano, la tercera parte. Recibirás el total al cabo de un año.

El muchacho miró desconfiado a Carreño, se rascó el mentón y sus ojos bailaron de aquí para allá.

—¿Vas a hacerlo o no?

—Sí, claro. —Daniel extendió la mano en busca del jugoso sobre.

Carreño se lo extendió de nuevo. Daniel lo cogió, pero Carreño no quiso soltarlo. Su mano izquierda surgió del fondo de su capa y sujetó con firmeza el brazo del muchacho.

—¿Recuerdas lo que te dije?

El joven lo miró con cierto temor. Asintió, primero despacio y luego más convencido.

—Sí, lo recuerdo.

Carreño apretó la mano. Sus ojos lo miraron con más intensidad. Daniel sintió una súbita punzada de miedo.

—No lo olvides. Hemos hecho un trato, no te conviene romperlo.

Carreño soltó finalmente el sobre. El joven lo retiró con un estirón. Después, lo abrió y vio tal cantidad de billetes que los ojos se le iluminaron en aquella fría noche.

—Ella… ¿Cómo está? ¿Dónde…? —balbució tras superar el impacto inicial de la siempre perturbadora visión de una gran cantidad de dinero.

Ni siquiera se dignó a mirarlo, se giró sobre sus talones y se alejó del muchacho.

—Tengo derecho a saber cómo está —clamó mientras la lluvia lo rodeaba y mojaba sus atractivas facciones.

Carreño se detuvo y se volvió. Lo miró a los ojos fijamente y luego al sobre abultado que comenzaba a empaparse.

—Yo diría que has perdido ese derecho, ¿no te parece?

Daniel no dijo nada; luego, tras varios segundos, se guardó el sobre en el interior de su chaqueta y, sin hacer el menor ruido, desapareció.

—Se puso en contacto conmigo cuando lo llamaste la primera vez —afirmó—. Sabía que volverías a intentarlo, prácticamente era la única conexión con Buenaventura de la que disponías. Así que pensé que, si te contaba aquella versión, seguirías la pista a partir de la información que él te diera. Intuí que no lo pondrías en duda y que creerías lo que te dijera aunque no lo conocieras.

—¿Por qué no me lo contó simplemente?

Carreño negó con un gesto cansado.

—No podía dejar que supieras la verdad. —La miró entonces con ternura—. Parecías una buena chica, pero no podía correr ningún riesgo. Nadie más podía saberlo, ¿lo entiendes? Tenía que darte una pista falsa para que te alejaras todo lo posible. Necesitaba tiempo para pensar.

—Ellos también lo sabían... Me refiero a la señorita Agustina y don Manuel.

Carreño parecía pensativo, sus ojos se ensimismaron en el suelo. Luego de unos segundos, levantó la cara y miró a Esperanza.

Don Manuel estaba envuelto por las sombras de la biblioteca de la casa Campoamor. Carreño abrió la puerta y apareció acompañado de una pareja de guardias civiles, con toda la parafernalia habitual: larga capa, tricornio, fusil al hombro y enormes bigotes.

—Don Manuel. —El sargento, un hombre alto y corpulento que poseía, además de su impresionante físico, una voz grave y cavernosa, saludó con una inclinación marcial meneando la cabeza.

El doctor se giró, miró al sargento de arriba abajo y asintió con gesto ausente.

—¿Cómo se encuentra doña Rosario?

—¿Doña Rosario? Mejor, mejor —murmuró don Manuel como si estuviera aturdido por los últimos acontecimientos—. Le hemos administrado un sedante y ahora está durmiendo.

El sargento asintió.

—¿Puede contarme qué ha ocurrido?

Don Manuel miró fugazmente a Carreño, que observaba con detenimiento todos los movimientos del doctor, aguantando la respiración.

—Al parecer, doña Rosario insistió en ir a pasear fuera de Campoamor y de sus inmediaciones. —Sacudió la cabeza con pesar, como si estuviera reviviendo ese momento—. Tal vez quería rememorar tiempos perdidos, qué se yo..., el caso es que ordenó al bueno de Florián que la llevará al bosque de las Ánimas, donde el viejo puente de piedra. —Miró alternativamente a los dos guardias civiles—. Allí jugaba cuando era una niña…, era su lugar favorito y ahora, por lo que se ve, maldito.

El sargento asintió levemente sin poder evitar un gesto de gravedad.

Don Manuel suspiró ruidosamente y frunció el ceño.

—Nadie sabe cómo, ya que Florián había dejado, al parecer a petición de la señora, a doña Rosario a solas, apenas unos minutos…, cuando el caballo, no se sabe cómo, si estaba excitado o asustado por algo…, levantó las patas delanteras y golpeó a la señora.

—¡Virgen de Covadonga! —exclamó el guardia civil.

Don Manuel asintió vigorosamente, como dando a entender que estaba de acuerdo con el pesar del guardia civil.

—Pero entonces, ¿cómo está doña Rosario? ¿Ha sufrido alguna herida de importancia? —preguntó el sargento, que esbozaba un semblante de franca preocupación.

—Oh, bueno…, afortunadamente solo heridas leves, dadas las circunstancias… Nada que el reposo, la tranquilidad y el aire del campo no puedan mitigar.

—Las heridas son en realidad simples rasguños —se apresuró a añadir Carreño, consiguiendo que todas las miradas se dirigieran hacia su persona—. Ha sido un enorme susto, pero se ha quedado en eso.

El sargento asintió y dedicó una breve mirada a su compañero, un joven cabo que en todo momento se había mostrado muy observador.

—Me alegro por doña Rosario. Todos pensábamos que la cosa pintaba mal.

Don Manuel sacudió la cabeza y frunció los labios, contraídos hasta la mínima expresión. El sargento volvió a mirar al cabo, luego a don Manuel y, finalmente, a Carreño.

—No duden en avisarnos si necesitaran de nuestra ayuda, para eso estamos.

—Desde luego, sargento. Vayan con Dios.

Los guardias civiles giraron sobre sus talones y abandonaron la biblioteca agitando sus capas y haciendo resonar los tacones de sus altas botas.

—Doña Rosario no sufrió ningún accidente, ¿no es cierto?

Carreño no dijo nada.

—El accidente ocurrió así como lo cuento, con los caballos…, pero la víctima fue en realidad Buenaventura.

Tras un instante de vacilación, Carreño se pronunció con la voz empañada:

—De algún modo, los caballos se espantaron y golpearon a Buenaventura… No sé, tal vez se agitaron y se pusieron nerviosos al verlas discutir. Todo indica que doña Rosario, al intentar socorrerla, tropezó con la raíz de un árbol o una piedra…, la caída la dejó inconsciente. Tuvo que pasar un tiempo postrada en cama a consecuencia de esa caída. No quería comer y se negó a volver a andar, alegaba que no tenía motivo alguno para hacerlo.

—Pero entonces doña Rosario no supo qué ocurrió realmente. La privasteis de la verdad.

Los ojos de Carreño se clavaron en los de Esperanza, era sorprendente cómo brillaban en aquel ambiente tan lóbrego.

—No podía permitir que nadie, ni siquiera su propia madre, la viera después del accidente… —Enmudeció repentinamente—. Ella…

—Convenció a don Manuel y a la señorita Agustina de que era lo mejor. Todos creerían que Buenaventura había cumplido su amenaza de marcharse con el hombre al que amaba. Al fin y al cabo, era lo que tenía pensado hacer.

—¡Dios mío! ¿Y qué vamos a hacer? —dijo la señorita Agustina, sobrepasada por la situación.

Fuera, la tormenta descargaba una inmensa tromba de agua. Los truenos bramaban enloquecidos y los relámpagos refulgían furiosos.

Dentro, en la biblioteca, Carreño, don Manuel y la señorita Agustina se daban la espalda mutuamente, cada uno de ellos en una punta de la habitación, lidiando cada cual con sus propios demonios.

—No podemos dejar que la vea así —explicó Carreño desolado, tapándose la cara con las dos manos.

—Pero es su hija, estamos hablando de Buenaventura, nosotros no podemos…

—Sí podemos —insistió Carreño—. Y debemos hacer todo lo que esté en nuestras manos para evitar males mayores.

—Esa decisión no nos compete…

—Es una situación extraordinaria, Agustina. Esto podría acabar con la señora.

Carreño se giró sobre sus talones y buscó con la mirada a la señorita Agustina, que, frente a una de las ventanas que daban al jardín, se negaba a enfrentarse a los hechos.

—Pero ella debe saber la verdad sobre su hija…

—La verdad la mataría, ¿lo entiendes? Por no hablar de lo que ocurriría si los enemigos de doña Rosario o los inversores lo descubrieran.

—Dios mío…

—Conozco un lugar —dijo de repente don Manuel, que hasta el momento había permanecido en silencio y aparentemente ajeno al debate entre Carreño y la señorita Agustina.

Todavía con el eco de sus propias cavilaciones, Carreño hizo un leve gesto de asimilación. Caminó hacia el doctor, que ocupaba un espacio en su lugar favorito de aquella estancia: frente a la chimenea.

—Explícate.

El facultativo sacó del bolsillo de su pantalón un pañuelo cuidadosamente doblado y se secó las gotas de sudor que cubrían su frente. El vivo fuego del hogar se reflejó en sus gafas redondas.

—Buenaventura necesita de los mejores cuidados en estos momentos, con o sin el conocimiento de doña Rosario. Su estado actual escapa a mis competencias y no puedo realizar un juicio de valor concluyente.

—¿Podríamos acudir a algún especialista de Oviedo? ¿O Madrid? Seguro que existen médicos especializados en Madrid —propuso la señorita Agustina con renovado ánimo al tiempo que se giraba y avanzaba hacia el centro de la biblioteca.

Don Manuel negó con la cabeza.

—Podríamos, pero sería una temeridad. —Miró entonces a Carreño de soslayo—. Si queremos que este incidente no trascienda, como es el caso. —Giró su cuerpo y, por encima de sus gafas, miró a Agustina—. Resulta innecesario decir que, tomemos la decisión que tomemos esta noche, deberemos actuar en consecuencia y que no habrá marcha atrás.

—Dios santísimo… —El ama de llaves se persignó con vehemencia.

Don Manuel asintió lentamente.

—Analizados los hechos y viendo el estado de doña Rosario y el empeoramiento irreversible que podría suponer conocer la verdad, estoy convencido de que sería la solución, que además nos haría ganar tiempo y, por ende, dispensarle a la niña la ayuda profesional que, sin duda y sin demora, necesita.

—El lugar del que hablas…, ¿estás seguro de que es lo mejor para Buenaventura? ¿Estarán capacitados? —rumió Carreño tras unos segundos.

—Es lo mejor que tenemos.

—Está convenientemente alejado, presumo.

Don Manuel asintió con la cabeza.

—Sería solo cuestión de realizar una llamada y hablar con el doctor Depaul, un extraordinario colega, eminencia en su campo y persona de mi total confianza.

—De acuerdo —musitó Carreño con los hombros hundidos mientras con los ojos revisaba el suelo que tenía a sus pies.

Diego Carreño se acercó al fuego mortecino y cogió el atizador. Muchas de las brasas se habían extinguido ya, convirtiéndose en negruzcos objetos inanimados. Las lágrimas descendían silenciosamente por sus mejillas.

—Vivimos momentos duros debatiéndonos entre si habíamos tomado la decisión correcta o no. Mientras tanto, doña Rosario se encerró en sí misma. Intuía algo, estoy seguro. Sabía que su pequeña no se estaba divirtiendo precisamente y que, como otras veces, pronto volvería con el rabo entre las piernas a buscar el perdón y afecto de su madre, que siempre estaba ahí.

Esperanza trataba de asimilar toda aquella información, que era un torrente difícil de digerir.

—Y entonces, justo cuando íbamos a tirar la toalla, cuando la situación se había convertido en insoportable, apareció doña Leonor. Una día se presentó en Campoamor —dijo—. Eran amigas desde hacía mucho tiempo y, de cuando en cuando, venía a visitarla. Fue entonces cuando le habló de ti.

—¿Y es una muchacha normal? —preguntó doña Rosario.

—Sí, claro… Bueno, aparentemente. Es un poco introvertida y reservada, pero es una buena chica —respondió doña Leonor mientras agitaba la cucharilla dentro de su taza de té.

Sagrario hizo una reverencia y, antes de que pudiera hablar, doña Rosario la despidió.

—Eso es todo, Sagrario.

La criada se marchó en silencio y dejó a las dos mujeres en la biblioteca. Doña Leonor estaba sentada en un sillón medio orientado a la chimenea, doña Rosario frente a ella.

—Es sin duda algo chocante.

Doña Leonor asintió.

—Y después de aquel suceso… ¿no volvió a repetirse ni ocurrió nada parecido?

—No. Bueno, tampoco es que haya vuelto a suceder algo tan… extraño como lo que pasó ese invierno. La vida en el orfanato es bastante aburrida y rutinaria.

—Tal vez conociera de antemano los planes de aquella otra chiquilla. Quizá fueran amigas y para ellas aquello fuera algo como un juego con el que pasar el rato.

—Ya pensé en eso, pero no es probable.

—¿Por qué?

—Bueno, Esperanza, ese es su nombre, acababa de llegar al orfanato. Suele ocurrir con las chicas que son introvertidas, pasa mucho tiempo hasta que comienzan a integrarse. Por eso las vigilamos sobre todo al principio. No me consta que fueran amigas. Incluso después de aquel suceso, parecía como si Micaela se apartara de ella. No —negó—. Nunca fueron amigas.

Doña Rosario asentía lentamente.

—Ya.

—Pero hay algo más.

—¿Sobre esta muchacha? ¿Esperanza?

—Sí. —Carraspeó antes de proseguir—. Un día vino a verla un pastor…, no recuerdo cómo se llamaba. Según él, fue el hombre que intentó ayudar a la chiquilla a sacar a su padre, que al parecer estaba atrapado en una suerte de túnel.

—Continúa.

—Esperanza logró encontrarlo. Ella misma descendió hasta donde estaba atrapado, pero fue demasiado tarde. Murió allí abajo antes de que pudieran rescatarlo.

—Virgen de Covadonga…

—El pastor relató que aquella chiquilla apareció de repente y le dijo dónde estaba su padre. Posteriormente, cuando prestó declaración a la Guardia Civil, explicó que Esperanza sabía exactamente dónde estaba su padre, pero no pudo aclarar cómo ni de dónde había conseguido aquella información.

Carreño miraba como hipnotizado las ascuas mientras Esperanza lo observaba en silencio. Se limpió distraídamente la lágrima que casi se había evaporado.

—Supongo que ya imaginas qué ocurrió a continuación.

Giró su cabeza levemente, lo suficiente para encontrarse con los ojos de Esperanza.

—No sé qué pensar, doña Rosario…

El administrador estaba de pie, tenso, detrás del escritorio de su despacho en Campoamor. Doña Rosario se encontraba al otro lado de la gran mesa, sentada en su silla de ruedas mirando fijamente a Carreño con una serenidad mal fingida.

—Yo creo que está bien claro —atajó doña Rosario, que trataba de controlar una más que evidente emoción que además le arrebolaba las mejillas.

Carreño se mesaba el bigote y respiraba ruidosamente.

—Anda, siéntate —le indicó doña Rosario.

Lentamente, así lo hizo, aunque continuó acariciándose el bigote con gesto distraído. Evitó mirar a doña Rosario.

—Bueno, di algo.

—No esperaba oír esto, la verdad —rumió sin dejar de mirar a la pared, como si fuera con ella con la que hablara.

—¿Has oído la historia que te he contado? —dijo doña Rosario echando el cuerpo hacia delante—. Es una historia increíble, ¿no crees?

—Supongo que habrá alguna explicación…

—No me contradigas, Diego —replicó golpeando con la palma de su huesuda mano derecha un espacio disponible de la atestada mesa.

—Lo entiendo, sí, es un hecho ilógico que puede inducir a pensar en cierta…

—Esa muchacha encontró a su padre, que andaba perdido. Nadie en absoluto sabía dónde estaba. Nadie. Y ella lo encontró —prosiguió con vehemencia—. ¿Y qué me dices de esa chiquilla del orfanato? Removieron cielo y tierra. Parecía que la tierra se la hubiera tragado. No estaba en ningún sitio ni había rastro de ella. —Negó con la cabeza—. No creería en la palabra de un gañán supersticioso y tardo que confundiría a un zorro con el diañu, pero sí en la de Leonor. Ella lo primero es mi amiga y le confiaría mi vida sin dudarlo, pero además es una mujer culta, instruida y cabal, y, como yo, no cree en supercherías pueblerinas…

—Doña Rosario, yo…

—Se me ha ocurrido una idea. —Se detuvo un instante y respiró hondo—. Y sé lo que vas a decirme, pero me da igual. Lo he meditado detenidamente y he tomado una decisión que no admite discusión, solo quería que lo supieras antes que nadie. —Hizo una pausa y prosiguió—. La traeremos a Campoamor y trabajará como dama de compañía. Ya lo he hablado con Leonor y me ha dicho que la semana que viene podría empezar…

Carreño hizo un gesto apaciguador con las manos y una mueca distendida.

—Lo único que me gustaría saber es para qué.

—¿Para qué qué?

—¿A quién se supone que debe encontrar…?

—¡No! —gritó doña Rosario.

Carreño se sobresaltó.

Doña Rosario agachó la cabeza y balbuceó. Sintió una enorme pena por aquella anciana que había sido tan importante y que había hecho tanto por él. Se sintió miserable.

—Ni me ha escrito unas palabras, ni una postal, ni una llamada… Le ha tenido que ocurrir algo, eso lo sabe una madre…

—Seguro que está bien —murmuró Carreño tras varios segundos sin nada mejor que decir.

Doña Rosario miró a Carreño. Tenía lágrimas en sus viejos ojos y su expresión de tristeza fue como una estocada para él.

—Ya no me acuerdo desde cuándo no está, y no puedo más, Diego… —Volvió a llorar.

Carreño tragó saliva y agarró con fuerza los reposabrazos de su sillón.

Se limpió las lágrimas sin ningún tipo de rubor y miró a Carreño con una mirada implorante.

—¿Qué ocurrió ese día? ¿Tú lo recuerdas? Yo no recuerdo nada —dijo y luego se miró a sí misma, como si no supiera cómo había llegado a esa silla de ruedas—. ¿Qué está pasando aquí, Diego? Tengo miedo, mucho miedo.

Apenas había luz en el despacho de Carreño, salvo la que otorgaba exangüe el destello rojizo y amarillento del escaso fuego. Esperanza había escuchado la historia que Carreño le había contado. Mientras lo hacía, rellenó minuciosamente los huecos de la suya y encajó finalmente las piezas. Era sorprendente cómo el ser humano, buscando dar un sentido a sus actos y a su vida, a veces realiza acciones sin sentido.

—¿Me permites que te haga una pregunta, Esperanza? —Carreño hizo una larga pausa y finalmente añadió—: ¿Cómo supiste dónde estaban?

El silencio se amalgamó con la oscuridad. Una débil llamita se esforzaba por sobrevivir unos segundos más. Esperanza no tenía respuesta para esa pregunta. Ella misma se la había hecho miles de veces y se había odiado otras tantas por no poder responderla.

Carreño la miró fijamente, asintió con tristeza. La llamita se apagó en ese instante. Los rescoldos brillaron con su luz rojiza, latiendo como si un corazón hecho de fuego fatuo les otorgara unos pocos minutos más de vida y las dos figuras se quedaron envueltas en aquella oscuridad, que ocultaba sus rostros, sus miedos y sus angustias.

—¿Doña Rosario?

La señora tenía los ojos cerrados y no se movía. Esperanza temió lo inevitable.

—¿Doña Rosario? —insistió.

Abrió los ojos muy lentamente, como si un último soplo de vida le hubiera sido insuflado en ese instante.

Paseó su mirada por la habitación y Esperanza se dio cuenta de que no había dolor, ni rabia, ni preocupación, ni temor en aquella mirada. Tenía la certeza de que aquella sería la última vez que vería la vida, tal y como la conocía.

—Sé feliz, es lo único que importa —dijo doña Rosario con un hilo de voz—. Haz caso a tu corazón y manda a paseo a tu conciencia. Que nadie se interponga entre lo que deseas y tú. Sé libre.

Le apretó la mano con exiguas fuerzas y gradualmente, y al mismo tiempo que cerraba los ojos, su vida se extinguió.

48

Una suave y dorada luz matinal entraba por los grandes ventanales del hospital Saint-Michel, situado en la Rue de Vaugirard, a la espalda de los magníficos Jardines de Luxemburgo. Carreño caminaba por los pasillos del enorme y laberíntico complejo hospitalario llevando un bonito ramo de rosas blancas. Sin poder evitarlo, sus ojos viajaban de aquí para allá, prestando atención a los detalles. Estaba maravillado por todo cuanto aquella ciudad ofrecía. Era ya la cuarta vez que visitaba París y, con cada nueva visita, descubría algún nuevo y fascinante rincón donde no le habría importado pasar el resto de su vida.

—*Monsieur* Carreño, es un placer volverlo a ver —dijo de repente un hombre que vestía una pulcra bata blanca que dejaba asomar el cuello de la camisa con un todavía más pulcro nudo de su elegante corbata.

—*Docteur* Depaul, curiosamente estaba pensando en usted en este momento.

—Espero que por nada desagradable, *monsieur* —contestó el afable doctor, que era la viva imagen del francés que especialmente disfruta delante de una mesa rebosante de viandas y buen vino.

—De hecho, me dirigía a su despacho; acabo de llegar y quería verlo antes de nada.

—Bueno, pues ya me tiene aquí —dijo sonriendo—. ¿O tal vez preferiría que fuéramos allí para hablar en privado?

Carreño negó con un gesto, restándole importancia.

—No es necesario, *docteur*, el único tema que quería tratar con usted es mi decisión de trasladarme aquí, a París.

—Ah. —El doctor abrió los ojos, sorprendido.

—Doña Rosario murió la semana pasada.

—*Mon dieu*, no sabe cuánto lo siento. —Meneó varias veces la cabeza y dio unos suaves golpecitos en el brazo de Carreño.

—Gracias —suspiró—. Se podría decir que ahora mis obligaciones han sufrido un cambio y, aunque es cierto que podría haberme quedado en Santamaría, creo que mi obligación a partir de ahora es estar aquí.

—Es un gesto que lo honra, *monsieur*.

—Por primera vez en mi vida, hago aquello que me dicta el corazón.

El doctor Depaul agitó la cabeza con aquiescencia y, de nuevo, le dio otro golpecito de ánimo en el brazo.

—Bien —dijo Carreño después de un breve silencio—. ¿Cómo está?

El médico cambió el semblante levemente, cogió a Carreño del brazo y, con un gesto, le indicó que le acompañara de vuelta por el pasillo por el que había venido.

—Responde bien al tratamiento, eso es cierto, pero muy lentamente. Lo mejor es que no ha tenido ninguna recaída…, pero sí que es cierto que, de cuando en cuando, se siente triste.

—Entonces, ¿no ha tenido ninguna mejoría desde la última vez que la visité?

El doctor Depaul abrió los ojos desmesuradamente y se detuvo.

—Oh, *mon cher*, ya le dije que tenía que tener paciencia, mucha paciencia. Ella aprende despacio, y yo, profesionalmente, también estoy aprendiendo mucho. No obstante, tenemos algo muy importante a nuestro favor y es que es una chica muy inteligente. Ya sabe que el proceso de aprendizaje es lento y tortuoso, pero hay que ser paciente. Es lo único que podemos hacer, seguir trabajando y esperar.

Carreño asintió e hizo una mueca.

El doctor Depaul miró con gesto benévolo a Carreño.

—Claro que a partir de ahora contamos con una ayuda valiosísima y extraordinaria. ¡Quién sabe si un día de estos sale de su amnesia y comienza a recordar! Y es muy importante que tenga una cara familiar cerca cuando eso ocurra.

Le apretó el brazo y volvieron a caminar.

—¿Cree sinceramente que puede ocurrir?

—¿Y por qué no? Lo único que nos queda a nosotros, pobres mortales, *c'est l'espérance*, ¿no es así, querido amigo?

Carreño asintió convencido.

—Ya sé que no son horas de visita, pero me gustaría verla antes de marcharme, si es posible.

—Es muy posible, *mon ami*.

Avanzaron unos cuantos metros y el doctor abrió una puerta de doble hoja finamente ornamentada con cristales translucidos que daba a un inmenso jardín.

Con un gesto amable y la mano extendida, le indicó que saliera al exterior.

Carreño asintió agradecido y salió fuera. Se alejó de la puerta mientras contemplaba el exuberante jardín y la fachada interior de estilo barroco francés. Se cruzó con unas enfermeras que le devolvieron el saludo con un gesto. Miró de aquí para allá tras caminar un rato y, bajo la sombra de vistosos y exuberantes rododendros de tonos violeta y azul cielo, la vio.

Su corazón se detuvo como siempre ocurría cuando la veía. El mundo y todo el trajín de sus habitantes dejaba de existir y se convertía en un lugar monocromo. Solo una persona irradiaba luz y color, y hacía que todo tuviera sentido.

Caminó hacia ella con el corazón latiéndole deprisa, con las mariposas revoloteando en el estómago sin parar.

—*Bonjour, mademoiselle Rousseau.*

Una enfermera joven, menuda y de cabello negro, que casualmente le recordaba a Esperanza, movió la cabeza cortésmente.

—*Bonjour, monsieur* Carreño, de nuevo por aquí.

Carreño sonrió.

—A partir de ahora, me verá más a menudo.

La enfermera movió la cabeza y sonrió, pero no dijo nada. Acto seguido, se dirigió a la muchacha, que permanecía sentada en una tumbona de playa con rayas azules y blancas.

—*Monsieur* Carreño está aquí. Voy a dejarte un ratito con él, *d'accord?*

—*Qui?* —preguntó la chica con voz ligeramente temerosa, como si de repente se sintiera perdida.

—Diego, *votre ami.*

La chica permanecía con la cabeza hacia el otro lado, evitando mirar a Carreño. Agarraba con fuerza la mano de la enfermera.

—*Ne vous inquiétez pas.*

Miró a Carreño.

—Toda la mañana ha estado un poco excitada, tal vez intuía que iba a venir a verla.

Carreño no pudo evitar que el corazón se le ensanchara. No dijo nada.

—Vendré dentro de media hora.

—*Merci beaucoup.*

La enfermera se alejó y Carreño se sentó en la banqueta que había ocupado ella.

Estaba muy nervioso y no sabía por dónde empezar.

—Qué día tan bonito, ¿eh?

La chica había vuelto su rostro hacia el lado contrario nada más sentarse Carreño a su lado. Vio sus manos sobre su regazo y, tras pensárselo, acercó la suya y la acarició suavemente.

—Tengo una sorpresa para ti.

Carreño le ofreció el ramo de rosas blancas y se las puso en el regazo.

—Espero que te gusten. No son de Campoamor, el viaje es muy largo y se estropearían, pero son igual de bonitas, ¿no te parece?

Tras un rato, Buenaventura cogió el ramo y se lo llevó lentamente a la nariz, con cautela pero con cierto interés.

—Huelen bien —dijo, impasible.

Buenaventura giró su cabeza y miró al frente. Carreño observó su perfil y se quedó sin palabras, resultaba que era el perfil más bello que jamás había visto en toda su vida. Ahora recordaba muchos de aquellos momentos en fiestas, reuniones o simples y ordinarios días en Campoamor, donde la sola presencia de ella pululando por allí representaba el mejor regalo que uno siempre esperaba de la vida.

—También tengo otra sorpresa que darte —dijo Carreño animadamente.

Buenaventura olisqueó de nuevo las rosas blancas y abrazó con cuidado el ramo para no estropearlo.

—Me quedo a vivir en París. He alquilado un piso en el Boulevard Montmartre, así que vendré a verte mucho más a menudo.

—París es muy grande.

—Sí que lo es, pero es encantador. Sus jardines son fascinantes. Y sus calles, uno puede perderse en ellas durante horas o días incluso. Estoy apuntando en un dietario todos los lugares que tengo planeado visitar y son tantos que prácticamente me lleva la tarde entera y parte de la noche.

Buenaventura no dejaba de olisquear las rosas. Parecía que ese acto tan simple tuviera la capacidad de darle toda la paz que necesitaba y él la observaba sin parpadear, emocionado y entristecido al mismo tiempo.

—¿Sabes qué me gustaría?

Una suave brisa agitó los cabellos de Buenaventura.

—Pasear contigo por París: Trocadero, los Campos Elíseos, los grandes bulevares, Las Tullerías, Montmartre… Dios, hay tanto por descubrir en esta hermosa ciudad…

Buenaventura comenzó a canturrear una melodía desconocida para él. De vez en cuando, tarareaba palabras en francés mezcladas con acordes disonantes.

—Cogerte de la mano. Siempre he soñado con cogerte de la mano —murmuró a la vez que observaba los surcos de su mano derecha.

Ella continuaba tarareando aquella canción a la vez que acariciaba y olía con delicadeza las rosas.

—Quiero pasear —dijo Buenaventura de repente y se incorporó, con la mirada perdida. Carreño se levantó como un resorte, solícito.

—¿Por el jardín? ¿Quieres que paseemos por el jardín?

Buenaventura asintió, aparentemente tras pensárselo durante unos instantes.

Sin esperar a Carreño, se dirigió a un caminillo circundado por un grupo de radiantes narcisos, lirios y magnolias que desprendían una suave y adormecedora fragancia. Repuesto del repentino cambio, se apresuró a situarse a su lado.

El corazón le latía con fuerza.

Entonces ella le cogió de la mano.

—Diego, *mon ami.*

Sintió su piel sobre la palma de la mano. La conocía desde que nació, pero jamás la había cogido de la mano. Pasearon en silencio por aquel laberíntico, bello y exuberante jardín. Se sentía embriagado y con esa sensación de felicidad que parece que uno no se merece y que va a desaparecer de un momento a otro. Y pensó que, ya que parte de sus deseos se estaban cumpliendo, por qué no rogar a quienquiera que los otorgara que no dejara de hacerlo.

Epílogo

La niebla envolvía la cubierta del barco difuminando los colores y suavizando las formas hasta convertirlas en meros reflejos de la realidad. Esperanza subió hasta la cubierta y oyó la voz del contramaestre dando órdenes a los marineros en un idioma del que apenas había escuchado nada antes de embarcarse, y de eso hacía ya más de tres semanas. A fuerza de oírlo constantemente a la tripulación y a gran parte del pasaje, había aprendido algunas de sus inflexiones y el significado de palabras y expresiones sencillas. Apenas unas pocas personas hablaban español en el barco. Casualmente, cuando un día regresaba a su camarote, se cruzó con un camarero achaparrado, ojeroso, de grandes orejas y permanente expresión de desolación que mascullaba algo en gallego. El camarero respondía al nombre de Paquito y había nacido en Pontevedra. Según Paquito, se marchó de su tierra natal alejándose de la pobreza y, también, porque sentía el impulso de ver mundo. Si bien había visitado los cinco continentes varias veces, no podía olvidar su Galicia del alma y siempre lloraba cuando pasaban cerca de Plymouth.

—Es lo más cerca que paso de casa, señorita, y no vea qué lagrimones se me saltan —aseguraba el bueno de Paquito pesaroso—. Por lo menos durante dos días, ando que no sé ni dónde tengo la mano derecha de los nervios que llevo.

También conoció a una familia de Tarragona que se alejaba de las penurias que otorgaban el hambre y la falta de futuro, esperando que el Nuevo Mundo les diera la tan cacareada oportunidad de la que todos hablaban en el Viejo Continente.

La gran mayoría de personas a las que había conocido durante la travesía procedía de diversas partes de Europa, pero sobre todo de Italia e Irlanda, siendo esta última la nación en la que mayor número de soñadores aguardaba ansiosamente su llegada a la tierra prometida.

Se apretó en torno al cuello el pañuelo de cachemir que, antes de marchar, Carreño le había regalado para evitar que la fría brisa del Atlántico calara sus huesos y se acercó con paso lento hacia el pasamanos, que, a causa de la niebla, se había desvanecido y daba la terrible sensación de que había desaparecido entre aquel manto espeso y blanco.

Una pareja joven paseaba por cubierta y, aunque no la conocían, la saludaron al pasar a su lado con un movimiento cortés de cabeza.

Al acercarse al borde, oyó el ruido del agua rompiéndose por el enorme casco, que a Esperanza le parecía inexpugnable y que, a veces, la llevaba a pensar cómo un navío tan poderoso era capaz de hundirse, como le había ocurrido al *Titanic* precisamente realizando esa misma travesía.

Esa mañana hacía frío, pero era un frío saludable y no quería perderse por nada del mundo lo que iba a suceder. Seguro que muy pronto la cubierta estaría llena de gente. Todo el mundo hablaba de que esa mañana avistarían tierra firme y todos sin excepción estaban entusiasmados con esa idea. Algunos tripulantes atraían la atención de los pasajeros cuando se afanaban en describir cómo era América. Hombres, mujeres y niños sonreían y escuchaban con fruición los relatos de aquellos avezados marineros que aseguraban que América era el lugar indicado para conseguir sus sueños. Cuando hablaban de ello, Esperanza se sentía triste al pensar en su padre, que siempre había querido ir a América y que, al igual que aquellos improvisados narradores, contaba las bondades de una tierra que daba mucho a quienes estaban dispuestos a luchar duro por conseguirlo.

Antes de que la visión de América enturbiara otros pensamientos, Esperanza sacó la carta que Carreño le había entregado y que, desde que había zarpado de Southampton hasta ahora, había leído al menos en seis ocasiones. Miró a su alrededor y entonces vio crecer el número de pasajeros que esperaba ansiosos la llegada a puerto. Sonrió para sus adentros y se dispuso a leerla una vez más.

Querida Esperanza:

Cuando lea estas líneas, probablemente estará lejos, iniciando una nueva vida como corresponde a una chica que ha demostrado una gran valentía y carácter. Debo darle las gracias, sí, las gracias por haberla conocido. Muy pocas personas tienen la capacidad de hacerte ver el mundo con otros ojos y usted lo ha conseguido simplemente estando. Aunque apenas hemos tenido tiempo de conocernos, no me equivoco al decir que la voy a echar de menos. Habría sido interesante que ambos nos hubiéramos conocido un poco más, seguro que habría aprendido mucho a su lado, estoy convencido.

Contrario al sentir general, siempre he pensado que las cosas que nos suceden y las personas que se cruzan en nuestro camino son fruto del azar y que el destino es la forma que la obstinada raza humana tiene, o tenemos, de darle sentido a todo cuanto nos ocurre. Mis principios no solo se han visto alterados, sino que he puesto en duda muchos de mis planteamientos que yo creía férreos e inamovibles.

Sin duda, usted es esa excepción que no se puede describir ni comprender. Simplemente aceptar.

Por supuesto, espero de todo corazón que allá donde esté pueda encontrar la felicidad que, sin duda, se merece. No lo dude y agárrela si se le presenta a la primera ocasión, y disfrútela mientras dure. Supongo que ahora que es una mujer independiente económicamente podrá dirigir el rumbo de su vida sin miedo a la incertidumbre. Doña Rosario creyó en usted desde el primer momento y, al poco de llegar a Campoamor, me ordenó que se pusiera a su disposición la suficiente cantidad de dinero para que no tuviera apreturas durante el resto de su vida.

Me resulta rara la nueva vida en París. Es una gran ciudad que siempre había querido visitar y, ahora que vivo aquí, la encuentro más fascinante cada día que pasa. Desde mi apartamento en el Boulevard Montmartre, veo cómo el sol se esconde por encima de los tejados de los edificios y no dejo de pensar en el día que nos vimos por primera vez, ¿lo recuerda? Yo muchas veces, Esperanza. Sin duda fue un día importante en mi vida. Estoy plenamente convencido de que no estaría hoy aquí de no ser por aquel día.

¿Se podría decir que formó parte de una conjura del destino? Sea o no posible, lo cierto es que siempre la llevaré en mi corazón y espero que, de cuando en cuando, usted me obsequie con algún que otro pensamiento.

Un afectuoso saludo de su devoto amigo,

Diego Carreño

—¿Es carta de amor? —dijo de repente una voz de hombre joven.

Esperanza ahogó un gemido y pegó la carta a su cuerpo ocultando su contenido al recién llegado. Giró la cabeza a la izquierda y un hombre joven de brillantes y bonitos ojos azules y densa cabellera oscura le sonreía.

—No, no —se apresuró a contestar Esperanza, negando y sonriendo.

—Siento. No importar mí —dijo el joven, que poseía un fuerte acento *cockney* y se esforzaba por tratar de pronunciar las palabras correctamente.

Esperanza se aguantó la risa y negó de nuevo, mirando a los brillantes ojos de aquel chico.

—Yo sé. Tú reír mí. Yo hablar… *awful, I know.*

—No, no, en serio. Para hablar español desde hace tres semanas, lo haces muy bien.

—Tú mentir… *very good.*

El chico sonrió. Era una de esas personas que, cuando sonreía, parecía el vivo reflejo de la alegría personificada.

—Es la carta de un amigo. Un amigo que me aprecia.

—¿Qué ser «aprecia»?

—Bueno, pues es alguien que te quiere, pero como amigo.

—Ah, entender. *You and him, just friends.*

—Eso es.

—¿Él no querer tú? Tú guapo.

—Querrás decir guapa.

El joven destensó la sonrisa, como si hubiera cometido el mayor de los errores posibles, y Esperanza no pudo evitar soltar una risa nerviosa entre dientes.

—*I'm sorry, I'm so sorry…* Soy, cómo dice…

—Eres muy simpático… —dijo Esperanza entre risas a la vez que le apoyaba la mano en el brazo. El chico abrió los ojos como platos cuando sintió aquella mano pequeña de mujer sobre la superficie de la chaqueta de pana marrón que vestía.

—¿Simpá…?

—Sí, simpático es bueno, muy bueno.

Luego la miró directamente a los ojos y así estuvieron durante un largo rato. El corazón de Esperanza latía con fuerza y una sensación extraña le recorrió el estómago.

—*Land ho!* —rugió la voz de un marinero desde alguna parte de la niebla.

Esperanza y el joven de cabello oscuro buscaron con la mirada la procedencia de aquella voz.

—*Land ho!* —dijo de nuevo con entusiasmo.

Esperanza se giró en redondo y apoyó sus manos sobre el pasamanos. El chico se puso a su lado y oteó entre la niebla el horizonte.

—No se ve nada… —se quejó Esperanza, estirando el cuello y tratando de distinguir algo más que océano, horizonte y niebla.

De repente, se dio cuenta de que un gran número de personas se acercaban murmurando y se agolpaban a su alrededor. Todo el mundo miraba a través de la niebla, quejándose en diferentes idiomas.

—*Over there!* —gritó un niño al que una gorra cubría una densa mata de pelo rojizo. Su cara estaba cubierta por cientos de pecas y su expresión burlona le confería un aspecto de pillo callejero. Se obstinaba en señalar hacia el frente con el dedo índice.

La niebla, entonces, comenzó a desvanecerse ante los ojos de Esperanza como el fin de una pesadilla. Los murmullos de repente cesaron casi al unísono y, entonces, una figura verdosa, de gran tamaño, que parecía emerger de las profundidades marinas se presentó ante sus ojos.

La dama de la que en muchas ocasiones su padre le había hablado se presentó ante todos orgullosa y serena. Apoyado sobre la cadera izquierda sujetaba lo que parecía un enorme libro, mientras que con el brazo derecho levantaba al cielo una antorcha llameante.

—*It's New York* —murmuró el muchacho de ojos claros al oído de Esperanza y la ciudad apareció detrás de la Estatua de la Libertad. Grandiosa, imposible, como algo más propio del mundo de los sueños.

Allí se hacinaban las esperanzas y sueños de millones de personas y, durante un largo minuto, nadie abrió la boca. Pasaje y tripulación contemplaron con ojos entrecerrados la ciudad como algo imposible de creer.

—*It's New York!* —gritó entonces el niño pelirrojo con cara de granuja, cogiéndose la gorra y agitándola por encima de su cabeza mientras su mata de cabello rojizo encrespado se agitaba con el viento y brillaba con los primeros rayos de sol que comenzaban a atravesar la ya casi inexistente niebla.

Los pasajeros, aturdidos y embargados por la emoción del momento, sonrieron y se dejaron llevar por el entusiasmo del inequívoco carácter de líder del niño, que volvió a corear el nombre de la ciudad que se hallaba frente a sus ojos.

Una algarabía de gritos estalló de repente, capitaneada por el brazo del niño pelirrojo, que agitaba la gorra y animaba a que todo el mundo lo emulara. Algunos hombres se despojaron de las suyas y, en un arranque de euforia, las lanzaron al aire, mientras la tripulación los observaba sin renunciar a sus tareas con un gesto de aquiescencia en sus rostros, muchos de ellos recordando otros momentos vividos con otros pasajeros al llegar a la tierra prometida.

Esperanza, sin embargo, más bien parecía ver aquella escena proyectada en lugar de vivirla. El sonido de las voces de algarabía, los gritos de emoción, los abrazos y lágrimas eran como un tapiz demudado, instalado en otro momento, de una historia pasada y vivida con entusiasmo por ese grupo de personas. Las imágenes se sucedían ante sus ojos a cámara lenta y el sonido se le presentaba lejano.

Alguien le acarició los hombros por detrás. Eran las manos de un hombre. Esperanza se giró lentamente y sus ojos se encontraron con los ojos de su padre, que la miraba con amor paternal.

—Lo has conseguido —dijo él.

Esperanza asintió.

—Tú también.

Su padre negó.

—Es hora de que vivas tu vida, de que vivas tu sueño. No el mío.

Esperanza quiso decir algo, pero su padre levantó el dedo índice.

—No, amor mío. No puedes seguir aferrada al pasado. Tienes toda una vida por vivir. Yo siempre estaré ahí, contigo. Siempre estaré en tu corazón.

No pudo evitar esbozar una mueca de tristeza y desolación.

—¿Me lo prometes?

Su padre asintió. Luego, lentamente, se alejó y sus manos se separaron. La de Esperanza quedó flotando en el aire, todavía sin querer.

El sonido de bullicio llenó poco a poco los oídos de Esperanza y, al parpadear, todo resultó más brillante.

El muchacho de ojos claros y pelo oscuro giró levemente la cabeza y miró a Esperanza con una sonrisa en la boca, poniendo cara de extrañeza.

—¿Quién tú hablar?

Un rayo de luz cegó los ojos de Esperanza y el cielo se presentó radiante y azul. Parpadeó y miró al muchacho a los ojos.

—Hablaba con mi padre.

El muchacho asintió varias veces con la cabeza y frunció el ceño.

—¿Tú echar menos él?

—Mucho.

Apretó los labios y observó a Esperanza durante un instante. Entonces Esperanza sonrió.

—¿Sabes una cosa?

—No —contestó él sorprendido por el inesperado cambio de actitud de la chica.

—Tienes el mismo color de ojos que tenía mi padre.

El muchacho asimiló la información y agitó la cabeza con una sonrisa que, a cada movimiento, se ensanchaba más.

—Yo querer pedir una cosa ti —dijo entonces cogiendo con delicadeza la mano de Esperanza.

Bajó la cabeza, por un instante Esperanza perdió de vista sus bonitos ojos azules. Parecía meditar. Luego levantó la cabeza y miró tiernamente a Esperanza.

—¿Tú querer salir con yo?

—Conmigo.

—*I beg your pardon?*

—Salir conmigo.

—Conmigo —repitió lentamente—. Conmigo. ¿Tú querer?

—Yo querer —murmuró, mirando las azules pupilas del chico, donde se reflejaba ella y el nuevo mundo que los aguardaba.

Esperanza cerró los ojos y entonces sintió los labios de él rozar los suyos en un tímido beso que duró unos pocos segundos y que casi hizo que se desvaneciera.

Alguien arrojó un cohete que explotó formando un paraguas de diminutas luciérnagas sobre sus cabezas. A este se sumó otro, y otro más. Esperanza y el muchacho miraron los fuegos artificiales que estallaban sobre el lienzo azul brillante. Señaló la trayectoria de uno ellos y Esperanza sonrió. Los rayos de sol se reflejaron en los edificios de Manhattan, arrancándoles destellos blancos y amarillos. Luego miró más allá y vio la amplia sonrisa de su padre estampada en aquel cielo limpio y puro de aquel día que prometía un nuevo comienzo.

Agradecimientos

No podría terminar este libro sin agradecer a todos aquellos, que de un modo u otro me ayudaron a conseguir que esta historia traspasara la frontera de mi imaginación para llegar hasta ti, y con ello contribuir a que parte de mis sueños se conviertan en realidad.

A Pep, por ser un buen amigo, por ser el gran poeta que está por descubrir, por abrir tus heridas al servicio de esta historia.

A Paz García por sus amplios conocimientos de la Asturias rural que ensancharon mi mente y me ayudaron a dar forma a personajes y escenarios.

A Christian, Juan y Magdalena por descubrirme esos rincones tan maravillosos de vuestra tierra. Os debo una.

A María José, por soportar mis cambios de humor constantes. Por su comprensión, por su infinita paciencia.

A Rebeca, por ser el centro de mi mundo.

A Maru de Montserrat, por ser la mejor agente literaria del mundo y por si fuera poco, también por su tenacidad y olfato (fue precisamente ella quien me sugirió que escribiera esta historia).

A Pablo Álvarez, Gonzalo Albert, Ana Lozano y a todo el equipo de Penguin Random House que han participado en la publicación de *Buenaventura,* por confiar en mí y formar parte en este maravilloso viaje.

Y por supuesto a vosotros, queridos lectores y lectoras, por dejar que os cuente esta historia, que con un poco de suerte, vivirá durante un tiempo en vuestro recuerdo.

El papel utilizado para la impresión de este libro
ha sido fabricado a partir de madera procedente de bosques
y plantaciones gestionados con los más altos estándares
ambientales, garantizando una explotación de los recursos
sostenible con el medio ambiente y beneficiosa para las
personas. Por este motivo, Greenpeace acredita que este libro
cumple los requisitos ambientales y sociales necesarios para
ser considerado un libro «amigo de los bosques».
El proyecto «Libros amigos de los bosques» promueve
la conservación y el uso sostenible de los bosques,
en especial de los Bosques Primarios,
los últimos bosques vírgenes del planeta.

Papel certificado por el Forest Stewardship Council®